한시의 미학

서경수 편저 ┃ 엄경흠 역주

보고사

머 리 말

1990년. 날짜는 정확하지 않지만 창문을 약간 열어 두었고, 창밖이 쓸쓸해 보였던 것이 가을이었던 것으로 기억된다. 나는 그때 동아대학교 석당전통문화연구원 곁방에서 책상을 하나 빌어 쓰고 있었다.

어느날 스승을 찾아뵈었더니 잠시 이런저런 이야기 끝에 책을 한 권 내미셨다. 그러면서 늘 하시듯이 "이 책 참 재미있소. 한 번 보소."라고 하셨다. 그때 주신 책이 바로 본 역주서의 저본인 서경수의 『시학상식』이다.

나는 이전에도 그렇게 말씀하시면서 권하시는 책을 몇 권 받은 적이 있어 별 마음 없이 책을 받아들었다. 그도 그럴 것이 스승께서 주신 책은 모두 한문으로 된 원서들이어서 한문을 시작한 지 2년도 되지 않은 나로서는 감당하기 어려운 것이었고, 스승께서는 그런 나에게 책상을 마주하고 앉아서 문장을 한 번도 풀이해 주신 적이 없었기 때문에 섭섭함도 내심 있었던 것이다. 스승께서는 내가 "선생님 한문 공부를 좀 해야겠습니다."라고 하면, "우리 금요일부터 매주 같이 글을 읽읍시다."라고 말씀하셨다. 그 다음 주부터 나는 금요일을 기대했지만 금요일의 약속은 끝내 지켜지지 않았다. 그러나 그리 오랜 세월이 지나지 않아서 나는 스승께서 왜 나에게 하나하나를 지적하고 가르치시지 않았는지 깨닫게 되었다. 스승의 진정한 가르침이란 작은 것들을 일일이 던져주는 것이 아니라, 목표한 것을 이루어낼 수 있는 큰 힘의 원천을 마련해 주는 것임을 알았던 것이다.

책을 받아들고 연구원 곁방으로 온 나는 우선 책을 펴보았다. 여전히 난감하기 짝이 없었다. 그러나 스승께서는 이번에는 아예 "번역해 보소."

라고 덧붙이셨고, 나는 "예! 해보겠습니다."라고 했기 때문에 약속은 지켜야 했다.

　다음날 400자 원고지를 여러 묶음 사고 책을 복사한 나는 바로 번역을 시작했고, 얼마나 걸렸는지 기억은 나지 않지만 원고지 450여 매를 메웠다. 그러나 그로서 끝이었다. 이후 나는 박사과정을 수료하고 학위를 받고 강의를 하는 과정을 거치면서 이 원고에 대해서는 까맣게 잊고 살았다.

　그런데 2000년 어느 날 연구원 서고에서 다른 자료를 찾던 중 『시학상식』을 발견한 나는 집으로 돌아와 책장 구석에 먼지를 뒤집어쓰고 있던 원고를 찾아내었다. 원고를 한 장씩 뒤져보던 나는 10년 전 그 때의 약속이 생각났다. 그리곤 스승께 가서 번역을 완성해야겠다고 말씀드렸다.

　이제 번역은 완성되었다. 그러나 이것은 단순한 번역이 아니라 스승께서 나에게 주신 작은 숙제다. 10년이 지난 지금 나는 이 숙제를 존경하고 사랑하는 스승 김성언 교수께 제출한다. 숙제를 너무 늦게 제출했다고 크게 꾸짖지만 않으신다면, 이외의 많은 숙제들은 더욱 오랜 세월을 두고 꼼꼼히 작성하여 제출하리라 약속드린다.

　나에게는 스승같은 선배님이 한 분 계신다. 언제든 의문나는 점이 있어 질문을 하면 자료를 제시해주거나 직접 답해주기를 마다하지 않으신다. 그리고 이 귀찮기 짝이 없는 후배가 만나 뵙기를 청하면 억지로라도 시간을 쪼개주고, 소주 한 잔을 나누며 허심탄회한 분위기에서 내 투정을 받아주고 침침한 내 눈을 뜨게 해 주신다. 그 분과 만난 다음날이면 나는 혼잣말로 혹은 누구와 만나는 자리에서 이야기한다. "어제 나는 몇 시간 동안 책을 20여권 읽었다."라고. 그런데 이런 자리에서 만나면 술값은 으레 선배님의 몫이다. 선배님께서 하시는 말씀은 아직 후배가 나에게 술을 마음놓고 살 형편이 못되니 나중에 형편되거든 한 잔 사라는 것이다. 후배가 힘들다고 배려하시는 마음인 줄 알기에 이렇다 저렇다 말씀 안 드리고 이제는 차라리 권하시는 술잔을 편안한 마음으로 받자고 생각한지 오래다. 그러나 이번만큼은 이 책을 들고 가서 억지로라도 소주 한 잔 정도는 내 호주머니 돈으로 사서 올려야겠다. 경성대학교 인문학부 정경주 교수는 나에게는 선배님이기보다 스승이시다.

사람들은 현재의 내 형편을 두고 안타까워하기 일쑤다. 그러나 공부를 하자고 마음먹은 나에게는 항상 버팀목이 되어주시는 스승이 계시고, 항상 격려를 마다하지 않으시는 선배님이 계시니 세상에 나보다 행복한 사람이 있을까?

이 책은 중국인 서경수가 1925년에 엮은 것이다. 따라서 중국의 시학과 시문학사가 그 내용이다. 그러므로 자칫 우리 나라의 한시를 공부하는 학도들에게는 불필요한 것으로 여겨질 수도 있다. 그러나 한시는 과거 동양의 지식인들에게 있어서는 공통된 교양이었으며, 대화 방법이었다. 더구나 한시의 뿌리는 어떠한 이론에도 불구하고 중국이다. 따라서 중국의 한시에 대한 이론은 동양의 한시를 공부하는 어떤 사람들에게도 반드시 한 번은 거쳐가야 할 통로라고 할 수 있다. 이러한 면에서 한시를 공부하는 많은 분들에게 이 책은 필요하리라 생각한다.

역주자는 이 책을 번역하고 주를 달면서 저본의 미비한 부분은 주로 처리하거나, 아예 수정해버리기도 했다. 따라서 다소 전체적인 면과 어긋나는 부분들도 있을 수 있다. 이 책을 읽으시는 여러분은 이 점 넓은 아량으로 양지해주시기 바란다.

끝으로 딱딱하기 짝이 없고 부실하기 한량없는 책을 출판해주신 보고사에 무한한 감사의 말씀드린다.

2001년 3월
배산 아래에서 역주자 씀

시학상식제요(詩學常識提要)[1]

시의 큰 근원은 『삼백편(三百篇)』[2]에서 나왔다. 『파경(葩經)』[3]에 이어 나온 것으로 이소(離騷)[4]가 있으며, 소(騷)가 변하여 악부(樂府)[5]가 되고, 고시(古詩)[6]가 되고 율시(律詩)[7]가 되고 절구(絶句)[8]가 되었다. 그 체제(體製)의 연혁과 변천의 큰 세력은 역대의 작가들이 그것을 아름다운 것이라고 한 이유이다. 이 책은 하나같이 요점을 꼼꼼히 모아 적어 낼 수 있었으며, 근대 시학의 추세 또한 간략하게 언급하였다. 여러 대가(大家)들이 시를 배운 방법에 대한 이야기를 채택한 것은 『문학상식(文學常識)』[9]과도 같다.

---

1) 제요(提要)란 요점을 들어 요령을 제시하는 것을 말한다. 이 제요를 실은 것은 이 부분이 편저자 서경수의 머리말이라 할 수 있기 때문이다.
2) 『시경(詩經)』을 가리키는 말이다. 원래 3,000여 편이던 것을 공자가 뽑아 정리한 편수가 305편이므로 『시경』을 『시삼백(詩三百)』이라고 부른데서 나온 말이다.
3) 『시경(詩經)』을 달리 부르는 이름.
4) 초(楚)나라 굴원(屈原)이 지은 부(賦)의 이름. 참소(讒訴)를 당하여 임금을 만날 기회를 잃은 근심스러움과 번민을 읊은 서정적 대서사시다. 『초사(楚辭)』의 기초가 된다. 굴원은 전국시대(戰國時代) 초나라의 대부(大夫)이며 문학가로 자는 평(平)이다. 회왕(懷王)의 신임이 두터웠는데, 참소를 당하여 멀리하게 되자 이소를 지어 충간(忠諫)하였으나 용납되지 않자, 멱라수(汨羅水)에 빠져 죽었다.
5) 한(漢) 대의 가사(歌辭), 악률(樂律)을 제정하기 위하여 설치한 관사(官司), 또는 악부(樂府)가 제정한 가요(歌謠). 여기에서는 그 체제에 따라 지은 시가(詩歌)를 일컫는다.
6) 구수(句數)·자수(字數)에 제한이 없고 압운(押韻)에도 일정한 법칙이 없다. 뒤에 상세히 설명한다.
7) 5언(言) 또는 7언(言)의 8구(句)로 되어 있다. 뒤에 다시 상세한 설명이 있다.
8) 기승전결(起承轉結)의 네 구로 되며, 5언(言), 7언(言)이 보통이다. 뒤에 다시 상세히 설명한다.
9) 이 책의 저자인 서경수의 또 다른 책.

目次

제1장 총설(總說)

제1절 시(詩)의 의미(意味)

시가 온유돈후(溫柔敦厚)[1]한 것은 뜻을[2] 말하기 때문이다. 『우서(虞書)』[3]에서는 '시는 뜻을 말하는 것이고, 노래는 말을 길게 읊는 것이다'[4]라고 하였는데, 대개 사람의 생각을 마음속에 두면 뜻이 되고, 말을 하면 시가 된다. 그러므로 공자(孔子)는 말하기를 '시를 배우지 않고는 말할 수가 없다'[5]고 하였다. 이로 볼 때 사람의 마음이 움직여서 시가 되고, 시는 인간의 진정한 생각을 드러내는 도구라는 것을 알 수 있다.

공자는 또 말하기를 '너는 어찌 시를 배우지 않느냐? 시는 살필 수 있고 감흥을 일으킬 수 있고 원망할 수 있다'[6]라고 하였다. 자하(子夏)[7]는

---

1) 성정(性情)을 순화함으로써 사람의 마음을 따뜻하고 부드럽게 하며 인정을 두텁게 하는 것을 말한다. 여기에서 성정이란 타고난 본성 모두를 말하는 것이나, 성은 꾸밈 없이 순수한 것이고, 정은 사람이 하고자 하며 바라는 것을 말한다.
2) 여기에서의 뜻은 지(志)를 풀이한 것으로, 사상이나 지향하는 바를 말한다.
3) 상서(尙書 : 서경<書經>) 중 순(舜)임금 때의 기록. 요전(堯典)·순전(舜典)·대우모(大禹謨)·고요모(皐陶謨)·익직(益稷)의 다섯 편을 말한다. 우(虞 : 순임금)의 사관(史官)이 지은 것이다.
4) 詩言志 歌永言
5) 不學詩 無以言
6) 小子何莫學乎詩 詩可以觀 可以興 可以怨. 관(觀)은 살핀다는 뜻으로, 시를 통해 정치의 득실을 살펴 알 수 있게 되는 것. 흥(興)은 감흥을 일으킨다는 뜻으로, 감동시키고 계발시키는 힘. 원(怨)은 원망한다는 뜻으로, 시를 통해 완곡하게 풍자하여 위정자를 원망하는 심경을 드러내는 것.
7) 춘추시대 위(衛)나라 사람. 성은 복(卜), 이름은 상(商). 자하(子夏)는 자다. 공자의

「시서(詩序)」8)에서 말하기를 '시는 뜻이 나아가는 것이다. 마음에 있으면 뜻이 되고, 말을 하면 시가 된다. 감정은 마음속에서 움직여 말에서 나타난다. 말이 부족하므로 감탄하고, 감탄이 부족하므로 길게 읊어 노래하며, 길게 읊어 노래하는 것이 부족하므로 모르는 사이에 손이 춤추고 발이 춤추게 된다'9)고 하였다. 주자(朱子)10)는 『시전(詩傳)』11) 서(序)에서 말하기를 '사람이 태어날 때의 마음 작용은 타고난 성품(성<性>)이며, 사물에 감응하여 움직이는 것은 타고난 성품이 하고자 하는 것이다. 무릇 이미 하고자 하는 것이 있으면 생각이 없을 수 없다. 이미 생각이 있으면 말이 없을 수 없다. 이미 말이 있다면 말이 다할 수가 없는 것이며, 길게 감탄하고 탄식한 끝에 펼쳐내는 것에도 반드시 자연의 음향(音響)12)과 절주(節奏)13)가 있어서 다할 수가 없다. 이것이 시가 지어지는 까닭이다'14)라고 하였다. 조문식(曹文植)15)은 『향산시선(香山詩選)』16)에 서하면서 '스스로 시의 뿌리인 성정(性情)을 알고 자극에 접촉하여 느끼는 데로 흘러가게 되는 것이지, 말을 억지로 끌어다가 그럴듯하게 꾸며댈 수 있는 것이

제자로 자유(子游)와 함께 문학에 뛰어나 위(衛) 문공(文公)의 스승이 되었다. 「시서(詩序)」와 『역전(易傳)』은 그가 지은 것이라고 한다.

8) 『시경』의 각 편에 붙인 서문(序文). 모시서(毛詩序)

9) 詩者 志之所之也 在心爲志 發言爲詩 情動于中而形於言 言之不足 故嗟歎之 嗟歎之不足 故永歌之 永歌之不足 不知手之舞之 足之蹈之也

10) 남송(南宋)의 대유학자인 주희(朱熹)의 경칭. 휘주(徽州) 무원(婺源) 사람. 자는 원회(元晦)·중회(仲晦), 호는 회암(晦庵)·회옹(晦翁)·고정(考亭) 등. 경학(經學)에 정통하여 송학(宋學)을 대성하였는데, 그의 학을 주자학(朱子學)이라 하며 조선조(朝鮮朝) 유학에 큰 영향을 미쳤다.

11) 『시경』에 주(註)를 한 책.

12) 울려 들리는 소리.

13) 음악 또는 소리의 곡절(曲折)과 변화, 리듬.

14) 人生而情 天之性也 感于物而動 性之欲也 夫旣有欲矣 則不能無思 旣有思矣 則不能無言 旣有言矣 則言之所不能盡 而發于咨嗟咏歎之餘者 又必有自然之音響節奏而不能已焉 此詩之所以作也

15) 청(淸) 흡(歙) 사람. 자는 근미(近薇), 호는 죽허(竹虛), 시호는 문민(文敏).

16) 당(唐) 백거이(白居易)의 시를 뽑아 모은 책.

아니다. 그런데도 저 많은 것이 자구(字句)17)와 성조(聲調)18) 사이에 견주어지는 것을 숭상한다면, 어찌 시를 짓는 처음의 마음으로 그것을 되돌릴 수 있으며, 그 또한 감동이 있겠는가?'19)라고 하였다. 원매(袁枚)는 『수원시화(隨園詩話)』에서 '모름지기 성정이 있으면 곧 체제와 법도가 있게 되니, 체제와 법도는 성정의 밖에 있는 것이 아님을 알아야 한다. 『삼백편(三百篇)』의 반은 노인(勞人)20)과 사부(思婦)21)라, 마음에 따라 감정을 말한 것이니, 누가 그것을 체제로 삼고, 법도로 삼겠는가? 그리고 오늘날 격조(格調)22)를 이야기하는 사람이 그 범위에서 빼낼 수 있겠는가?'23)라고 하였다. 위에서 적은 여러 사람의 이야기를 하나로 묶으면, 우리는 시의 의미란 바로 자연의 음향(音響)과 절주(節奏)를 사용하여, 우리의 참된 사상과 정신을 표현하고, 입에서 나와서 저절로 일종의 천연적인 아름다움을 가지는 것임을 알 수 있다. 말하자면, 인생의 표현과 데모크라시의 문학이다.

또한 앞 사람들이 시를 논한 것에, 이른바 육의(六義)도 있다. 육의는 풍(風)·아(雅)·송(頌)·비(比)·흥(興)·부(賦)다. 자하(子夏)는 「시서(詩序)」에서 '윗 사람은 풍으로써 아랫 사람을 교화하고, 아랫 사람은 풍으로써 윗 사람을 풍자한다. 문(文)을 주로 하여 휼간(譎諫)24)하는데, 그것을 말하는 사람은 죄가 없고, 그것을 듣는 사람은 삼가할 수 있었으므로 풍이라고 한다. 왕도(王道)가 쇠약해지고, 예의가 없어지고, 정치와 교화가

---

17) 문자(文字)와 어구(語句).
18) 소리의 길고 짧음, 높낮이, 강약, 빠르고 느림, 가볍고 무거움을 총칭하는 말.
19) 自知詩之根性情 流于感觸 而非可以牽强爲者 而彼尚戔戔焉比擬于字句聲調間 也 則曷反之于作詩之初心 其亦有動焉否耶
20) 고된 일에 종사하는 사람
21) 근심과 수심에 잠긴 부녀
22) 시문(詩文)의 체제와 법도 및 성조(聲調).
23) 須知有性情 便有格律 格律不在性情外 三百篇半是勞人思婦 率意言情之事 誰 爲之格 誰爲之律 而今之談格調者 能出其範圍否
24) 넌지시 간(諫)하는 것

그릇되고, 나라가 가르침을 괴이하게 하고, 가정(家庭)이 풍속을 별나게 하면 변풍(變風)과 변아(變雅)가 지어진다. 나라의 사관(史官)은 득실(得失)의 자취에 밝고, 인륜(人倫)이 사라지는 것을 마음 아파하며, 형벌과 정치가 가혹해짐을 슬퍼하여, 성정을 읊어 그 윗 사람을 풍자하고, 세상 일이 변하게 되면, 그 옛 풍속을 생각하는 사람이다. 그러므로 변풍은 감정에서 나타나고, 예절과 의리에서 그친다. 감정에서 나타나는 것은 백성의 본성이며, 예절과 의리에서 그치는 것은 옛 성군(聖君)들의 덕택이다. 그러므로 한 나라의 일이 한 사람의 근본에 매여 있는 것을 풍이라고 한다. 천하의 일을 말하고 사방의 풍속을 형용한 것을 아라고 한다. 아는 정(正)으로, 왕정(王政)이 성하고 쇠망한 까닭을 말한 것이다. 정치에는 크고 작음이 있기 때문에 소아(小雅)와 대아(大雅)가 있다. 송은 성대한 덕의 모습을 찬미하여서, 그 이룬 공을 천지신명께 알리는 것이다. 이것은 사시(四始)[25]라고 하며 시의 지극함이다[26]라고 하였다. 이것은 풍·아·송의 의(義)를 말한 것이다. 살펴보면 '관저(關雎)'는 국풍(國風)의 처음이고, '녹명(鹿鳴)'은 소아의 처음이며, '문왕(文王)'은 대아의 처음이며, '청묘(清廟)'는 주송(周頌)의 처음이다. 그러므로 사시(四始)라고 한다.

그밖에 저 비·흥·부의 의(義)는 당시에 이미 살펴 볼 수가 없었다. 그러므로 『모시정의(毛詩正義)』[27]에서 말하기를 『정지(鄭志)』[28]에 장일

---

25) 『시경』의 네 체인 풍·소아·대아·송.
26) 上以風化下 下以風刺上 主文而譎諫 言之者無罪 聞之者足以戒 故曰風 至于王道衰 禮義廢 政教失 國異教 家殊俗 而變風變雅作矣 國史明乎得失之迹 傷人倫之廢 哀刑政之苛 吟咏情性 以風其上 達于事變而懷其舊俗者也 故變風發乎情 止乎禮義 發乎情 民之性也 止乎禮義 先王之澤也 是以一國之事 繫一人之本謂之風 言天下之事 形四方之風謂之雅 雅者正也 言王政之所由廢興也 政有大小 故有小雅焉 有大雅焉 頌者美盛德之形容 以其成功 告于神明者也 是謂四始 詩之至也
27) 『모시(毛詩)』는 한(漢)의 모형(毛亨)과 모장(毛萇)이 전한 지금의 『시경』이다. 『모시정의』는 40권으로 되어 있으며, 모형이 전하고, 후한(後漢)의 정현(鄭玄)이 주석(註釋)을 붙였으며, 당(唐)의 공영달(孔穎達)이 다시 주석을 붙였다.

(張逸)이 '어떤 시가 비·부·홍에 가깝습니까?'라고 물었더니, 답하기를 '비·부·홍은 오찰(吳札)이 시를 보았을 때 이미 노래 불리지 않았다. 그리고 공자가 시를 적을 때, 이미 풍·아·송 속에 합해져 있어서 다시 들추어내어 구별하기가 어려웠다. 시편 속의 의(義) 가운데 홍이 많다'고 하였다. 장일은 풍과 아가 구분이 있는 것을 보고 비·부·홍도 구분이 있다고 생각하고, 전 시편이 비인 것이 있고, 전 시편이 홍인 것이 있다고 생각하여, 정현(鄭玄)에게 그것을 지적하여 말하려고 하였다. 정현은 비·부·홍을 문장이 다른 것일 뿐이지 시편의 구별은 아니라고 생각했기 때문에, 오래 전 본래부터 구분되지 않았다는 뜻을 말하고, 오찰이 시를 보았을 때 이미 노래 불리지 않았음을 말하였으며, 그보다 앞서서는 시의 형태를 구별함이 없었고 노래할 수 없었음을 밝혔다. 그리고 공자가 시를 적자 이미 풍·아·송 속에 합해졌고, 그보다 앞서서는 시의 형태를 구별한 것이 없어 나눌 수 없었음을 밝혔다. 원래 합해져 나누어지지 않았으니 오늘날 다시 들추어내어 구별하기 어렵다. 시편 속의 의(義) 가운데 홍이 많다고 말한 것은 여러 시편 중에서 『모전(毛傳)』29)을 늘 홍이라고 말해왔는데, 홍이 시편 속에 있으므로 비와 부도 시편 속에 있음을 밝힌 것이다. 그러므로 홍으로써 비와 부를 드러낸 것이다. 비·부·홍이 원래 구분되지 않았었다면, 오직 풍·아·송 세 가지의 시가 있을 뿐이다"30)

---

28) 책이름. 3권에 보유(補遺) 1권이다. 위(魏)의 정소동(鄭小同)이 찬술했다. 정현(鄭玄)과 제자들의 문답을 편차하여 이루었다. 정현은 후한(後漢)의 학자로, 자는 강성(康成)이다. 모든 경서(經書)에 널리 정통하여 한대 경학(經學)을 통일적으로 집대성하였다. 모시전(毛詩箋)·주례(周禮)·의례(儀禮)·예기(禮記) 등의 주(註)를 지었다.

29) 한(漢)의 모형(毛亨)이 지은 『시전(詩傳)』

30) 鄭志張逸問 何詩近于比賦興 答曰 比賦興 吳札觀詩時 已不歌也 孔子錄詩 已合風雅頌中 難復摘別 篇中義多興 逸見風雅有分段 以爲比賦興亦有分段 謂有全篇爲比 全篇爲興 欲鄭指摘言之 鄭以比賦興者 直是文辭之異 非篇卷之別 故遠言從本來不別之意 言吳札觀詩已不歌 明其先無別體 不可歌也 孔子錄詩 已合風雅頌中 明其先無別體 不可分也 元來合而不分 今日難復摘別也 言篇中義多興者 以毛傳于諸篇之中 每言興也 以興在篇中 明比賦亦在篇中也 故以興顯比賦也 若

라고 하였다. 사마천(司馬遷)31)은 말하기를 '『시삼백편』은 무릇 성현께서 분발하시어 지어지게 된 것이다. 감정이 나타나면서도 바른 것은 그 시를 나누어 풍·아·송에 나열하였는데, 비·부·흥은 본디 풍·아·송 속에 있었던 것이지만, 바로 풍·아·송은 비·부·흥 속에서 나온 것이라고도 한다. 비·부·흥이 있다면, 그 감정을 펴는 것은 다하지 못할 것이 없다'32)고 하였다. 정현의 『육예론(六藝論)』33)에서도 풍·아·송에 비·부·흥이 있다고 말했다. 오로지 후세 사람들이 시를 짓는 것은 멀리 풍·아·송에 미치지 못하고, 도리어 비·흥·부에 가까워, 굴원(屈原)과 송옥(宋玉)34)으로부터 한(漢)에 이르기까지 부(賦) 체가 대단히 번성했으며, 오언과 칠언 시 속에도 모두 비·흥·부의 세 의(義)가 있었다. 그러므로 후세 사람은 비·흥·부에 대하여 말하기를 '글은 이미 다하였는데 의미가 남음이 있으면 흥이고, 사물에 의해 자신의 뜻을 비유하면 비이며, 그 일을 그대로 적고 은근히 말하여 다른 사물을 묘사하면 부다'35)라고 하였다. 이것이 비·흥·부의 의(義)다.

그 가운데 사실 풍·아·송 세 가지는 바로 시의 성질에 따라 말하는 것이며(풍은 민간의 감정을 읊은 시이며, 아는 조정<朝廷>의 가악<歌樂>이

然比賦興元來不分 則唯有風雅頌三詩而已

31) 전한(前漢)의 역사가. 자는 자장(子長). 사마담(司馬談)의 아들. 무제 때 흉노에게 항복한 이릉(李陵)을 변호하다가 궁형(宮刑)을 당하고 중서령(中書令)이 되었다. 아버지가 마치지 못한 역사서 편찬의 대업을 이어, 수많은 역사서를 참고하여 『사기(史記)』를 편찬하였다.

32) 詩三百篇 大抵聖賢發憤之所爲作也 情之發而正者 斯其詩列于風雅頌 比賦興固在風雅頌中 亦卽謂風雅頌出于比賦興中也 有比賦興則所以宣其情者 無所不盡

33) 1권. 정현이 찬했다. 역(易)·서(書)·시(詩)·예(禮)·악(樂)·춘추(春秋)의 여섯 가지 경서를 논한 것이다.

34) 전국시대(戰國時代) 초(楚)나라 언(鄢) 사람. 굴원의 제자. 관직은 대부(大夫). 굴원이 쫓겨나게 되자 「구변(九辯)」을 지어 그의 뜻을 적기도 했다. 부(賦)에 뛰어나 한(漢)과 위(魏)와 육조(六朝)의 화려한 문풍을 열게 하였다.

35) 文已盡而意有餘 興也 因物喩志 比也 直書其事 寓言寫物 賦也 <종영(鍾嶸), 시품서(詩品序)>

며, 송은 종묘<宗廟>의 가악이다), 비·홍·부 세 가지는 바로 시의 형식에 따라 말하는 것이다.(비는 다른 사물을 빌어 뜻을 말하고, 홍은 다른 사물에 의탁하여 말을 일으키고, 부는 일을 늘어놓아 그대로 말한다) 공자가 『시경』을 서술한 것은 겨우 풍·아·송인데, 그는 말하기를 '시는 살필 수 있고 감흥을 일으킬 수 있고 어울릴 수 있고 원망할 수 있다'36)라고 하였다. 이른바 관(觀)·홍(興)·군(群)·원(怨)이라고 한 것은 비·홍·부의 뜻을 이야기한 것이다. 그런데 시가 어떤 형식으로 되어 있으며, 어떤 성질인지를 이야기한 것은 없지만, 중요한 것은 모두가 마음속의 감동에 뿌리를 두고 표현하여 나온다는 것이다.

위에서 기술한 『시경』의 육의는, 그 가운데 사실 비와 홍은 당시에 이미 살펴 볼 수 없었고, 부는 당시에 중요한 것으로 여기지 않았으므로 전국시대가 되어서야 비로소 하나의 표지를 세웠으니, 이른바 시란 다만 풍·아·송이 있었을 뿐이다. 세 가지 중에 풍만은 더욱 시의 본질에 맞았으니, 대개 국풍의 시는 국민들에게 노래 불려진 것으로, 더욱 참된 감정을 숨김없이 드러낼 수 있었으며, 천연적인 아름다움을 갖추고 있어서, 대·소아가 단지 개인의 선(善)에 관계되고, 송이 오직 이루어낸 덕을 찬미하는 것과는 다르다.

나는 이제 본절(本節)을 총괄하는 마당에 다시 시의 뜻을 거듭 말하여 그것을 명백히 하고자 한다. 시는 인생의 표현이며, 데모크라시의 문학이다. 그것은 바꾸어 말하면, 시는 바로 정신적 부분에 있어서, 현상과 본체가 차례대로 언급되어지는 것이 뚜렷하여야 하고, 인간의 진정한 사상을 표현할 수 있고, 정취(情趣)와 경치(景致)가 우아하고 아름다워 사람의 따뜻한 마음을 끌어 일으킬 수 있어야 한다. 형식적인 부분에 있어서, 성조(聲調)는 마땅히 자연의 절주(節奏)에 부합되어 성운(聲韻)37)을 고르

---

36) 詩可以觀 可以興 可以群 可以怨. 앞에서 군(群)을 설명하지 않았는데, 군이란 다른 사람들과 제대로 어울릴 수 있다는 말이다.

게 해야 하고, 문장의 묘사는 자연스럽고 정감(情感)이 있으며 빛깔이 있어야 한다. 그러므로 시의 문학에 있어서의 지위는 일종의 운(韻)이 있는 미술문(美術文)이다.

제2절 시(詩)의 기원(起源)

시는 자연의 소리에 근본한다. 그러므로 백성들이 기쁘고 즐겁고 슬프고 근심하는 마음이 있을 때, 펼쳐내어 소리가 되면 하나의 운이 있는 문장을 이루니, 이른바 가요(歌謠)다. 가요는 시의 기원이다. 『우서(虞書)』에 말하기를 '시는 뜻을 말하고, 노래는 말을 읊는다. 소리는 읊는 것에 의존하고, 율(律)은 소리를 조화롭게 한다'[1]라고 하였으니, 시의 유래가 참으로 오래되었다는 것을 알 수 있다. 게다가 중국 문학의 기원은 실제로 시가(詩歌)이므로 태고(太古)로부터 하(夏) · 상(商)의 시대까지 이른바 문학이란 오직 시가뿐이다. 앞 사람들이 시의 기원을 고찰한 것은 단연 당우(唐虞)[2]로부터다. 정현의 『시보서(詩譜序)』[3]에 말하기를 "시가 일어난 것은 상고(上古) 황제(皇帝)의 시대인 대정(大庭) 헌원(軒轅)[4]에서 고신(高

---

37) 소리가 짧고 급하며 막히게 되는 것을 성(聲)이라 하고, 길게 늘어지며 막힘이 없는 것을 운(韻)이라고 한다. 음운(音韻)이라고도 하는데, 중국어에 있어서 같은 음절 안에서 처음에 발음되는 부분을 음(音)이라 하고, 뒤에 발음되는 부분을 운(韻)이라고 한다.

1) 詩言志 歌永言 聲依永 律和聲

2) 요(堯)임금 도당씨(陶唐氏)와 순(舜)임금 유우씨(有虞氏).

3) 『시보(詩譜)』를 말하는데, 『시보서』라고도 한다. 정현(鄭玄)이 지은 것이다. 『시경(詩經)』의 각 국풍(國風)과 관계가 있는 사실(史實)에 서를 한 것이다. 청(淸)대 정안(丁晏)의 「시보고정(詩譜考正)」이 있고, 오건(吳騫)의 「시보보망후정(詩譜補亡後訂)」이 있다.

4) 염제(炎帝) 헌원씨(軒轅氏). 신농씨(神農氏)라고도 하며, 백성에게 농경을 가르쳤으며, 시장을 열어 교역의 길을 열었다고 한다. 농업의 신, 의약의 신, 역(易)의 신, 불의 신으로 숭앙받는다.

辛)5)에 이르기까지가 아닌 것은 분명히 알 수 있으니, 그 시대의 유무(有無)가 문서에 실린 것도 없다고 한다. 『우서(虞書)』에 말하기를 '시는 뜻을 말하는 것이고, 노래는 말을 길게 읊는 것이다. 소리는 읊는 것에 의존하고, 음률은 소리를 조화롭게 한다'라고 하였다. 그렇다면 시의 말미암음이 이것에서 벗어나겠는가?"6)라고 하였다. 공영달(孔穎達)7)은 『모시정의(毛詩正義)』에서 말하기를 '상황(上皇)은 복희씨(伏羲氏)8)를 말하는 것인데, 삼황(三皇) 가운데 가장 먼저인 사람이기 때문에 그를 상황이라고 한다. 정현은 그 시대에 참으로 시가 없었다는 것을 알았다. 상황 때는 대대로 순박하였으며, 밭 갈고 고기 잡아먹어 다른 것들과 다를 것이 없었다. 위에 있는 자는 말을 하면 어기지 아니하고, 아래에 있는 자는 무리지어 살면서 어지럽히지 않았다. 아직 예절과 의리의 가르침과 형벌의 위엄이 없었다. 선을 행하면 그 선함을 알지 못했고, 악을 행하면 그 악함을 알지 못했다. 그 마음에 이미 느끼는 것이 없는데, 그 뜻에 무슨 말할 만한 것이 있었겠는가? 그러므로 그 시대에는 아직 시의 읊음이 없었다는 것을 안다'9)고 하였다. 또 말하기를 '대정(大庭)은 신농씨(神農氏)의 다른 호칭이다. 대정 헌원에게 시가 있었다는 것을 믿을 수 없다. 대정 이래로 차차 악기가 생기고, 악기 소리가 사람을 따르자 문장을 짓게 되었으니, 이것이 시를 짓게 된 순서이다. 그러므로 그것이 있었다는 것을 믿을 수 없다'10)

---

5) 제곡(帝嚳) 고신씨(高辛氏). 황제(黃帝)의 증손(曾孫).

6) 詩之興也 諒不于上皇之世 大庭軒轅 逮于高辛 其時有亡 載籍亦蔑云焉 虞書曰 詩言志 歌永言 聲依永 律和聲 然則詩之道 放于此乎

7) 당(唐) 형수(衡水) 사람. 자는 중달(仲達). 당 태종(太宗)의 명을 받아 『오경정의(五經正義)』를 찬술했다.

8) 중국 상고 시대의 전설적 제왕으로 백성에게 어렵(漁獵)과 농경, 목축을 가르쳤으며, 처음으로 팔괘(八卦)를 만들었다고 한다.

9) 上皇謂伏羲 三皇之最先者 故謂之上皇 鄭知於時信無詩者 上皇之時 擧代淳朴 田漁而食 與物無殊 居上者設言而莫違 在下者群居而不亂 未有禮義之教 刑罰之威 爲善則莫知其善 爲惡則莫知其惡 其心旣無所感 其志有何可言 故知爾時 未有詩詠

라고 하였다. 두 사람의 이야기를 살펴보자면, 대개 음악이 앞서 생기고 뒤에 시가 생긴 것이다. 그러나 자하(子夏)는 '감정은 소리에서 나타나고, 소리는 문장을 이루니 그것을 음(音)이라 한다'[11]고 하였으니, 먼저 시가 생기고 뒤에 음악이 생겼다는 것이다. 우리가 여러 원리를 살펴보기만 하면, 시가가 악기보다 앞에 있었던 것이 마땅한 듯하나, 애석하게도 신농씨 이전에 시가가 없었다는 것은 고찰할 수 있고, 신농씨 이전에 이미 악기가 있었다는 것은 알 수 있다.(『예기<禮記>』[12]에 여왜<女媧>[13]의 생황<笙簧>이라 하고 있다)

　　상고 시대를 살펴보면 이른바 시란 악(樂)과 가(歌)일 뿐이지만, 악가(樂歌)는 실제로 시의 기원이다. 『효경(孝經)』[14] 「구명결(鉤命訣)」[15]에서는 복희씨의 악명(樂名)은 '입기(立基)'이며, 하나는 '부래(扶來)'며, 또 하나는 '입본(立本)'이다라고 하였다. 『초사(楚辭)』[16]의 주(註)에는 복희씨가 가야금을 만들고 '가변지곡(駕辯之曲)'을 지었다고 하고, 『수서(隋書)』[17] 「악지(樂志)」에는 복희씨의 '망고지가(網罟之歌)'가 있어서 개물성무(開物

---

10) 大庭 神農之別號 大庭軒轅 疑其有詩者 大庭以還 漸有樂器 樂器之音 逐人爲
　　辭 則是爲詩之漸 故疑有之也
11) 情發于聲 聲成文 謂之音
12) 오경(五經)의 하나. 진한(秦漢) 시대의 옛 예(禮)에 관한 설(說)을 수록한 책. 한(漢)
　　무제(武帝) 때에 하간(河間)의 헌왕(獻王)이 고서(古書) 131편을 편술한 뒤에, 240편
　　으로 된 『대대례(大戴禮)』와 대덕(戴德)이 그것을 85편으로 줄이고 선제(宣帝) 때에
　　그의 조카 대성(戴聖)이 다시 49편으로 줄인 『소대례(小戴禮)』가 있다. 지금의 『예
　　기』는 『소대례』를 말하는 것이다. 『주례(周禮)』와 『의례(儀禮)』와 함께 삼례라 한다.
13) 여왜씨라고 한다. 상고의 제왕으로 복희씨의 동모매(同母妹)다. 처음으로 생황(笙簧)
　　을 만들었고, 결혼의 예를 제정하여 동족의 결혼을 금하였다고 한다.
14) 공자가 증자(曾子)를 위해 효도에 관하여 말한 것을 적은 책. 1권 18장.
15) 위서(緯書)의 이름. 구명결(句命決)이라고도 쓴다. 효경위(孝經緯)의 하나. 위서는
　　경서에 가탁하여 미래의 일을 설명하는 책. 역위(易緯)·서위(書緯)·시위(詩緯)·예
　　위(禮緯)·악위(樂緯)·춘추위(春秋緯)·효경위(孝經緯) 등이다.
16) 현재 여러 가지 문제가 제기되고 있지만 기존의 설을 따르자면, 한(漢) 유향(劉向)이
　　모은 책 이름이기도 하고, 초나라 시가를 뜻하는 말이기도 하다. 초사(楚詞)라고도 쓴다.
17) 24사(史)의 하나. 당(唐) 위징(魏徵) 등이 칙명을 받들어 찬술하였다. 85권이다.

成務)18)한 은혜를 송축했다. 그 후 신농씨의 악은 '하모(下謨)'라고 하는
데, 하나는 '부지(扶持)'라고 한다.(『효경』「구명결」) 갈천씨(葛天氏)19)의 악
은 세 명이 소꼬리를 잡고 발을 들여 놓고서 '팔결(八闋)'20)을 노래했다.
첫째는 '재민(載民)', 둘째는 '현조(玄鳥)', 셋째는 '수초목(遂草木)', 넷째는
'분오곡(奮五穀)', 다섯째는 '경천상(敬天常)', 여섯째는 '달제공(達帝功)', 일
곱째는 '의지덕(依地德)', 여덟째는 '총만물지극(總萬物之極)'이다.(『여씨춘추
<呂氏春秋>』) 그리고 문심조룡(文心雕龍)21)에는 갈천씨의 음악 가사를
싣고 '현조재곡(玄鳥在曲)'이라 했다. 그 나머지는 모두 편명(篇名)만 있고,
가사는 전하지 않는다. 다만 이기씨(伊耆氏)22)의 '사사(蜡辭)'는 아직도 볼
수 있는데, 그것의 가사에는

土反其宅   흙은 그 편안한 데로 돌아가라23)

水歸其壑   물은 그 구덩이로 돌아가라

昆蟲毋作   곤충은 일지 말라

草木歸其宅   초목은 그 못으로 돌아가라24)

라고 하였다. 대개 이용후생(利用厚生)25)의 도를 찬미한 것이다. 이외에
아직 '단죽황가(短竹黃歌)'가 있다. 어떤 사람은 이 노래는 황제(黃帝)26)

18) 사람이 아직 알지 못하는 도리를 깨달아 이것을 실지로 시행하여 성공함
19) 중국 상고의 제왕. 무위(無爲)로써 천하를 잘 다스렸다고 한다.
20) 팔악곡(八樂曲). 결(闋)은 악곡의 끝이다.
21) 중국 남조(南朝) 양(梁) 나라의 유협(劉勰)이 지은 문장의 체재(體裁)와 뛰어나고
    졸렬함을 논한 책. 10권 50편.
22) 중국 상고 황제의 호. 혹은 바로 신농씨라고도 하고, 요임금이라고도 한다.
23) 택(宅)은 안(安)과 같다.
24) 마지막 글자 택(宅)은 택(澤)의 잘못인 듯.
25) 기물의 사용을 편리하게 하고 재물을 풍부히 하여 백성의 생활을 윤택하게 하는 것.
26) 중국 상고 시대의 황제. 소전씨(少典氏)의 아들. 성은 공손(公孫). 희수(姬水)에서
    자랐기 때문에 성을 희(姬)라고도 한다. 헌원(軒轅)의 언덕에서 태어났으므로 헌원씨

때에 있었다고 하고(문심조룡), 상황 때라고도 하는데 알 수가 없다. 그 노래는

斷竹續竹   대 끊어 활과 화살 만들고
飛土逐肉   흙덩이 던져 짐승을 쫓는다27)

라고 했다 한다. 황제 때가 되어 '운문지악(雲門之樂)' '함지지악(咸池之樂)' '강고지곡(棡鼓之曲)'이 생겼는데, 『귀장(歸藏)』28)에서 말하기를 "치우(蚩尤)29)는 양수(羊水)에서 나왔다. 여덟 개의 팔과 여덟 개의 발, 긴 머리였는데, 구원(九原)30)에 올라 공상(空桑)31)을 대신 맡았다. 황제가 청구(靑丘)32)에서 그를 죽이고, '강가지곡(棡歌之曲)' 10장(章)을 지었다. 첫째는 '뇌진경(雷震驚)', 둘째는 '맹호해(猛虎駭)', 셋째는 '지조격(鷙鳥擊)', 넷째는 '용매접(龍媒蹀)', 다섯째는 '영기후(靈夔吼)', 여섯째는 '조악쟁(鵰鶚爭)', 일곱 번째는 '장사탈지(壯士奪志)', 여덟 번째는 웅비효곡(熊羆哮吼), 아홉 번째는 '석탕애(石盪崖)', 열 번째는 '파탕학(波盪壑)'이다"33)라고

라고 한다. 유웅(有熊)에 나라를 세웠기 때문에 유웅씨라고도 한다. 흙의 덕으로써 왕 노릇을 했고, 흙의 빛깔이 황색이므로 황제(黃帝)라고 한다. 처음에 신농씨의 8대손인 유망(楡罔)이 포학하고 도가 없어 황제가 판천(阪泉)에서 무너뜨렸다. 치우(蚩尤)가 난을 일으키자 그를 베니, 제후들이 그를 높이 받들어 황제의 자리에 올랐다.

27) 이것은 옛날 장례 풍습과 관계 있다. 옛 중국에서는 사람이 죽으면 띠풀로 싸서 들판에 내어놓았는데, 짐승들이 시체를 뜯어먹을까 염려한 효자가 그 부모의 시체를 지킨다는 내용이다.

28) 삼역(三易)(하<夏>의 『연산<連山>』· 은<殷>의 『귀장<歸藏>』· 주<周>의 『주역<周易>』) 가운데 황제의 역(易).

29) 고대 제후의 이름. 전쟁을 좋아했기 때문에 황제에게 주벌(誅伐) 당했다.

30) 전국시대 진(晉) 나라 경대부(卿大夫)의 묘지라고도 하고, 산 이름 또는 현(縣)이름 이라고도 하는데, 정확히 알 수 없다.

31) 산 또는 땅 이름.

32) 신선이 사는 땅으로 바로 장주(長洲)다. 중국 남쪽 바다 속에 있는데 십주(十洲) 가운데 하나다.

33) 蚩尤出自羊水 八肱八趾疏首 登九原以代空桑 黃帝殺之于靑丘 作棡歌之曲十章

하였다. 소호씨(少皞氏)34) 때에 '황아가(皇娥歌)'가 있었고, 요순(堯舜) 때
에는 인문(人文)이 발달하여 운문(韻文)이 생겼는데, 『로사(路史)』35) 「후
기(後紀)」에 실린 "요임금이 칠현(七絃)을 만들고 '대당지가(大唐之歌)'를
연주하자 백성의 일이 만족스럽게 된 것과, '함지지무(咸池之舞)'를 만들
고 '경수지시(經首之詩)'를 지어서 하늘에 제사지내고, 그것을 '대함(大咸)'
이라고 이름 붙이게 한 것"과 같은 것이다. 순임금은 '대당지가'를 지어
황제(皇帝)의 아름다움을 알렸는데, 소리가 이루어지자 붉은 봉황이 왔다.
그래서 그 음악은

> 舟張辟雝　　　배가 물가 궁전에 벌여서니36)
>
> 鶬鶬相從　　　아름다운 소리 서로 따르네37)
>
> 八風回回　　　천지의 바람 주위를 맴돌고38)
>
> 鳳凰喈喈　　　봉황은 좋은 소리로구나39)

라고 하였는데, 그 온화함을 말한다. 『열자(列子)』40)에는 요임금이 강구(康
衢)41)에서 옷을 바꿔 입고 다니면서 아이들의 동요를 들은 것을 실었는데,

一曰雷震驚 二曰猛虎駭 三曰鷙鳥擊 四曰龍媒蹀 五曰靈夔吼 六曰鵰鶚爭 七曰
壯士奪志 八曰熊羆哮呴 九曰石盪崖 十曰波盪壑

34) 소호(少昊). 중국 태고 시대 제왕의 이름. 황제(黃帝)의 아들. 이름은 효(孝), 호는
　　김천씨(金天氏).
35) 송(宋) 나필(羅泌)이 지은 책. 47권. 중국 상고 시대의 사실(史實)을 기록했다. 위서
　　(緯書)와 도서(道書)에 의거한 내용이 많다.
36) 벽옹(辟雝)은 주대(周代)에 천자의 도성에 설립한 대학. 주위의 모습이 구슬과 같이
　　둥글고 물이 둘러 있었다.
37) 창창(鶬鶬)은 소리가 잘 어울리는 것을 형용한 말이다.
38) 팔풍(八風)은 동북풍인 염풍(炎風), 동풍인 조풍(條風), 동남풍인 경풍(景風), 남풍인
　　거풍(巨風), 서남풍인 량풍(凉風), 서풍인 요풍(飂風), 서북풍인 여풍(麗風), 북풍인
　　한풍(寒風)의 여덟 바람을 말한다. 여기서는 천지 사방의 바람을 뜻한다.
39) 개개(喈喈)는 듣기 좋은 새소리가 멀리 들리는 것이다.
40) 전국시대 정(鄭) 사람 열어구(列禦寇)가 지은 책. 황제와 노자를 기본으로 하였다.
41) 번화한 거리. 강(康)은 다섯 방향으로 통한 길이고, 구(衢)는 사방으로 통한 길이다.

> 立我蒸民   우리 백성들 먹이셨으니[42]
> 莫匪爾極   지극한 덕 아님이 없다
> 不識不知   알지 못하고 알지 못하겠네
> 順帝之則   하늘의 법도를 따를 뿐

이라고 하였다. 묻기를 '누가 이 말을 너희에게 가르쳤는가?'라고 하니 아이들이 말하기를 '저는 그것을 대부(大夫)께 들었습니다'라고 하였다. 대부에게 묻자 대부는 '옛 시입니다'라고 하였다. 『제왕세기(帝王世紀)』[43]에는 '격양가(擊壤歌)'를 싣고 있는데, 대개 요임금 시대에 천하가 크게 화평하고 백성들이 무사하여 흙을 두들기는 사내는 나이가 80여 세인데도 길 가운데서 흙덩어리를 두들기고 있었다. 구경하던 사람이 말하기를 '크구나. 황제의 덕이여'라고 하였더니, 흙을 두들기는 자가 '나는 해가 뜨면 농사 짓고, 해가 지면 쉰다. 우물을 파서 물 마시고, 밭을 갈아먹으니 황제가 어찌 나에게 덕을 베풀었겠는가?'[44]라고 하였다. 순임금 때 기(夔)에게 음악을 맡아 경대부(卿大夫)에게 가르치도록 하여 악률(樂律)[45]이 비로소 전해졌다. 공자는 「제전(帝典)」[46]에 유우(有虞)[47]의 노래를 기록하고, 또한 순임금이 기에게 명령한 말을 실어 말하기를 '시는 뜻을 말하는 것이며, 노래는 말을 길게 읊는 것이다'라고 하였으니, 이는 시교(詩教)[48]의 시작이다. 『우서(虞書)』에서 황제 용(庸)은 노래를 지어서

---

42) 립(立)은 립(粒)과 같은 뜻으로 곡식을 먹인다는 뜻이다.
43) 진(晉)의 황보밀(皇甫謐)이 찬술했다. 1권
44) 吾日出而作 日入而息 鑿井而飮 耕田而食 帝何德于我哉
45) 음악의 가락.
46) 『서경(書經)』 「요전(堯典)」편. 지금은 서경의 「요전」과 「순전(舜典)」을 합하여 한 편으로 되어 있다.
47) 유우씨(有虞氏). 순임금. 요임금의 선양(禪讓)을 받기 전에 우(虞)에 나라를 세웠으므로 이렇게 말한다.
48) 시의 가르침.

勅天之命　　하늘의 명령을 받들어

惟時惟幾　　어느 때건 힘쓰고 빌미를 살펴야 한다

라고 하였다. 또

股肱喜哉　　신하들이 즐거우면[49]

元首起哉　　임금은 홍기하고

百工熙哉　　관리들은 화락하리로다

라고 하였다. 고요(皐陶)[50]는 손을 짚고 머리를 조아리며 소리 높여 큰 소리로 아뢰기를 '굽어살피소서! 신하를 거느리고 일을 일으키시되, 법을 삼가고 공경하소서! 이루신 일을 자주 살펴서 공경하소서!'[51]라고 하고 노래하여

元首明哉　　임금이 밝으시면

股肱良哉　　신하도 어질어서

庶事康哉　　온갖 일이 편안하리로다

라고 하고, 또 노래하기를

元首叢脞哉　　천자가 번거롭고 좀스러우면[52]

股肱隋哉　　신하가 게을러지니

萬事墮哉　　모든 일이 무너지리로다

---

49) 임금이 가장 믿는 중요한 신하를 고굉지신(股肱之臣)이라고 한다.
50) 순임금을 섬긴 고요(皐陶)와 기(夔)와 후직(後稷)과 설(契)의 네 이름난 신하가 있었다.
51) 念哉 率作興事 愼乃憲 欽哉 屢省乃成 欽哉
52) 총좌(叢脞)는 좀스럽고 번쇄(煩碎)한 것을 말한다.

라고 하였다. 그러자 황제가 답례하며 '그렇구나! 가서 공경하시오'[53]라고 하였다. 『시자(尸子)』[54]에는 순임금께서 다섯 줄의 거문고를 연주하며 '남풍지시(南風之詩)'를 노래한 것을 실었는데,

南風之薫兮	남풍이 솔솔 불어오니
可以解吾民之慍兮	내 백성의 화를 풀 수 있겠구나
南風之時兮	남풍이 때맞춰 불어오니
可以阜吾民之財兮	내 백성의 재물을 살찌울 수 있겠구나

라고 하였다. 『상서대전(尙書大傳)』[55]에는 순임금이 우(禹)임금에게 왕위를 물려주려 하자, 재주가 뛰어난 사람들과 온갖 장인들이 서로 화합하여 노래한 '경운(卿雲)'을 실었는데, 노래에

卿雲爛兮	상서로운 구름 찬란하여라
糾縵縵兮	모여서 끝없이 늘어섰구나
日月光華	해와 달의 빛이여
旦復旦兮	날마다 날마다 아름답구나

라고 하였다. 팔백가(八伯歌)[56]는

---

53) 兪 往欽哉
54) 전국시대 초(楚)나라 사람 시교(尸佼)가 편찬한 책이름. 모두 21편이다.
55) 『서경』의 책 이름. 이 책은 오래되어 이미 없어졌다.
56) 팔관장(八官長). 팔주팔백(八州八伯). 요임금 때 팔백(八伯): 환두(驩兜)·공공(共工)·방제(放齊)·곤(鯀) 등을 말하는데, 나머지 넷은 알 수 없다. 순임금 때 팔백: 양백(陽伯: 백이<伯夷>)·희백(羲伯: 희중<羲仲>의 후예)·하백(夏伯: 기<棄>)·희백(羲伯: 희숙<羲叔>의 후예)·추백(秋伯: 구요<咎繇>)·화백(和伯: 화중<和仲>의 후예)·동백(冬伯: 수<垂>) 등인데, 나머지 한 명은 알 수 없다.

明明上天　　밝고 밝구나 저 하늘은
爛然星陳　　찬란하구나 늘어선 별은
日月光華　　해와 달의 빛이여
弘于一人　　우리 임금 널리 비추는구나

라고 하였다. 황제는 바로 노래를 실어

日月有常　　해와 달은 오래도록 변치 않고
星辰有行　　별들은 끊임없이 순환하니
四時順經　　사계절은 어김없이 지나고[57)]
萬姓允誠　　모든 백성 참되구나

於予論樂　　나에게 음악을 이야기하시니
配天之靈　　하늘의 은총을 나누어주셨네
遷于賢善　　어질고 선함으로 바뀌어가니
莫不咸聽　　두루 듣지 못하는 이 없도다

鼖乎鼓之　　둥둥 북을 울리니
軒乎舞之　　일어나 춤을 추누나
菁華已竭　　아름다운 빛 이미 다하고서
褰裳去之　　치마 걷어 올리고 떠나가누나

라고 하였다. 그 나머지는

---

57) 순(順)은 종(從)을 잘못 쓴 듯.

普天之下	광대한 하늘 아래58)
莫非王土	왕의 땅 아닌 곳 없고
率土之濱	넓디 넓은 천하에
莫非王臣	왕의 신하 아닌 자 없네

(순임금이 스스로 지은 시)

를 비롯해

形若槁骸	형체는 마른 나무 같고
心若死灰	마음은 식은 재 같구나
眞其實知	참으로 참된 것을 알면서
不以故自持	일체 삼가하여 자랑하지 않네

媒媒晦晦	마음을 잊고 지혜를 잊었으니
無心而不可與謀	더불어 의논할 수도 없네
彼何人哉	대체 어떤 사람인가?59)

피의(被衣)60)가 지은 것이다. 『문심조룡』을 보라)

및 『금섭습유기(琴摻拾遺記)』와 『고금악록(古今樂錄)』61) 속에 기록된 요순 시대의 가사(歌詞)와 같은 것들이다.(요임금에게 '신인창<神人暢>'이 있고, 순임금에게 '사친섭<思親摻>'이 있는 것과 같은 것이다) 이러한 것들은 모두 『삼백편』의 시초다. 이것은 오로지 당시에 있었던 노래인데, 대개 모

---

58) 보(普)는 부(溥)의 잘못인 듯.
59) 『장자(莊子)』 지북유(知北遊).
60) 『장자(莊子)』의 우화(寓話)에 나오는 옛날 현인.
61) 1책. 진(陳)의 승려 지장(智匠)이 편찬했다. 고금의 악률(樂律)에 관한 일을 기술했다.

두가 뒷 사람들이 수집한 것을 기록한 것으로, 시가(詩歌)라고 한다. 그
리고 『삼백편』에 들어 있는 것은 하(夏)·상(商) 때가 되어서야 비롯된
것이다.

이것이 시 기원의 대략적인 상황이다.

제3절 시(詩)·부(賦)와 문(文)의 구별

부(賦)는 육시(六詩)[1] 가운데 하나이며, 산문(散文)은 시(詩)의 후진(後
進)이다. 그러므로 부와 산문은 시와 똑 같은 관계가 있다. 그 사이에 같
지 않은 점은 배우는 사람들도 몰라서는 안 된다. 따라서 아래에 나누어
적는다.

1. 시(詩)와 부(賦)의 구별과 부(賦)의 원류(原流)

반고(班固)[2]는 『한서(漢書)』[3] 「예문지(藝文志)」에서 "전에서 말하기
를 '노래부르지 않고 읊조리는 것을 부(賦)라고 한다. 높은 경지에 올라
부를 지을 수 있으면, 대부(大夫)라고 여길 만하다'라고 했다. 사물에 감
응하면 문장 뜻의 실마리를 이루게 되는데, 재능과 지혜가 깊고 아름다
워 함께 일을 도모할 수 있기 때문에, 대부의 반열로 여길 수 있음을 말

---

1) 육의(六義)
2) 후한(後漢) 초기의 역사가이며 학자. 섬서성(陝西省) 함양(咸陽) 사람. 자는 맹견(孟
   堅). 아버지 표(彪)의 유지를 받들어 20년 걸려 『한서(漢書)』를 완성하고, 뒤이어 『백
   호통의(白虎通義)』를 찬집하였다. 두헌(竇憲)이 흉노(匈奴)를 칠 때 중호군(中護軍)
   으로 참전하였다가 패전하여 옥사(獄死)하였다.
3) 전한(前漢) 12세 240년간의 기전체(紀傳體)의 사서(史書). 후한(後漢)의 반표(班彪)
   가 착수하고, 아들인 반고(班固)가 크게 이루었으나, 팔표(八表) 등 완결되지 못한 부
   분은 누이 동생인 반소(班昭)가 보충하였다. 총 120권으로 12제기(帝紀), 8표(表), 10
   지(志), 70열전(列傳)으로 구성되어 있다.

하는 것이다. 옛날 제후와 경대부들이 이웃 나라와 서로 사귈 때, 함축적
인 말로 서로 감동했으니, 읍하며 겸손한 뜻을 표시할 때가 되면 반드시
시를 지어 그 뜻을 비유하였는데, 대개 그것으로써 현명하고 어리석음을
구별하고, 그 나라의 융성과 쇠망을 살폈다. 춘추(春秋) 이후 주(周)나라
의 도(道)가 점점 무너지자, 방문할 때 노래하고 읊조리는 것이 여러 나
라에서 행해지지 않았고, 시를 배운 선비는 숨어서 벼슬하지 않고, 현인
들이 뜻을 잃은 부(賦)가 지어졌다. 대유학자인 손경(孫卿)4)과 초(楚)나라
신하인 굴원은 참소를 입어 나라를 걱정하며, 모두 부를 지어서 풍간(諷
諫)했는데, 다 측은한 옛 시의 뜻이 있었다"5)고 했으니, 이것은 부(賦)의
기원을 말하는 것이다. 그러나 그의 말은 시가 쇠퇴하고 난 이후의 부를
이야기한 것이지, 고대의 부를 말한 것은 아니다. 대개 고대의 부는 이미
볼 수가 없다.『좌전(左傳)』6)에서 정(鄭)나라의 장공(莊公)이 영고숙(潁考
叔)7)의 말에 감동하여 무강(武姜)과 길에서 서로 만났는데, 공이 들어가
면서 부를 지어

---

4) 순경(荀卿). 이름은 황(況). 전국시대 조(趙)나라 사람. 순(荀)과 손(孫)이 음이 가까우
  므로 손경(孫卿)이라고도 한다. 저서에는『순자(荀子)』가 있다.
5) 傳曰 不歌而誦謂之賦 登高能賦 可以爲大夫 言感物造耑 材知深美 可與圖事 故
  可以爲列大夫也 古者 諸侯卿大夫交接隣國 以微言相感 當揖讓之時 必稱詩以諭
  其志 蓋以別賢不肖 而觀盛衰焉 春秋之後 周道寢壞 聘問歌詠 不行于列國 學詩
  之士 逸在布衣 而賢人失志之賦作矣 大儒孫卿及楚臣屈原 離讒憂國 皆作賦以風
  咸有惻隱古詩之義
6)『춘추좌씨전(春秋左氏傳)』의 준말.『춘추(春秋)』의 해석서. 노(魯)나라 사관이었던
  좌구명(左丘明)이 지었다 한다. 30권.
7) 춘추시대 정(鄭)나라 사람. 장공(莊公) 때 공은 어머니 무강(武姜)이 공숙단(共叔段)
  의 모반을 도와 성공하자, 성영(城潁)에 어머니를 두고 맹세하기를 황천에 가기까지
  서로 보지 않겠다고 하였다. 뒤에 그것을 후회하고 있던 차에, 마침 영고숙이 공에게
  올릴 것이 있었는데, 공은 그에게 국을 내리고 집에 있는 고기를 먹이면서 안부를 물
  으니, 대답하기를 '소인에게 어머니가 있는데 청해서 그곳으로 보내었습니다'라고 하니,
  공이 감동하여 무강과 서로 만나 옛날처럼 되었다.

大隧之中　　　큰 무덤길 속이여

其樂也融融　　그 즐거움 화평하구나

라고 하자, 무강은 나오면서 부를 지어

大隧之外　　　큰 무덤길 밖이여

其樂也洩洩　　그 즐거움 훨훨 나는구나

라고 하였다. 또 진(晉)의 헌공(獻公)은 사위(士蔿)[8]에게 이오(夷吾)를 위해 굴(屈)에 성을 쌓게 하였는데, 신중하게 하지 않고 땔나무를 세워 두었더니, 그를 꾸짖고 물러나오며 부를 지어

狐裘尨茸　　　어지럽기도 하여라[9]

一國三公　　　한 나라에 삼 공이니

吾誰適從　　　나는 누구를 따를까?[10]

라고 하였으니, 부의 부흥은 춘추시대에 있었음을 알 수 있다. 전국시대에는 송옥(宋玉)과 당륵(唐勒)[11]이 모두 부로 이름났다. 한(漢)대에 이르러서는 가의(賈誼)[12] · 육가(陸賈)[13] · 매승(枚乘)[14] · 사마상여(司馬相如)[15] ·

---

8) 춘추시대 진(晉)의 대부(大夫). 환공(桓公)과 장공(莊公)의 일족으로 전횡(專橫)이 심해서 헌공(獻公)이 그것을 근심스러워 했다.

9) 여우 가죽으로 만든 옷. 털 따위가 흩어진 모양. 산란한 모양. 대체는 좋으나 나쁜 곳이 조금 있다는 비유. 호구이고수(狐裘而羔袖).

10) 『좌씨(左氏)』 희(僖) 오(五).

11) 전국시대 초나라의 대부. 글짓기를 좋아하여 부로 칭송을 받았다.

12) 전한(前漢) 문제(文帝) 때의 문신. 낙양(洛陽) 사람이다. 문제 때 박사(博士)에서 태중대부(太中大夫)가 되었으며, 뒤에 장사왕(長沙王)의 태부(太傅)로 좌천되었다가 다시 양회왕(梁懷王)의 태부가 되었다. 가태부(賈太傅) 또는 가생(賈生)이라고도 불리

동방삭(東方朔)16) · 유향(劉向)17) · 양웅(揚雄)18) 등이 있었다. 『한서(漢書)』
「예문지(藝文志)」 '칠략(七略)'에는 부를 열거하여 사가(四家)로 했는데, 첫
째는 굴원의 이소(離騷) 여러 편으로, 마음을 이야기하기 위한 작품을 많
이 지어, 대개 천고의 부를 우뚝 세웠다. 둘째는 육가(陸賈)의 부로서 이미
구해 볼 수가 없는데, 대개 가언(家言)19)을 자유자재로 한 글이다. 셋째는
손경(孫卿)의 부로 대개 사물을 읊어 뜻을 펼쳐 보인 작품들이다. 넷째는
잡부(雜賦)로서 그 가운데에는 「성상(成相)」20)의 '잡사(雜辭)'와 '은서(隱
書)' 등의 편과 산과 언덕, 피어오르는 기운, 비와 가뭄, 날짐승과 길짐승,
육축(六畜)21), 곤충에 이르기까지의 여러 작품을 포함하고 있다. 이것은 후
세의 '연주(連珠)'22) '운어(韻語)'23) '성복(星卜)'24) '점요(占繇)'25)의 기원일

며, 33세에 요절하였다.
13) 한(漢)나라 초기의 학자. 초(楚)나라 사람. 고조(高祖)의 유세객으로 천하 통일에 공
   이 커서 태중대부(太中大夫)가 되었다.
14) 한(漢) 회음(淮陰) 사람. 자는 숙(叔). 문장을 잘 해서, 경제(景帝) 때 오왕(吳王) 비
   (濞)의 랑중(郎中)이 되었다. 비가 원망하며 반역을 꾀하자 매승이 간(諫)하였으나 받
   아들여지지 않자, 양(梁) 효왕(孝王)에게로 가서 벼슬하며 '칠발(七發)'을 지어 풍간
   (諷諫)하기도 했다.
15) 전한(前漢)의 문인. 자는 장경(長卿). 무제(武帝) 때 랑(郎)으로서 서남이(西南夷)와
   의 외교에 공이 컸다. 사부(辭賦)에 능하여 한(漢) · 위(魏) · 육조(六朝) 문인의 모범
   이 되었다.
16) 전한(前漢) 때의 문인. 자는 만천(曼倩). 무제(武帝)를 섬겨 금마문시중(金馬門侍
   中)이 되었다. 해학과 변설(辯舌)에 능했다.
17) 전한(前漢)의 종실로서 자는 자정(子政). 충성스럽기 짝이 없었고 뛰어난 학자로서
   문장에 능했다.
18) 한(漢) 성도(成都) 사람. 자는 자운(子雲). 박학하며 생각이 깊었고, 문장으로 이름
   있었다. 성제(成帝) 때 황제에게 '감천(甘泉)', '하동(河東)', '장양(長楊)' 등의 부를 읊
   어 올렸다.
19) 사가(私家)의 언론. 편견을 가지고 일가(一家)의 말을 이룬 것
20) 『순자(荀子)』의 편명(篇名).
21) 소, 말, 양, 닭, 개, 돼지.
22) 사구(辭句)를 대비(對比) 연속(連續)하여 풍유(諷諭)를 주로하는 형식.
23) 시가(詩歌) 이외의 격언(格言), 속언(俗諺)을 비롯한 모든 운(韻)이 달린 문장. 예를
   들어 옛 사람들의 이론서도 운이 달려 있지만 시가는 아닌 것과 같은 것이다.
24) 점성술(占星術).

것이다. 그러나 후세의 부는 대개 굴원의 이소를 바탕으로 하며(이소를 『초사』 가운데 한 편이라고 생각하지만, 초사라고 칭한 것은 유향이 굴원과 송옥이 지은 것을 모아 『초사』 15권을 이루면서부터이고 왕일(王逸)26)이 또한 『초사장구(楚辭章句)』를 지었으므로, 굴원과 송옥의 부는 초사라고 한다), 가의(賈誼)의 '석서(惜誓)'와 같은 것은 위로 초사에 이어졌고, '붕조(鵬鳥)'는 '복거(卜居)'와 비슷하다. 사마상여는 '원유(遠遊)'로부터 다시 '대인부(大人賦)'를 이루었고, 매승은 '대초(大招)'로부터 '초혼(招魂)'으로 퍼지고 '칠발(七發)'을 이루었는데, 그 나머지는 다시 내가 헤아리기 어렵다. 이제 부의 원류가 이미 밝혀짐에, 시와 부의 구별을 말할 수 있다. 시와 부의 구별은 어디에 있는가? 말하자면, 노래되지 않고 읊조리는 데 있다. 그러나 후세의 부에 이르면 오로지 펼쳐서 죽 벌여 놓는 것을 일로 삼았으니, 시를 따르기가 더욱 어려워졌다. '어부(漁父)'와 같은 사(辭)는 일정하게 운(韻)을 고르지 않았고, 운의 글자도 없게 되었으니, 그것이 고시(古詩)에서 흘러온 것임을 거의 알지 못하게 되었다.

2. 시(詩)와 문(文)의 구별

산문(散文)의 기원과 뜻은 내가 제7집(『문학상식(文學常識)』)에서 상세히 말했었다. 여기에서는 다만 시와 다른 점만을 따라 그것을 구별하여 적는다. 대개 산문은 실용적인 면으로 치우쳐 있으며, 시는 감정을 표현하는 면으로 치우쳐 있다. 산문의 형식은 하나같지 않지만, 시는 비교적 가지런하게 되어 있고, 자신의 정감(情感)을 전달하기가 쉽다. 산문이 묘사하는 것은 때때로 단편적이고, 현실적이며, 곳곳에 해석과 설명을 사용한다. 그러나 시는 구체적이고 비유적이며, 암시(暗示)에 편중되어 있다.

---

25) 점을 쳐서 나타나는 형상.
26) 후한(後漢) 의성(宜城) 사람. 자는 숙사(叔師). 순제(順帝) 때 시중(侍中) 벼슬을 했다. 저서로는 『초사장구(楚辭章句)』, 『부뢰서론(賦誄書論)』 등이 있다.

게다가 사람의 마음을 감동시키는 힘을 이야기하자면, 시의 효력은 대단해서, 사람들에게 길이길이 입으로 그것을 읊게 하면 두뇌에 두루 미치는 효력이 있다. 형식을 이야기하자면, 시는 모두 압운(押韻)이며, 쓰는 글자도 대단히 우아하고 아름다우며 조화롭다. 따라서 산문이 성운(聲韻)을 고르지 않고, 글자도 반드시 애써 우아하고 아름다워 사람을 감동시킬 것을 찾을 필요가 없어도 되는 것과는 다르다. 이것이 시와 문의 구별이다.

제4절 시(詩)의 종류(種類)

시의 종류는 크게 4종류로 나눌 수 있는데, 기사(紀事)·서정(敍情)·사경(寫景)·설리(說理)다. 이제 그것을 아래에 나누어 적는다.

1. 기사시(紀事詩)

중국의 기사시 작품은 대단히 적은데, '여강소리(廬江小吏)' '장한가(長恨歌)' '영화궁사(永和宮詞)' 등과 같은 것으로, 시문학의 위치상 이미 손가락으로 꼽을 만한 작품들이다. 기사시의 어려움으로는 첫째, 하나의 중심 인물을 분명히 정해야 한다. 둘째, 종교적인 의미가 포함되어 있어야 한다. 셋째, 민족의 모든 것을 나타낼 수 있어야 한다. 넷째, 객관적 관점이 있어야 한다는 것이다. 그런데 중국에서 예로부터 창작된 기사시로서 위에 적은 네 원칙에 합당한 것은 실제로 거의 없어, 얼마 되지 않는다.

2. 서정시(敍情詩)

서정시는 중국에서 가장 많은 것이다. '감회(感懷)' '도무(悼無)' '애시

'(哀詩)' 등의 작품 같은 것으로, 보통 시를 창작하는 사람이라면 거의 짓지 않은 사람이 없다. 대개 시는 본래 성정을 드러내어 펼치는 도구이며, 온 세상 사람들도 '정(情)'이라는 한 글자에서 벗어날 수는 없다. 그렇다면 서정시는 당연히 시문학의 큰 부분을 차지할 수밖에 없다. 게다가 서정시는 또한 기사시가 가지고 있는 네 가지의 원칙이 없어, 감흥이 오면 드러내어서 감탄의 말을 읊고 노래하여 마음을 드러내어 펼친다. 혹은 순수하게 개인의 감정을 드러내고, 혹은 조금 넘어서서 전체 백성들의 마음을 대신 드러내기도 하니, 하나같이 불가능한 것이 없다.

3. 사경시(寫景詩)

옛날 사람들은 왕유(王維)[1]의 시가 모두 그림의 경지에 들어갔다고 했다. 이로 볼 때 시는 경치를 묘사하는 도구이기도 하다는 것을 알 수 있다. 대개 시 작품은 정(情)과 경(景)이 겸한 것을 상(上)으로 삼고, 한쪽으로 치우친 것은 다음으로 삼는다. 그러나 옛 사람의 시작(詩作)에는 때때로 경(景)과 물(物) 속에 정(情)을 펼치고, 헤아릴 수 없이 변화하는 자연의 모습에 생각을 의탁하기도 하였다. 그러므로 사경시 또한 시 가운데 하나의 큰 부분을 차지한다. 사경시의 종류는 오로지 산수(山水)와 화조(花鳥)로부터 자연계의 모든 경치에서 벗어날 수 없다. 그러나 사경시의 묘미는 경치를 노련하고 확실하게 묘사해 내는데 있는 것이 아니라, 그 묘미는 완전히 화가(畫家)가 미칠 수 없는 곳까지 해낼 수 있다는 데에 있다. 하나하나 묘사해내자면, 꽃향기나 새소리 같은 것은 모두 화가의 능력이 미칠 수 있는 것이 아니지만, 시는 그것을 할 수 있다. 이것이 사경시가 귀중할 수 있는 까닭이다.

---

1) 성당(盛唐) 시대의 대표적 자연시인. 자는 마힐(摩詰). 만년에 상서우승(尙書右丞)의 벼슬을 하였으므로, 관직명을 따서 왕우승(王右丞)이라고도 한다. 시 뿐만 아니라 음악의 명수이기도 하고, 남화(南畵)의 시작으로 일컬어질 정도로 산수화에도 능했다.

4. 설리시(說理詩)

송(宋)대 사람들은 정호(程顥)2), 정이(程頤)3), 소옹(邵雍)4), 주자(朱子) 등 여러 사람처럼, 시에는 이치를 잘 설명한 것이 많아야 한다고 생각했으며, 시인은 문(門)을 넓게 한다고 했다. 대개 시는 이치의 길을 넘어서지 않고, 언어상의 논리로 떨어지지 않는 것을 좋은 작품으로 삼았다. 그러나 이른바 이치의 길과 언어상의 논리란 바로 성명이기(性命理氣)의 학문을 가리켜 말하는 것이지, 설리시의 이치는 아니다. 설리시의 이치는 바로 천지 사이 자연의 이치이니, 무릇 하나의 일에 대한 느낌이나, 하나의 물건에 대한 깨달음이 모두 일어나 말로 될 수 있다. 그러나 반드시 그 사물의 참된 모습은 슬픔과 기쁨, 행·불행을 막론하고 자세히 설명하여야 하되, 자연스러움에 따라야지 지어내어서는 안되며, 또한 괜히 넓어져 요점도 아닌 것에 그것을 빼앗겨서는 안 된다. 이른바 곳곳에서 감정과 이치를 하나로 합해야 한다는 것이다. '노수시(老樹詩)'는

庭前有老樹	뜰 앞에 늙은 나무 있어
春來抽條新	봄 오니 가지에 새싹 트네
枯榮有變化	시들고 무성함 변화는 있어도
同此本與根	이 근본과 뿌리는 한가지
人生亦如此	사람의 삶도 이와 같으니
嬋遞秋復春	봄 가을로 아름다움 바뀌네

---

2) 북송(北宋)의 대유학자. 자는 백순(伯淳). 호는 명도(明道). 아우 정이(程頤)와 같이 주돈이(周敦頤)의 문인. 우주의 본성과 사람의 성(性)이 본래 동일한 것이라고 주장하였으며, 『역(易)』에 조예가 깊었다.

3) 북송(北宋)의 학자. 낙양(洛陽) 사람. 자는 정숙(正叔), 호는 이천(伊川). 정호의 아우. 처음으로 이기(理氣)의 철학을 제창하여 유교 도덕에 철학적 기초를 부여하였다.

4) 송(宋) 때의 학자. 자는 요부(堯夫). 역리(易理)에 정통하였으며 저서에는 『황극경세(皇極經世)』『이천격양집(伊川擊壤集)』이 있다. 시호는 강절(康節).

我死而有子	내가 죽고 아들이 나고
子死而有孫	아들이 죽고 손자가 나니
根本苟不斷	근본은 조금도 끊이지 않고
血脈長是親	혈맥은 영원히 가까운 것
老幼體屢變	늙은이 어린이 몸은 자꾸 바뀌어도
生死理未眞	살고 죽는 이치 참은 아니로다
眼前兒童輩	눈 앞의 어린 아이들
都是千歲人	모두 천 년의 사람인 것을

라고 했는데, 이것이 바로 설리시다.

위에 적은 네 가지 종류에 시의 종류를 거의 모두 넣을 수 있다. 그러나 詩의 형식과 체제에서는 다시 복잡해지니, 다음 절에서 그것을 적는다.

제5절 시체(詩體)의 예(例)

시의 형식과 종류는 아주 많다. 대개 시의 형식과 체제는 시대에 따라 변천한다. 그러나 고체(古體)의 시는 상고 시대에 시작되어 육조(六朝) 때에 크게 갖추어졌고, 근체(近體)의 시는 당(唐)에서 시작되어 송(宋) 말경에 변화가 심했고, 원(元)·명(明) 이후에는 옛 법칙을 따름으로 해서 새로 된 것이 없어, 사람에 따라 그 형식과 체제의 이름을 달리하는데 불과했으니, 시학(詩學)과는 조금도 관계가 없었다.

원래 시의 형식과 체제를 구분하여 이야기한 것은, 시대에 따라 각각 몇 사람들이 있었는데, 어떤 사람은 간결하고, 어떤 사람은 번잡하여, 어떤 것을 따라야 할지 모르겠다. 다만 엄우(嚴羽)[1]가 시의 형식과 체제를 나눈 것은 자못 뒤에 시의 법칙을 이야기하는 사람들이 근거로 삼을 것이 되었다. 그것의 대강을 개괄하여 보면, 8개로 나눌 수 있다. 비록 그 번잡함을 오히려 병으로 여길 수도 있지만, 처음에 그것을 배워 두면 반드시 올바른 방향으로 가리라고 말할 수 있다. 이제 뺄 것과 더할 것을 대략 짐작하여 아래에 하나하나 적는다.

1. 시대로 체를 나눈 것

1) 건안체(建安體) : 한(漢) 헌제(獻帝)의 연호(196~220). 조식(曹植)[2] 부자와 업중칠자(鄴中七子)[3]의 시와 같은 것이다.

2) 황초체(黃初體) : 위(魏) 문제(文帝) 조비(曹丕)의 연호(221~226). 건안과 서로 가까워 그 체는 하나다.

3) 정시체(正始體) : 위(魏) 왕 조방(曹芳)의 연호(240~248). 혜강(嵇康)[4], 완적(阮籍)[5] 등 여러 사람들의 시와 같은 것이다.

4) 태강체(太康體) : 진(晉) 무제(武帝)의 연호(280~289). 좌사(左思)[6], 반악(潘岳)[7], 삼장(三張 : 장화<張華>[8]·장재<張載>[9]·장협<張協>[10]),

---

1) 송(宋) 소무(邵武) 사람. 자는 의경(儀卿)·단구(丹丘). 스스로 창랑포객(滄浪逋客)이라고 호했다. 엄인(嚴仁), 엄참(嚴參)과 함께 삼엄(三嚴)이라고 했다. 『창랑시집(滄浪詩集)』과 『창랑시화(滄浪詩話)』가 있다. 그는 시를 논하여 이치의 길을 거치지 않고, 언어상의 논리로 떨어지지 않는 것을 최고로 삼았다.

2) 중국 삼국시대 위(魏)나라 문제(文帝) 조비(曹丕)의 아우. 시문(詩文)에 뛰어났다.

3) 위(魏)나라 때의 공융(孔融), 서간(徐幹), 왕찬(王粲), 진림(陳琳), 완우(阮瑀), 유정(劉楨), 응창(應瑒) 등 일곱 명의 문사(文士).

4) 자는 숙야(叔夜). 죽림칠현(竹林七賢)의 한 사람. 노장(老莊)의 학문을 좋아하여 『양생편(養生篇)』을 지었다.

5) 죽림칠현의 한 사람. 노장을 좋아하였으며, 호주가(好酒家)로서 거문고를 잘 탔다. 벼슬이 보병교위(步兵校尉)에 이르렀으므로 완보병(阮步兵)이라고도 한다.

6) 진(晉) 임치(臨淄) 사람. 자는 태충(太沖). 출신이 미천했으나 공부에 힘써 뒤에 시부(詩賦)에 능했다.

7) 진(晉) 영양(榮陽) 사람. 자는 안인(安仁). 어려서부터 뛰어난 재주가 돋보였고, 젊어

이육(二陸 : 육기<陸機>11) · 육운<陸雲>12)) 등 여러 사람의 시와 같
은 것이다.

5) 원가체(元嘉體) : 송(宋) 문제(文帝)의 연호(424~453). 안연지(顏延之)
· 포조(鮑照) 등 여러 사람의 시와 같은 것이다.

6) 영명체(永明體) : 제(齊) 무제(武帝)의 연호(483~493). 심약(沈約)13),
사조(謝朓) 등 여러 사람의 시와 같은 것이다.

7) 제양체(齊梁體) : 제(齊)와 양(梁) 양조(兩朝 : 479~557)의 시를 합해
서 말한다.

8) 남북조체(南北朝體) : 위(魏 : 386~556)와 주(周 : 557~581)의 시를 합
해서 말한다.

9) 당초체(唐初體) : 당(唐) 초기의 시. 아직 진(陳 : 557~589)과 수(隋 :
581~618)의 체를 답습하고 있었으므로 그렇게 말한다.

10) 성당체(盛唐體) : 경운(景雲 : 무후<武后 : 710~711>) 이후의 개원(開
元 : 713~741) · 천보(天寶 : 742~756) 때의 시다.

11) 대력체(大曆體) : 당(唐) 대종(代宗)의 연호(766~779). 대력십재자(大曆
十才子 : 노륜<盧綸>14) · 길중부<吉中孚>15) · 한굉<韓翃>16) · 전기<錢

서 글로 이름을 날렸다. 급사황문시랑(給事黃門侍郎)의 벼슬에 올랐다. 당시 최고의
부자로 알려진 석숭(石崇)과 친했고, 용모가 출중하고 아름다운 글을 잘 지어 낙양 길
에 나서면 여인들이 과일을 던져 수레에 가득 찼다고 한다.
8) 진(晉) 방성(方城) 사람. 자는 무선(茂先). 위(魏) 어양군수(漁陽郡守)였다. 학문이
대단히 뛰어나고 박식했다.
9) 진(晉) 평안(安平) 사람. 자는 맹양(孟陽). 촉군태수(蜀郡太守) 벼슬을 했다. 성품이
한아(閒雅)하고, 박학하며 문장에 뛰어났다.
10) 진(晉) 사람. 장재(張載)의 아우. 자는 경양(景陽). 어려서부터 재주가 뛰어났다. 관
직은 하간내사(河間內史)에 이르렀다.
11) 자는 사형(士衡). 오(吳)의 세족이었으나 오나라가 망하고 낙양(洛陽)으로 와서 장화
(張華)의 추천으로 벼슬도 하고 문명도 날렸다.
12) 오(吳) 사람. 자는 사룡(士龍). 시문에 능했다. 팔왕(八王)의 난 때 형 육기와 함께
사형당했다.
13) 양(梁)나라 문인. 무강(武康) 사람. 자는 휴문(休文). 박학하고 시문을 잘 하였으며,
장서(藏書)가 2만 권에 이르렀다 한다. 벼슬은 상서령(尚書令)에 이르렀다.

起>17) · 사공서<司空曙>18) · 묘발<苗發>19) · 최동<崔峒>20) · 경위<耿
煒>21) · 하후심<夏侯審>22) · 이단<李端>23))24)의 시와 같은 것이다.

12) 원화체(元和體) : 당(唐) 헌종(憲宗)의 연호(806~820). 원진(元稹)과
　　백거이(白居易) 등 여러 사람의 시와 같은 것이다.

13) 만당체(晩唐體) : 만당(晩唐 : 827~907) 때 여러 사람들의 시인데, 온
　　정균(溫庭筠)이나 이백(李白)25)과 같은 사람들이다.

14) 원우체(元祐體) : 송(宋) 철종(哲宗)의 연호(1086~1094). 소식(蘇軾)과
　　황정견(黃庭堅) 등 여러 사람의 시와 같은 것이다.

15) 강서종파체(江西宗派體) : 황정견(黃庭堅)이 종주(宗主)다. 남송(南宋
　　: 1127~1279) 이후 시인들은 아직 이 파의 시를 따랐다.

16) 송유민시체(宋遺民詩體) : 사고(謝翺)26), 정사초(鄭思肖)27), 등목(鄧
　　牧)28) 등 여러 사람의 시와 같은 것이다.

---

14) 당(唐) 포(浦) 사람. 자는 윤언(允言). 여러 차례 진사에 천거되었으나 급제하지 못했
　　다. 시에 능했다.
15) 파양(鄱陽) 사람. 시에 능했다. 관직은 호부시랑(戶部侍郎)에 이르렀다.
16) 시인. 자는 군평(君平). 벼슬은 중서사인(中書舍人)에 이르렀다.
17) 시인. 벼슬은 고공랑중(考功郎中)에 이르렀다. 청신수려(淸新秀麗)한 시가 많았다.
18) 광평(廣平) 사람. 자는 문초(文初). 관직은 우부랑중(虞部郎中). 시에 능했다.
19) 시에 능했으며, 관직은 도관원외랑(都官員外郎)에 이르렀다.
20) 박릉(博陵) 사람. 진사에 급제하고, 좌습유(左拾遺)를 거쳐 우보궐(右補闕)에 이르렀
　　다. 시에 능했다.
21) 하동(河東) 사람. 자는 홍원(洪源). 관직은 우습유(右拾遺)에 이르렀다. 시에 능했다.
22) 초(譙) 사람. 관직은 시어사(侍御史)에 이르렀다.
23) 조주(趙州) 사람. 호는 형악유인(衡嶽幽人). 관직은 항주사마(杭州司馬)를 지냈다.
　　시에 능하고, 시집을 내어놓기도 했다.
24) 간혹 몇 사람 대신 낭사원(郎士元) · 이익(李益) · 이가우(李嘉祐) 등을 넣기도 한다.
25) 이백은 성당 시기의 시인으로 분류되는데, 저자는 이 부분에서 실수를 한 것으로 보
　　인다. 이하(李賀)나 이상은(李商隱)의 잘못인 듯하다.
26) 송(宋) 장계(長溪) 사람. 자는 고우(皋羽). 기개가 뛰어나고 절개가 있었다.
27) 송(宋)말 원(元)초의 은사(隱士). 연강(連江) 사람. 호는 소남(所南). 송이 망하자 숨
　　어 농사를 지으며 일생을 원 조정에 대한 저항으로 보냈다.
28) 송(宋) 전당(錢塘) 사람. 자는 목심(牧心). 호는 삼교외인(三敎外人) · 구쇄산인(九
　　鎖山人) · 대척은인(大滌隱人)이라고 한다. 송이 망하자 벼슬하지 않고 여항(餘杭)에

17) 건가시체(乾嘉詩體) : 청(淸) 건륭(乾隆 : 1736~1795)・가경(嘉慶 :
1796~1820)대의 시로, 원매(袁枚), 조익(趙翼) 등이다.

2. 사람으로 체를 나눈 것

1) 소리체(蘇李體) : 한(漢) 소무(蘇武)[29]와 이릉(李陵)[30]의 시

2) 조유체(曹劉體) : 위(魏) 조식(曹植)과 유정(劉楨)[31]의 시

3) 도체(陶體) : 진(晉) 도잠(陶潛)의 시

4) 사체(謝體) : 진(晉) 사령운(謝靈運)의 시

5) 서유체(徐庾體) : 양(梁)・진(陳) 때 서릉(徐陵)과 유신(庾信)의 시

6) 심송체(沈宋體) : 당(唐) 심전기(沈佺期)와 송지문(宋之問)의 시

7) 진습유체(陳拾遺體) : 당(唐) 진자앙(陳子昂)의 시

8) 왕양노낙체(王楊盧駱體) : 당(唐) 왕발(王勃)[32]・양형(楊炯)[33]・노조
린(盧照鄰)[34]・낙빈왕(駱賓王)[35]의 시

서 지냈다.

29) 한(漢) 사람. 자는 자경(子卿). 무제(武帝) 때 중랑장(中郞將)으로서 흉노(匈奴)에
사신으로 갔다가 19년 만에 돌아오니 소제(昭帝)가 절개를 지킨 공을 기리어 전속국
(典屬國)의 벼슬을 내렸다.

30) 한(漢)의 무인(武人). 무제(武帝) 때 흉노(匈奴)와 싸워 고군분투하다가 항복하니 선
우(單于)가 그를 우교왕(右校王)으로 삼았다.

31) 위(魏) 사람. 자는 공간(公幹). 건안칠자(建安七子) 가운데 한 사람.

32) 자는 자안(子安). 강주(絳州) 용문(龍門) 사람. 20세도 되기 전에 조산랑(朝散郞)이
되었고, 수찬(修撰) 벼슬을 하다가 지은 글 때문에 고종(高宗)의 미움을 받아 쫓겨났
다. 뒤에 자신 때문에 좌천된 아버지를 만나러 배를 타고 가다 바다에 빠져 죽었다.
오언율시와 오언절구 형식의 시를 많이 지었다. 산문으로 '등왕각서(滕王閣序)'는 명
문으로 전해진다.

33) 화음(華陰) 사람. 신동으로 과거에 합격 교서랑(校書郞)이 되었고, 숭문관(崇文館)
학사(學士)・첨사사직(詹事司直)을 거쳐 재주(梓州) 사법참군(司法參軍)・영천령(盈
川令) 등을 지냈다. 문재를 자부했으나 독창성은 부족하고, 변경생활과 전쟁을 주제로
한 작품들 속에 격앙된 정서가 잘 나타나 있다.

34) 자는 승지(昇之). 범양(范陽) 사람. 벼슬이 신도위(新都尉)까지 올랐다가 손발이 마
비되는 병으로 시달리다가 영수(潁水)에 투신 자살했다. 병고와 가난으로 말미암은 슬
프고 괴로운 정을 시로 읊었다.

9) 부오체(富吳體) : 당(唐) 부가모(富嘉謨)36)와 오소미(吳少微)37)의 시

10) 장곡강체(張曲江體) : 당(唐) 장구령(張九齡)의 시

11) 두소릉체(杜少陵體) : 당(唐) 두보(杜甫)의 시

12) 이태백체(李太白體) : 당(唐) 이백(李白)의 시

13) 고달부체(高達夫體) : 당(唐) 고적(高適)38)의 시

14) 맹호연체(孟浩然體) : 당(唐) 맹호연39)의 시

15) 잠가주체(岑嘉州體) : 당(唐) 잠참(岑參)40)의 시

16) 왕우승체(王右丞體) : 당(唐) 왕유(王維)의 시

17) 위소주체(韋蘇州體) : 당(唐) 위응물(韋應物)41)의 시

---

35) 의오(義烏) 사람. 일곱 살에 시를 지었다 하며, 벼슬은 장안주부(長安主簿)를 지냈는데, 측천무후에게 상소를 하다가 좌천되자 벼슬을 그만두었다. 측천무후를 치는 반란에 가담했다가 실패하자 도망쳐 자취를 감췄다 한다. 협기(俠氣)가 강하여 비장한 감정을 노래한 작품이 많다.

36) 무공(武功) 사람. 진사에 급제하여 진양위(晉陽尉)가 되었다. 문장이 우아하고 두터워 오소미(吳少微)와 함께 이름났다.

37) 신안(新安) 사람. 진사에 급제하였다. 부가모와 대단히 가까운 벗이었다. 문장을 엮는 것은 경학(經學)에 근본을 두었는데, 웅매(雄邁)하고 고려(高麗)하여 당시 사람들이 그를 흠모하였다.

38) 자는 달부(達夫). 발해(渤海) 수(蓨) 사람. 집이 가난했으나 성격이 호방하였고, 젊어서부터 유랑생활을 하여 많은 견문을 쌓았다. 만년에는 하서절도사(河西節度使) 가서한(哥舒翰)의 서기를 거쳐 검남서천절도사(劍南西川節度使)가 되기도 하였으며, 대종(代宗) 때에는 형부시랑(刑部侍郎)이 된 뒤 발해현후(渤海縣侯)에 봉해지기도 했다. 호쾌한 중에 애원도 깃들은 변새의 풍경과 정조를 잘 나타내고 있다.

39) 자 또한 호연(浩然). 양양(襄陽) 사람. 고향의 녹문산(鹿門山)에 숨어 지내다가 40세에 장안으로 나왔으나 벼슬하지 못했다. 그러나 그의 글재주와 시는 세상에 더욱 널리 알려지게 되었다. 장구령이 형주장사(荊州長史)로 있을 때 그의 속관으로 있기도 했다. 그의 시는 위응물·유종원에게로 이어지면서 당대 자연시파를 이룬다. 그가 노래하는 아름다운 자연 속에는 작자의 감정도 함께 섞여 움직이고 있다.

40) 하남(河南) 남양(南陽) 사람. 진사가 되어 안서절도판관(安西節度判官)·관서절도판관(關西節度判官) 등을 지냈고, 괵주장사(虢州長史)·가주자사(嘉州刺史)도 역임하였다. 그는 오랫동안 군막(軍幕)에서 생활하였으므로, 변새의 다양한 풍경들을 대단히 잘 그리고 있다.

41) 경조(京兆) 사람. 현종 때 삼위랑(三衛郎)을 지내며 일찍 벼슬길에 들어서 득의하였으나, 안사의 난이 일어나 현종이 물러나자 뜻대로 되지 않아, 산수로 눈을 돌렸다. 벼

18) 한창려체(韓昌黎體) : 당(唐) 한유(韓愈)의 시

19) 유자후체(柳子厚體) : 당(唐) 유종원(柳宗元)의 시. 위응물(韋應物)과 합해서 위유체(韋柳體)라고 한다.

20) 이장길체(李長吉體) : 당(唐) 이하(李賀)42)의 시

21) 이상은체(李商隱體) : 당(唐) 이상은의 시. 서곤체(西崑體)라고도 한다.

22) 노동체(盧仝體) : 당(唐) 노동43)의 시

23) 백낙천체(白樂天體) : 당(唐) 백거이(白居易)의 시. 원진(元稹)과 함께 원백체(元白體)라고 한다.

24) 두목지체(杜牧之體) : 당(唐) 두목(杜牧)의 시

25) 장적왕건체(張籍王建體) : 당(唐) 장적44)과 왕건45)의 시

26) 가랑선체(賈閬仙體) : 당(唐) 가도(賈島)46)의 시

27) 맹동야체(孟東野體) : 당(唐) 맹교(孟郊)47)의 시

슬은 소주자사(蘇州刺史)를 지내어 위소주라고도 부른다. 그의 시는 도연명과 사령운을 계승하고 왕유와 맹호연의 자연시를 받들어 고아(高雅)하고 한담(閑淡)하다.

42) 자는 장길(長吉). 창곡(昌谷) 사람. 몰락한 황실의 후예로서 일생을 궁하게 살다가 27세의 나이로 일생을 마쳤다. 봉례랑(奉禮郞)이라는 낮은 벼슬을 하기도 했다. 그는 성당을 통하여 발전했던 중국시의 낭만주의적인 성과에다 한유·맹교의 수법을 가미하여 시를 발전시킨 개성적인 작가다. 그의 시는 주(注) 없이는 읽기 어려울 정도로 난해하기로 유명하다. 시의 상징적인 수법은 시어뿐만 아니라 시의 구성에도 응용하여 시의 각 구절 또는 각 부분이 고립된 듯이 보이는 게 많다.

43) 제원(濟源) 사람. 소실산(少室山)에 숨어 지내면서 스스로 옥천자(玉川子)라고 했다. 박학하고 시를 잘 지었다.

44) 자는 문창(文昌). 소주(蘇州) 사람. 30세 중반에 진사가 되었으나 눈이 멀어 태상시 태축(太常寺太祝)이라는 낮은 벼슬로 가난 속에 살았는데, 50세 초반에 교서랑(校書郞)·국자박사(國子博士) 등을 거쳐 수부원외랑(水部員外郞)·랑중(郞中)이 된 다음 국자사업(國子司業)에 있다 죽었다. 그러나 한직만 맡아 가난을 벗어날 수는 없었다. 자신의 불행에 대한 불만이나 백성들의 괴로움을 많이 읊었다.

45) 영천(潁川) 사람. 자는 중초(仲初). 진사가 되어 위남위(渭南尉)를 지내고 섬주사마(陝州司馬)를 역임했다. 변방에서 종군하기도 했다. 악부에 뛰어났다.

46) 자는 랑선(浪仙). 범양(范陽) 사람. 본래 무본(無本)이라는 승려였는데, 한유의 권유로 환속하였다. 여러 번 과거를 보았으나 실패하고 장강주부(長江主簿)를 지냈다. 기백이 부족하고 형식주의에 빠진 느낌을 준다. 오언율시를 잘 지었다.

47) 자는 동야(東野). 호주(湖州) 무강(武康) 사람. 50세에야 진사에 급제하여 율양위(溧

28) 두순학체(杜荀鶴體) : 당(唐) 두순학48)의 시

29) 동파체(東坡體) : 송(宋) 소식(蘇軾)의 시

30) 산곡체(山谷體) : 송(宋) 황정견(黃庭堅)의 시

31) 후산체(后山體) : 송(宋) 진사도(陳師道)49)의 시

32) 왕형공체(王荊公體) : 송(宋) 왕안석(王安石)50)의 시

33) 소강절체(邵康節體) : 송(宋) 소옹(邵雍)의 시

34) 진간재체(陳簡齋體) : 송(宋) 진여의(陳與義)51)의 시

35) 양성재체(楊誠齋體) : 송(宋) 양만리(楊萬里)52)의 시

36) 범석호체(范石湖體) : 송(宋) 범성대(范成大)53)의 시

37) 육방옹체(陸放翁體) : 송(宋) 육유(陸游)의 시

陽尉)가 되었다. 한유와는 지극히 친밀하였는데, 그도 한유처럼 시를 짓는데 고심참담
하며 신기하고 험괴(險怪)한 풍격을 이루기에 힘썼다.
48) 두목의 막내 아들. 자는 언지(彦之). 호는 구화산인(九華山人). 당 대에 진사가 되었
다가 후량(後梁) 때 한림학사(翰林學士) 지제고(知制誥)를 역임했다. 시를 잘했는데,
특히 궁사(宮詞)에 뛰어났다.
49) 자는 이상(履常), 또는 무기(無己). 호는 후산(後山) 또는 후산(后山). 팽성(彭城) 사
람. 증공(曾鞏)에게서 고문(古文)을 인정받았고, 뒤에 소식의 추천으로 벼슬길에 올랐
으나 평탄하지 못하여 빈한한 일생을 보냈다. 황정견의 제자로 시율을 지키면서 힘있
고 빼어난 시를 지으려 했다.
50) 자는 개보(介甫). 호는 반산(半山). 무주(撫州) 임천(臨川) 사람으로 형공(荊公)에
봉작되어 왕형공이라고도 한다. 신법의 추진으로 욕을 먹으나 간결하고 깨끗하면서도
정력적이고 힘있으며 가장 특출한 고문을 썼다.
51) 자는 거비(去非). 호는 간재(簡齋). 낙양(洛陽) 사람. 북송이 망한 뒤 강남 지방을 떠
돌아다니며 나라를 걱정하고 시대를 마음 아파하는 감상이 보태어져 이 때 좋은 작품
들을 많이 남겼다. 자연스럽고 솔직한 개성적 시를 썼다. 만년에 한림학사(翰林學士)
를 거쳐 참지정사(參知政事)에 이르렀다.
52) 자는 정수(廷秀). 호는 성재(誠齋). 길수(吉水) 사람. 한가지 벼슬을 할 적마다 한가
지 시집을 내어 9종의 시집이 있다. 강서시파(江西詩派)에서 출발했으나 뒤에는 당시
(唐詩)를 본받아 자유롭고 자연스러운 시를 썼다.
53) 자는 치능(致能). 호는 석호거사(石湖居士). 오군(吳郡) 사람. 참지정사(參知政事)에
대학사(大學士)의 벼슬을 하고 나서는 석호 가에 별장을 짓고 자연을 즐기며 살았다.
처음에는 소식과 황정견을 따랐으나, 뒤에는 청신하고 아름다운 도연명과 위응물에 가
까운 시들을 많이 지었다.

38) 영가사령체(永嘉四靈體) : 송(宋) 서조(徐照)54)의 자는 령휘(靈輝)이고, 서기(徐璣)55)의 자는 령연(靈淵)이고, 옹권(翁卷)56)의 자는 령서(靈舒)이고, 조사수(趙師秀)57)의 자는 령수(靈秀)인데58), 모두 영가(永嘉) 사람이었으므로, 네 사람의 시를 영가사령이라고 한다.

39) 월천음사체(月泉吟社體) : 송(宋) 말경 의오(義烏) 현령이었던 포양(浦陽)의 오위(吳渭)59)가 향리에 남아 있는 여러 원로들과 월천음사를 결성하고, 기일을 약속해서 제목을 내고 글쓴 두루마리를 거두어 평해서 갑을을 정했다.

40) 원유산체(元遺山體) : 금(金) 원호문(元好問)의 시

41) 우양범게사가체(虞楊范揭四家體) : 원(元) 우집(虞集) · 양재(楊載)60) · 범곽(范梈)61) · 게혜사(揭傒斯)62)의 시

42) 오중사걸체(吳中四傑體) : 명(明) 고계(高啓) · 양기(楊基)63) · 장우(張

---

54) 자는 도휘(道暉) · 령휘(靈暉 · 輝). 자호(自號)는 산민(山民). 시에 능했고, 쓴 차를 좋아했다.
55) 자는 치중(致中). 호는 령연(靈淵). 관직은 장태령(長泰令)에 이르렀다. 시에 능했다.
56) 자는 속고(續古) · 령서(靈舒). 호는 서암(西巖). 향리에서 천거되었으나, 평생 벼슬하지 못했다. 시에 능했다.
57) 자는 자지(紫芝), 호는 령수(靈秀). 태조(太祖)의 8세손. 진사가 되고 주와 현으로 관직을 옮기다가 벼슬을 물리치고, 시를 지으며 자유분방하게 지냈다.
58) 사실은 서기와 조사수는 호가 령연이고 령수다.
59) 포강(浦江) 사람. 자는 청옹(淸翁). 호는 잠재(潛齋). 관직은 의오현령(義烏縣令). 원나라로 들어간 뒤에 물러나와 오계(吳溪)에서 살았다.
60) 항주(杭州) 사람. 자는 중홍(仲弘). 어려서 고아가 되었다. 많은 책을 두루 읽었으나 40이 되어서도 벼슬하지 못했으나, 벼슬하지 않은 채로 한림국사원편수관(翰林國史院編修官)이 되었다. 뒤에 진사가 되었고, 벼슬은 영국로추관(寧國路推官)에 이르렀다. 그는 문으로 일가를 이루었고, 시는 더욱 법도가 있어 송말의 비루함을 씻어버렸다.
61) 청강(淸江) 사람. 자는 형보(亨甫) · 덕기(德機). 어려서 고아가 되고 가난했지만, 시에 깊이 빠지고 문을 짓는데 힘써 한림원편수관(翰林院編修官)에 천거되었고, 백성들을 가르치는 데도 힘썼다.
62) 원(元) 사걸(四傑)의 한 사람으로 자는 만석(曼碩). 한림원(翰林院) 시강학사(侍講學士)로 있으면서 정사(正史) 편찬의 총재관(總裁官)을 명받고, 『요사(遼史)』에 이어 『금사(金史)』를 편찬하다 과로로 숨졌다.
63) 오현(吳縣) 사람. 자는 맹재(孟載). 호는 미암(眉庵). 9세에 육경(六經)을 외울 수 있었

羽)64) · 서분(徐賁)의 시로, 고양장서체(高楊張徐體)라고도 한다.

43) 대각체(臺閣體) : 명(明) 양사기(楊士奇)65) · 양영(楊榮)66) · 양부(楊
溥)67)의 시

44) 이동양체(李東陽體) : 명(明) 이동양(李東陽)68)의 시

45) 하이체(何李體) : 명(明) 하경명(何景明)과 이몽양(李夢陽)의 시

46) 이왕칠자체(李王七子體) : 명(明) 이반룡(李攀龍) · 왕세정(王世貞) · 사
진(謝榛)69) · 종신(宗臣)70) · 양유예(梁有譽)71) · 이몽양(李夢陽)72) ·
오국륜(吳國倫)73) 등 7인의 시

다 한다. 서화(書畵)에도 능했다. 명초에 관직이 산서안찰사(山西按察使)에 이르렀다.
64) 심양(潯陽) 사람. 자는 래의(來儀). 뒤에 자로써 이름을 대신하였다. 명초에 관직이
태상시승(太常寺丞)이었는데, 일에 연루되어 영남(嶺南)으로 귀양갔다가 돌아오지 못
하고 강에 스스로 뛰어들어 버렸다. 문장이 정밀하고 깔끔하여 법도가 있었고, 시에
더욱 뛰어났다.
65) 태화(泰和) 사람. 이름은 우(寓). 자를 이름으로 썼다. 일찍 고아가 되었으나 공부에
힘써 한림(翰林)에 들어가 편찬의 일을 맡았다. 춘방대학사(春坊大學士)를 지내고 뒤
에 소부(少傅)가 되었다. 선종(宣宗)이 승하하자 나이 어린 황태자를 황제로 모시기도
했으나 뒤에 하옥되어 죽었다.
66) 건안(建安) 사람. 자는 면인(勉仁). 처음 이름은 자영(子榮)이었으나, 진사가 되어 문
연각(文淵閣)으로 들어가면서 이름을 영으로 고쳤다. 관직은 공부상서(工部尙書)에
이르렀다. 뒤에 사직하고 돌아가던 길에 죽었다.
67) 석수(石首) 사람. 자는 홍제(弘濟). 진사가 되어 편수(編修)를 제수받았다. 영락(永樂)
연간에 황태자를 모시고 세마(洗馬)로 있던 중 일에 연루되어 10년 동안 옥에 있었으나,
책 읽는 것을 게을리하지 않았다. 인종(仁宗)이 즉위하자 한림학사(翰林學士)로 발탁
되어 홍문각(弘文閣)의 일을 도맡았다. 정통(正統) 연간에 내각(內閣)에 들어가 기무
(機務)를 맡고, 소보(少保)로 승진했고, 무영전대학사(武英殿大學士)가 되었다.
68) 차릉(茶陵) 사람. 자는 빈지(賓之). 호는 서애(西涯). 진사가 되고 효종(孝宗) 때 관직
이 문연각대학사(文淵閣大學士)가 되었다. 시문이 전아(典雅)하고 유려(流麗)했다.
69) 자는 무진(茂秦). 호는 사명산인(四溟山人), 탈사산인(脫屣山人). 고심하여 시를 노
래하는 것으로 당시에 알려졌다.
70) 양주(揚州) 사람. 자는 자상(子相). 진사가 되고 벼슬은 복건포정참의(福建布政參
議)를 지냈다.
71) 순덕(順德) 사람. 자는 공실(公實). 호는 난정거사(蘭汀居士). 진사가 되어 벼슬은
형부주사(刑部主事)를 지냈다.
72) 장흥(長興) 사람. 자는 자여(子與). 스스로 천목산인(天目山人)이라고 했다. 진사가
되어 벼슬은 강서좌포정사(江西左布政使)를 지냈다.

47) 공안체(公安體) : 명(明) 원굉도(袁宏道)의 시

48) 경릉체(竟陵體) : 명(明) 종성(鍾惺)과 담원춘(譚元春)의 시

49) 오매촌(吳梅村體) : 청(淸) 오위업(吳偉業)의 시

50) 왕어양체(王漁洋體) : 청(淸) 왕사정(王士禎)의 시

3. 특징으로 체를 나눈 것

1) 선체(選體) : 선시(選詩)는 시대에 따라 그 체제를 달리 한다. 오늘
날 사람들은 오언고시(五言古詩)를 예로 들어 선체로 한다.

2) 백양체(柏梁體) : 한(漢) 무제(武帝)가 여러 신하들과 백양전(柏梁殿)에
서 함께 칠언시를 지었는데, 매 구에 압운(押韻)하였다. 뒷 사람들이
이것을 백양체라고 했고, 연구(聯句)의 시작으로 생각했다.74)

3) 옥대체(玉臺體) : 진(陳)의 서릉(徐陵)이 한(漢)·위(魏)·육조(六朝)
의 시에 서(序)를 써서 『옥대집(玉臺集)』이라고 하였는데, 그 시는
모두 아주 곱고 아름답다.

4) 서곤체(西崑體) : 당(唐) 이상은(李商隱)·온정균(溫庭筠)과, 송(宋)
양억(楊億)75)·유균(劉筠)76) 등 여러 사람의 시.

5) 궁체(宮體) : 양(梁) 간문제(簡文帝)의 시이며, 가볍고 화려함이 지나

---

73) 홍국(興國) 사람. 자는 명경(明卿). 호는 북원(北園). 진사가 되고 하남좌참정(河南
左參政)을 지냈다. 재기(才氣)가 자유분방하였고, 손님을 좋아하고 재산을 가벼이 여
겼다.
74) 당(唐) 중종(中宗) 경룡(景龍) 3년(709)에 이 체를 모방하여 군신(君臣)이 연구를 지
었다. 이 때는 한 사람이 한 구씩을 지었다. 그러나 근대의 연구는 첫째 사람이 먼저
제1구를 지으면 다음 사람들은 두 구씩을 짓고 최후의 사람은 하나의 구를 지어 끝을
맺는다.
75) 포성(浦城) 사람. 자는 대년(大年). 태종(太宗) 때 불러 시와 부를 시험하고 비서성
정자(秘書省正字)를 제수했는데 나이가 겨우 11세였다. 벼슬은 한림학사(翰林學士)
겸사관수찬(兼史館修撰)을 지냈다. 문장의 품격이 웅건(雄健)했다.
76) 대명(大名) 사람. 자는 자의(子儀). 관직은 한림학사승지(翰林學士承旨)를 지냈다.
변려체에 뛰어났고 시에도 뛰어났다.

쳤다. 그 당시에 궁체라고 했다.

6) 향렴체(香奩體) : 당(唐) 한악(韓偓)[77]의 『향렴집(香奩集)』이 있다. 그의 시에는 치맛자락과 연지와 분과 같은 시어가 많다.

4. 문장으로 체를 나눈 것

1) 고체(古體) : 바로 고체시다. 오언과 칠언, 사언의 구분이 있다.

2) 근체(近體) : 바로 율시(律詩)다. 오언율시와 칠언율시의 구분이 있다.

3) 후장자접전장(後章字接前章) : 조식(曹植)의 '증백마왕표(贈白馬王彪)' 시가 이렇다. *『문선(文選)』을 볼 것

4) 사구(四句)가 뜻을 통하는 것 : 두보(杜甫)의

神女峯娟妙 신녀봉은 아름답기도 한데
昭君宅有無 소군의 집 있는지 없는지
曲留明怨惜 노래 남아 원망과 안타까움 밝히고
夢盡失歡娛 꿈 다하니 즐거움 잃었네

와 같은 것이다.

5) 절구(絶句)에서 중요한 것 : 구 속에서 실점(失黏)[78]하더라도, 의미는 끊이지 않는 것이다.

---

77) 경조(京兆) 사람. 자는 치요(致堯). 벼슬은 병부시랑(兵部侍郎)·한림학사(翰林學士)에 이르렀다.

78) 점(黏)은 광의의 점과 협의의 점이 있다. 광의의 점은 일체의 평측(平仄)이 격식에 맞는 것을 말한다. 그 격식에서 벗어나는 것을 실점이라고 한다. 협의의 점은 출구(出句 : 첫 구)가 측(仄)으로 시작되면 대구(對句 : 다음 구)는 반드시 평(平)으로 시작해야 한다. 마찬가지로 출구가 평으로 시작되면 대구는 반드시 측으로 시작되어야 한다. 이것을 대(對)라고 한다. 또한 윗 연(聯)의 대구가 평으로 시작되면 아래 연의 출구는 반드시 평으로 시작되어야 한다는 것이다. 이것을 어겼을 때도 실점이라고 한다.

6) 팔구(八句)에서 중요한 것 : 팔구가 실점하더라도, 의미는 끊이지 않는 것이다.

7) 의고(擬古) : 옛 시의 풍격을 본뜬 시.

8) 연구(聯句) : 백양체(柏梁體)가 연구의 시작이다.

9) 집구(集句) : 옛 사람들의 시구를 모아서 시를 완성하게 되는데, 부함(傅咸)의 '칠경시(七經詩)'에서 시작되었다.

10) 분제(分題) : 옛 사람들은 제목을 나누어 각각 하나의 것을 읊었는데, '어떤 사람에게 제목을 나눠 보내어 어떤 것을 얻었다'라고 하는 것과 같다. 혹 탐제(探題)라고도 한다.

11) 고율(古律) : 진자앙(陳子昂)과 성당(盛唐) 때의 여러 사람들에게 이 체가 많았다.

12) 금율(今律) : 그 당시의 율시(律詩).

13) 배율체(排律體) : 당(唐) 대에 시작되었고, 대우(對偶)79)나 평측(平仄)80)이 율시와 같다. 그것의 처음과 끝이 서로 호응하는 것은 장편고풍(長篇古風)과 같다. 팔구(八句)의 율시 외에 마음대로 연(聯)과 구(句)를 펴 늘어놓아도 되고, 많고 적은 것에 구애받지 않는다. 교묘하게 꾸며내는 것을 훌륭한 것으로 삼지 않고, 늘어놓는 것이 차례가 있고 수미상관(首尾相貫)한 것을 숭상한다.

---

79) 글자 수가 같고 의미가 상응하며 구조가 같은 두 글귀. 대우(對偶)에는 관대(寬對)와 공대(工對)가 있다. 관대는 다만 명사대명사(名詞對名詞), 동사대동사(動詞對動詞), 형용사대형용사(形容詞對形容詞)만 되면 된다. 그러나 공대는 반드시 사물을 몇 가지 종류로 나누어 다만 같은 류의 말만 상대시키는 것이다.

80) 평측(平仄)은 일종의 성조(聲調)의 관계다. 심약(沈約)이 최초로 평상거입(平上去入)의 사성(四聲)을 발견했다고 한다. 평측이란 평성(平聲 : 평)과 측성(仄聲 : 상·거·입)의 대립이라는 말이다. 근체시의 규칙에 따르면, 각 이자(二字)로 하나의 절주(節奏)를 삼아 평과 측이 섞바뀌는 것이다. 가령 일구시(一句詩)의 제1자·제2자가 평성이면, 제3자·제4자는 측성이 되어야 한다. 반대로 제1자·제2자가 측성이면, 제3자·제4자는 평성이어야 한다는 것이다.

5. 제목으로 체를 나눈 것

1) 구호(口號) : 어떤 것은 사구(四句)며, 어떤 것은 팔구(八句)다.

2) 가행(歌行) : 옛날에 '국가행(鞠歌行)' '방가행(放歌行)' '장가행(長歌行)' '단가행(短歌行)'이 있었다. 또 단순히 '가(歌)'라고 한 것과, '행(行)'이라고 이름한 것도 있으나, 낱낱이 적을 수는 없다.

3) 악부(樂府) : 한(漢) 무제(武帝)가 교사(郊祀)[81]를 정하고, 악부를 세워 조(趙)·대(代)·진(秦)·초(楚)의 노래를 채집하여 악부에 넣어서 많은 체를 갖추고, 많은 명칭을 합쳤다.

4) 초사(楚詞) : 굴원(屈原) 이후 초사를 모방한 것들을 모두 초사라고 했다.

5) 금조(琴操) : 옛날에 '수선조(水儒操)'가 있었는데, 신덕원(辛德源)[82]이 지은 것이다. 그리고 '별학조(別鶴操)'는 상릉목자(商陵牧子)가 지은 것이다.

6) 요(謠) : 심경(沈炯)[83]에게 '독작요(獨酌謠)'가 있고, 왕창령(王昌齡)[84]에게 '공후요(箜篌謠)'가 있었고, 『목천자전(穆天子傳)』[85]에는 '백운요(白雲謠)'가 있다.

7) 음(吟) : 「고사(古詞)」에 '롱두음(隴頭吟)'이 있고, 제갈량(諸葛亮)[86]

---

81) 교제(郊祭)라고도 한다. 천지에 드리는 제사. 동지에는 하늘을 남교(南郊)에서 제사 지내고, 하지에는 땅을 북교(北郊)에서 제사지낸다.

82) 수(隋)나라 사람. 자는 효기(孝基). 박학다식하였다. 관직은 제(齊) 중서사인(中書舍人), 촉(蜀) 자의참군(諮議參軍)을 지냈다.

83) 남조(南朝) 진(陳) 사람. 자는 예명(禮明). 어려서부터 재주가 뛰어나서 당시 사람들에게 존중받았다. 문장에 뛰어났다. 벼슬은 명위장군(明威將軍)에 이르렀다.

84) 당(唐) 대의 시인. 자는 소백(少伯). 시에 뛰어나 현종(玄宗) 때 명성을 떨쳤다. 용표위(龍標尉)를 지낸 적이 있어 왕용표라고 일컬었다.

85) 모두 6권. 저자는 알려져 있지 않다. 주(周) 목왕(穆王)이 서유(西遊)한 것을 적은 책이다.

86) 중국 삼국시대 蜀(촉)의 재상. 자는 공명(孔明). 융중(隆中)에 은거하고 있을 때 유비(劉備)의 삼고초려에 못이겨 벼슬에 나온 뒤 촉의 건설을 가능케 하였다.

에게 '양부음(梁父吟)'이, 탁문군(卓文君)87)에게는 '백두음(白頭吟)'
이 있다.

8) 사(詞) : 「선(選)」에 한(漢) 무제(武帝)의 '추풍사(秋風詞)'가 있고,
「악(樂)」에 '목란사(木蘭詞)'가 있다.

9) 인(引) : 「고곡(古曲)」에 '벽력인(霹靂引)' '주마인(走馬引)' '비룡행
(飛龍行)'이 있다.

10) 영(詠) : 「선(選)」에 '오군영(五君詠)'이 있고 당(唐) 저광희(儲光羲)
88)에게 '군치영(群鴟詠)'이 있다.

11) 곡(曲) : 옛날에 '대제곡(大堤曲)'이 있었고, 양(梁) 간문제(簡文帝)에
게 '오서곡(烏栖曲)'이 있다.

12) 편(篇) : 「선(選)」에 '명도편(名都篇)' '경락편(京洛篇)' '백마편(白馬
篇)'이 있다.

13) 창(唱) : 위(魏) 무제(武帝)에게 '기출창(氣出唱)'이 있다.

14) 롱(弄) : 「고악부(古樂府)」에 '강남롱(江南弄)'이 있다.

15) 장조(長調)

16) 단조(短調)

17) 수(愁) : 「선(選)」에 '사수(四愁)'가 있고, 악부(樂府)에 '독처수(獨處
愁)'가 있다.

18) 탄(歎) : 「고사(古詞)」에 '초비탄(楚妃歎)'과 '명군탄(明君歎)'이 있다.

19) 애(哀) : 「선(選)」에 '칠애(七哀)'가 있고, 두보에게 '팔애(八哀)'가 있다.

20) 원(怨) : 「고사(古詞)」에 '한야원(寒夜怨)' '옥계원(玉階怨)'이 있다.

---

87) 한(漢) 촉군(蜀郡) 임공(臨邛)의 부호(富豪) 탁왕손(卓王孫)의 딸. 과부가 되어 집에
있을 때 사마상여(司馬相如)가 잔치에 가서 거문고를 타며 그녀의 마음을 돋우니 집
을 빠져나와 사마상여의 아내가 되었다. 뒤에 사마상여가 무릉(茂陵)의 여자를 첩으로
삼으려는 것을 질투하여 '백두음(白頭吟)'을 지었다 한다.

88) 연주(兗州) 사람. 현종 때 진사. 관직은 감찰어사(監察御史)에 이르렀다. 안록산의
난 때 적중에 갇혔다가 탈출하기도 했다.

21) 사(思) : 이백에게 '정야사(靜夜思)'가 있다.

22) 악(樂) : 제(齊) 무제(武帝)에게 '고객악(估客樂)'이 있고, 송(宋) 장질 (藏質)89)에게 '석성악(石城樂)'이 있다.

23) 별(別) : 두보에게 '무가별(無家別)' '수로별(垂老別)' '신혼별(新婚別)' 이 있다.

6. 운(韻)으로 체를 나눈 것

1) 전편이 쌍성(雙聲)90)과 첩운(疊韻)91)인 것 : 소식의 '경자운시(經字韻詩) '가 이렇다.

2) 전편의 글자가 모두 평성(平聲)인 것 : 육구몽(陸龜蒙)92)의 '하일시(夏 日詩)'는 마흔 자 모두가 평성이고, 또한 한 구 전부가 평성이고, 한 구 전부가 측성(仄聲)인 것도 있다.

3) 전편의 글자가 모두 측성인 것 : 매요신(梅堯臣)93)의 '작주여부음(酌酒 與婦飮)'의 시가 이렇다.

4) 율시(律詩)의 위 아래 구가 두 개의 운(韻)을 한 것 : 1구와 3·5·7구 에 하나의 측성을 압운하고, 2구와 4·6·8구에 하나의 평성을 압운한다. 당(唐)의 장갈(章碣)94)에게 이 체가 있는데, 시법(詩法) 이라 할 수 없다. 또 네 구에 평성이 들어가는 체와, 네 구에 측

---

89) 남조(南朝) 송(宋) 사람. 자는 함문(含文). 관직은 강주자사(江州刺史)에 이르렀다. 뒤에 반역을 했다가 죽임을 당했다.
90) 두 자로 된 숙어의 상하 첫 자음이 같은 것. 고굉(股肱). 명망(名望) 등.
91) 두 자로 된 숙어에서 두 자가 모두 같은 운(韻)인 것. 요조(窈窕). 우유(優游) 등
92) 당(唐) 시인, 농학자(農學者). 자는 노망(魯望). 스스로 강호산인(江湖散人), 천수자 (天隨子)라고 하였다. 손수 농사를 지어 농업을 개량하고 차 농장을 경영하였다. 시에 도 능했다.
93) 송(宋) 대의 시인. 자는 성유(聖兪). 도관원외랑(都官員外郎)을 지냈으며 구양수(歐 陽修)와는 시우(詩友)였다.
94) 당(唐) 전당(錢塘) 사람. 뒤에 몰락하여 어디에서 죽었는지 모른다.

성이 들어가는 체가 있는데, 시도(詩道)와 관계가 없어 지금은 모두 받아들이지 않는다.

5) 녹로운(轆轤韻) : 짝지어 들어가고 짝지어 나온다. 늘 두 구를 띄워 운을 한다.

6) 진퇴운(進退韻) : 한 번 나아가고, 한 번 물러난다. 한 구를 띄워 운을 한다.

7) 호로운(葫蘆韻) : 먼저 두 번 운하고, 뒤에 네 번 운하는 것이다.

8) 전도운(顚倒韻) : 네 구에 같은 두 개의 글자를 써서 운으로 한다. 대략 반복시(反覆詩)와 같은 것이다.

9) 평측양운(平仄兩韻) : 구 가운데 평 측자로 각각 운을 하는 것이다.

10) 고시(古詩)에서 한 운이 두 번 쓰인 것 : 『문선』 조식(曹植)의 '미녀편(美女篇)'에는 두 개의 '난(難)' 자가 있고, 사령운(謝靈運)의 '술조덕시(述祖德詩)'에는 두 개의 '인(人)' 자가 있다. 그 후에 그러한 것이 많이 있었다.

11) 고시에서 한 운이 세 번 쓰인 것 : 『문선』 임방(任昉)[95]의 '곡범복야시(哭范僕射詩)'에서는 '청(情)' 자를 세 번 썼다.

12) 고시에서 20여 운을 거듭 쓴 것 : '초중경처시(焦仲卿妻詩)'가 이렇다.

13) 고시에서 전혀 압운(押韻)하지 않은 것 : 옛날의 '채련곡(採蓮曲)'이 이렇다.

14) 율시에서 150운에 이른 것 : 두보에게 고운율시(古韻律詩)가 있고, 백거이에게도 그런 것이 있다. 그리고 송(宋) 왕황주(王黃州)에게는 150운의 오언율시가 있다. 그 후 배율시에는 200여 운에 이르는 것이 많이 있었다.

15) 율시가 3운에 그친 것 : 당(唐)나라 사람들에게 6구의 오언율시가 있

---

95) 남조(南朝) 양(梁) 박창(博昌) 사람. 가난하였으나 학문을 잘하여 만여권의 책을 모았으며 600여권의 책을 지었다.

는데, 이익(李益)96)의 시

漢家今上郡   한 왕가는 지금의 상군97)
秦塞古長城   진의 변방이요 옛 장성이로다
有日雲常慘   해가 있어도 구름은 늘 차갑고
無風沙自驚   바람 없어도 모래 절로 소리치네
當今天子聖   지금 천자 성스러우시니
不戰四方平   싸우지 않아 사방이 태평하구나

와 같은 것이다.

16) 분운(分韻) : 운을 나누어 운으로 쓸 어떤 글자를 얻는다.

17) 용운(用韻) : 보통 다른 사람의 시에 화답할 때는 그 원래의 운을 쓰지, 구절마다 차운(次韻)하지 않는다.

18) 화운(和韻) : 달리 차운(次韻)이라고도 한다. 구절마다 그 원래의 운을 사용하며, 선후가 달라지지 않는다.

19) 의운(依韻) : 하나의 운 속에 함께 있으나, 그 글자를 쓰지는 않는다.

20) 차운(借韻) : 칠(七) 지(支)운을 맞추면서, 팔(八) 미(微)나 십이(十二) 제(齊)운을 빌릴 수 있는 것이다.98)

21) 협운(協韻)99) :『초사』와『문선』시에 협운이 많이 쓰였다.

---

96) 고장(姑臧) 사람. 장시(長詩)를 잘 해서 이하(李賀)와 이름을 나란히 했다. 대단히 오만하였다.

97) 지금의 섬서성(陜西省) 수덕현(綏德縣) 동남(東南)쪽으로 한(漢)이 이곳에서 시작되었는데, 동한(東漢) 때 폐지되었다.

98) 지(支)·미(微)·제(齊) 운은 가깝다. 따라서 이 운들은 서로 빌릴 수 있다. 그런데 이 가운데 지(支)와 미(微) 운은 비교적 가까우나 제(齊)와는 비교적 멀다.

99) 서로 통하여 쓰는 운.

22) 금운(今韻) : 현재 통용되는 운을 쓴다.

23) 고운(古韻) : 한유의

此日足可惜 오늘은 애석해 할 만하구나

는 고운을 했다.『문선』체 시에는 대개 이와 같은 것이 많다.

7. 구성방식으로 체를 나눈 것

1) 절구(絶句) : 오언절구와 칠언절구가 있는데, 율시의 반을 끊었다.

2) 잡언(雜言) : 바로 장단구(長短句)[100]의 시다.

3) 삼오칠언(三五七言) : 삼언으로 시작하여 칠언으로 끝난다. 수(隋) 정
   세익(鄭世翼)[101]에게 이러한 시가 있다.

秋風淸　　　가을 바람 맑고

秋月明　　　가을 달 밝구나

落葉聚還散　　낙엽은 모였다 흩어지고

寒鴉栖復驚　　찬 기운에 까마귀 깃들었다 놀라네

相思相見知何　서로 만나리라 생각한들 언제일지 알리오

此時此夜難爲情　이 시절 이 밤 정붙이기 어려워라

4) 반오륙언(半五六言) : 진(晉) 부휴원(傅休元)의 '홍안생새북(鴻雁生塞
   北)'이 이렇다.

5) 한 자에서 일곱 자까지 : 당(唐) 장남사(張南史)[102]의 '설월화초(雪月

---

100) 길이가 긴 구와 짧은 구가 뒤섞인 시.

101) 당(唐) 영양(榮陽) 사람. 고조(高祖) 때 관직은 만년승(萬年丞), 양주녹사참군(揚州
    錄事參軍)에 이르렀으나, 태종(太宗) 때 비방에 연좌되어 귀양가서 죽었다.

花草)' 등의 편이 이렇다.

6) 삼구(三句)의 노래 : 한(漢) 고조(高祖)의 '대풍가(大風歌)' 등이 이렇다.

7) 이구(二句)의 노래 : 형가(荊軻)103)의 '역수가(易水歌)' 등이 이렇다.

8) 일구(一句)의 노래 : 『한서(漢書)』의

枹鼓不鳴董少平　포고가 울지 않는구려 동소평이여104)

는 1구의 노래다. 또 한(漢)의 동요(童謠)

千乘萬騎上北邙　수많은 수레와 말 북망에 올랐네105)

양(梁)의 동요

---

102) 유주(幽州) 사람. 자는 계직(季直). 호는 혁(弈). 뒤에 글을 읽어 시의 길로 들어서
　　서는 양주(揚州)에 살며 불러도 나오지 않았다.

103) 전국시대의 자객. 연(燕) 태자 단(丹)을 위해 진(秦) 왕을 죽이려다가 도리어 진왕
　　에게 죽었다.

104) 포고(枹鼓)는 한(漢) 때 도적이 나타나면 많은 사람들에게 경계하도록 한 북. 소평
　　(少平)은 후한(後漢) 동선(董宣)의 자. 광무제(光武帝) 때 강하태수(江夏太守)가 되
　　었다가 사건에 연좌되어 면직되고 낙양령(洛陽令)이 되었는데, 다스리는 것이 엄하여
　　모두 두려워하며 와호(臥虎)라고 불렀다. 이때 호양공주(湖陽公主)의 종이 사람을 죽
　　이고 숨어있었는데, 살인자를 찾아내어 죽여버렸다. 공주가 황제에게 이 사실을 알리
　　자 황제가 노해서 그를 죽이려고 하자 '폐하께서 성스러운 덕으로 중흥(中興)하셨는
　　데, 종이 사람을 죽인다면 어찌 천하를 다스리겠습니까?'라고 하며 머리를 기둥에 찧
　　자 황제가 환관에게 말리게 하고 공주에게 사죄하라고 하자 결코 굴복하지 않았다.
　　<후한서, 동선전>

105) 『후한서』 오행지(五行志)의 기록에는 다음과 같이 되어 있다. 영제(靈帝) 말에 경
　　도(京都)의 아이들이 노래하기를 '侯非侯 王非王 千乘萬騎上北邙'이라고 하였다.
　　중평(中平) 6년(영제 제위 마지막 해)에 이르러 사후(史侯 : 소제<少帝> 홍농왕<弘
　　農王>으로 189년 4월부터 190년 1월까지 재위)가 지존의 자리에 올랐다. 헌제(獻帝)
　　는 아직 작호(爵號)가 없었는데, 중상시(中常侍) 단규(段珪) 등 여럿에 의해 집권하
　　게 되었다. 공경(公卿)과 백관(百官)들이 모두 그 뒤를 따르니 물가에 이르러서야 돌
　　아올 수 있었다. 이것이 '제후가 아니며 왕이 아닌데 북망에 오른' 것이다.

靑絲白馬壽陽來 푸른 고삐 백마는 수양현으로 오네106)

는 모두 1구다.

　이상은 자구(字句)의 수에 따라 나눈 것이다.

　9) 율시가 처음부터 끝까지 대우인 것 : 두보에게 이 체가 많으나 대충
　　거론할 수는 없다.
　10) 율시가 처음부터 끝까지 대우가 아닌 것 : 성당(盛唐) 때 여러 사람들
　　에게 이 체가 많다. 맹호연(孟浩然)의 시

　　挂席東南望　　배에 돛을 달고 동남으로 바라보니
　　靑山水國遙　　푸른 산 물 나라 멀기도 하구나
　　舳艫爭利涉　　고물과 이물 서로 빨리 건너려 다투며
　　來往接風朝　　오락가락 하다 바람 이는 아침을 맞네
　　問我今何適　　나에게 물어보게 지금 어디로 가는가
　　天台訪石橋　　천태현 석교산으로 찾아가네107)
　　坐看霞色晩　　앉아 바라보니 노을 진 저녁 무렵
　　疑是赤城標　　적성은 마치 푯대 같구나108)

---

106) 『남사(南史)』 후경전(侯景傳)에서는 후경이 모반하면서 했던 행동을 다음과 같이
　　기록하고 있다. 앞서 대동(大同 : 535～546) 연간의 동요에 '靑絲白馬壽陽來'라고 했
　　다. 후경이 와양현(渦陽縣)이 무너지자 비단을 모았는데, 조정에서 준 푸른 베는 이때
　　에 이르러 모두 도포를 만들었고, 빛깔은 푸른 것을 숭상했다. 후경이 백마를 타고 푸
　　른 실로 고삐를 만들어 동요에 응답하고자 했다.
107) 석교(石橋)는 절강성(浙江省) 천태현(天台縣) 북쪽에 있는 산.
108) 적성(赤城)은 절강성(浙江省) 천태현(天台縣)의 북쪽 6리에 있는 산으로 천태산으
　　로 오르기 위해서는 이곳을 지나야 한다.

와 '수국무변제(水國無邊際)', 또한 이백의 '우저서강야(牛渚西江夜)'같은 것들은 모두 문장을 엮는데 글자를 쓰는 것이 순조롭게 끝나 빠진 것이 없고, 음운이 악기소리 같으면서도 여덟 구 모두 대우가 없는 것이다.

11) 열 자의 대우 : 유척허(劉脊虛)109)의

滄浪千萬里　　푸른 물결 천만리에
日夜一孤舟　　밤낮으로 외로운 배

가 이렇다.

12) 열 자의 구(句) : 상건(常建)110)의

一徑通幽處　　한 길이 그윽한 곳으로 통하더니
禪房花木深　　선방에는 꽃나무 그윽하구나

등이 이렇다.

13) 열네 자의 대우 : 유장경(劉長卿)111)의

江客不堪頻北望　강가 나그네 견디지 못해 자주 북쪽을 바라보니

---

109) 당(唐) 신오(新吳) 사람. 자는 전을(全乙). 숭문관교서랑(崇文館校書郞)을 지냈다. 맹호연, 왕창령과 아주 친밀했다.
110) 당(唐) 장안(長安) 사람. 현종 때 왕창령과 함께 과거에 등과하여 벼슬을 했지만, 마음에 맞지 않아 거문고와 술에 자신을 맡기고 자유분방하게 살다 죽었다. 특히 사경시(寫景詩)에 뛰어났다.
111) 당(唐) 하간(河間) 사람. 자는 문방(文房). 현종 때 진사. 수주자사(隨州刺史)를 지냈다. 오언시에 능해서 오언장성(五言長城)이라고도 했다.

塞鴻何事又南飛 변방의 기러기는 무슨 일로 또 남쪽으로 나는가

가 이렇다.

14) 열네 자의 구(句) : 최호(崔顥)[112]의

黃鶴一去不復返 황학은 한 번 떠나 다시 돌아오지 않고[113]
白雲千載空悠悠 흰 구름만 천년을 두고 부질없이 오가네

또 이백의

鸚鵡西飛隴山去 앵무는 서로 날아가고 롱산은 멀기도 한데[114]
芳洲之樹何靑靑 아름다운 모래톱의 나무는 어찌 그리 푸른가

가 이렇다.

15) 선대(扇對) : 격구대(隔句對)라고도 한다. 정곡(鄭谷)[115]의

昔年共照松溪影 지나간 해에 함께 송계의 그림자 비추더니
松折碑荒僧已無 소나무 꺾이고 비석 황폐하고 승려도 이미 없네
今日還思錦城事 오늘 다시 금성의 일 생각해보니

---

112) 당(唐) 변주(汴州) 사람. 현종 때 진사. 문장에는 뛰어났으나 행실은 좋지 못해, 예쁜
    아내를 얻고는 버리기를 여러번 하였다. 벼슬은 사훈원외랑(司勳員外郞)에 이르렀다.
113) 황학(黃鶴)은 신선이 타고 다닌다는 노란빛의 새.
114) 롱산(隴山)은 섬서성(陝西省) 롱현(隴縣) 서북쪽에 있다. 산동(山東) 사람들이 군역
    (軍役)을 나가서 이곳에 오르면 돌아보며 슬픈 생각을 하지 않는 사람이 없었다 한다.
115) 당(唐) 의춘(宜春) 사람. 자는 수우(守愚). 어릴 때부터 총명하여 7세에 시를 지을
    수 있었다. 도관랑중(都官郞中)을 지냈기 때문에 정도관이라고도 한다.

雪銷花謝夢何如 눈 녹고 꽃 시드니 꿈은 어찌 할까나

등이 이렇다. 대개 1구를 3구에 대(對)하고 2구를 4구에 대(對)한다.

16) 차대(借對)[116] : 맹호연의

廚人具雞黍　　부엌에선 닭 잡고 기장밥 차리고
稚子摘楊梅　　아이는 양매를 따네

이백의

水舂雲母碓　　물은 돌비늘 방아 절구질하고
風掃石楠花　　바람은 석남화를 쓸고 있네

두보의

竹葉於人旣無分 죽엽은 사람에게 이미 인연이 없고[117]
菊花從此不須開 국화는 이제부터 피기를 기다리지 않네

가 이렇다.

17) 취구대(就句對) : 당구유대(當句有對)라고도 한다. 두보의

---

116) 어떤 글자가 구절 가운데서 뜻으로는 대립이 되면서도 매끄럽지 못하지만, 그 글자가 다른 하나의 뜻을 가지고 구절 가운데 해당 글자와 대립될 때는 매끄러운 대우가 될 수 있는 것이다.
117) 죽엽(竹葉)은 죽엽청(竹葉靑)이라는 술이다.

小院廻廊春寂寂　작은 집 회랑에 봄은 고요하고
浴鳧飛鷺晩悠悠　목욕하는 오리 나는 백로 해 늦어 날아가네

이가우(李嘉祐)118)의

孤雲獨鳥川光暮　외로운 구름 외로운 새 냇물엔 저녁빛
萬景千山一氣秋　온갖 경치 뭇 산은 한 기운 가을이로다

가 이렇다.

이상은 구(句)의 대우(對偶)에 따라 나눈 것이다.

8. 잡체(雜體)

1) 풍인(風人) : 위 구에 하나의 말을 적고 아래 구에서 그 뜻을 푼다. 옛날의 '자야가(子夜歌)'나 '독곡가(讀曲歌)' 류는 이 체를 사용한 것이 많았다.

2) 고침(藁砧) : 고악부(古樂府)의

藁砧今何在　다듬이돌은 지금 어디 있나
山上復安山　산 위에 또 산이로구나119)
何當大刀頭　어느 날이면 돌아갈까120)
破鏡飛上天　일그러진 달이 하늘에 높이 떠있네121)

---

118) 당(唐) 조주(趙州) 사람. 자는 종일(從一). 현종 때 급제하여 비서정자(秘書正字) 등의 벼슬을 지냈다. 시가 아름답고 화려하여 제(齊)와 양(梁)의 풍이 있었다.
119) 산상갱유산(山上更有山)의 잘못인 듯.
120) 대도두(大刀頭)란 칼자루에 고리(환<環>)가 있는 것이다. 따라서 하당대도두(何當大刀頭)는 하일당환(何日當還 : 어느날 돌아갈까)의 뜻이다.
121) 여기에서의 파경(破鏡)은 깨어진 거울이라는 뜻으로 부부 사이의 이별을 말하는 것인데, 일그러진 달을 비유한 것이다.

은 벽사(僻辭)이며 은어(隱語)다.

3) 양두섬섬(兩頭纖纖) : 악부(樂府)를 보라.122)

4) 잡조(雜組) : 악부(樂府)를 보라.

5) 반중(盤中) : 『옥대집(玉臺集)』에 이 체가 있다. 소백옥(蘇伯玉)의
처가 지어서 그것을 접시에 썼는데, 구불구불하게 글을 이루었다.

6) 회문(廻文)123) : 두함(竇滔)의 처가 비단을 짜서 그 지아비에게 보낸
데서 시작되었다.

7) 반복(反覆) : 한 자를 가지고 읊어, 모두 구를 이룬다. 압운(押韻)을
하지 않는 것은 아니지만, 반복하여 글을 이룬다. 이공(李公)의
시격(詩格)에는 이러한 32자 시가 있다.

8) 이합(離合) : 글자가 서로 갈라졌다 합하여 글을 이룬다. 공융(孔融)
124)의 '어부굴절시(漁夫屈節詩)'가 이렇다. 비록 시가 가볍고 무겁
고와는 관계가 없으나, 그 체제는 역시 옛스럽다.

9) 건제(建除) : 포조(鮑照)에게 '건제시(建除詩)'가 있는데, 매 구의 머
리 부분은 '건(建)' '제(除)' '평(平)' '만(滿)' 등의 글자를 처음으로
한다.

10) 요시체(拗詩體) : 율시의 평측이 오차가 없으면 실점하지 않는데, 한
번 실점하면 요체(拗體)가 된다.

11) 봉요체(蜂腰體) : 보통 율시의 함연(頷聯)은 대우를 하지 않고 도리
어 이구(二句)로 일을 서술하고, 뜻은 수구(首句)와 서로 통하고,
경연(頸聯)에 이르러 바야흐로 대우가 되는 것을 봉요체라고 하는

---

122) 이 말은 兩頭纖纖月始生(양두섬섬월시생 : 두 끝이 곱고 가냘퍼 달이 이제야 생겼
구나)이라는 구절에서 나온 것이다.
123) 내리 읽으나 치 읽으나 다 말이 되는 한시.
124) 후한(後漢)의 학자. 자는 문거(文擧). 건안칠자(建安七子)의 한 사람. 북해(北海)의
상(相)이 되어 학교를 세우고 유학(儒學)을 가르쳤다. 한(漢)을 구하고자 했으나 성공
하지 못하고, 조조(曹操)에게 여러번 간(諫)하다가 피살되었다.

데, 말이 이미 끊어졌다가 다시 이어진다.

12) 단현체(斷弦體) : 말이 끊어질 듯하지만 뜻은 그 기(氣)에 이어져 있
고, 말은 비록 이어지지 않더라도 맥(脈)은 서로 이어지는데, 연뿌
리가 끊어져도 실은 이어져 있는 것과 같다.

13) 투춘체(偸春體) : 보통 기연(起聯)이 서로 대우이고, 다음 연은 대우
가 아닌 것을 투춘체라고 하는데, 매화(梅花)가 봄빛을 탐내어 먼
저 피는 것과 같다.

14) 첩자시체(疊字詩體)125) : 팔구(八句)의 시 가운데, 혹은 육구(六句)를
첩자로 쓰고, 사구(四句)를 첩자로 쓰거나, 혹은 전체를 첩자로 쓰
는 것이다.

15) 수미음체(首尾吟體) : 수미음이란 일구(一句)를 읊고 첫 구와 마지막
구 모두 그것을 쓰는 것이다.

16) 평두시체(平頭詩體) : 구(句)마다 첫 자는 모두 같으나 구마다의 뜻
이 같아서는 안 된다.

이외에 아직 자미(字謎), 인명(人名), 괘명(卦名), 수명(數名), 약명(藥
名), 주명(州名)이 있다. 또 육갑십축(六甲十屬) 류와 장두(藏頭), 헐후(歇
後) 등의 체가 있으나 모두 시의 정격(正格)은 아니다.

---

125) 겹친 글자. 망망(茫茫), 첩첩(疊疊) 등.

제2장 시(詩)의 변천(變遷)

제1절 삼대(三代)[1]

시가는 태고 때부터 지어져, 당우(唐虞)를 지나면서 진보를 시작하고 하(夏)·은(殷) 대에 이르러 운문이 더욱 발달하여 여러 좋은 것들을 이루었으니, 자못 고찰할 만한 것이 많다. 비록 간간이 위작(僞作)이 있기는 하지만, 당시 일대(一代) 시의 연원은 반드시 그 가운데 한 두 개를 알고도 되지 않는 것은 아니다. 이제 아래에 구분하여 그것을 적는다.

1. 하(夏)

『여씨춘추』에서는 우(禹)가 치수(治水)를 하다 도산녀(塗山女)를 만났다고 한다. 우가 그녀를 만나기 전에 남쪽 땅을 순시(巡視)하고 있었는데, 도산녀는 그의 첩(妾)에게 도산의 남쪽에서 우를 기다리게 하고는, 그녀는 노래를 지어

候人兮猗　　후인[2]이여 아름답구나

라고 하였으니, 이것이 남방(南方) 노래의 시작이라고 한다.(도산의 노래를

---

1) 중국 고대의 나라인 하(夏)·상(商 : 은<殷>)·주(周).
2) 도로에서 빈객을 맞이하고 보내는 것을 맡은 벼슬아치.

살펴보고, 어떤 사람은 후세 사람의 위작이라고도 한다) 그 후 공갑(孔甲)3)의 '파부지가(破斧之歌)'가 있는데, 이는 동방(東方) 노래의 시작이고, 신여미 (辛餘靡)4)의 '제소지가(濟昭之歌)'는 서방(西方) 노래의 시작이다. 계(啓)5) 의 때에 이르면 '구변구가(九辯九歌)'가 있었는데, 지금 그 가사는 이미 전해지지 않는다. 하의 천자 중에 쇠약한 때에 또 '오자지가(五子之歌)'가 있었는데, 소리가 애원을 담고 있었다. 그러나 애석하게도 그 노래의 가 사도 이미 잃어 버렸다. 걸(桀) 때에 훌륭한 궁전을 짓고 주지조제(酒池 糟隄)6)를 만들어 화려한 음악을 마음대로 하였는데, 한 번 북을 칠 때마 다 소가 물을 마시듯이 술을 마시는 사람이 3,000명이었다. 이에 여러 신 하들이 서로 몰래 노래하기를

江水沛沛兮	강물이 세차게 흐르니
舟楫敗兮	배와 노 부서지는구나
我王廢兮	우리 임금 못쓰게 되었으니
趣歸薄兮	마음이 넓은 데로 따르는구나
薄亦大兮	넓고도 크구나
樂兮樂兮	즐겁고 즐거워라
四牡蹻兮	네 필의 말 날쌔기도 하고
六轡沃兮	여섯 고삐 헌걸차구나
去不善而從善	선하지 않은 건 버리고 선한 것 따르니
何不樂兮	어찌 즐겁지 않을까

---

3) 하(夏)의 왕. 귀신을 좋아하고 음란함을 일삼아 제후들이 그에게 반역하여 얼마 뒤에 죽었다.
4) 주(周) 소왕(昭王) 때 인물. 소왕의 정벌 전쟁에서 공을 세웠다.
5) 우임금의 아들.
6) 술을 가득 채운 연못과 술지게미를 둑처럼 쌓은 더미를 말하는 것으로 사치향락을 뜻한다.

라고 했다.(『신서(新序)』7), 「자사(刺奢)」편) 그 가사는 대개 원망과 풍자의
마음을 담고 있다. 이것이 하대 시의 대강 모습이다.

2. 상(商)

『시경』 속에는 상송(商頌) 5편이 있는데, 천자의 위엄있는 큰 목소리
는 후세에 유(侑)8)를 종묘(宗廟)에서 노래하도록 하여, 이미 알려진 조상
덕의 명성을 많이 펼쳐 보였다. 이제 '현조(玄鳥)' 1장을 아래에 적는다.
'현조' 1장 22구9)

濬哲維商	뛰어나게 명철하구나 오로지 상이여
長發其祥	오래도록 그 조짐 나타내었네
洪水芒芒	홍수가 끝없었으나
禹敷下土方	우임금 천하를 잘 다스리시어
外大國是疆	먼 제후 나라 경계로 삼으시고
幅隕旣長	땅의 넓이 이미 넓어졌거늘
有娀方將	유융씨 바야흐로 커지더니10)
帝立子生商	상제께서 아들 세워 상을 이루셨다네
玄王桓撥	설왕이 위엄있게 다스리더니11)
受小國是達	작은 나라 맡아도 이뤄내시고

---

7) 한(漢)의 유향(劉向)이 엮은 10권의 책. 춘추시대로부터 한 초기까지의 일사(逸事)들
   을 수록하였다.
8) 음식을 들 때 연주하여 흥을 돕는 음악.
9) 저자는 이 곡을 '현조'라 하였으나, 사실은 '장발(長發)'이라는 곡이다. '현조'는 따로
   있다.
10) 유융은 설의 어머니 집안.
11) 현왕(玄王)은 설(契)을 말한다.

受大國是達　　큰 나라 맡아도 이뤄내셨네
率履不越　　　예를 따라 흐트러지지 않고
遂視旣發　　　두루 살펴보니 다 행해졌도다
相土烈烈　　　상토도 위엄이 빛나12)
海外有截　　　사해 밖 모든 제후 복속하였네

帝命不違　　　상제의 명은 어김이 없이
至于湯齊　　　탕왕 대에 이르러 왕업 이루시니
湯降不遲　　　탕왕은 알맞은 때에 태어나시어
聖敬日躋　　　성덕과 공경이 날마다 나아가
昭假遲遲　　　그 덕 밝고 넓어 그침이 없나니
上帝是祇　　　상제께서 편안히 여기시고
帝命式于九圍　천하에 널리 법을 베풀게 하셨네

受小球大球　　작은 구슬 큰 구슬 함께 받으시어
爲下國綴旒　　모든 나라의 본보기 되시고13)
何天之休　　　하늘의 큰 복을 가지셨네
不競不絿　　　쫓지도 서둘지도 않고
不剛不柔　　　강하지도 부드럽지도 않으셔서
敷政優優　　　정사를 널리 펴시니
百祿是遒　　　온갖 복록 한 몸에 모였네

受小共大共　　작은 구슬 큰 구슬 함께 받으시어

爲下國駿厖	모든 나라의 크고 두터운 울 되시고
何天之龍	하늘이 내린 은총을 가지셨네
敷奏其勇	널리 그 용맹스러움 알리시어
不震不動	두려워하지도 흔들리지도 않고
不戁不竦	겁내지도 떨지도 않으시니
百祿是總	온갖 복록 한 몸에 모았네

武王載旆	무왕께서 깃발 세우고
有虔秉鉞	손에 도끼를 굳게 잡으시니
如火烈烈	타오르는 불꽃과 같아
則莫我敢曷	감히 아무도 막으려 하지 못했네
苞有三蘗	걸왕과 한패되려 했던 세 나라14)
莫遂莫達	이러지도 저러지도 못하고
九有有截	천하가 모두 막히게 되자
韋顧旣伐	위와 고를 이미 치시고
昆吾夏桀	곤오와 하의 걸왕을 치셨네

昔在中葉	그 옛날 중엽에 이르러
有震且業	두렵고 위태로운 시기 있었으나
允也天子	미쁘신 천자께서15)
降于卿士	대신을 내려주셨네

---

14) 포(苞)는 뿌리, 얼(蘗)은 그루터기에서 나는 싹이다. 한 뿌리에 세 개의 싹이라는 뜻인데, 뿌리는 하의 걸왕이며 싹은 하를 섬기던 위(韋)·고(顧)·곤오(昆吾)의 세 나라를 말한다.
15) 탕(湯)왕을 말한다.

實維阿衡   바로 그가 아형이었으니16)
實左右商王   참으로 상의 왕을 도왔었다네

은대의 시가는 상송(商頌) 외에도 유융씨(有娀氏)의 '연비가(燕飛歌)'
가 있다. 은(殷) 설(契)의 어머니를 간적(簡狄)17)녀라고 생각한다. 『여씨
춘추』에는 '유융씨에게 두 명의 미인이 있었는데, 그들에게 높다란 대(臺)
를 만들어주고, 음식을 먹을 때는 반드시 북을 울렸다. 황제가 제비에게
가서 그것을 보게 하였는데, 울음소리가 웃음이 막히는 듯하였다. 두 여
자가 그것을 좋아하여 다투어 잡아서 옥광주리로 덮었는데, 잠시 후에
꺼내어 보니 제비가 두 개의 알을 남기고 북쪽으로 날아가서 돌아오지
않았다. 두 여자가 노래를 지었는데, 한 곡의 끝에

燕燕往飛   제비는 제비는 날아가 버렸구나

라고 하였다'라고 하였는데, 대개 북방(北方) 노래의 시작이다.

소철(蘇轍)18)은 말하기를 '상(商)나라 사람들의 글은 간결하며 명확
엄숙하다. 그들의 시는 마음과 힘을 돋우어 일으키며 엄격하다'19)고 하였
다. 양신(楊愼)20)은 '문에 깊지 않은 자는 이 말을 할 수 없다'21)라고 하
였으니, 상대 시의 대개 모습은 이 말에서 이미 알 수 있을 것이다.

---

16) 아형이란 상(商)나라의 뛰어난 재상이었던 이윤(伊尹)의 벼슬 이름.
17) 유융씨의 딸이며, 제곡(帝嚳)의 왕비이고 설의 어머니다.
18) 송(宋) 때의 문장가. 자는 자유(子由). 호는 란성(欒城). 한림학사(翰林學士)·문하
    시랑(門下侍郎)을 지냈다. 아버지 소순(蘇洵)과 형 소식(蘇軾)과 함께 당송팔대가의
    한 사람이다.
19) 商人之書簡潔而明肅 其詩奮發而嚴厲
20) 명(明)대의 학자. 자는 용수(用修). 호는 승암(升庵). 세종(世宗) 때 경연강관(經筵講
    官)으로 있으면서 힘써 간(諫)하다가 운남(雲南)으로 유배되었다. 저술이 많기로는 명
    대에서 제일이다.
21) 非深于文者不能爲此言

3. 주(周)

주(周)대 학교에서는 시를 가르쳤다. 게다가 태사(太史) 벼슬을 두어 민간의 가요를 채취해서 조정에 올려 풍속을 살피고, 정치의 성패를 생각했으므로 당시의 시는 지극히 발달하였다. 주대의 시를 살펴보면, 대개 『삼백편』 속에 모아져 있다. 국풍(國風)을 이야기하자면, 「주남(周南)」과 「소남(召南)」은 정풍(正風)으로, 대개 문왕(文王) 때의 시를 추가하여 적어 넣었다. 15국(國)은 변풍(變風)으로, 각 국민 사이 남녀의 정사(情思)와 민간 풍속의 시다. 아(雅)는 정악(正樂)의 노래로, 연향(燕享)과 조회(朝會) 에서 공경대부(公卿大夫)가 지은 것이며, 그것들은 크고 작은 차이가 있다. 그러므로 대아(大雅)와 소아(小雅)의 구별이 있다. 송(頌)은 종묘(宗廟)에서 제사를 올릴 때 가무(歌舞)하는 음악과 노래인데, 주송(周頌)은 정(正)이며, 노송(魯頌)과 상송(商頌)은 덧붙인 것이다. 이것이 『삼백편』의 대개 모습이다.

그밖에 은의 유민(遺民)인 기자(箕子)와 같은 이에게는 '맥수가(麥秀歌)'가 있다. 『사기(史記)』에서는 기자가 주(周)에 조회하러 옛 은의 터를 지나가다가 궁실이 무너지고 훼손되어 두루 벼와 기장이 난 것을 보고 그것을 마음 속으로 가슴 아파하며 통곡하려 하였으나, 그럴 수 없었다. 그리고 울려고 하였으나 부인이 가까이 있었다. 그래서 맥수의 시를 지어 그것을 노래하였다고 한다. 그 시에

麥秀漸漸兮 　　보리 이삭 잘도 자라는구나
禾黍油油 　　　벼와 기장 무성도 하구나
彼狡童兮 　　　저 교활한 아이는[22]
不與我好兮 　　나와 좋지 못하였었네

---

22) 교동(狡童)은 상(商)의 마지막 임금 주(紂).

라고 하였다.

　은・주의 역성혁명 때에 백이(伯夷)와 숙제(叔齊) 두 사람이 주의 곡식을 먹는 것을 수치스럽게 여겨 수양산(首陽山)에 숨어서 굶어 죽게 되었다. 이에 '채미가(採薇歌)'를 지었다. 그 가사에

登彼西山兮	저 서산에 올라
采其薇矣	고비를 캐어 먹는다
以暴兮	포악하니
不知其非矣	그 그릇됨을 모르는구나
神農虞夏忽焉沒兮	신농씨 순임금 하 나라 갑자기 무너지니
我安適歸矣	나는 어디로 돌아갈까
于嗟徂兮	아아! 물러가리라
命之衰兮	천명이 쇠해버렸으니

라고 했다.

　파촉(巴蜀)의 백성들은 질박하고 정직하며, 의(義)를 좋아했고, 풍속이 인정스러웠다. 주(周)의 무왕(武王)이 은의 주왕(紂王)을 치고 파촉의 군사를 얻게 되었다. 대개 파촉의 군사들은 용감하고 날래었지만, 노래와 춤으로 그들을 복종시켰고, 은 백성들이 반란을 일으켰기 때문에 세상 사람들은 무왕이 주(紂)를 친 것을, 앞서 노래하고 뒤에 춤춘 것이라고 한다.(화양국지<華陽國志>)[23] 그곳의 민간에는 그들의 풍토를 기록한 시가 있는데,

---

23) 진(晉) 상거(常璩)가 편찬한 사서(史書). 파촉(巴蜀)의 역사를 기록한 책. 12권 부록 1권.

川崖惟平	냇물 가는 평평도 하여
其稼多黍	농사지으니 기장도 많아라
旨酒嘉穀	맛 좋은 술 좋은 곡식
可以養父	아버지를 봉양할 수 있네
野惟阜丘	들판은 넓기도 하여
彼稷多有	저 기장 많기도 하구나
嘉穀旨酒	좋은 곡식 맛 좋은 술
可以養母	어머니를 봉양할 수 있네

라고 하였다. 또 옛 것을 좋아하고 도를 즐기는 시가 있는데,

日月明明	해와 달처럼 밝디 밝으니
亦惟其名	오로지 그 이름뿐이라네
誰能長生	누가 영원히 살리오
不朽難獲	영원한 것은 얻기 어렵네
惟德實實	오로지 덕이 견고한 것일 뿐
富貴何常	부귀가 어찌 영원한 것이랴
我思古人	내가 옛 사람 생각하는 건
令聞令望	훌륭한 명성 좋은 명망이로다

라고 하였다. 또한 '제사시(祭祀詩)'가 있는데,

惟月孟春	이 달은 정월이라
獺祭彼崖	저 언덕에서 제사 올리네
永言孝思	효도에 대한 생각 노래하노니

享祀孔嘉　　　제사 올리는 건 매우 아름다워라
彼黍旣潔　　　저 곡식 너무나 깨끗하고
彼儀惟澤　　　저 의례 너무나 윤택하구나
蒸民良辰　　　백성들이 좋은 때 만났으니
祖考來格　　　조상께서 오시는구나

라고 하였다.

　목왕(穆王) 때 천하를 두루 다니고자 하니, 제공(祭公)과 모공(謀公)이 '기초지시(祈招之詩)'를 지어 간(諫)하였는데, 그 시에

祈招之愔愔　　　기초의 화평함이여24)
式昭德音　　　　밝은 덕음을 본받는구나25)
思我王度　　　　우리 임금 덕행과 법도 생각하노니
式如玉式如金　본받기 옥과 같고 금과 같구나
形民之力　　　　백성의 힘을 모범으로 하여
而無醉飽之心　취하고 배부를 마음 없다네

라고 하였다.

　위의 것 외에 '명(銘)' '가(歌)' '사(辭)' '잠(箴)'과 같은 것들이 아직 많은데, 모두 운이 있는 글이다. 주대의 시를 살펴보면, 가사의 구절은 대개 사언을 많이 했고, 혹 삼언 · 오언 · 육언에서 구언까지의 것도 있었으니,

---

24) 여러 고전에서는 기초(祈招)를 잃어버린 시의 이름이라고 하고 있다.
25) 덕음(德音)은 선한 말, 덕이 있다는 평판, 천자의 말, 도덕에 맞는 음악 등 여러 뜻이 있다.

振振鷺　　떼지어 나는 백로
鷺于飛　　백로가 짝지어 나네[26]

와 같은 것은 삼언의 시다. 한(漢)의 천지에 제사지내는 노래는 이것을
많이 썼다.

誰謂雀無角　누가 참새는 뿔이 없다고 했나
何以穿我屋　어찌 우리 집을 뚫는가

는 오언의 시다. 재미있고 우스운 문구와 광대들의 음악과 고금의 시 형
식에 이것을 쓴 것이 많다.

我姑酌彼金罍　　내 잠시 저 금빛 성에서 술을 마셨네

는 육언의 시다. 악부에 이것을 쓴 것이 많다.

交交黃鳥止于桑　뒤섞여 날던 황조 뽕나무 위에 앉았네

는 칠언의 시다. 재미있고 우스운 문구와 광대들의 음악에 또한 이것을
쓴 것이 많다.

胡詹爾庭有懸貊兮　오랑캐가 이 뜰을 엿보니 조용하길 간절
　　　　　　　　　히 바라

---

26) 우비(于飛)는 새가 날개를 나란히 하고 나는 것으로, 부부의 금슬이 좋은 것에 비유
한다.

我不敢傚我友自逸　나는 내 벗이 마음 편한 걸 따라하지 못 하겠네

는 팔언의 시다.

洞酌彼行潦挹彼注玆　저 길바닥에 괸 물 떠다가 큰 통에 쏟 아 부으면

은 구언의 시다. 후세의 가요 가운데 우연히 그것을 볼 수 있다. 그 운의 사용은, 구마다 하나의 운을 하는 것도 있고, 격구로 하나의 운을 하는 것도 있다. 위풍(衛風) '백혜(伯兮)'의 제1장

伯兮朅兮	씩씩하고 늠름한 님은
邦之桀兮	이 나라의 호걸
伯兮執殳	님은 긴 창을 들고
爲王前驅	왕을 위해 앞장섰네

와 같은 것이 바로 한 구에 한 운을 한 것이다. 제2장

自伯之東	님이 동쪽으로 떠나신 후에
首如飛蓬	내 머린 쑥대강이 되었네
豈無膏沐	머리 감고 연지 바르지 못하리오만
誰適爲容	누굴 위해 모습을 다듬으리

는 바로 1·2·4구에 운을 했으니, 대개 후세 칠언절구의 운법이다. 제3장

其雨其雨	비오라 비오라 했건만
杲杲出日	밝디 밝게 솟아오르는 해
願言思伯	언제나 님 생각에
甘心首疾	마음은 편해도 머리가 아프네

는 바로 2·4구에 운을 했으니, 후세 오언절구의 운법이다. 요컨대 삼백
편은 후세 고금 시체(詩體)의 출발이며, 바로 시의 기초 확립 시대이다.

제2절 춘추(春秋)·전국(戰國)

춘추전국 때는 시가 점점 온유돈후한 맛을 잃고, 대개 운문은 쇠퇴하
고 산문이 발달하였다. 공자가 말하기를 '내가 위(衛)에서 노(魯)로 돌아
온 뒤에 음악이 바르게 되고, 아(雅)·송(頌)은 각기 그것의 위치를 얻었
다'1)라고 하였다. 맹자는 말하기를 '왕된 자가 편안함을 따르니 시가 없
어졌다'2)라고 하였다. 대개 당시의 시가는『삼백편』을 이어받을 수 있는
것은 아주 없다시피 했다. 그러나 이것 또한 그 당시 시의 모습이다. 아
래에 나누어 적는다.

1. 춘추(春秋)

춘추 때에는 시가가 아직도 하나로 합해져 있었으므로, 공자가『시
경』을 정리하면서 근거로 한 것이 3,000여 편이었다. 또 그의 할아버지 정
고부(正考父)의 학(學)을 이어 상송(商頌) 5편과 주시(周詩) 306편을 차례

---

1) 吾自衛反魯 然後樂正 雅頌各得其所
2) 王者之迹息而詩亡

대로 늘어놓았으나, 소아(小雅) '생시(笙詩)' 6편은 소리는 있으나 가사가 없어 305편이니, 공자가 하나하나 그것을 연주하고 노래하여 소(韶)[3]·무(武)[4]·아(雅)·송(頌)의 音에 맞추려 했다.

『공자가어(孔子家語)』[5]에는 공자가 노(魯)에서 처음으로 사용하고, 노나라 사람들이 읊던 것을 실었는데,

麛裘而韠	사슴 가죽 옷이며 슬갑
投之無戾	보내어도 도착하지 않네
韠之麛裘	슬갑이며 사슴 가죽 옷
投之無郵	보내어도 보내지지 않네

라고 하였으며,

袞衣章甫	곤룡포와 면류관[6]
實獲我所	참으로 내 것을 얻었네
章甫袞衣	면류관과 곤룡포
惠我無私	나에게 주어져도 사심이 없네

라고 하였다. 『사기』에는 공자가 노(魯)에서 재상이 되자 노가 훌륭하게 다스려졌는데, 제(齊)나라 사람이 노래하는 기생을 보내자 계환자(季桓

---

3) 순임금이 지은 음악.
4) 주(周) 무왕(武王)이 지은 무악(舞樂).
5) 공자의 언행, 일사(逸事) 및 그의 문인(門人)과의 문답을 수록한 책. 처음에는 27권이 었으나 없어진 것이 많아 현존하는 것은 10권인데, 위(魏)의 왕숙(王肅)이 공안국(孔安國)의 이름을 빌어 위작한 것이라 한다.
6) 장보관(章甫冠)은 은(殷)나라 때의 관이다. 공자가 이 관을 썼으므로 유학자의 관이라는 뜻으로 쓰인다.

子)[7]가 그것을 받고는 사흘 동안 정사를 돌보지 않고, 교사(郊祀)에도
대부(大夫)들에게 제사에 쓸 고기를 보내지 않았다. 공자가 드디어 가서
노래하기를

彼婦之口	저 여자의 입은
可以出走	달아나게 할 만하구나
彼婦之謁	저 여자의 아뢰는 말은
可以死敗	멸망하게 할 만하구나
蓋優哉游哉	넉넉하고 여유로우니
維以卒歲	오로지 말세로구나

라고 하였다고 적고 있다.

『금조(琴操)』[8]에는 계환자(季桓子)가 제(齊)의 노래하는 기생을 받자
공자가 간(諫)하고자 하였으나, 하지 못하고 물러나와 노(魯)의 구산(龜
山)을 바라보면서 지은 노래를 실었는데, 계환자가 노를 어둡게 하는 것
을 비유하였다. 노래는

予欲望魯兮	나는 노를 바라보고 싶다만
龜山蔽之	구산이 그걸 가렸네
手無斧柯	손에는 도끼 자루 없으니
奈龜山乎	구산을 어찌할까

라고 하였다 라고 적고 있다.

---

7) 춘추시대 노나라 대부.
8) 한(漢) 채옹(蔡邕)이 찬한 책. 2권.

『공총자(孔叢子)』9)에는 공자의 '획린가(獲麟歌)'를 싣고 있는데, 그것의 가사에는,

　　唐虞世兮麟鳳遊　요순 시대에는 기린과 봉황 놀았더니
　　今非其時來何求　오늘은 그 시대 아니니 어찌 찾을까
　　麟兮麟兮我心憂　기린이여 기린이여 내 마음 근심이로다

라고 하고 있다.
　이외에 초광(楚狂)10)의 '접여가(接輿歌)'와 같은 것은

　　鳳兮鳳兮　　　　봉황이여 봉황이여
　　何德之衰也　　　쇠한 덕을 어찌하랴
　　來世不可待　　　오는 세상 기다릴 수 없고
　　往世不可追也　　지난 세상 따를 수 없고
　　天下有道　　　　천하에 도가 있으면
　　聖人成焉　　　　성인께서 이루셨고
　　天下無道　　　　천하에 도가 없으면
　　聖人生焉　　　　성인께서 태어나셨느니
　　方今之時　　　　지금 이 시대는
　　僅免刑焉　　　　겨우 형벌이나 면할 뿐
　　福輕乎羽　　　　복은 깃털보다 가벼운데
　　莫之知載　　　　그것을 실을 줄 모르고

---

9) 7권 21편으로 한(漢) 공부(孔鮒)가 찬하였다고 하지만, 뒷 사람의 위찬(僞撰)으로 본다. 공자 및 그 일족에 관하여 기술한 것이다.
10) 춘추시대 초(楚)의 육통(陸通). 자는 접여(接輿). 미친 척하며 벼슬하지 않았더니, 당시 사람들이 그를 초나라의 미치광이라는 뜻의 초광으로 불렀다.

禍重乎地	재앙은 땅보다 무거운데
莫之知避	그것을 피할 줄 모르네
已乎	끝이로구나
已乎	끝이로구나
臨人以德	남에게 덕을 베풀기는
殆乎	위태롭구나
殆乎	위태롭구나
晝地而趨	땅을 갈라 살아가는 건
迷陽迷陽	들 가시나무여 가시나무여
無傷吾行	내 가는 길 해치지 못하리
吾行却曲	내 가는 길 돌아가나니
無傷吾足	내 발 해치지 못하리

라고 되어 있는데, 그 가사는 『논어』와 『장자』에 보인다. '창랑가(滄浪 歌)'는

滄浪之水淸兮	창랑의 물이 맑구나
可以濯我纓	내 갓끈을 씻으리로다
滄浪之水濁兮	창랑의 물이 흐리구나
可以濯我足	내 발을 씻으리로다

라고 되어 있는데, 그 가사는 『맹자』에 보인다. 그리고 제(齊)의 영척(甯 戚)[11]은 '반우가(飯牛歌)'가, 경공(景公)은 '투호사래인가(投壺辭萊人歌)'가

---

11) 문헌에 따라 영(甯)과 영(寧)을 혼돈해서 쓰기도 하고, 척(戚)과 월(越)로 바뀌어 쓰여있기도 하다. 덕을 닦았지만 쓰지 않고 장사를 하며 제(齊)의 동문(東門) 밖에서 잤

있다. 오(吳)에는 신숙의(申叔儀)[12]의 '패옥가(佩玉歌)'와 오서(伍胥)의 '어
부가(漁父歌)'가 있고, 진(晉)에는 우시(優施)[13]의 '가예가(暇豫歌)'가 있으
며, 송(宋)에는 '성자구(城者謳)'가, 정(鄭)에는 '여인송(輿人誦)'이 있는데,
대개 모두가 유행가와 동요 종류이며, 아직 『삼백편』의 뒤를 이을 만하
지는 못했다.

2. 전국(戰國)

전국 때는 풍(風)·아(雅)가 소리를 쉬고, 어떠한 실마리를 뽑지도 않
았다. 그때는 기문(奇文)이 성하게 일어날 수 있었다. 『파경(葩經)』의 뒤
를 이을 수 있는 것은 굴원(屈原)의 '이소경(離騷經)' 만한 것은 없었다.
그러나 실제로는 시의 곁가지다. 당시의 시가가 참으로 텅 빈 것이 모두
그러했으니, 적을 수 있는 것은 제(齊)의 '양전자축(禳田者祝)'이 『사기』
에 실린 정도다. 그 가사는

> 楚雖三　　　　초가 비록 세 집뿐이라도[14]
> 亡秦必楚　　　진을 망하게 하는 건 반드시 초라네

라고 하고 있다. 연(燕)에는 '도역수가(渡易水歌)'가 있었는데, 그 가사는

> 風蕭蕭兮易水寒　　바람 쓸쓸하고 역수는 찬데
> 壯士一去兮不復還　장사 한 번 가면 다시 돌아오지 못하리

는데, 환공(桓公)이 밤에 나갔더니 그가 소에게 밥을 먹이면서 노래를 불렀다. 환공이
그것을 듣고 현인임을 알고 올려 써서 객경(客卿)으로 삼았다.
12) 춘추시대 오(吳) 대부. 노공(魯公)의 손자인 유산씨(有山氏)에게 식량을 얻으려 '패
옥가'를 지어 불렀다.
13) 춘추시대 진(晉) 헌공(獻公)의 배우 이름
14) 삼호(三戶)란 초가 멸망한 뒤의 유민을 말한다.

라고 하였다. 모두 『사기』에 보인다. 이외에 조(趙)에는 '조인가(趙人歌)' '고금가(鼓琴歌)'가 있었고, 위(魏)에는 '업민가(鄴民歌)'가, 진(秦)에는 '삼진기민요(三秦記民謠)'가 있었다. 진시황 때에 이르러 '파요가(巴謠歌)'를 들으면, 신선을 찾는 뜻이 있는데, 그 가사에

神仙得者茅初成　신선이 된 것은 모가 처음으로 이루어[15)

駕龍上昇入太淸　용 타고 올라가 태청으로 들어갔네[16)

時下玄洲戲赤城　그때 현주로 내려가 적성에서 놀고[17)

繼世而往在我盈　속세 끊었으니 우리 영에게 있어서였네[18)

帝若學之臘嘉平　황제께선 납일에 그것을 배운 듯[19)

이라고 했다.

위에 적은 것은 춘추전국시대의 시다. 진(秦)대가 되면 시서(詩書)를 불태우고 고적(古籍)을 없애 버렸으니, 시라고 하는 것은 실제로 적을 만한 것이 없다.

---

15) 모(茅)는 한(漢) 함양(咸陽) 사람으로 자는 숙갑(叔甲)이다. 18세에 항산(恒山)으로 들어가 도를 닦고 뒤에 구곡(句曲)에 은거하여 모군(茅君)이라고 했다. 그의 아우 고(固)와 충(衷)도 관직을 버리고 형을 따라 신선이 되었는데, 모는 사명진군(司命眞君), 고는 정록진군(定錄眞君), 충은 보생진군(保生眞君)이 되었다고 한다.

16) 도가(道家)의 삼청(三淸) 가운데 하나로 40리를 올라가면 태청이라고 한다.

17) 현주(玄洲)는 북해(北海) 속에 있으며, 선백진공(僊伯眞公)이 다스린다고 한다. 적성(赤城) 또한 여기에서는 신선이 노니는 곳.

18) 첫 번째 글자 계(繼)는 단(斷)의 잘못인 듯.

19) 납(臘)이란 동지 후 세 번째 술일(戌日)인 납일(臘日)에 모든 신에게 올리는 제사로서 납월(臘月)을 하(夏)에서는 가평(嘉平), 은(殷)에서는 청사(淸祀), 주(周)에서는 대사(大蜡)라고 하였는데, 진시황이 이 노래를 듣고 신선의 세계를 찾을 마음이 생겼기 때문에 납(臘)을 가평(嘉平)이라고 고쳤다 한다.

제3절 양한(兩漢)

춘추전국 이래 시는 날로 쇠퇴하였다. 한(漢)대가 되어, 고조(高祖)는 '대풍가(大風歌)'를 지었는데, 그 가사는

大風起兮雲飛揚　　큰 바람 일어 구름은 날려 오르네
威加海內兮歸故鄕　　위엄이 세상에 더하고 고향으로 돌아왔네
安得猛士兮守四方　　어찌하든 용맹한 군사 얻어 사방을 지키
　　　　　　　　　　　리라

라고 하였다. 패(沛) 안의 아동 120명에게 보여 그것을 노래하게 하였는데, 아마 악부의 시작일 것이다. 다른 것으로 '호자가(瓠子歌)' '추풍사(秋風辭)' '낙엽애선곡(落葉哀蟬曲)' '포초천마가(蒲梢天馬歌)'와 같은 것은 후세에 모두 뛰어난 작품이라고 했다. 초(楚) 원왕(元王)의 스승인 위맹(韋孟)[1]의 '간시(諫詩)' 같은 것은, 『파경(葩經)』을 모방하여 사언시로 지었으니, 풍·아가 남긴 운치가 있었다. 『시경』 305편을 살펴보면 비록 삼언, 오언 등이 있으나, 사언을 최고의 법칙으로 삼고자 했다. 한(漢) 때가 되어 소무(蘇武)와 이릉(李陵)의 증답(贈答)에서 오언시의 형식이 있었고, 무제(武帝)가 백양대(柏梁臺)에서 여러 신하들과 지은 연구(聯句)에 칠언시의 형식이 있었다. 이제 아래에 그것을 나누어 적는다.

1. 악부(樂府)의 시작(始作)

악부는 원래 시와 한가지다. 그것이 시와 달라지게 된 것은 악부가

---

1) 삼세(三世)에 걸쳐 재상을 지냈다. 무왕(戊王)이 음란하고 도가 없어지자 시를 지어 풍간하고 드디어 재상 자리를 버리고 추(鄒)로 이사해버렸다.

숭상하는 것이 절주(節奏)에 있고 가락을 맞추기에 쉬웠으나, 시는 그렇지 않았기 때문이다.(옛날의 시와 음악을 살펴보면 나뉘어 있지 않았다) 대개 한(漢) 대의 소무와 이릉의 증답과 위맹(韋孟)의 풍간(諷諫), 이름 모를 작가의 19수와 같은 것은 악부체의 '교사가(郊祀歌)' '여강소리처(廬江小吏妻)' '우림랑(羽林郞)' '맥상상(陌上桑)' 등과 관계가 없는 두 가지의 체였으며, 다시 서로 섞이지 않았다. 그러므로 시와 음악의 구분은 한대가 되어 비로소 명백하게 나뉘어졌다. 본 절에서는 특히 시와 음악이 처음 합해져 있을 때, 피차가 아직 상호 관계가 있었던 것을 제시하여 이야기한다.

『어양시화(漁洋詩話)』[2]에 말하기를 '악부라는 이름은 그 유래가 오래되었다. 세상에서는 한 무제에서 시작되었다고 하지만 그렇지 않다.『사기』를 살펴보면, 고조가 패를 지나가며 '삼후지장(三侯之章)'을 노래하고, (바로 '대풍가') 또 당산부인(唐山夫人)에게 '방중지가(房中之歌)'를 짓게 했다. 그리고『서경잡기(西京雜記)』[3]에서는 또 척부인(戚夫人)[4]이 '출새(出塞)' '입새(入塞)' '망귀곡(望歸曲)'을 잘 노래하였다고 했으니, 악부는 실제로 한 초에 시작되었다는 것을 알 수 있다. 무제(武帝) 때에는 '천마(天馬)' '적교(赤蛟)' '백린(白麟)' 등 19장을 더하여서 이연년(李延年)[5]을 협률도위(協律都尉)로 삼고, 오경(五經)의 선비들을 모아 함께 그 소리를 정리하고, 그 뜻을 알려서 악부가 융성하게 되었다. 그것이 무제 때 시작되었다고 하는 것은, 그 시작을 그것에 의탁했던 것이다'[6]라고 하였다. 한

---

2) 청(淸) 왕사정(王士禎)이 찬한 것. 3권. 근세의 시화 가운데 가장 뛰어난 것의 하나다.
3) 전한(前漢)의 잡사(雜事)를 기록한 책. 6권. 한(漢)의 유흠(劉歆) 또는 진(晉)의 갈홍(葛洪)이 저술하였다고 한다.
4) 한 고조가 총애하던 여인. 고조가 죽자 황후였던 여후(呂后)에 의해 감옥에 갇혀 머리를 깍이고 칼을 차게 되었다. 여후는 죄수 옷을 입은 채로 방아를 찧게 하였다.
5) 중산(中山) 사람. 처음에 급사구감(給事狗監)이었다. 누이인 이(李)부인 귀(貴)가 노래를 잘하였고, 무제가 천지 제사를 일으키자 연년은 시와 곡을 만들어 협률도위(協律都尉)가 되었다. 그러나 중인(中人)들과 난잡하게 놀고 이부인이 죽자 사랑이 식어 죽임을 당했다.
6) 樂府之名 其來尙矣 世謂始于漢武非也 按史記高祖過沛歌三侯之章 又令唐山夫

이 일어날 때를 살펴보면, 음악가로는 노나라 사람인 제씨(制氏)가 있었다. 고조 때 숙손통(叔孫通)[7]이 진(秦)의 음악가에게 부탁하여 종묘악(宗廟樂)을 제정하였으나, 고조는 초(楚)의 소리를 좋아했기 때문에 '안세방중가(安世房中歌)'가 만들어졌다. 『한서(漢書)』「예악지(禮樂志)」에 말하기를 '한의 방중사악(房中祠樂)은 고조의 당산부인이 지은 것이다'[8]라고 하였다. 부인의 이름은 위소(韋昭)이고, 당산은 그의 성이며, 고조의 아내이다. 노래가 16수인데, 지금 그 가운데 제1수를 아래에 적는다.

大孝備矣	큰 효가 갖추어지고
休德昭明	아름다운 덕 밝고 밝아라
高張四縣	사현을 높이 펼쳤으니[9]
樂充宮庭	음악이 궁중에 충만하여라
芬樹羽林	많이도 섰구나 깃털 덮개는[10]
雲景杳冥	구름 뜬 하늘이 가리웠구나[11]
金支秀華	황금 버팀대 아름다운 장식[12]
廣旄翠旌	넓은 깃발 비취빛 깃발

人爲房中之歌 西京雜記 又謂戚夫人善歌出塞入塞望歸曲 可知樂府實始于漢初
武帝時增天馬赤蛟白麟等十九章 以李延年爲協律都尉 集五經之士 相與次第其
聲 通知其意 而樂府始盛 其云始武帝者 託始焉爾

7) 설(薛) 사람. 고조 때 한나라의 의례(儀禮)를 제정하였고, 만년에는 태자태부(太子太傅)가 되었다.

8) 漢房中祠樂 高祖唐山夫人所作也

9) 사현(四縣)이란 옛날 천자가 악기를 매달았던 제도로서, 사면에 달아 궁실(宮室)을 본떴으므로 궁현(宮縣)이라고도 한다.

10) 이 구절은 세워둔 깃털 장식 덮개가 숲을 이룬 듯이 많다는 뜻이다.

11) 묘명(杳冥)은 그윽하고 어두운 것이다.

12) 악기 위에 술과 깃털 덮개를 장식하는데, 황금으로 그 버팀목을 만든다. 이것이 금지(金支)다. 그리고 수화(秀華)란 그 머릿 부분에 펼쳐 흩어놓은 것이 풀과 나무와 같이 아름다운 것을 말한다.

그의 시는 옛스럽고 심오하며 화평한 소리를 가지고 있다. 그래서 뒷 사람들은 그것이 아(雅)에 가깝다고 했다.

문제(文帝)와 경제(景帝) 연간에는 겨우 예(禮)를 담당하는 관리들이 음악을 익혔다. 무제 때가 되어 하간(河間) 헌왕(獻王)13)이 감춰진 것을 찾아 아악(雅樂)을 정제하여 일으켰다. 그러나 무제가 쓸 수 있는 것이 없어, 뒤이어 몸소 천지 제사의 예(禮)를 정하여 감천(甘泉)에서 천제(天帝)께 제사하고, 분음(汾陰)·택중(澤中)·방구(方丘)에서 토지신(土地神)께 제사하고는, 악부(樂府)를 세우고 시를 채집하여 밤마다 그것을 외게 했다. 그 후에 조(趙)·대(代)·진(秦)·초(楚)의 노래를 모아, 이연년을 협률도위로 삼고 사마상여(司馬相如) 등 수십 명을 천거하여 시와 부를 짓고, 음악을 간략하게 논하여 팔음(八音)14)의 율조를 모으고, 19장의 노래를 지어 정월달 상신(上辛)에 감천(甘泉), 환구(圜丘)에서 사용하였다. 동남(童男) 동녀(童女) 70명에게 함께 그것을 노래하게 하였다. 이것을 '교사가(郊祀歌)'라고 하는데, 뒤에 광형(匡衡)15)이 다시 고쳐 그것을 정하였다. 이제 아래에 '일출입(日出入)' 한 수를 적는다.

肅若舊典	엄숙하기 오랜 법식과 같아
日出入安窮	해 뜨고 지니 어찌 끝이 있으랴
時勢不與人同	시절은 사람과 함께 하지 않으니16)

---

13) 경제(景帝)의 아들. 이름은 덕(德). 하간왕(河間王)에 봉해졌다. 학문을 닦고 옛 것을 좋아하여 선진(先秦) 때의 옛 글들을 많이 모았다. 무제 때가 되자 아악(雅樂)을 올렸다. 죽고 난 뒤 시호가 헌(獻)이다.

14) 여덟 가지의 악기. 금(金 : 종<鐘>)·석(石 : 경<磬>)·사(絲 : 현<絃>)·죽(竹 : 관<管>)·포(匏 : 생<笙>)·토(土 : 훈<壎>)·혁(革 ; 고<鼓>)·목(木 : 축어<柷敔>).

15) 전한(前漢) 동해(東海) 사람. 원제(元帝) 때 태자태부(太子少傅)·승상(丞相)을 역임하고 낙안후(樂安侯)로 봉해졌고, 성제(成帝) 때 왕망(王莽)에게 참소당하여 관직에서 쫓겨 났다. 『시경』에 조예가 깊었다.

故春非我春	봄이어도 내 봄 아니요
夏非我夏	여름이어도 내 여름 아니요
秋非我秋	가을이어도 내 가을 아니요
冬非我冬	겨울이어도 내 겨울 아니로다
泊如四海之池	넓기도 하구나 천하가 포용하는 것은
徧觀是邪謂何	두루 살피니 무엇을 옳다 그르다 하리
吾知所樂	내가 아는 즐거움은
獨樂六龍	육룡을 즐거움으로 삼는 것 뿐[17]
六龍之調	육룡의 조화로움은
使我心若	내 마음 따르게 하네
訾黃其何不徠下	자황은 어찌 내려오지 않는가[18]

　『시보(詩譜)』에서는 그 가사를 '연마하고 아로새긴 것이 지극하며, 단련한 가사가 신기하다'[19]라고 하였다. 대개 효무(孝武) 때의 문사(文辭)는 대체로 장려(壯麗)하고 굉기(宏奇)하여, 고풍을 본뜨고 따랐다. 그러므로 '교사가(郊祀歌)'는 시 중에서 송(頌)이라고 한다. 이 이후로 악부체는 오언시와 함께 성행하였으니, 동경(東京)에서는 법도를 이어 오언을 크게 발전시켰다. '음마장성굴(飮馬長城窟)' '군자행(君子行)' '상가행(傷歌行)' '장가행(長歌行)' '원가행(怨歌行)' '위초중경처작(爲焦仲卿妻作)'과 같은 여러 고시(古詩)들은 모두 불후의 작품들이다. 그리고 '위초중경처작'(바로 '여강소리<廬江小吏>') 한 시는 더욱 중국에서 보배로 삼을 수 있는 제일

---

16) 시세(時勢)에서의 세(勢)는 세(世)의 잘못인 듯.
17) 육룡(六龍)은 천자가 타는 여섯 필의 말.
18) 자황(訾黃)은 황제(黃帝)가 타고 신선의 세계로 갔다는 짐승으로, 용의 날개를 하고 말의 몸을 하고 있었다고 한다.
19) 煅意刻酷 煉詞神奇

의 장편(長篇)인데, 전문이 모두 1,745자로, 어떤 사람은 건안(建安) 시기의 작품이라고도 한다. 그러나 증거로 내세워 믿을 것이 없다. 요컨대 '우림랑(羽林郎)' '맥상상(陌上桑)' 등과 함께 시 가운데 국풍이라고 할 만하다.

2. 오언(五言)의 시작(始作)

고시(古詩) 『삼백편』에도 결코 오언이 없었던 것은 아니지만 역시 매우 적었다. 한의 경제(景帝) 때에 매승(枚乘)이 오언을 지었는데, 고시 19수 가운데 '청청하반초(靑靑河畔草)' '서북유고루(西北有高樓)' '섭강채부용(涉江采芙蓉)' '정중유기수(庭中有奇樹)' '초초견우성(迢迢牽牛星)' '동성고차장(東城高且長)' '명월하교교(明月何皎皎)' 등과 같은 것들이다. 『옥대신영(玉臺新詠)』은 모두 매승의 작품으로 생각된다. 그러나 본래 오언시의 시작은 모두 소무와 이릉이라고 말한다. 임방(任昉)은 말하기를 '오언은 한(漢)의 기도위(騎都尉) 이릉과 소무의 시로부터 시작되었으니, 그 유래는 참으로 이미 오래 되었다'[20]라고 하였다. 이제 아래에 두 사람의 시를 각각 한 수씩 적어서 고시의 한 부분을 살펴본다.

與蘇武詩 [21] 李陵	
攜手上河梁	손을 잡고 다리 위에서 이별하노니
遊子暮何之	나그네여 석양에 어디로 가나
徘徊蹊路側	좁다란 길가에서 배회하노니
悢悢不能辭	슬퍼라 말을 할 수 없구나

---

20) 五言始自漢騎都尉李陵與蘇武詩 其來固已久矣
21) 한(漢) 소제(昭帝)가 등극하자 흉노(匈奴)와 화친을 하여 소무는 한 나라로 돌아갈 수 있었다. 이릉은 시를 주며 그와 이별하였는데, 이때 준 시가 이것이다.

行人難久留	길 가는 이 오래 머물기 어려우니
各言長相思	각각이 영원히 생각하리라 말하네
安知非日月	어찌 알랴 그 세월이 아닌 줄
弦望自有時	초승달 보름달에도 때가 있는 걸
努力崇明德	힘써 밝은 덕을 숭상하고서
皓首以爲期	늙은 그 때를 기약해야지

別詩   蘇武

骨肉緣枝葉	골육의 인연은 가지와 잎이라
結交亦有因	교분을 맺는 것도 인연이 있으니
四海皆兄弟	세상 사람 모두 형제인 것을
誰爲行路人	누가 길 가는 나그네인가
況我連枝樹	하물며 나는 가지가 이어진 나무
與子同一身	그대와 몸을 하나로 하였음에랴
昔爲鴛與鴦	옛날에는 원앙이더니
今爲參與辰	지금은 참성과 진성되누나22)
昔者長相近	옛날에는 오래도록 가까웁더니
邈若胡與秦	멀어지기 오랑캐와 중원이로다
惟念當乖離	오직 서로 멀어지는 생각을 하노니
思情日以新	그리운 마음은 나날이 새로웁구나
鹿鳴思野草	사슴이 울면서 들판의 풀 생각하니
可以喩嘉賓	귀한 손님에 비유할 만하구나23)

---

22) 참진(參辰)은 참성(參星)과 상성(商星)으로서, 삼성은 서쪽에 상성은 동쪽에 있어 동시에 두 별을 볼 수 없으므로 친한 사람과 이별하여 만나지 못하는 비유로 쓰인다.

23) 이 두 구절은 『시경』 소아, 녹명(鹿鳴)에 있는 내용을 빌린 것으로 녹명의 내용은

我有一奠酒   내게 한 잔의 술 있으니

欲以贈遠人   멀어지는 사람에게 드리고자 하네

願子留斟酌   바라건대 그대 머물러 술을 따루어

敍此平生親   이 평생의 친근함을 말씀하시길

그의 시정(詩情)은 매우 간절하며, 시어 또한 매우 진지하다. 이외에 한대에 나온 것이라고 할 수 있는 것은 작자를 알 수 없는 고시 19수이니, 대개 한 사람이 한 때에 지은 것은 아니다.『옥대신영』을 제외한 8수를 매승이 지은 것으로 생각하고, 그밖에『문심조룡』에서는 또한 '염염고생죽(冉冉孤生竹)' 1수를 부의(傅毅)24)의 작품으로 생각하고 있으며,『어양시화(漁洋詩話)』에서는 반드시 서경(西京) 때의 작품이라고 생각하고 있는데, 결코 의심할 것이 없다. 그러나『한서(漢書)』「예문지(藝文志)」에는 소무와 이릉의 시를 기록하지 않았고,『수서(隋書)』「악지(樂志)」에 비로소『한기도위이릉집(漢騎都尉李陵集)』 2권이 나타난다. 그리고 19수는 결과적으로 소무와 이릉 이전에 있었기 때문에 역시 가지고 살펴볼 것이 없다. 대개『한서』「예문지」에 기록된 것은 시가가 28가(家) 114편인데, 그것이 후세에 전해진 것은 아주 적다. 지금 살펴 볼 수 있는 것은 당산부인(唐山夫人)의 '안세방중가(安世房中歌)'와 사마상여 등과 광형(匡衡)이 고쳐서 정한 '교사가(郊祀歌)'와 반첩여(班婕妤)25)의 '원가행(怨歌行)', 채옹(蔡邕)26)의 '음마장성굴(飮馬長城窟)', 신연년(辛延年)의 '우림랑

귀한 손님을 접대하는 것이다.

24) 후한(後漢) 무릉(茂陵) 사람. 자는 무중(武仲). 박학다식하고 문에 능했다. 명제(明帝)가 현명한 뜻을 찾지 않아 숨어 지내는 사람이 많자, '칠격(七激)'을 지어 그것을 풍자하기도 했으며, 장제(章帝) 때 여러 가지 벼슬을 했다.

25) 한(漢) 여류시인. 성제(成帝) 때의 궁녀. 임금의 총애를 받다가 뒤에 조비연(趙飛燕)이 총애를 받자 참소당하여 장신궁(長信宮)으로 물러가 태후를 모시게 되었다.

26) 후한(後漢) 사람. 자는 백개(伯喈). 시부를 잘하였다.

(羽林郞)', 송자후(宋子侯)의 '동교요(董嬌嬈)', 채염(蔡琰)27)의 '호가십팔박
(胡笳十八拍)', 이하 작자를 모르는 '위초중경처작' '맥상상' '고취요가곡(鼓
吹鐃歌曲)' '상화곡(相和曲)' '금조곡(琴調曲)' '평조곡(平調曲)' '청조곡(淸調
曲)' '잡곡(雜曲)'과 같은 것들이다. 그러므로 소식(蘇軾)은 소무와 이릉이
주고 받은 시는 가짜라고 의심했다. 그러나 뒷 사람의 고증으로는 결단
코 모두 한대에 나온 것이다. 동경(東京) 이후 오언시는 반고(班固)와 부
의(傅毅) 이하 서숙(徐淑)28), 진가(秦嘉)29)의 증답과 채염의 '유분시(幽憤
詩)'와 같은 것들 모두가 한 시대의 가작(佳作)이었다. 그러나 품격은 점
점 낮아져, 서한(西漢)의 혼후(渾厚)한 기풍(氣風)과는 점점 멀어졌다.

3. 칠언(七言)의 시작(始作)

한 무제 때 동방삭(東方朔)에게 이미 칠언의 작품이 있었지만 지금
전하지 않고, 후세 사람들이 칠언의 시작으로 생각하는 것은 무제의 '백
양시(柏梁詩)'다. 무제 원봉(元封) 3년 백양대가 이루어지자 여러 신하들
가운데 시에 뛰어난 사람들이 모시고 앉았는데, 무제가 첫 구를 지어서

日月星辰和四時 일월성진은 사철에 조화롭네

라고 하였다. 양왕(梁王) 양(襄)이 그것에 이어서

驂駕駟馬從梁來 사마 타고 양으로부터 왔네30)

---

27) 후한(後漢) 사람. 채옹(蔡邕)의 딸. 자는 문희(文姬). 오랑캐의 기병에 붙잡혀 오랑캐
    땅에 20년을 있으면서 두 아들을 낳았다. 조조(曹操)가 금과 옥으로 풀려나게 해주었다.
28) 진가(秦嘉)의 아내.
29) 후한(後漢) 롱서(隴西) 사람. 자는 사회(士會). 군(郡)의 회계(會計)를 맡고 있다가
    서숙(徐淑)을 아내로 맞이하여 시로써 서로 증답하였다.
30) 사마(駟馬)는 네 마리 말이 끄는 수레.

라고 하였다. 양(襄)에서 아래로 지은 사람이 무릇 24명이었고, 동방삭에
서 끝났다. 그것을 백양체라고 하는데, 바로 후세 칠언의 시작이었고 연
구체 또한 이것에서 비롯되었다. 이제 아래에 그 시를 적는다.

日月星辰和四時　일월성진은 사철에 조화롭네(무제)

駟駕駉馬從梁來　사마 타고 양으로부터 왔네(양왕)

郡國士馬羽林材　군국의 군사와 말 우림 세울 재목이로다(대사
　　　　　　　마<大司馬>)

總領天下誠難治　천하를 거느리니 다스리기 참으로 어렵구나
　　　　　　　(승상<丞相> 석경<石慶>)

和撫四夷不易哉　사방 오랑캐 위무하니 쉽지 아니한가(대장군
　　　　　　　<大將軍> 위청<衛靑>)

刀筆之吏臣執之　하급관리는 신하가 그를 다스리네(어사대부
　　　　　　　<御史大夫> 예관<倪寬>)31)

撞鐘伐鼓聲中詩　종 울리고 북 울리니 소리 가운데 시로다(태
　　　　　　　상<太常> 주건덕<周建德>)

宗室廣大日益滋　종실 광대하니 나날이 넉넉해지네(종정<宗正>
　　　　　　　유안국<劉安國>)

周衛交戟禁不時　둘러 지키는 엇갈린 창 불시의 일을 막네(위
　　　　　　　위<衛尉> 로박덕<路博德>)

總領從官柏梁臺　따르는 관리 백양대에서 모두 거느렸네(광록
　　　　　　　훈<光祿勳> 서자위<徐自爲>)

---

31) 도필지리(刀筆之吏)는 낮은 벼슬아치를 말하는 것으로, 종이가 발명되기 전에 죽간
　　(竹簡)에 새긴 오자(誤字)를 죽간을 깎는 칼로 고치던 데에서 나온 것이다.

平理清讞決嫌疑　공평하게 다스리니 맑게 혐의를 평결하네(정
　　　　　　　위<廷尉> 두주<杜周>)

修飾輿馬待駕來　아름답게 꾸민 수레와 말 타러 오길 기다리네
　　　　　　　(태복<太僕> 공손하<公孫賀>)

郡國吏功差次之　군국의 벼슬아치의 공 차등 있게 매기네(대홍
　　　　　　　여<大鴻臚> 호충국<壺充國>)

乘輿御物主治之　수레의 임금 물건 임금께서 다스리네(소부
　　　　　　　<少府> 왕온서<王溫舒>)

陳粟萬石揚以箕　벌여놓은 곡식 만석 키로 까부르네(대사농
　　　　　　　<大司農> 장성<張成>)

徼道宮下隨討治　샛길 궁궐 아래 찾아가서 다스리네(집금오중
　　　　　　　위<執金吾中尉> 표<豹>)

三輔盜賊天下危　삼보 도적으로 천하가 위급하였네(좌풍익<左
　　　　　　　馮翊> 성선<盛宣>)32)

盜阻南山爲民災　도적이 남산을 막으니 백성의 재난 되었네(우
　　　　　　　부풍<右扶風> 이성신<李成信>)

外家公主不可治　외척 집안 공주 다스릴 수 없어(경조윤<京兆尹>)

椒房率更領其材　황후전의 솔경이 그 재목을 거느렸네(첨사
　　　　　　　<詹事> 진장<陳掌>)33)

蠻夷朝賀常舍其　오랑캐들 입조하여 하례하려 늘 머물러 있네
　　　　　　　(전촉국<典屬國>)

---

32) 한(漢)대에 장안(長安) 동쪽은 경조윤(京兆尹), 장릉(長陵) 북쪽은 좌풍익(左馮翊),
위성(渭城) 서쪽은 우부풍(右扶風)으로 삼아 장안 성내를 다스리게 하였는데, 이것이
삼보(三輔)다.
33) 솔경(率更)은 물시계를 맡았으며 첨사(詹事)에 속했던 관리인데, 태자와 황후의 일까
지도 맡게 되었다.

柱枅欂櫨相枝持　기둥과 두공은 서로 서로 버티고(대장<大匠>)

批把橘栗桃李梅　비파와 귤 밤 복숭아 오얏 매실이로구나(대관
　　　　　　　　령<大官令>)

走狗逐兎張罘罳　달리는 개 토끼를 쫓고 그물을 펼치네(상림령
　　　　　　　　<上林令>)

齧妃女脣甘如飴　짝지은 여인 입술 깨물기 엿과 같이 달구나
　　　　　　　　(곽사인<郭舍人>)

迫窘詰屈幾窮哉　군색하여 등이 굽었으니 어찌 다할까(동방삭)

　　동한(東漢) 이래로 칠언체는 다시 더욱 발달되었다. 그래서 구양수(歐
陽修)[34]는 '옛날 칠언시는 한(漢)말로부터 대개 역사 시편의 형태에서 나
왔다'[35]고 하였다. 또한 당시에는 오언과 칠언을 막론하고 늘 장편이 많
았다. 게다가 장형(張衡)[36]의 '사수시(四愁詩)'와 같은 잡체도 있었는데,
대개 칠언체 속에서 창작되었다. 이제 아래에 그 가운데 한 수를 적는다.

我所思兮在太山　내 생각하는 바 태산에 있어

欲往從之梁父艱　가고자 하지만 양부가 괴롭구나[37]

側身東望涕霑翰　전전긍긍 바라노니 눈물이 편지를 적시고[38]

美人贈我金錯刀　미인이 나에게 금착도를 주네[39]

---

34) 송(宋) 학자. 자는 영숙(永叔). 호는 취옹(醉翁)·육일거사(六一居士). 한림원시독학
　　사(翰林院侍讀學士)·추밀부사(樞密府使)·참지정사(參知政事) 등을 역임했다. 여
　　러 책에 널리 통하고 시문으로 천하에 이름을 날려 당송팔대가의 한 사람으로 꼽혔다.
35) 古七言詩自漢末 蓋出于史篇之體
36) 후한(後漢)의 학자. 남양(南陽) 사람. 자는 평자(平子). 문장에 뛰어났고, 천문(天
　　文)·역산(曆算)에 통하였다.
37) 양부(梁父)는 태산 아래 있는 작은 산.
38) 측신(側身)은 두려워서 삼가느라고 잠시도 몸이 편안치 못한 것을 말한다.
39) 금착도(金錯刀)는 허리에 차는 칼 이름. 옥을 다듬는 칼을 일컫기도 한다.

何以報之英瓊瑤 어찌하면 아름다운 옥으로 보답할까[40)

路遠莫致倚逍遙 길이 멀어 가지 못하고 기대어 소요하노니

何爲懷憂心煩勞 어찌 근심으로 마음 번잡하고 수고롭게 할까

　　필자의 생각에는 오언과 칠언이 비록 한(漢)에서 시작되었다고 하더
라도 그것의 본말을 고찰하면 유래가 참으로 멀다. 「소남(召南)」 '행로지
습(行露之什)', 유자(孺子)의 '창랑지가(滄浪之歌)' 이하 우시(優施)의 '가예
가(暇豫歌)', 굴원(屈原)의 '이소(離騷)' 같은 것은 모두 오언의 시작이며,
'영봉(甯封)' '황아(皇娥)' '백제자(白帝子)' '격양가(擊壤歌)' 이하 구천(句踐)
41) 때의 '하량가(河梁歌)'는 모두 칠언의 시작이다. 그러나 뒤의 논자들은
모두 한대로부터 끊어서, 대개 한 이전까지는 싹이 대략 갖추어진데 불
과하며, 형식은 아직 갖추어지지 않았다고 단정한다. 그리고 바로 육언체
도 한 무제 때 동중서(董仲舒)[42)의 '금가(琴歌)'에서부터라고 단정한다.
이것이 한대 시의 대개의 모습이다.

제4절 위(魏)·진(晉)

　　한왕실이 기울어 넘어져 삼국이 되고, 위·촉·오가 서로 대치하고
있었다. 그러나 오와 촉은 실제로 시라고 말할 만한 것이 없었으며, 위는
조씨(曹氏) 부자가 모두 문학적 재능이 있어, 여러 선비와 아름다운 문집

---

40) 경요(瓊瑤)는 아름다운 옥으로서 훌륭한 선물의 의미가 있고, 남이 지어 보낸 시문에
　　대한 미칭이기도 하다.
41) 춘추시대 월(越)의 제2대 왕.
42) 전한(前漢) 무제(武帝) 때의 학자. 처음엔 강도(江都)의 정승이 되었다가, 공손홍(公
　　孫弘)의 미움을 받아 교서왕(膠西王)의 정승으로 좌천되고, 뒤에 벼슬을 그만두고 저
　　술에 힘썼다. 무제에게 상주(上奏)하여 유교를 국교로 정하게 한 것으로 유명하다.

들이 한 때 융성하게 나타났다. 사마씨(司馬氏)가 왕위를 찬탈하여 서진
(西晉)이 되자, 완적(阮籍)이 나와 건안(建安)의 풍을 계승했고, 강을 건넌
뒤 풍골(風骨)이 더욱 쇠미하여 점점 육조(六朝) 대우(對偶)의 폐단을 이
루었다. 이제 아래에 나누어 적는다.

1. 위(魏)

위 무제(武帝) 조조(曹操)는 자가 맹덕(孟德)이며, 일세의 영웅으로서
전투가 분주한 사이에서 횡삭부시(橫槊賦詩)[1]하였으니, 금이나 옥과 같은
소리가 많아 바로 마음에 느끼어 일어나는 흥취의 작품이었으며, 가사 또
한 씩씩하고 굳세어 영웅의 기개가 행 사이에 저절로 넘쳐흘렀다. 그의
'단가행(短歌行)'은 바로 적벽(赤壁)의 전쟁에서 달빛 아래에서 읊은 것인
데, 세상에 최고로 전해져 읊어지게 되었다. 이제 아래에 적는다.

短歌行	
對酒當歌	술 마주하고 노래한다네
人生幾何	인생은 그 얼마인가
譬如朝露	비유컨대 아침이슬 같은 것
去日苦多	지난 날 괴로움 많았네
慨當以慷	비분강개하기 마땅하니
憂思難忘	근심스런 생각 잊기 어렵네
何以解憂	어찌하면 근심 풀 수 있을까
惟有杜康	오로지 술이 있을 뿐
靑靑子衿	푸르고 푸른 옷깃

---

1) 말 위에서 창을 뉘어놓고 시를 짓는 것. 곧 진중(陣中)에서 시가(詩歌)를 읊는 풍류
   의 멋.

悠悠我心	근심스러워라 내 마음은2)
但爲君故	다만 님을 위한 일이라
沈吟至今	깊이 생각하며 오늘에 이르렀네
呦呦鹿鳴	사슴은 소리내어 울며
食野之苹	들의 쑥을 먹고 있구나
我有嘉賓	나에게 좋은 손님 있어
鼓瑟吹笙	거문고 타고 생황을 분다3)
明明如月	밝고 밝기 달과 같아
何時可掇	어느 때나 주울 수 있어도
憂從中來	근심은 마음 속에서 오니
不可斷絶	끊을 수가 없구나
越陌度阡	이리저리 길을 따라
枉用相存	굽히고 찾아가서는
契闊談讌	애쓰고 부지런히 이야기하면
心念舊恩	마음 속에 옛 은혜 생각한다네
月明星稀	달은 밝고 별 드물고
烏鵲南飛	까막까치는 남으로 나네
繞樹三匝	나무 둘레 세 아름이어도
何枝可依	어느 가지에 기델 수 있을까
山不厭高	산은 높기를 싫어하지 않고
海不厭深	바다는 깊기를 싫어하지 않네
周公吐哺	주공께서 어진 선비 환영하여
天下歸心	천하 사람이 마음을 돌렸다네

---

2) 이 두 구절은 『시경』 정풍, 자금(子衿)에 있는 것으로, 푸른 동정을 단 옷을 입은 사람이 사랑하는 님인데, 내 마음은 항상 님을 그리느라 근심이 그치지 않는다는 뜻이다.
3) 이상 네 구절은 『시경』 소아, 녹명(鹿鳴)에 있는 구절이다.

이 사언시는 침착하고 당당하며 아름답고 시원스러우며, 때때로 패기(覇氣)를 드러내고 있다. 맹덕의 시는 대개 아직 한(漢)의 소리이며, 『삼백편』에서 벗어나 따로 새로운 국면을 열었다. 자환(子桓) 이후로는 위(魏)의 소리에 따랐다. 자환은 조비(曹丕)의 자(字)다. 처음에 아버지를 이어 승상이 되었다가 뒤에 황제를 억눌러 선양(禪讓)을 받고 나라 이름을 위(魏)라고 했으니, 이 사람이 문제(文帝)다. 지은 시와 부는 온유하고 아름답고 풍부하다고 알려져 있다. 그리고 그의 시는 더욱 문사(文士)의 기(氣)가 있고, 뛰어나게 아름다우며 완곡하고 간명하여 사람의 마음을 움직일 수 있었으며, 아버지의 비장한 습관을 바꾸었다. 그의 사언시는 '선재행(善哉行)' '단가행(短歌行)'이 있고, 오언은 '잡시(雜詩)' '부용지작(芙蓉池作)' '지광릉우마상작(至廣陵于馬上作)'과 같은 것이며, 칠언은 '연가행(燕歌行)' 등 여러 편인데, 모두 대단히 유명하다. 이제 아래에 두 수를 적어 그 시의 일부분을 본다.

雜詩

西北有浮雲	서북에 뜬 구름 있어
亭亭如車蓋	높디 높아 수레 덮개 같구나
惜哉時不遇	애석하구나 때를 만나지 못해
適與飄風會	마침 회오리바람과 만났구나
吹我東南行	나에게 불어 동남으로 갔더니
行行至吳會	가다가다 오회에 닿았네4)
吳會非我鄉	오회는 내 고향 아니니
安能久留滯	어찌 오래 머물 수 있으랴
棄置勿復陳	버려두고 다시는 말하지 말라

---

4) 오회(吳會)는 오현(吳縣)과 회계군(會稽郡).

客子常畏人　나그네는 다른 사람 두렵게 하노니

　燕歌行

秋風蕭瑟天氣凉　가을 바람 썰렁하고 날씨 싸늘해지니
草木搖落露爲霜　초목 시들어 낙엽 지고 이슬은 서리되네
群燕辭歸雁南翔　제비떼 돌아가고 기러기 남쪽으로 날아오니
念君客遊思斷腸　멀리 떠난 님 생각나 그리움에 애끓이네
慊慊思歸戀故鄕　돌아오고픈 생각 간절하여 고향 그리울 터인데
君何淹留寄他方　님은 어이 그대로 타향에 머물러 계시는가
賤妾煢煢守空房　이 몸 외로이 빈 방 지키며
憂來思君不敢忘　시름 속에 님 생각 잠시도 잊을 수 없어
不覺淚下沾衣裳　나도 모르게 눈물 흘러내려 옷자락 적시네
援琴鳴弦發淸商　거문고 잡고 줄 뜯어 청상 가락 울리며
短歌微吟不能長　단가 나지막이 불러보나 오래 가지 못하네
明月皎皎照我牀　밝은 달 훤히 내 침상 비추고
星漢西流夜未央　은하수 서로 기울어도 밤은 다 새지 않았네
牽牛織女遙相望　견우와 직녀는 멀리 서로 바라만 보고 있는데
爾獨何辜限河梁　그대들 무슨 죄로 은하수 다리 사이에 두고
　　　　　　　　있게 되었나

　필자가 생각하기로는 '잡시(雜詩)'는 아주 자연스럽고 말 밖에 무궁한 감개가 있다. 그리고 '연가행' 1수는 구마다 운을 사용하고, 숨기고 눌러 배회하며 짧은 노래에 아주 낮은 소리로 읊조리니 유순하고 부드러운 마음이 있다. 그것을 읽으면 사람들에게 자연스럽게 서로 느끼게 해줄 수

있는 절주(節奏)의 오묘함은 거의 다른 사람이 생각할 수 없는 것이다.

　문제의 동생은 진사왕(陳思王)(식<植>은 진왕<陳王>에 봉해졌고, 죽어서 시호가 사<思>다) 식으로, 자가 자건(子建)인데, 일찍이 일곱 걸음을 걸으며 시를 읊었으니, 일대 문학의 대가였다. 양(梁)의 종영(鍾嶸)은『시품(詩品)』에서 진사(陳思)를 평하여, '그 근원은 국풍에서 나왔으며, 의기와 지조가 기이하고도 높고, 시문이 화려하고 무성하며, 생각은 아(雅)와 원(怨)을 겸했고, 시체(詩體)는 형식과 내용에 널리 미쳐, 고금에 찬란하게 넘쳐흘렀으며, 탁월하여 무리에 뒤섞이지 않는다. 아아! 진사가 문장에서 이룬 것은 인륜이 주공(周公)과 공자(孔子)를 가진 것과, 어류(魚類)와 조류(鳥類)가 용(龍)과 봉황(鳳凰)을 가진 것과, 음악이 비파와 생황을 가진 것과, 여자의 솜씨가 아름다운 수를 가지게 된 것에 비유될 것이다'5)라고 하였다. 그의 말이 비록 높이 받들어 존중하는 것이 정도에 지나치다고 하더라도 식(植)은 삼조(三曹) 가운데 제일일 뿐만 아니라, 건안(建安)의 여러 시인들 중에서도 가장 뛰어났을 뿐더러, 위로는 한(漢)대에 이어지고 아래로는 육조(六朝) 문학 가운데 걸출한 작품에 이르렀다. 이제 아래에 '칠애시(七哀詩)' 1수를 적는다.

七哀詩

　유향(劉向)은 '칠애(七哀)는 고통스러워 슬프며, 의로워서 슬프고, 감동되어 슬프고, 원망하여 슬프며, 귀와 눈으로 듣고 보아 슬프고, 코가 찡하여 슬픈 그것을 칠애(七哀)라고 한다'6)라고 하였다.

---

5) 其源出于國風 骨氣奇高 詞彩華茂 情兼雅怨 體被文質 粲溢今古 卓爾不群 嗟乎
　陳思之于文章也 譬人倫之有周孔 鱗羽之有龍鳳 音樂之有琴笙 女工之有黼黻
6) 七哀謂痛而哀 義而哀 感而哀 怨而哀 耳目聞見而哀 鼻酸而哀 謂之七哀

明月照高樓	밝은 달이 높은 다락에 비추니
流光正徘徊	환한 빛은 오락가락 하는구나
上有愁思婦	그 위에 근심스런 아녀자 있어
悲歎有餘哀	비탄 속에 남은 슬픔 있구나
借問歎者誰	탄식하는 사람 누구인가 물었더니
言是客子妻	나그네의 아내라 하는구나
君行踰十年	님 떠난 지 십 년을 넘어도
孤妾常獨棲	외로운 이 몸 늘 홀로 지낸답니다
君若淸路塵	님께서 만약 맑은 길 티끌이라면
妾在濁水泥	저는 흐린 물의 진흙입니다
浮沈各異勢	뜨고 가라앉는 것 형편을 달리하니
會合何時諧	서로 만나 언제나 함께 할까요
願爲西南風	바라건대 서남풍 되어
長逝入君懷	멀리 가서 님의 품에 들어봤으면
君懷良不開	님의 품 잠시라도 열리지 않으면
賤妾當何依	이내 몸은 어디에 기대일까요

『시품』에서는 진사를 상품에 놓고, 자환을 중품에 놓고, 맹덕만 하품에 놓았다. 또한 어떤 사람은 맹덕을 날랜 장수로 평하고, 자환은 미녀로, 자건은 귀한 손님으로 평했다. 따라서 조씨 부자 세 사람과, 자건이 독보로 추앙되어야 함을 알 수 있다. 대개 자건의 시는 '오색이 서로 펼쳐지고, 팔음(八音)이 명랑하고 통달하였다. 재주꾼들이 재주를 자랑하지 못하게 하고, 넓은 지식을 쓰는 사람이 그 넓이를 다하지 못하게 한다. 소무와 이릉 이래로 대가로 추앙받아야 한다.'7)(심덕잠<沈德潛>의 말)

---

7) 五色相宣 八音朗暢 使才而不矜才 用博而不逞博 蘇李以下 當推大家

　건안 말에 조씨 부자는 모두 문학을 좋아했다. 그래서 업도(鄴都) 아래에는 문사가 구름처럼 모여, 당시에 업하칠자(鄴下七子)라는 이름이 있었다. 이른바 칠자는 공융(孔融)·왕찬(王粲)·서간(徐幹)·진림(陳琳)·완우(阮瑀)·응창(應瑒)·유정(劉楨)이다. 공융은 자가 문거(文擧)이며, 노국(魯國) 사람이다. 서간은 자가 위장(偉長)이며, 북해(北海) 사람이다. 진림은 자가 공장(孔璋)이며, 광릉(廣陵) 사람이다. 응창은 자가 덕연(德璉)이며, 여남(汝南) 사람이다. 유정은 자가 공간(公幹)이며, 동평(東平) 사람이다. 완우는 자가 원유(元瑜)이며, 진류(陳留) 사람이다. 왕찬은 자가 중선(仲宣)이며, 산양(山陽) 사람이다. 칠자는 업도에 모여 술을 마시는 사이사이에 시를 지어 뜻을 말하여, 한때에 칭송이 무성했다. 사령운(謝靈運)은 말하기를 '왕찬은 진천(秦川) 귀공(貴公)의 자손으로 난을 만나 방랑하고 타향에서 살아 절로 근심이 많다. 진림은 원소(袁紹)[8]의 서기(書記)였기 때문에 사람이 죽는 일과 화란(禍亂)의 일들을 적은 것이 많다. 서간은 벼슬을 할 마음이 조금도 없어, 기(箕)에서 은둔하고자 하는 마음이 있었으므로 평생 벼슬을 하면서도 바르고 참된 글이 많다. 유정은 탁월함이 다른 사람보다 뛰어났으며, 글에 가장 기운이 있어 작품은 자못 놀랍고 기이함이 있다. 응창은 여영(汝潁)의 선비로, 자못 세상일에서 떠나 정처없이 떠돌아다니는 나그네의 탄식이 있다. 완우는 서기(書記)의 직책을 맡았으므로 넉넉하고 두터운 말이 있다'[9]고 하였다. 공융은 일찍이 재앙과 어려움을 당했지만, 아름다운 이름이 여러 사람들과 높이 줄지어 있다. 그러나 그의 '임종시(臨終詩)'를 보면 크게 명잠(銘箴)의 말과 비

---

8) 후한(後漢) 여양(汝陽) 사람. 자는 본초(本初). 건장하고 사람 사귀기를 좋아했다. 『삼국지』에 있어서의 주요 인물 가운데 한 사람이다.

9) 王粲爲秦川貴公之子孫 遭亂流寓 自多傷情 陳琳爲袁本初之書記 故述喪亂之事多 徐幹少無宦情 有箕隱之心事 故仕世多素辭 劉楨卓犖之偏人 而文最有氣 所得頗有驚奇 應瑒爲汝潁之士 世故流離 頗有飄薄之歎 阮瑀管書記之任 故有優渥之言

슷할 따름이다. 이외에 정익(丁翊), 오질(吳質)10)과 같은 사람들의 시 또한 말할 만한 것이다. 이것이 조씨(曹氏) 위(魏) 때 시의 대개 모습이다.

2. 서진(西晉)

건안의 풍격이 진(晉)에 이르러, 그 실마리를 전할 수 있었던 사람은 완적(阮籍)이다. 완적은 자가 사종(嗣宗)이며, 원유(元瑜)의 아들이고 죽림 칠현 가운데 한 사람이다. 칠현은 산도(山濤)·완적·혜강(嵇康)·향수(向秀)·유령(劉伶)·완함(阮咸)·왕융(王戎)이다. 그리고 완적과 혜강 두 명의 시는 실제로 정시(正始 : 위왕 조방<曹芳>의 연호) 문학의 중심이다. 완적의 시를 살펴보면, 뛰어나게 심원하고 씩씩하고 굳센 가운데에서도 깊은 뜻이 있다. 대개 완적은 건안의 풍격을 이었고, 『역경(易經)』과 『노자』의 오묘한 맛을 품고 있다. 그러므로 『시품』에서는 '그것의 근원은 소아(小雅)에서 나와 미사여구로 꾸미는 일이 없고, 마음에 품은 것을 읊은 작품은 정신을 도야하고 그윽한 생각을 나타낼 수 있었다'11)라고 하였다. 이제 아래에 '영회시(詠懷詩)' 1수를 적는다.

| 詠懷 | 20수 가운데 1수 |

夜中不能寐　　한 밤중 잠 못 이루어
起坐彈鳴琴　　일어나 앉아 거문고를 뜯는다
薄帷鑒明月　　얇은 장막으로 비치는 밝은 달
清風吹我襟　　맑은 바람은 내 옷깃에 부네
孤鴻號外野　　외로운 기러기 들 밖에서 울고

---

10) 위(魏) 제음(濟陰) 사람. 재주와 학문이 능통하고 넓었다. 벼슬은 진위장군(振威將軍) 등을 지냈다. 조식과 문장으로 벗이었다.
11) 其源出于小雅 無雕蟲之功 而詠懷之作 可以陶性靈發幽思也

朔鳥鳴北林　북녘 새는 북쪽 숲에서 우네
徘徊將何見　서성거린들 무엇을 볼 수 있을까
憂思獨傷心　근심스러움에 마음만 상한다

완적과 이름을 나란히 한 사람으로 혜강이 있다. 혜강의 자는 숙야(叔夜)이며, 초군(譙郡) 사람이다. 중산대부(中散大夫)를 제수받고도 나가지 않았고, 비파를 타고 시 읊기를 좋아했다. 종영은 『시품』에서 사종(嗣宗)을 상품으로 삼고, 숙야를 중품으로 삼았다. 그리고 숙야의 시를 평하여 말하기를 '자못 위(魏)의 글과 비슷하여 지나치게 엄격하며, 재주를 들춰내고 곧바로 노출시켜 침착하고 우아한 풍치를 해쳤다. 그러나 사물에 비유하여 맑고 심원함은 참으로 살펴보고 생각할 것이 있으니, 또한 말세의 풍속에 있어서 고상한 품위다'[12]라고 하였다. 이제 아래에 '잡시(雜詩)' 1수를 적어 그의 시 가운데 일면을 본다.

雜詩

微風淸扇　미풍은 아름다운 부채에 불고
雲氣四除　구름 기운 사방으로 사라졌네
皎皎亮月　희디 흰 밝은 달
麗于高隅　산 한 모퉁이에 아름답구나
興命公子　기뻐하며 공자에게
攜手同車　손 끌어 수레 함께 타게 했네
龍驥翼翼　용마가 조심스럽게
揚鑣踟躕　재갈 드러내며 머뭇거리네

---

12) 頗似魏文 過爲峻切 訐直露才 傷淵雅之致 然託喩淸遠 良有鑑裁 亦末俗高流也

肅肅宵征	총총 걸음으로 밤길을 가서
造我友廬	내 벗의 집에 이르렀네
光燈吐輝	빛나는 등불 빛을 토하고
華幔長舒	아름다운 장막 길게 펼쳐졌네
鸞觴酌醴	난새의 잔으로 술을 잔질하고
神鼎烹魚	신의 솥으로 물고기를 삶는다
弦超子野	악기는 자야를 넘어섰고13)
歌過緜駒	노래는 면구를 넘어섰네14)
流詠太素	세상에 불리는 노래의 바탕
俯讚玄虛	머리 숙여 하늘을 기리네15)
孰客英賢	어느 객이 영웅이요 현자인가
與爾剖符	그대와 부절을 나누리

　『문심조룡』「명시(明詩)」편에서는 '진(晉)대의 여러 재주 있는 선비들은 점점 가볍고 화려함에 몰입했다. 장(張)·반(潘)·좌(左)·육(陸)은 시단(詩壇)에서 어깨를 나란히 했다'16)고 하였다. 장·반·좌·육은 3장·2육·2반·1좌인데, 모두 태강(太康 : 진<晉> 무제<武帝>의 연호) 연간의 시인들이다. 그 시가의 아름다움은 당시 최고였으며, 그들의 사부(辭賦)도 충분히 많다. 이제 그들의 시를 가지고 그들을 이야기한다.

　2육은 육기(陸機), 육운(陸雲)이다. 기는 자가 사형(士衡)이며, 오군(吳郡) 사람이다. 종영은 그의 시를 평하여 말하기를 '그 근원은 진사(陳思)

---

13) 자야(子野)는 춘추시대 진(晉)의 사광(師曠)을 말한다. 그는 음악가로 소리를 들으면 잘 분별하여 길흉을 점쳤다.
14) 면구(緜駒)는 춘추시대 제(齊) 사람으로 노래를 잘 했다.
15) 현허(玄虛)는 하늘을 뜻하지만, 노자의 도를 가리키기도 한다.
16) 晉世群才 稍入輕綺 張潘左陸 比肩詩衢

에게서 나왔다. 재주가 높고 내용이 넉넉하며, 모든 체가 화려하고 아름답다. 기(氣)는 공간(公幹)보다 적고, 문(文)은 중선(仲宣)이 화려하게 꾸미는 것을 귀하게 여기지 않는 것을 숭상하고 모범으로 삼은 것만 못하여, 솔직한 정취의 기이함을 다치게 한 점이 있었다. 그러나 문장을 깊이 음미하면, 영화롭고 기름지고 윤택한 것을 많이 넣는 것을 싫어하였으니, 문장의 깊은 샘이다'17)라고 하였다. 그리고 심덕잠은 말하기를 '사형의 시는 역시 대가로 추앙받는다. 그러나 의욕은 왕성하게 넓으나 가슴에는 지혜의 구슬이 적고 글 또한 거론하기에 부족하나, 드디어 대우(對偶)의 한 유파를 열어 내어놓았으니, 서경(西京) 이후 영롱하고 강건한 기(氣)는 다시 없었다'18)라고 하였다. 대개 시는 태강(太康) 때가 되어 기풍이 다시 한번 바뀌어, 오로지 대우(對偶)를 좋은 것으로 삼아 가사의 뜻은 대부분 얕았고, 장식하여 윤이 나는 것만을 숭상하였다. 그러나 사형의 '단가행(短歌行)'이나 '롱서행(隴西行)' '초은시(招隱詩)'와 같은 것들은 아직까지 쌓여온 것들을 모두 숭상하지는 않았다. 그의 동생 육운은 자가 사룡(士龍)이며, 시는 육기와 서로 우열을 가릴 수 없다.

　3장 가운데 장재(張載 : 자는 맹양<孟陽>)와 장화(張華 : 자는 무선<茂先>)는 장협(張協 : 자는 경양<景陽>)에게 미치지 못하였다. 『시품』에서는 장재의 시는 그 아우인 장협에게 크게 부끄럽다고 하여 장협을 상품에 놓았다. 또한 '그 근원은 왕찬에게서 나와 문체가 아름답고 깨끗하여 허물이 적고, 비슷한 말들을 솜씨있게 구성하여 드러내었다. 반악(潘岳)보다 굳세며 태충(太沖)보다 화려하고, 풍류가 고루 미쳐 참으로 세상에 드물게 뛰어난 솜씨다. 시문이 넉넉하고 음운이 아름다워, 사람들에게 그것

---

17) 其源出于陳思 才高辭瞻 擧體華美 氣少于公幹 文劣于仲宣 尙規矩不貴綺錯 有傷直致之奇 然其咀嚼英華 厭飫膏澤 文章之淵泉也
18) 士衡詩亦推大家 然意欲逞博而胸少慧珠 筆又不足以擧之 遂開出排偶一家 西京以來 空靈矯健之氣 不復存矣

을 맛보게 하면 부지런히 달려가기에 게을리하지 않았다'19)라고 한다. '칠애잡시(七哀雜詩)'가 있는데, 그 규범은 매승(枚乘)의 '칠발(七發)'과 조식의 '칠애(七哀)'에서 나온 것으로 참으로 불후의 작품이다.

2반은 반악(潘岳)과 조카인 반니(潘尼 : 자는 정숙<正叔>)이다. 반악은 자가 안인(安仁)이며, 영양(榮陽) 사람이다. 『시품』에서는 악의 시를 '근원이 중선(仲宣)에게서 나왔다'20)고 한다. 그러나 반의 시는 비단을 잘라 꽃을 만든 것 같아, 생동하는 운(韻)이 아주 적으니, 『시품』에서도 육기의 아래에 두었다. 그의 '도망시(悼亡詩)' 두 수는 격은 비록 높지 않다고 하더라도, 그 감정은 대단히 깊다. 반니는 육기와 증답시를 지은 적이 있는데, 글에 쓰인 말이 역시 온아하여 읊을 만하다.

좌사(左思)는 자가 태충(太沖)이며, 임치(臨淄) 사람으로, 그의 글은 유정에게서 나왔다. 『시품』에서는 그가 '문(文)이 원(怨)을 본받아 자못 자세하고 적절하게 풍유의 지극함을 얻었다'21)라고 하였다. 또 '육기보다 질박하고 반악보다 깊다'22)고 하는데, 그럴듯하지만 분명한 말은 아니다. 그의 '잡시(雜詩)' '초은(招隱)' '영사(詠史)' 등 여러 작품은 모두 유명하다.

서진의 시인은 위에 적은 것을 제외하고도 부현(傅玄)23) · 부함(傅咸)24) · 손초(孫楚)25) · 조터(曹攄)26) · 곽태기(郭泰機) 등이 있다. 요컨대 이 시대

---

19) 其源出于王粲 文體華淨少病累 又巧構形似之言 雄于潘岳 靡于太沖 風流調達 實曠代之高手 詞彩葱蒨 音韻鏗鏘 使人味之 亹亹不倦
20) 源出於仲宣
21) 文典以怨 頗爲精切 得諷諭之致
22) 野于陸機 而深于潘岳
23) 자는 휴혁(休奕). 박학다식하고 글을 잘하며, 벼슬이 시중(侍中)에 이르렀다. 저서에 『부자(傅子)』가 있다.
24) 부현의 아들. 자는 장우(長虞). 문장으로 이름이 나서 혜제 때 관직이 어사중승(御史中丞)에 이르렀다. 어머니가 벼슬에서 떠나는 것을 걱정하자 뒤에 의랑장겸사예교위(議郞長兼司隷校尉)가 되었다.
25) 중도(中都) 사람. 자는 자형(子荊). 문장을 짓는데 뛰어났지만, 명예에는 관심이 없고 젊어서부터 은거할 마음이 있어, 40이 넘어서야 작은 벼슬을 했다.
26) 초(譙) 사람. 자는 안원(顔遠). 어려서부터 효행이 있었고 문장에도 능했다. 혜제 때

의 시는 건안의 풍이 이미 쇠미하고, 육조 시대 대우의 폐단이 점점 일어나고 있었다. 옛 사람들은 말하기를 '진 때는 비단을 모아 꽃을 만든 것과 같고, 생동하는 운은 아주 적었으며, 사형은 병적으로 화려하고, 안인은 병적으로 가벼우며, 2장은 병적으로 막혀 있다'라고 한다. 『국어(國語)』27)에서는 '감정은 글에서 나오고, 글은 감정에서 나온다'28)라고 하였다. 이 말은 진대 사람들의 병에 약이 될 수 있다.

3. 동진(東晉)

진은 강을 건너고 난 뒤부터 황노(黃老)29)의 학을 귀하게 여겼다. 그러므로 영가(永嘉 : 회제<懷帝>) 이후의 시가는 이치가 그 가사를 넘어섰다. 예를 들어 유곤(劉琨)30)은 골수에 사무치도록 원망하는 가사가 많은데, 대개 유곤은 영웅이 길을 잃어 모든 것이 구슬프고 쓸쓸하였기 때문에, 그의 시가 붓을 따라 토해 내어놓는 슬픈 음은 둘째가는 것이 없었다. 곽박(郭璞)31)에 이르러서야 비로소 영가의 평담(平淡)한 체를 바꿨으니,

---

벼슬이 양성태수(襄城太守)에 이르렀으나 전투에서 적과 싸우다 죽었다.
27) 21권. 좌구명(左丘明)이 지었다 한다. 『좌전(左傳)』은 노(魯)의 역사를 주로 기술하였는데, 이 책은 진(晉)·초(楚)를 비롯한 여덟 나라의 역사를 기록한 것이다. 『춘추외전(春秋外傳)』.
28) 情生于文 文生于情
29) 황제(黃帝)와 노자(老子). 도가(道家).
30) 동진(東晉)의 충신. 중산(中山) 위창(魏昌) 사람. 자는 월석(越石). 사족 출신으로 젊어서는 황노 사상에 물들어 현담(玄談)이나 즐기며 지냈다. 그러나 뒤에 병주자사(幷州刺史)로 나가면서 한왕(漢王) 유연(劉淵)과 싸웠고, 다시 석륵(石勒)과도 싸우면서 진나라를 재건하려고 하였다. 젊었을 때는 방탕하고 경박했으나, 이후 그의 생활을 따라 작품도 크게 변하여 파괴된 산하에 대한 감개나 뜻을 이루지 못하는 영웅의 슬픔 등을 읊은 작품을 남겼다. 시중태위(侍中太尉)로 있을 때, 단필제(段匹磾)의 미움을 받아 피살되었다.
31) 자는 경순(景純). 하동(河東) 문희(聞喜) 사람. 원제 때 벼슬이 상서랑(尙書郞)까지 되었으나, 명제 때 반란을 일으켰던 왕돈(王敦)에게 죽음을 당하였다. 귀신을 부리고 점도 잘 치는 도사였다. 성격이 경박하고 술과 여색을 좋아했으나, 경술(經術)도 좋아하였고 박학하였다.

중흥의 첫 번째가 되었다고 한다. 그의 '유선시(遊仙詩)'는 가사에 비분강개와 불우함을 읊은 것이 많은데, 대개 뛰어난 작품이다. 이외에 왕희지(王羲之)[32]와 왕헌지(王獻之)[33]는 모두 풍류로써 칭송받았다. 진말이 되어 담박(淡泊)한 격조(格調)로 깨끗하고 고상한 기품을 노래한 사람은 도잠(陶潛) 뿐이었다. 잠의 자는 연명(淵明)이며, 명(名)은 원량(元亮)이고[34], 심양(潯陽) 시상(柴桑) 사람이다. 그의 시는 명료하고 심원하며 근심 걱정이 없다. 또한 깊고 순박하고 뛰어나며 드러나는 것은 자연과 하나가 되어 한편으로는 진솔하며 한편 넉넉하니 참으로 천고에 위대한 작품이다. 심덕잠은 '연명은 명신(名臣)의 후예(진의 대사마<大司馬>인 간<侃>의 증손)로서, 시대가 바뀌던 때에 하기 어려운 말을 하고자 때때로 기탁(寄託)한 것이 '영형가(詠荊軻)' 한 장뿐만 아니었으며, 육조 제일류의 인물로서 그의 시가 천고에 독보적이지 아닌 것이 있겠는가?'라고 하였다. 이제 아래에 그의 시를 적는다.

詠荊軻

燕丹善養士	연나라 단은 의사를 잘도 길렀으니
志在報强嬴	뜻은 강한 진나라에 보복하는데 있었네
招集百夫良	수많은 현명한 이들 불러모으더니
歲暮得荊卿	한 해가 갈 즈음 형가를 만났네

---

32) 서예가. 자는 일소(逸少). 벼슬이 우군장군(右軍將軍)에 이르렀으므로 왕우군(王右軍)이라고도 불린다. 해서(楷書)·행서(行書)·초서(草書)의 삼체를 전아(典雅)하고 웅경(雄勁)하게 귀족적인 서체로 완성하였다. 행서의 '난정집서(蘭亭集序)'와 해서의 '낙의론(樂毅論)' 등이 가장 유명하다.

33) 서예가. 왕희지의 아들. 자는 자경(字敬). 예서(隸書)와 초서(草書)에 능하여 아버지와 함께 이왕(二王)이라 한다. 오흥태수(吳興太守)·중서령(中書令) 등을 지냈다.

34) 어떤 이는 자가 원량(元亮)이라 하기도 하고 연명(淵明)이라고도 한다. 또한 잠(潛)이 또 다른 이름이라고도 한다. 저자는 원량을 이름으로 하고 있음을 본다.

君子死知己	군자는 자기를 알아주는 이 위해 죽으니
提劍出燕京	칼을 들고 연나라 서울을 떠났네
素驥鳴廣陌	백마가 넓은 길에서 울더니
慷慨送我行	분개하며 내 가는 길 보내주었네
雄髮指危冠	굳센 머리털 관을 치켜올리고
猛氣衝長纓	맹렬한 기운 긴 갓끈을 때리네
飮餞易水上	역수 가에서 전송하는 술 마시니
四座列群英	주변에는 숱한 영웅들 줄지었네
漸離擊悲筑	점리는 슬프게 축을 연주하고[35]
宋意唱高聲	송의는 높은 소리로 노래했네[36]
蕭蕭哀風逝	쓸쓸하게 서글픈 바람은 스쳐가고
淡淡寒波生	흘러가는 물엔 차가운 물결이 이네
商音更流涕	상음에 다시 흐르는 눈물[37]
羽奏壯士驚	우음 연주하자 장사가 놀라네[38]
心知去不歸	내심 가면 못 돌아올 줄 알았으니
且有後世名	장차 후세에 이름 남기리
登車何時顧	수레에 올라 언제 돌아보았나
飛蓋入秦庭	수레는 진나라 뜰로 날아 들어갔네
凌厲越萬里	떨쳐 나아가 만리를 넘었고
逶迤過千城	구불구불 천 개의 성 지났네
圖窮事自至	힘 다하여 일을 도모하려 왔더니

---

35) 점리(漸離)는 고점리(高漸離)로서 형가의 벗이다.
36) 송의(宋意)는 형가의 벗이다.
37) 상음(商音)은 슬픈 음이다.
38) 우주(羽奏)는 우음(羽音)을 연주하는 것인데, 우음은 가장 맑은 음이다.

豪主正怔營	굳센 임금도 참으로 두려워하였네
惜哉劍術疎	안타까워라 검술이 거칠었구나
奇功遂不成	기이한 공 끝내 이루지 못했네
其人雖已沒	그 사람 비록 이미 죽었어도
千載有餘情	천년토록 남긴 마음 있어라

  동진의 시인은 위에 적은 외에도 사혼(謝混)39)·오은지(吳隱之)40)·혜원(惠遠)·백도유(帛道猷)41)·사도온(謝道韞)42) 등 여러 사람이 있는데, 그들의 시가도 모두 읊을 만하다. 이것이 동진 때 시의 대개 모습이다.

제5절 남북조(南北朝)

  왕세무(王世懋)1)는 말하기를 '고시는 양한 이후 조자건이 나와서야 비로소 흥성하게 되었다. 그런데 여러 가지 사정으로 이것은 일변하게 되었다. 이로부터 작자들은 역사 속의 말은 많이 받아들이면서도, 오히려 경서 속의 말은 받아들이지 않았다. 사령운이 나와서『역경』의 말과『장자』의 이야기 가운데 쓰지 않은 것이 없었고, 시로 얽어내는 오묘함은 오랜 세월 숭상하게 되었으니, 이것 또한 하나의 변화다. 중간에 하손(何遜)과 유신(庾信)이 솜씨를 더하고, 심전기(沈佺期)와 송지문(宋之間)이 화

---

39) 자는 숙원(叔源). 어릴 때의 자는 익수(益壽). 문장을 잘 하였으며, 벼슬은 상서좌복야(尙書左僕射)에 이르렀다.
40) 자는 처묵(處默). 어머니를 섬기는 효가 지극했다. 벼슬은 중령군(中領軍)에 이르렀다.
41) 승려. 서천축(西天竺) 사람.
42) 진(晉) 사람 왕응(王凝)의 처. 총명하고 문장에 재주가 있었다.
 1) 명(明) 사람. 왕세정(王世貞)의 아우. 자는 경미(敬美). 태상소경(太常少卿)을 지냈다. 학문을 좋아하고 시문을 잘 지어 형에 버금갔으나, 형보다 3년 먼저 죽었다.

려함을 더하니, 변한 모습은 이미 극에 달했다. 그러나 칠언은 아직도 점 잖고 우아한 것을 극치로 삼았다²⁾라고 하였다. 이것이 당시 시의 모습 이다. 아래에 나누어 적는다.

1. 남조(南朝)

송(宋)대의 시는 확실히 구(句)를 갈고 닦고 말을 꾸미는 풍을 열었는 데, 창시자는 사령운이었다. 령운은 진군(陳郡) 양하(陽夏) 사람이다. 강락 공(康樂公)을 물려받았기 때문에 세상 사람들은 사강락(謝康樂)이라 한다. 그의 시는 연명과 함께 도사(陶謝)라고 한다. 그러나 실제로는 연명의 심 원(甚遠)함만 못하다. 대개 강락의 시는 애를 써서 정밀하게 다듬어 말의 뜻이 번잡하다. 그러나 연명의 시는 질박하고 정직하며 자연스럽고 기품 이 대단히 높다. 이것이 그가 도(陶)만 못한 것이다. 만약 그의 작품을 건 안 때의 것과 비교한다면, 건안은 전체적으로 기상을 지니고 있으며, 철 두철미하게 모두 대구를 이루었으므로 사(謝)의 시는 건안의 여러 사람 들에게도 미치지 못한다. 령운의 시를 살펴보면 '유선시(遊山詩)'가 가장 뛰어나지만, 산에서 노닐다 죄의 그물에 걸려들게 된다. 사촌 동생인 혜 련(惠連)도 문명(文名)이 있어, 당시에 대·소사(大·小謝)라고 하였다. 이제 아래에 그의 '석벽정사환호중작(石壁精舍還湖中作)' 한 수를 적어 그의 시 한 부분을 보자.

> ┌─────────────────┐
> │ 石壁精舍還湖中作 │
> └─────────────────┘
>
> **昏旦變氣候**   아침 저녁으로 기후 변하나
> **山水含淸暉**   산수는 늘 맑은 빛 머금고 있네

---

2) 古詩自兩漢以來 至曹子建出 而始見宏肆 多生情態 此爲一變 自此作者 多入史 語 然猶未入以經語 謝靈運出而易辭莊語 無不爲用 翦裁之妙 千古爲宗 此又一 變 中間何庾加工 沈宋增麗 變態已極 然七言猶以閒雅爲致

清暉能娛人	맑은 빛 사람을 즐겁게 하여
遊子憺忘歸	노니는 이 편안하여 돌아갈 것 잊네
出谷日尚早	골짜기 나서니 해 아직 이른데
入舟陽已微	배로 들어가니 햇빛 이미 희미하네
林壑斂暝色	숲 우거진 골짜기엔 저녁 빛 거두어지고
雲霞收夕霏	구름과 노을 속에 저녁 안개 스러져 가네
芰荷迭映蔚	마름꽃 연꽃 어울리어 물에 비치고
蒲稗相因依	부들과 피가 서로 의지하듯 우거져 있네
披拂趨南逕	옷자락 펄럭이며 남쪽 길로 달려가
愉悦偃東扉	기쁜 마음으로 동쪽 문 앞에 쉬네
慮澹物自輕	생각 담박하면 외물은 저절로 가벼워지고
意愜理無違	마음 흡족하면 도리에 어긋나는 일 없게 되네
寄言攝生客	섭생하는 이들에게 이르노니
試用此道推	이 도리를 추구해 보시기를

　사(謝)와 이름을 함께 한 사람은 안연지(顔延之)다. 연지의 자는 연년(延年)이며, 낭야(琅邪) 임기(臨沂) 사람이다. 『시품』에서는 그의 시를 '근원은 육기에서 나왔으니 교묘하게 꾸미는 것을 숭상했고, 체재가 곱고 치밀하며 감정의 비유가 깊어 느낌에 비고 흩어짐이 없이 일구(一句) 일자(一字)가 모두 뜻을 다했다. 또한 고사(古事) 쓰기를 좋아하여 구속받게까지 되었다. 비록 재주가 탁월함에서는 떨어진다 하더라도, 이는 문장과 풍아(風雅)를 다루는 재능이다'[3]라고 하였다. 원가(元嘉 : 문제 〈文帝〉) 때에 시로써 이름이 령운과 함께 안사(顔謝)라고 칭해졌다. 그러나 안(顔)은

---

3) 源出陸機　尙巧似　體裁綺密　情喩淵深　動無虛散　一句一字　皆致意焉　又喜用古事　彌見拘束　雖乖秀逸　是經綸文雅才

실제로 사(謝)에 미치지 못한다. 탕혜휴(湯惠休)는 말하기를 '사(謝)의 시는 연꽃이 물 밖으로 나온 것 같고, 안(顏)의 시는 색채를 아로새기고 황금을 새긴 것 같다'[4]고 하였다. 그리고 포조(鮑照)도 안연지의 시는 마치 비단을 펼치고 수를 늘어놓은 것 같으며, 또 새긴 그 수가 눈에 가득한 것 같다고 하였으니, 안과 사의 높고 낮음은 대강 볼 수 있다. 이제 그의 '北使洛' 한 수를 아래에 적는다.

北使洛

改服飾徒旅	옷 고쳐 입고 길 떠날 준비하였더니
首路跼險艱	첫 길부터 고생에 몸 움츠렸네
振楫發吳洲	노를 저어 오의 모래톱을 떠나
秣馬陵楚山	초의 산을 넘어 말을 매었네
塗出梁宋郊	도중에 양과 송의 성밖으로 나와
道由周鄭間	주와 정 사이로 따라 갔네
前登陽城路	앞으로 양성의 길에 올라[5]
日夕望三川	해질녘 삼천을 바라보았네[6]
在昔輟期運	그 옛날 기회와 시운 버리고
經始闡聖賢	성스러움과 어진 마음 넓혀 나갔네
伊瀍絕津濟	이수와 곡수에서 나루터를 건너니
臺館無尺椽	아름답고 높은 건물 한 자 사다리도 없네
宮陛多巢穴	궁궐 섬돌에는 새 둥지와 짐승 굴 많고
城闕生雲煙	대궐 문에는 구름 연기 피어오르네

---

4) 謝詩如芙蓉出水 顏詩如錯彩鏤金
5) 양성(陽城)은 춘추시대의 초나라 땅.
6) 경(涇)·위(渭)·낙(洛)의 세 물줄기.

王猷升八表	왕의 다스림은 먼 곳까지 융성하여도
嗟行方暮年	탄식하며 다니니 늙어버렸구나
陰風振凉野	음산한 바람 차가운 들에 일고
飛雲瞀窮天	나는 구름은 하늘 끝에 어지럽구나
臨塗未及引	길에서는 이끄는 데로 가지 못했더니
置酒慘無言	술 차려 두니 참담해 아무 말 못하네
隱閔徒御悲	가슴아파라 다만 슬픔만 지니고
威遲良馬煩	멀리 다니느라 말도 참으로 괴롭네
遊役去芳時	돌아다니느라 좋은 시절 다 보내고
歸來屢徂譽	돌아오니 여러 차례 허물에 부딪치네
蓬心旣已矣	다녀보지 못한 마음 이미 다하였으니
飛薄殊亦然	날아 널리 퍼지는 것은 더욱 그러하네

안연지는 사령운보다 못하고, 안과 사의 사이에 위치한 사람에는 포조(鮑照)가 있다. 포조의 자는 명원(明遠)이며, 그가 지은 '고악부(古樂府)'는 힘이 있고 아름답다. 두보는 그의 시를 유신(庾信)과 동등하게 일컬었고, 『시품』에서는 그의 시를 '근원은 2장에서 나와, 상황을 드러내고 사물을 묘사하는 글을 잘 지어 경양(景陽)의 골계(滑稽)를 얻었고, 무선(茂先)의 화려함을 담았다. 뼈마디는 사혼(謝混)보다 강하고, 달려 나아가는 것은 안연(顏延)보다 빠르다. 사가(四家) 모두 가운데 아름다움을 혼자 다 하였고, 양대(兩代)에 걸쳐 홀로 출중하였다. 아아! 그의 재주는 빼어나도 사람이 미미하여 당대(當代)에 다 묻혀버렸다. 그러나 교묘하게 꾸미는 것을 귀하게 여기고 숭상하며, 위태롭게 기울어지는 것을 피하지 못해 청아(淸雅)한 격조를 잃어버렸으므로, 위태로운 풍속을 말하는 사람들은 포조를 많이 따른다'[7]고 하였다. 이 외에 사혜련(謝惠連)[8]·원숙(袁淑)[9]·

사장(謝莊)10) · 심경지(沈慶之)11) · 탕혜휴(湯惠休) · 육개(陸凱)12) · 왕미
(王微)13) · 왕승달(王僧達)14) · 오매원(吳邁遠)15) · 하승천(何承天)16) · 포령
휘(鮑令暉)17)와 같은 사람들은 모두 송대의 시인이다.

제(齊)대의 영명체(永明體)는 송의 원가(元嘉)와 비교해서 더욱 더 섬
세하고 아름답다. 그 당시의 시인으로 가장 전할 만한 사람은 사조(謝朓)
다. 사조의 자는 현휘(玄暉)이며, 진군(陳郡) 양하(陽夏) 사람이다. 일찍이
선성(宣城)의 태수가 되었으므로, 사선성(謝宣城)이라고도 한다. 그의 시
는 이백이 오직 그것에만은 마음으로 탄복하였으므로, 뒷 사람들이 사조
의 시는 전편에 당나라 시인과 같은 말이 있다고 평했다. 『시품』에서는
그의 시를 '근원은 사혼에서 나와 세밀함을 다소 잃었으며, 자못 인류에

---

7) 源出二張 善製形狀寫物之詞 得景陽之諔詭 含茂先之靡嫚 骨節强于謝混 驅邁
疾于顔延 總四家而擅美 跨兩代而孤出 嗟其才秀人微 故致湮當代 然貴尙巧似
不避危仄 頗傷淸雅之調 故言險俗者 多以附照

8) 사령운의 사촌 동생으로 글로 이름을 떨쳤으나, 37세로 요절하였다.

9) 자는 양원(陽源). 박학다식하였다. 벼슬은 태자좌위솔(太子左衛率)에 올랐다.

10) 양하(陽夏) 사람. 자는 희일(希逸). 일곱 살 때부터 글을 지을 줄 알아, 문제(文帝)가
경탄을 금치 못하여 '남전(藍田)에서 옥(玉)이 난다더니 헛 말이 아니로다'라고 했다
한다. 금자광록대부(金紫光祿大夫)에 이르렀다.

11) 무강(武康) 사람. 자는 홍선(弘先). 진(晉)말에 손은(孫恩)의 난 때 참전하여 공을
세웠으나, 나이가 40이 되어서도 이름이 알려지지 않았다. 뒤에 벼슬이 시중(侍中) ·
태위(太尉)에 이르렀으나, 폐제(廢帝)가 흉포하자 극구 간(諫)하다 피해를 입었다.

12) 북위(北魏) 사람. 자는 지군(智君). 삼가고 진중하며 배우기를 좋아했다. 중요 관직에
10여년을 있으면서 충후(忠厚)함으로 칭송을 받았다.

13) 자는 경원(景元). 어려서부터 배우기를 좋아했고 글을 잘 지었다. 음률 · 의학 등 여
러 방면에 뛰어났으나, 벼슬에는 뜻이 없었다.

14) 어려서부터 총민하였다. 문제(文帝)가 태자사인(太子舍人)으로 삼았다. 사냥을 무척
좋아하여 마을의 소년들과 사냥을 자주 다녔다. 벼슬은 중서령(中書令)에 이르렀으나,
이후 모반의 모함을 당해 사사되었다.

15) 문장 짓기를 무척 좋아하여 명제(明帝)가 불러 포사(褒詞) 벼슬을 내렸다. 항상 스
스로 자부하며 다른 사람을 경멸하였다.

16) 담(郯) 사람. 성질이 강직하였고, 유가(儒家)와 제자백가 · 역사에 두루 통했다. 벼슬
은 어사중승(御史中丞)에 이르렀다.

17) 포조의 누이동생. 문장을 잘 지었다.

어긋남을 남겼다. 한 문장 속에 절로 옥과 돌이 있으나 기이한 문장과
빼어난 구절은 이따금 민첩하고 굳세어서 숙원(叔源)이 발을 헛디디고,
명원(明遠)이 얼굴색을 변하게 할 만하다. 발단에서는 좋지만 마지막 문
장에는 차질이 많다. 이것은 뜻은 예리하지만 재주가 약한 것이다'[18]라고
하였다. 요컨대 사조의 시는 맑기는 하나 두텁지 못한 것이 그 단점이다.
이제 그의 '경로야발(京路夜發)' 한 수를 아래에 적는다.

京路夜發

擾擾整夜裝	소란스레 밤 길 떠날 준비하고서
肅肅戒徂兩	서둘러 타고 갈 수레 준비시켰네
曉星正寥落	새벽 별은 참으로 쓸쓸하고
晨光復泱莽	새벽빛도 어슴푸레 하네
猶霑餘露團	아직 축축이 남은 이슬 둥글어
稍見朝霞上	점점 아침 놀 위로 드러나네
故鄉邈已夐	고향은 아득히 이미 멀어졌고
山川修且廣	산천은 길고도 넓구나
文奏方盈前	관청 장부 바야흐로 앞에 가득하니
懷人去心賞	사람이 떠나고픈 마음을 품게 하네
勑躬每跼蹐	몸을 삼가 늘 조심했더니
瞻恩惟震蕩	은혜를 우러르니 흔들려 움직일 뿐
行矣倦路長	다니노라니 고달픈 길 길기도 하여
無由稅歸鞅	까닭 없이 돌아갈 수레 놓아두었네

---

18) 源出于謝混 微傷細密 頗在不倫 一章之中 自有玉石 然奇章秀句 往往警遒 足
使叔源失步 明遠變色 善自發端 而末篇多躓 此意銳而才弱也

제의 시인으로는 사조를 제외하고 왕융(王融 : 자는 원장<元長>)19) · 심약(沈約 : 자는 휴문<休文>) · 육궐(陸厥 : 자는 한경<韓卿>)20) · 장융(張融 : 자는 사광<思光>)21) · 공치규(孔稚圭 : 자는 덕장<德璋>)22)와 같은 사람들이 모두 한 때에 이름이 널리 알려졌다. 그리고 심약은 사성(四聲)과 팔병(八病)의 설(說)을 다시 만들었는데, 사성은 평 · 상 · 거 · 입이다.(저서는 『사성보<四聲譜>』 한 책이 있는데, 음운의 상식을 상세히 설명하여 보여준다) 팔병은 평두(平頭) · 상미(上尾) · 봉요(蜂腰) · 학슬(鶴膝) · 대운(大韻) · 소운(小韻) · 방뉴(旁紐) · 정뉴(正紐)이다. 그러나 그의 설은 겨우 근체(近體)에 모범이 될 수 있을 뿐, 고시(古詩)는 그 구속을 따르지 않는다. 심약은 이미 이 설을 만들었기 때문에 그의 시는 아주 구속되고 막히어서 오직 성률과 격조의 올바름만 숭상되었고, 한 가지 뜻의 아로새김도 모두 온유돈후한 맛을 없애 버렸다. 이것이 남제 시의 대개 모습이다.

양(梁) 무제(武帝) 소연(蕭衍)은 경릉팔우(竟陵八友 : 제 무제의 둘째 아들 숙<肅>이 경릉왕<竟陵王>에 봉해졌는데, 왕융<王融> · 사조<謝朓> · 임방<任昉> · 심약<沈約> · 육수<陸倕>23) · 범운<范雲>24) · 소침<蕭琛>25)과 함

---

19) 낭야(瑯琊) 사람. 수재(秀才)로 천거되어 관직이 중서랑(中書郎)에 이르렀다. 뒤에 사건에 연루되어 옥사했다.

20) 어려서부터 고상한 인품이 있었고, 글 짓기를 좋아했다. 심약과 사성에 대해 논하기도 했다. 군행참군(軍行參軍)이 되었다가 죽음을 당하게 되었는데, 동생이 구하려다가 함께 죽었다.

21) 교주(交州)에서 해부(海賦)를 짓기도 했다. 관직은 사도좌장사(司徒左長史)에 이르렀다. 남제(南齊)의 태조가 그의 재주를 무척 아꼈다.

22) 회계(會稽) 산음(山陰) 사람. 고제(高帝) 때 태자첨사(太子詹事)가 되었다. 풍아(風雅)를 즐겨, 뜰의 잡초도 뽑아내지 않았다고 한다. 그의 '북산이문(北山移文)'은 명문으로 평가되고 있다.

23) 자는 좌공(佐公). 어려서부터 배우기에 힘썼고, 문장을 잘 지었다. 책을 한 편 읽으면 모두 외워버렸다. 벼슬은 태상경(太常卿)에 이르렀다.

24) 순양(順陽) 사람. 자는 언룡(彦龍). 문장을 잘 했다. 처음에는 제에서 상서전중랑(尙書殿中郎)이 되었으나, 양으로 들어가 이부상서(吏部尙書)가 되었고, 소성현후(霄城縣侯)에 봉해졌다.

25) 달리 소찬(蕭璨)이라고도 한다. 자는 언유(彦瑜). 벼슬은 광록대부(光祿大夫)에 이르

께 경릉팔우라고 하였다)와 제에서 함께 일했다. 그리고 소연은 뛰어난 신하들과 만나 때때로 모였을 뿐인데, 스스로는 천자의 자리에 이르렀고 여러 뛰어난 사람들도 아울러 돕고 있었으므로, 양 한 대는 시가 가장 발달되었다. 그러나 풍격이 나날이 천해져서 임금과 신하의 증답은 오직 염정(艶情)에만 뛰어났다. 그러나 생각건대 필력은 비록 가벼웠지만 모두 음조의 병(病)을 조화롭게 하였으니, 참으로 당률(唐律)의 앞길을 열었다.

당시 시에 있어서 가장 정교한 사람은 하손(何遜)을 든다. 하손의 자는 중언(仲言)이며, 동해(東海) 담(郯) 사람이다. 여덟 살에 시를 지을 수 있었고, 약관에 수재로 받들어졌다. 심약은 그에 대해 말하기를 '경(卿)의 시를 하루에 세 번 반복하여 읽어도 그만 둘 수 없다'[26]라고 하였다. 대개 하손의 시가 비록 풍골(風骨)에 있어서는 모자란다 하더라도 정감어린 말이 천천히 춤추고, 얕은 말은 모두 깊어져서 마땅히 심약과 범운이 마음 속으로 탄복할 것이다. 이제 그의 시 한 수를 아래에 적는다.

贈諸游舊

弱操不能植	약한 줄기 심을 수 없더니
薄枝竟無依	얇은 가지 끝내 기댈 곳 없네
淺智終已矣	얕은 지혜 끝내 다해버리니
令名安可希	이름을 어찌 바랄 수 있으랴
擾擾從役倦	어지러이 일을 따라 고달프더니
屑屑身事微	힘써봐도 이 몸의 일 미미하구나
少壯輕年月	젊어서는 세월을 가볍다 했더니
遲暮惜光輝	나이 먹어 한 줄기 빛 아까워하네

렀다.

26) 讀卿詩一日三復 猶不能已

一塗今未是　하나의 방법 오늘도 옳지 않으니
萬緖昨如非　모든 것이 그릇된 건 어제와 같구나
新知雖己樂　새로 아는 것이 나의 즐거움일지라도
舊愛盡晚違　옛날 좋아하던 건 떨어져 나가버렸네
望鄕空引領　고향을 그리며 공연히 목을 길게 뽑아
極目淚沾衣　아득하여라 눈물이 옷을 적시네
旅客長憔悴　나그네 오래도록 초췌하여도
春物自芳菲　봄의 만물은 아름답게 우거졌구나
岸花臨水發　물가 언덕 위에 꽃은 피어나고
江燕遶檣飛　강가 제비는 담장을 두르고 나는구나
無由下征帆　까닭 없이 배를 타고 내려갔다간
獨與暮潮歸　홀로 저녁 물결과 함께 돌아온다네

강엄(江淹)은 자가 문통(文通)이며, 제양(濟陽) 고성(考城) 사람이다. 일찍이 문장으로 이름이 널리 알려졌다. 시문이 풍성하고 아름다우며 자 못 수식할 줄 알았으니, 제·양의 빼어난 사람이었다. 그러나 풍골이 높 지 않고 만년에는 재치있는 생각도 감퇴하였으니, 세상에서는 강랑(江郎) 의 재주가 다하였다는 말이 생겨났다. 이제 그의 시 한 수를 아래에 적 는다.

> 望荊山

奉詔至江漢　조칙 받들고 장강과 한수에 이르렀더니
始知楚塞長　비로소 알았네 초의 변방이 긴 줄을
南關繞桐柏　남쪽 관문 동백에 둘러싸였고[27]

西岳出魯陽	화산은 노의 북쪽에 솟아있구나
寒郊無留影	차가운 들 남은 그림자 없고
秋日懸淸光	가을이라 걸렸느니 맑은 햇빛
悲風撓重林	늦가을 바람 우거진 숲에 어지럽고
雲霞肅川漲	구름과 놀은 출렁이는 냇물에 맑네
歲晏君如何	한 해 저물녘 임금께선 어떠하신가
零淚霑衣裳	떨어지는 눈물 옷깃을 적시네
玉柱空掩露	옥주는 쓸쓸히 이슬에 적시고[28]
金尊坐含霜	금 술잔은 그대로 서리를 머금었네
一聞苦寒奏	시리도록 추운 곡조 한 번 들으니
再使艶歌傷	고운 노래 소리도 마음 아프게 하네

　　무제(武帝) 부자는 모두 시사(詩辭)를 잘했다. 소명태자(昭明太子 : 이름
은 소통<蕭統>)는 일찍이 『문선(文選)』 30권을 엮었다. 셋째 아들인 간문
제(簡文帝 : 이름은 강<綱>)는 시가 더욱 가볍고 고와서 당시에 궁체(宮體)
라고 하였다. 이제 그의 시 한 수를 아래에 적어서 그의 시 일면을 본다.

　　　　┌─────┐
　　　　│ 折楊柳 │
　　　　└─────┘

楊柳亂成絲	버들이 어지러이 가지를 이루어
攀折上春時	잡고 올라 꺾어보니 봄이 왔구나
葉密鳥飛礙	잎이 빽빽하니 새 날다 걸리고
風輕花落遲	바람 가벼우니 꽃 천천히 떨어지네
城高短蓬發	성 높은 곳 잔잔한 쑥 돋아나고

27) 동백(桐柏)은 하남성(河南省) 동백현(桐柏縣) 서남쪽에 있는 산.
28) 옥주(玉柱)는 현악기 위에 붙인 옥으로 만든 받침대를 말한다.

林空畵角悲	숲 텅빈 곳에 화각이 슬퍼라
曲中無別意	노래 속에 별다른 뜻이 없어도
倂是爲相思	하나같이 서로 그리는 마음 되네

　위에 적은 것을 제외하고 오균(吳均)29) · 장솔(張率)30) · 범운(范雲) · 구지(邱遲) · 유견오(庚肩吾)31) · 왕적(王籍)32) · 유준(劉峻)33) · 왕균(王筠)34) · 유효작(劉孝綽)35)과 같은 사람들은 모두 한 때 뛰어났다. 그리고 종영에게는 또 『시품』이라는 저작이 있다. 종영의 자는 중위(仲偉)이며, 영천(穎川) 장사(長社) 사람이다. 그가 한 옛 사람들의 오언시에 대한 품평은 상 · 중 · 하 3품으로 나누었는데, 아주 정확해서 유협(劉勰)의 『문심조룡(文心雕龍)』과 함께 후세 시문평서(詩文評書)의 조종(祖宗)이 되었다. 양(梁)에서 진(陳)으로 들어와서는 가볍고 화려한 풍이 더욱 심해졌다. 그러한 풍격은 대개 양에서 보이고 또 내려갔다. 진 후주(後主 : 진숙보<陳叔寶>)는 주색에 빠져서 날마다 여러 귀족 및 여학사(女學士), 가까이 하는 사람들에게 모두 새로운 시를 짓도록 하고, 서로 주고 답하며 '옥수후정

---

29) 오흥(吳興) 사람. 자는 숙상(叔庠). 재주가 뛰어났으며, 날마다 시를 지어 선비들이 그를 많이 본받아 오균체라고 하였다.
30) 자는 사간(士簡). 글을 잘 지었다. 관직은 신안태수(新安太守)에 이르렀다.
31) 자는 자신(子愼). 호는 천태일민(天台逸民). 8세 때 시와 부를 지었다. 처음에 진에서 벼슬을 했는데, 태자솔갱령(太子率更令) 등을 역임하여 고재학사(高齋學士)라고 불렸다. 양의 간문제가 즉위하자 탁지상서(度支尙書)가 되고 뒤에 강주자사(江州刺史)로 옮겼다.
32) 자는 문해(文海). 제 말기에 벼슬을 하다가, 양으로 들어가 여조(餘姚) · 전당령(錢塘令) · 동왕자의참군(東王諮議參軍) · 안서부자의참군(安西府諮議參軍)을 역임했다.
33) 자는 효표(孝標). 학문을 즐겨 남이 색다른 책을 가지고 있다고 들으면 가서 빌려 읽었으므로, 그를 서음(書淫)이라고 불렀다.
34) 수수(秀水) 사람. 자는 원례(元禮). 어려서부터 재명을 드날려, 심약은 뒤에 올 명가(名家) 가운데 오로지 왕균이 독보일 것이라고 칭송했다. 관직은 태자첨사(太子詹事)를 지냈다.
35) 무제를 섬겨 비서감(秘書監)이 되었다. 문재가 뛰어났으며, 문집이 있다.

화(玉樹後庭花)'·'임춘락(臨春樂)' 등의 곡을 지었다. 그 대강의 의미를 살펴
보면, 모두 아름다운 부녀의 고운 얼굴빛이 아닌 것이 없다. 당시의 시인으
로서 서릉(徐陵)·음갱(陰鏗)36)·주홍양(周弘讓)37)·주홍정(周弘正)38)·강
총(江總)·장정견(張正見)39)·하서(何胥)·요찰(姚察)40) 같은 여러 사람
들은 모두 한때의 선량(選良)이었다. 그리고 서릉에게는 『옥대신영(玉臺
新詠)』이라는 책이 있는데, 모아둔 것은 모두 한·위·육조의 시들이다.
서릉은 자가 효목(孝穆)이며, 동해(東海) 담(郯) 사람이며, 진(陳) 일대 문
장의 최고봉이다. 그의 시 창작은 아름답고 치밀하며, 자못 새로운 뜻이
많았다. 이제 한 수를 아래에 적는다.

> 出自薊北門行

薊北聊長望	계의 북쪽에서 오래 바라보니41)
黃昏心獨愁	황혼에 마음만 쓸쓸하구나
燕山對古刹	연산에서 옛 절을 마주하고42)
代郡隱城樓	대군은 성루에 숨었네43)

---

36) 자는 자견(子堅). 역사서를 두루 섭렵했고 시부에 능통했는데, 오언시에 더욱 뛰어나
　양에서 이름을 드날렸다. 진 때에 비로소 벼슬을 하였는데, 붓을 잡으면 바로 써내려
　가는 뛰어난 재주로 수많은 잔치 자리에 불려나가 임금의 총애를 받았다. 벼슬은 원외
　산기상시(員外散騎常侍)에 이르렀다.
37) 홍정(弘正)의 아우. 성품이 간소(簡素)하였다. 비로소 벼슬을 하였지만 뜻을 두지 못
　해 구용(句容)의 모산(茅山)에서 숨어지냈다. 이후 나이가 많아진 뒤에 벼슬을 했다.
38) 여남(汝南) 안성(安城) 사람. 자는 사행(思行). 10세에 『노자』와 『주역』에 통달하였
　다. 벼슬은 상서우복야(尙書右僕射)에 이르렀다.
39) 동무성(東武城) 사람. 자는 견색(見賾). 양 간문제가 동궁에 있을 때 송(頌)을 올려 대
　단히 칭송을 받기도 했다. 진에서는 벼슬이 통직산기시랑(通直散騎侍郎)에 이르렀다.
40) 자는 백심(伯審). 진에서 통직산기상시(通直散騎常侍)를 지냈고, 수(隋) 때에 비서
　승(秘書丞)을 지냈다. 칙명에 의해 양과 진의 역사를 편찬하게 되었지만, 마치지 못하
　고 죽었다.
41) 계(薊)는 하북성(河北省) 대흥현(大興縣)의 서남쪽에 있는 현.
42) 연산(燕山)은 계현(薊縣)의 동남쪽에 있는 산.
43) 대군(代郡)은 산서성(山西省) 북부와 하북성 울현(蔚縣) 부근의 땅.

屢戰橋恒斷　　여러 전투로 다리는 늘 끊어져 있고
長氷塹不流　　오래도록 얼어붙은 해자는 흐르지 않네
天雲如地陣　　하늘의 구름이 땅 위에 펼쳐진 듯
漢月帶胡秋　　한의 달이 오랑캐 가을을 띠었구나
漬土泥函谷　　흙을 적셔 함곡을 막고44)
挼繩縛凉州　　노끈을 비벼 양주를 묶었네45)
平生燕頷相　　평생 봉후의 상이더니46)
會自得封侯　　마침 스스로 봉후 되었네

　　강총(江總)의 자는 총지(總持)이며, 제양(濟陽) 고성(考城) 사람이다.
오언과 칠언시를 잘했는데, 가볍고 여인네 같은 점에서 아쉬울 뿐이다.
그러나 우리가 그것을 읽으면 대략 그 체재에서 그것이 명구(名句)임을
알기에 족하다. 이제 그의 칠언 고시 한 수를 아래에 적는다.

┌─────────┐
│ 閨怨篇 │
└─────────┘

寂寂靑樓大道邊　　쓸쓸하고 고요한 청루는 큰길 가47)
紛紛白雪綺窓前　　흰 눈이 비단 창 앞에 어지러이 내리네
池上鴛鴦不獨自　　못 위의 원앙은 혼자가 아닌데
帳中蘇合還空然　　장막 안 소합향은 쓸쓸하구나
屛風有意障明月　　병풍은 마음 있어 밝은 달을 가리는데

---

44) 함곡(函谷)은 하남성(河南省) 영보현(靈寶縣)의 황하 유역에 있는 험준한 골짜기.
　　상자 속처럼 깊고 험한 곳이라는 데서 이렇게 불렸다.
45) 전량(前凉)과 후량(後凉)의 수도. 지금의 감숙성(甘肅省) 동부에 있다. 신강성(新疆
　　省)으로 들어가는 요로다.
46) 연함(燕頷)은 연함호두(燕頷虎頭)의 줄인 말로, 제비 같은 턱에 범 같은 머리라는
　　뜻으로 봉후가 될 상이라고 한다.
47) 청루(靑樓)는 미인이 있는 곳.

燈火無情照獨眠　등불은 생각 없이 홀로 잠든 이 비추네
遼西水凍春應少　요서의 물이 얼어 봄은 응당 짧으리
薊北鴻來路幾千　계현 북쪽 기러기 오니 길은 몇 천리
願君關山及早度　그대 관산에 가시거든 빨리 헤아리소서
照妾桃李片時妍　아아 저와 도리의 아름다움 잠깐인 것을

2. 북조(北朝)

북조의 시에 비록 점점 굳센 풍을 숭상하는 것이 나타났지만, 문학하는 선비는 실제로 거의 없었다. 북위(北魏)·북제(北齊)는 거의 기록할 만한 것이 없고, 점점 풍골을 나타낼 수 있었던 사람은 오직 북주(北周)의 유신(庾信)뿐이었다. 유신의 자는 자산(子山)이며, 남양(南陽) 신야(新野) 사람이다. 아버지 견오(肩吾)는 양(梁)의 산기상시중서령(散騎常侍中書令)이다. 유신은 일찍이 위(魏)에 사신으로 가서 북방에서 지내게 되었는데, 뒤에 주(周)에서 벼슬을 했다. 그의 시는 서릉과 더불어 당시에 남서북유(南徐北庾)라고 칭해졌다. 『단연총록(丹鉛總錄)』[48]에서는 '유신의 시는 양의 독보적인 존재가 되었으며, 당의 선편을 열었다'[49]고 하였다. 대개 그의 시에서 갈고 닦은 자구에는 거듭 맑은 기운이 넉넉하였으나, 풍골이 적은 것이 애석할 뿐이다. 이제 '의영회(擬詠懷)' 한 수를 아래에 적는다.

| 擬詠懷 | 여덟 수 중 하나를 적는다. |

疇昔國士遇　옛날 나라의 뛰어난 의사 만났더니

---

48) 27권. 명(明) 양신(楊愼)이 편찬했다. 잡사(雜事)를 모은 책으로, 천둔(天文)·지리(地理)·시서(時序)·화목(花木) 등 스물여섯 목(目)으로 나뉜다.
49) 庾信之詩 爲梁之冠絶 啓唐之先鞭

生平知己恩   평생 지기로서 사랑하였네

直言珠可吐   직언으로 구슬이 토해질 만하더니

窵知炭可吞   어찌 알았으랴 숯을 먹을 줄이야

一顧重尺璧   한 번의 돌봄 한 자 구슬보다 귀하고

千金輕一言   천금은 한 마디 말보다 가볍네

悲傷劉孺子   슬프고 가슴아파라 유유자여

悽愴史皇孫   슬프고 슬퍼라 사황손이여

無因同武騎   까닭 없이 굳센 기병을 모으고

歸守霸陵園   돌아와 패릉의 동산을 지켰네

필자가 생각하기에 북조의 시인들은 비록 기록할 만한 것이 없다고 하더라도, 북위에서는 온자승(溫子昇 : 자는 붕거<鵬擧>)50) · 위수(魏收 : 자는 백기<伯起>)51) · 형소(邢邵 : 자는 자재<子才>이며, 위수와 함께 대형소위<大邢小魏>라고 한다)52), 북제에는 안자추(顔子推 : 자는 개<介>)53), 북주에는 왕포(王褒 : 자는 자연<子淵>)54) 같은 사람들도 모두 비교적 인의(人意)를 강조하여 당시 문단의 맹주를 차지했던 사람들이다. 『북사(北史)』55) 「문원전(文苑傳)」 서(序)에서는 '한 · 위 이래로 진(晉) · 송(宋)에 이르기까지 그 체가 여러 번 변한 것은, 예전의 사리에 밝은 사람들이 그

---

50) 토구(兎句) 사람. 백가서를 섭렵하였고, 문장이 맑고 아름다웠다. 양 무제가 조식과 육기가 북쪽 땅에 다시 태어났다고 칭송하였다.

51) 어릴 때의 자는 불조(佛助). 위(魏)에서 태학박사(太學博士)를 제수받기도 하였다.

52) 어릴 때부터 문장의 재주가 있어 위(魏)에서 벼슬이 중서감(中書監)에 이르렀다. 이후 제에 들어서서 죽었다.

53) 안지추(顔之推)의 잘못. 협(協)의 아들.

54) 낭야(瑯邪) 사람. 양 원제(元帝) 때 좌복야(左僕射)를 지내고, 주로 들어가서 거기대장군(車騎大將軍)이 되었다.

55) 당(唐)의 이연수(李延壽)가 엮은 역사서. 100권. 북조의 위 · 북제 · 주 · 수에 해당하는 242년 간의 사실을 기록하였음.

것을 이야기하여 자세해졌다. 영명(永明 : 제 무제)·천감(天監 : 양 무제)
연간과, 태화(太和 : 동진 황제 혁<奕>)·천보(天保 : 북제 문선제<文宣帝>)
사이에 낙양(洛陽)과 강좌(江左)56)는 문장과 시가가 더욱 발달하여 모두
가 좋아하고 숭상하였는데, 시가에 있어서는 같고 다른 점이 있었다. 강
좌에서는 음률이 발달하여 청기(淸綺)를 귀하게 여겼으나, 하삭(河朔)57)에
서는 시문의 뜻이 곧고 굳세어서 기질을 귀중히 여겼다. 기질이란 이치가
그 시문을 넘어서는 것이고, 청기란 문장이 그 뜻을 넘어선 것이다. 이치
가 깊은 것은 때에 맞춰 쓰기에 편리하고, 문장이 화려한 것은 읊고 노래
하기에 마땅하다. 이것이 바로 남북의 문장가들이 얻고 잃은 것의 큰 비
교점이다. 만약 저 맑은 노랫소리를 모으고 이 쓸데없이 중첩된 구들을
간략히 하여, 각각 단점을 버리고 두 가지의 장점을 합한다면, 문장의 바
탕은 빛나고 기교와 아름다움을 다할 것이다58)라고 하였다. 이러한 남북
조의 시에 대한 여러 말로 대강의 비평을 얻을 수 있었다고 할 만하다.

제6절 수(隋)·당(唐)

시는 한·위 이후로 아로새기는 폐단이 나타나고 분수에 맞지 않는
사치스러움을 얽어 교묘하게 하면서 이루어진 풍을 서로 본받았다. 그러
나 수에 이르러 기풍이 바뀌고 틀어져 점점 복고의 정취가 생겨, 한·위
가 남긴 소리에 작은 이슬이 처음 생긴 것 같았다. 당에 이르러서 시도

---

56) 양자강(揚子江)의 동쪽 지방으로 강소성(江蘇省) 지역.
57) 황하(黃河) 이북의 땅. 하북(河北).
58) 自漢魏以來 迄乎晉宋 其體屢變 前哲論之詳矣 曁永明天監之際 太和天保之間
洛陽江左 文雅尤盛 彼此好尙 雅有異同 江左宮商發越 貴于淸綺 河朔詞義貞剛
重乎氣質 氣質則理勝其詞 淸綺則文過其意 理深者便于時用 文華者宜于詠歌 此
其南北詞人得失之大較也 若能掇彼淸音 簡玆累句 各去所短 合于兩長 則文質彬
彬 盡善盡美矣

(詩道)가 크게 떨쳐져 시 형식 가운데 하나라도 나타나지 않은 것이 없었고, 품격과 성조에 있어서도 하나라도 갖춰지지 않은 것이 없었다. 위로는 제왕(帝王) 장상(將相)에서 아래로 촌부(村夫) 시골 노인에 이르기까지 시를 지을 줄 모르는 사람이 거의 없었다. 당시의 작가를 살펴보면 2,300여 명이 있었고, 그들의 시편 수를 모으면 48,900여 편(『전당시<全唐詩>』[1]에 실린 것을 예로 들어)이었으며, 그 사이 없어지고 전하지 않은 것은 그 가운데 일부분을 알지 못하는 것이니, 시의 융성은 거의 그보다 위가 없었다. 이제 아래에 그것을 나누어 적는다.

1. 수(隋)

시는 수에 이르러 기풍이 점점 변하여 양제(煬帝) 때에는 사치를 한껏 하며, 사죽관현(絲竹管絃)의 기예(技藝)로 즐겁게 노닐기에 탐닉했다. 그 당시 '청야유(淸夜遊)' 등의 곡은 바로 진(陳) 후주(後主)의 '후정화(後庭花)'와 우열을 가리기가 어려웠으니, 음탕하게 색정을 일으키도록 장식하여 육조의 면모와 다를 것이 없었다. 그러나 '음마장성굴(飮馬長城窟)'이나 '백마편(白馬篇)' 같은 것은 기개가 굳세어서 자못 우아하고 바른 소리가 있었다. 그러나 필력은 아직 떨쳐 일어날 수 없었으니, 아마 풍격이 처음 이루어져 아직 뛰어나게 아름다운 부분이 갖추어지지 않았기 때문일 것이다. 이제 그 '음마장성굴' 한 수를 아래에 적는다.

> 飮馬長城窟行示從征群臣

肅肅秋風起	쓸쓸히 가을 바람 이는데
悠悠行萬里	아득히 만리 길을 간다

---

1) 당 및 오대(五代)의 시를 모은 책. 청(淸) 강희(康熙) 46년(1707)에 황제의 명으로 편찬했다. 900권. 2,200여 명의 시 48,000여 수를 수록했다.

萬里何所行　만리라 어디로 가는가
橫溪築長城　냇물을 가로질러 장성을 쌓네
豈台小子智　어린 아이 같은 지혜에 기뻐하랴
先聖之所營　앞선 성현이 이루신 것을
樹玆萬世策　이 만세의 계책을 세워
安此億兆生　이 억조 창생을 편안히 하리라
詎敢憚焦思　어찌 노심초사하는 걸 꺼리랴
高枕于上京　서울에서 높이 베개 벨 것을
北河秉武節　북하에서 위엄있는 부절을 쥐니
千里捲戎旌　천리 길에 군사 깃발 말았네
山川互相沒　산천은 이리저리 들쑥날쑥
原野窮超忽　들판은 아득하기도 하구나
撤金止行陣　쇠를 두드려 행군을 멈추고
鳴鼓興士卒　북을 울려 병사들을 일으키네
千乘萬騎動　수많은 수레와 말 움직여
飮馬長城窟　장성의 굴에서 말에게 물을 먹이네
秋昏塞外雲　가을 깊은 변방 밖 구름이 일고
霧暗關山月　안개에 흐린 관산엔 달빛이 비치네
緣巖驛馬上　바위에 둘러싸인 역참에서 말에 오르니
乘空烽火發　공중으로 봉화가 오르네
借問長城侯　장성의 관리에게 물어보았더니
單于入朝謁　선우가 조정에 들어와 뵙는다네
濁氣靜天山　탁한 기운 천산에 고요하고
晨光照高闕　새벽빛은 높은 궁궐을 비추네

釋兵仍振旅　　군사를 풀어 행군하노니
要荒事方擧　　변방 일 바야흐로 손에 쥐어야지
飮至告言旋　　마시기 다하고 돌아온다 하니
功歸淸廟前　　공은 청묘 앞으로 돌린다2)

　　율시(律詩)는 심약의 '성병설(聲病說)'에서 시작되어 진(陳)과 수(隋) 사이에 이루어졌다. 수의 시인들을 살펴보면, 설도형(薛道衡), 양소(楊素), 우세기(虞世基), 왕주(王胄) 같은 사람들은 비록 위로 서릉과 유신의 풍을 이었지만, 기풍은 이미 바뀌고 율시는 크게 진보되었다. 당(唐)의 심송체(沈宋體)는 실제로 이 때 이미 그 실마리를 열었다.

　　양소의 자는 처도(處道)이며, 분양(汾陽) 사람이다. 무인이면서 또한 간웅(奸雄)이었다. 그러나 시의 풍격은 명료하고 심원하여, 오히려 세상에서 벗어나 고상한 사람 같았으니 참으로 이해할 수 없다. 이제 그의 '산재독좌(山齋獨坐)' 한 수를 아래에 적는다.

　　　山齋獨坐贈薛內史　　2수 가운데 한 수만 적는다.

巖壑澄淸景　　바위 골짜기 맑디 맑은 경관
景淸巖壑深　　경관 맑고 바위 골짜기 깊네
白雲飛暮色　　석양에 흰 구름 날고
綠水激淸音　　푸른 물 흐르니 맑은 소리라네
澗戶散餘彩　　시냇가 집에는 넉넉한 빛을 흩었고
山窓凝宿陰　　산골 집 창에는 짙은 녹음 엉겼네
花草共繁映　　화초는 모두 빛을 둘렀고

---

2) 청묘(淸廟)는 주(周) 문왕(文王)의 종묘.

樹石相陵臨	나무와 바위는 언덕을 마주하고 있네
獨坐對陳榻	홀로 앉아 벌여놓은 의자 마주 하니
無客有鳴琴	손님은 없고 울리는 거문고 소리
寂寂幽山裏	적적하고 그윽한 산 속
誰知無悶心	누가 알리 번민 없음을

　　설도형의 자는 현경(玄卿)이며, 하동(河東) 분음(汾陰) 사람이다. 시가 아주 맑고 아름다워 지은 시가를 남쪽 사람들이 많이 읊었다. '석석염(昔昔鹽 : 석석<昔昔>은 야야<夜夜>와 같고, 염<鹽>은 인<引>[3]이 바뀌어 변한 것이다)'과 '경수양복야산재독좌(敬酬楊僕射山齋獨坐)' '인일사귀(人日思歸)' 등의 시는 더욱 사람들의 입에서 입으로 전하여 읊어진 것이다. 이제 그 한 수를 아래에 적는다.

　　　人日思歸 [4]

入春纔七日	봄 들어 겨우 이레인데
離家已二年	집 떠난 지는 벌써 이태로구나
人歸落雁後	사람들은 날아내리는 기러기 뒤따르고
思發在花前	생각은 남아있는 꽃 앞에서 일어나네

　　우세기의 자는 무세(茂世)이며, 회계(會稽) 여요(餘姚) 사람이다. 서릉은 오늘날의 반(潘)과 육(陸)이라고 하였다. 그의 시는 슬프고 절박하며, 맑고 부드러워서 세상 사람들은 뛰어난 것으로 여겼다. 미천하였을 때 글씨 써주는 일로 부모를 봉양하였는데, 오언시를 지어서 마음을 나타내

---

3) 염(鹽)과 인(引)은 노래와 노래 곡조의 이름.
4) 인일(人日)은 음력 정월 초이레를 일컫는 말이다.

기도 했다. 양제(煬帝)가 즉위하자 통직랑직내사(通直郎直內史)가 되었다.
그 때에 비서감(秘書監)이었던 하동(河東) 사람 유고언(柳顧言)이 박학하
고 문재(文才)가 있어 거의 남에게 양보하지 않았는데, 세기를 보고는 감
탄하여서 '세상에서는 모두 이 한 사람을 추앙하여야만 한다. 우리가 범
접할 사람이 아니다'5)라고 하였다. 이제 그의 시 한 수를 아래에 적는다.

＿＿＿＿
| 入關 |
＿＿＿＿

隴雲低不散	언덕의 구름 깔려 흩어지지 않고
黃河咽復流	황하는 막혔다 다시 흐르네
關山多道里	관산에는 길이 많기도 하니
相接幾重愁	서로 몇 겹의 근심 맞이했던가

　왕주의 자는 승기(承基)이며, 낭야(琅琊) 임기(臨沂) 사람이다. 문사(文
詞)로 양제에게 귀중하게 여겨졌다. 양제는 일찍이 '기(氣)가 높고 이치가
원대하다는 것은 주(冑)에게 그것을 맞춘 것이다. 시어가 맑고 시체(詩體)
가 매끄러운 것은 참으로 세기(世基)에게 있어서이다. 뜻이 치밀하고 이
치가 새로운 것은 유자직(庾自直)을 내세운다. 이들을 지나치는 자들은
아직 시를 이야기할 수 없다'6)라고 하였다. 이제 그의 '별주기실(別周記
室)' 한 수를 아래에 적는다.

＿＿＿＿＿＿
| 別周記室 |
＿＿＿＿＿＿

| 五里徘徊鶴 | 이리저리 배회하는 학 |
| 三聲斷絶猿 | 세 마디로 끊어진 원숭이 소리 |

---

5) 海內當共推此一人 非吾儕所及也
6) 氣高致遠 歸之于冑 詞淸體潤 其在世基 意密理新 推庾自直 過此者未可以言詩也

何言俱失路　어찌 모두 길을 잃었다 말하랴
相對泣離樽　서로 이별의 잔 마주하고 우네
別路悽無已　이별하는 길 처량하기 끝이 없어
當歌寂不喧　노래하니 고요하여 들리지 않네
貧交欲有贈　가난한 벗에게 줄 것이 있었으면 했더니
掩涕竟無言　눈물 감추며 끝내 아무 말 못하네

3. 당(唐)

시는 당에 이르러 뛰어난 아름다움이 극도로 융성하고, 체제가 대부분 갖추어졌다. 그런데 그 시가 발전한 자취를 살펴보면 또한 네 개의 시기로 나눌 수 있다. 당 고조(高祖) 무덕(武德) 원년(618)부터 현종(玄宗) 개원(開元) 초(713)까지 거의 100년을 초당(初唐)이라 하고, 현종 개원 원년(713)부터 대종(代宗) 대력(大曆) 초(766)까지 거의 50년을 성당(盛唐)이라 하고, 대종 대력 원년(766)부터 문종(文宗) 태화(太和) 9년(835)까지 거의 70여년을 중당(中唐)이라 하며, 문종(文宗) 개성(開成) 원년(836)부터 소종(昭宗) 천우(天祐) 3년(906)까지 거의 80여 년을 만당(晩唐)이라 한다. 이제 아래에 그것들을 나누어 적는다.

1) 초당(初唐)

당이 수에 이어 일어나 문학은 아주 발달하였고, 시가 더욱 융성하게 되었다. 그러나 초당 때는 진(陳)과 수(隋)의 뒤를 이어 이른바 양(梁)과 진의 궁액(宮掖)[7] 풍이 아직도 있었다. 당초의 사걸(四傑)인 왕발(王勃)·양형(楊烔)·노조린(盧照鄰)·낙빈왕(駱賓王)같은 사람들이 아직 그것에서 벗어나지 못하여, 그 형식의 아리따움은 육조의 모습이 있었는데, 진

---

7) 대궐, 궁궐.

자앙(陳子昂)이 나타나서야 비로소 그 풍을 일소하였다. 왕사정(王士禎)은 '위(魏)와 진(晉)의 모습에서 벗어나고 양(梁)과 진(陳)의 광대 놀음을 바꾼 것은 진백옥(陳伯玉)의 힘이 가장 크다'라고 하였다. 심전기(沈佺期)와 송지문(宋之問)이 나타나자 근체(近體)가 일어났는데, 이른바 심송(沈宋)의 아름다움을 더하여 변화된 모습이 아직은 대단하지 않았고, 칠언에서 오히려 점잖은 품위를 나타내었다. 초당 시인을 살펴보면, 왕적(王績)8) · 이백약(李百藥)9) · 진숙달(陳叔達)10) · 원랑(袁朗)11) · 공소안(孔紹安)12)같은 사람들이 모두 진(陳)과 수에서 활약했던 선비들이며, 시명(詩名)도 한 때 대단하였다. 그리고 위징(魏徵)13) · 우세남(虞世南)14) · 허경종(許敬宗)15) · 저량(褚亮)16) · 장손무기(長孫無忌)17) 등도 모두 시에 능했지만, 사걸과

---

8) 자는 무공(無功). 호는 동고자(東皐子). 수에서 벼슬을 하였는데, 술을 워낙 좋아해서 일을 맡아 하지 않아, 당시에 두주학사(斗酒學士)라고 하였다.

9) 안평(安平) 사람. 자는 중규(重規). 처음에 수에서 벼슬하다 당에 들어와서 벼슬이 종정경(宗正卿)에 이르렀다. 문장이 침울했고, 시에 뛰어났다.

10) 진(陳) 선제(宣帝)의 열 일곱 번째 아들. 수에 들어가서 벼슬하고, 당에 들어가서 예부상서(禮部尙書) 등을 지냈다.

11) 진(陳)에서 비서랑(秘書郎)을 지냈는데, 후주가 그의 재주에 감탄을 했다. 수로 들어가서는 상서의조랑(尙書儀曹郎)을 역임하고, 당 태종 때 급사(給事)로 전보되던 중 죽었다.

12) 학문에 힘을 쓰다가 진(陳)이 망하자 수로 들어가 수도로 가서 문을 닫아 걸고 글을 읽었다. 양제 때 감찰어사(監察御史)가 되었다가, 당 고조 때 내사사인(內史舍人)으로 발탁되었다. 당시 손만수(孫萬壽)와 함께 손공(孫孔)이라고 일컬어졌다.

13) 자는 현성(玄成). 비서감(秘書監) 등을 지냈고, 『주서(周書)』 등 역사서의 편찬에도 관여하였다.

14) 자는 백시(伯施). 글을 고야왕(顧野王)에게 배우고 글씨를 승려인 지영(智永)에게서 배워, 태종 때 홍문관학사(弘文館學士)가 되었는데, 태종으로부터 덕행(德行) · 충직(忠直) · 박학(博學) · 문사(文詞) · 서한(書翰)의 오절(五絶)이라고 칭찬을 받았다.

15) 자는 연족(延族). 성품이 가볍고 오만하였으나, 문장을 잘 지었다. 수 양제 때 수재로 급제하였다. 당 태종 때 저작랑겸수국사(著作郎兼修國史)가 되었다. 이후 무후(武后)에게 붙어 장손무기를 죽이는 등 간악한 일을 많이 하였다.

16) 자는 희명(希明). 도서와 역사에 널리 통하여 진(陳)에서 이름을 날리다가 당으로 들어와 산기상시(散騎常侍) 등의 벼슬을 지내고, 양적현후(陽翟縣侯)에 봉해졌다.

17) 낙양(洛陽) 사람. 자는 보기(輔機). 경서와 사서를 두루 섭렵했고, 『수서(隋書)』의 지(志)를 찬술했다. 태종을 도와 천하를 정벌하여 공이 제일이었으므로, 이부상서(吏

함께 일컬어지지는 않았다. 당시에 상관의(上官儀)라는 사람도 있었는데, 자는 유소(游韶)이며, 섬주(陝州) 섬(陝) 사람이다. 고종(高宗) 조에 벼슬했다. 일찍이 말하기를 "시에는 팔대(八對)가 있는데,

첫째는 적명대(的名對)이니

> 送酒東南去　　술 보내니 동남쪽으로 가고
> 迎琴西北來　　거문고 맞이하니 서북에서 오네

가 이것이다.

둘째는 이류대(異類對)이니

> 風織池間樹　　바람은 못 사이 나무에 얽히고
> 蟲穿草上文　　벌레는 풀 위의 무늬를 뚫네

가 이것이다.

셋째는 쌍성대(雙聲對)이니

> 秋露香佳菊　　가을 이슬은 아름다운 국화에 향기롭고
> 春風馥麗蘭　　봄 바람은 아름다운 난초에 향기롭네

가 이것이다.

넷째는 첩운대(疊韻對)이니

> 放蕩千般意　　방탕하여라 수많은 마음은

部尙書)에 발탁되고 조국공(趙國公)에 봉해졌다. 이후 평탄한 벼슬살이를 했으나, 고종 대에 무후를 따르는 자들에 의해 모반의 누명을 써 관직이 삭탈되고 유배되었다.

遷延一介心　　망설이누나 약간의 마음은

이 이것이다.

　다섯째는 연면대(聯綿對)이니

殘河若帶　　작은 물길 띠와 같고
初月如眉　　초승달은 눈썹 같아라

가 이것이다.

　여섯째는 쌍의대(雙擬對)이니

議月眉欺月　　달을 이야기하니 눈썹이 달을 속이고
論花頰勝花　　꽃을 이야기하니 뺨이 꽃보다 낫네

가 이것이다.

　일곱째는 회문대(回文對)이니

情新因意得　　마음이 새로우니 뜻이 생기고
得意因新情　　뜻을 얻으니 새로운 마음이로구나

가 이것이다.

　여덟째는 격구대(隔句對)이니

相思復相憶　　서로 생각하고 서로 생각하니
夜夜淚沾衣　　밤마다 눈물이 옷을 적시네

空歎復空泣　헛되이 한숨짓고 눈물 흘리니
朝朝君未歸　아침마다 그대는 돌아오지 않았네

가 이것이다(『시원류격(詩苑類格)』18)을 보라)"라고 하였다. 태종이 궁체(宮體)를 좋아한 이후 상관의(上官儀)가 다시 육대(六對)의 법을 세웠고, 심전기와 송지문에 이르러 더욱 자세하고 적절해졌다. 그래서 율시의 법도는 더욱 더 엄명(嚴明)함을 실행하였다. 그가 지은 시문을 상관체(上官體)라고 한다. 초당 시인으로 사걸과 심전기와 송지문 사이에 특기 할 만하며, 가까이로는 제와 양의 광대 놀음을 제거해버리고, 위로는 건안의 풍격을 따른 사람은 오로지 진자앙(陳子昻) 뿐이었다. 한유(韓愈)는 시에서

國朝盛文章　우리 나라의 융성한 문장은
子昻始高蹈　자앙에게서 비로소 멀리 나아갔네

라고 하였으니, 그의 명성은 알 수 있다. 진자앙의 자는 백옥(伯玉)이며 재주(梓州) 사홍(射洪) 사람이다. 처음에 '감우시(感遇詩)' 38장을 지었는데, 모두 육조의 폐단에서 벗어났고, 옛 뜻을 쫓는데 힘써서 후대에 그 때문에 고체(古體)라는 이름이 나타났다. 이제 그의 오언고시 2수를 아래에 적는다.

感遇詩

深居觀元化　깊은 곳에서 조화의 큰 힘 살피니
悱然爭朶頤　말 못하겠네 약한 나라 병탄하려 다투니
群動相啖食　무리져 움직이며 게걸스럽게들 먹으니

---

18) 송(宋)의 이숙(李淑)이 찬한 책. 3권.

利害紛嶷嶷　이익과 해 얽혔어도 알만 하구나

便便夸毘子　살은 디룩디룩 쪄 남에게 아첨하는 놈

榮耀更相持　광영과 영달 다시 서로 버티네

務光讓天下　무광은 천하를 양보하더니[19]

商賈競刀錐　장사치는 작은 이익을 다투네[20]

已矣行採芝　그만두어라 채지를 행하리라[21]

萬世同一時　끝없는 세월이 다 같은 때이니

幽居觀大運　깊은 곳에서 대운을 살피며[22]

悠悠念群生　근심스레 많은 백성들 생각하였네

終古代興沒　예로부터 번갈아 흥하고 망했으니

豪聖莫能爭　뛰어난 성인은 다툴 만하지 않은 것

三季淪周赧　삼대는 주의 난왕에서 침몰하였고

七雄滅秦嬴　칠웅은 진나라 영씨에게 멸망했네[23]

復聞赤精子　다시 듣자니 적정자는

---

19) 무광(務光)은 옛날 사람 이름으로 순자(荀子)는 모광(牟光)이라고 했고, 장자(莊子)는 무광(瞀光)이라고 했다. 거문고 타기를 좋아했는데, 탕(湯)임금이 걸(桀)임금을 칠 때 그에게 의논하자 그는 '내 일이 아니다'라고 하고는 거절했다. 탕이 걸을 치자 천하를 탕에게 양보하여 받지 않고 물러나 숨어지내다, 100살이 넘은 무정(武丁) 때가 되어서야 다시 나타났다.

20) 도추(刀錐)는 칼과 송곳으로 작은 이익을 비유한 말이다.

21) 채지(採芝)란 중국의 은둔자 가운데 상산사호(商山四皓)의 '채지조(採芝操)'에 대한 이야기를 인용한 것이다. 그들은 진(秦)의 학정을 보고 남전(藍田)으로 들어가 '채지조'를 불렀는데, 그 가사 가운데 '엽엽자지(曄曄紫芝) 가이료기(可以療飢)'라는 구절이 있다. 여기에서는 은둔하리라는 의지를 표현한 것이다.

22) 대운(大運)은 천자가 될 운명 또는 천자의 지위를 말하며, 왕성한 운수를 말하기도 한다.

23) 칠웅(七雄)은 전국시대 일곱 강국. 진(秦)·초(楚)·연(燕)·제(齊)·조(趙)·위(魏)·한(漢).

提劍入咸京　　칼을 뽑아들고 함경으로 들어갔다네[24]
炎光旣無象　　한의 위광 이미 모양이 없고[25]
晉虜復縱橫　　진의 강한 군대 다시 횡행했다네
堯禹道己昧　　요임금 우임금의 도 이미 흐려졌고
昏虐勢方行　　우매하고 잔인한 힘 행해지누나
豈無當世雄　　어찌 당대의 영웅이 없었으랴
天道與胡兵　　천도가 오랑캐 군사와 함께 했음에야
咄咄安可言　　놀라워라 어찌 말할 수 있으랴
時醉而未醒　　시대가 취하여 아직 깨지 않은 것을
仲尼溺東夏　　공자께선 동방에 빠지고[26]
伯陽遁西溟　　노자는 서쪽 바다로 숨었네[27]
大運自古來　　대운이란 예로부터
旅人胡歎哉　　나그네이니 어찌 탄식하랴

　진자앙에 이어서 나온 사람에 장구령(張九齡)이 있다. 구령의 자는 자수(子壽)이며, 소주(韶州) 곡강(曲江) 사람이다. 왕사정(王士禎)은 '당의 오언고시는 여러 번 변하였는데, 진습유(陳拾遺 : 자앙이 일찍이 우습유<右拾遺>의 벼슬을 했다)로부터 위·진의 뼈대에서 벗어나고 양(梁)과 진(陳)의 광대 놀음을 바꾸고 장곡강이 그것을 이었다'[28]라고 하였다. 대개 당 초의 오언고시가 점차 율시로 나아갔다고 하더라도 풍격은 아직 힘이 있지는 않았는데, 진정자(陳正字 : 자앙이 일찍이 영대정자<靈臺正字>가 되었다)

---

24) 함경(咸京)은 섬서성(陝西省) 장안현(長安縣)의 동쪽인 함양(咸陽)이며, 또한 장안을 가리킨다.
25) 염광(炎光)은 세찬 불꽃이라는 말인데, 여기에서의 한(漢)의 위광(威光)을 말한다.
26) 중니(仲尼)는 공자의 자. 동하(東夏)는 동쪽에 있는 나라를 말한다.
27) 백양(伯陽)은 노자의 자.
28) 唐五古詩凡數變 自陳拾遺 奪魏晉之風骨 變梁陳之俳優 而張曲江爲之繼

가 나타나자 시의 품격이 비로소 바르게 되었고, 장곡강(張曲江)이 그를
이어서 시의 품격이 드디어 두텁게 되었다.

당대 율시의 체는 심전기과 송지문에 이르러 완성되었다. 『예원치언
(藝苑卮言)』[29]에서는 '오언은 심과 송에 이르러 비로소 율이라고 할 수
있었다. 율은 음률의 법칙인데 천하에 이보다 엄격한 것은 없다. 비우고
채우는 것과 평측은 마음대로 할 수 없다는 것을 알았으며 법도가 분명
하다. 두 사람은 틀림없이 적수이며, 배율(排律)에 있어서 운(韻)을 하는
것이 온당하였고, 사실(事實)은 널리 인용하지 않았고 감정은 억지로 맞
추지 않았으니, 분명히 가장 뛰어나다'[30]라고 하였다. 심전기의 자는 운
경(雲卿)이며, 내황(內黃) 사람이다. 중종(中宗)조에 자유자재로 문장에 변
화를 주어 사(辭)를 읊어서 황제를 기쁘게 하였는데, 칠언시가 더욱 더
뛰어난 장기였다. 송지문의 자는 연청(延淸)이며, 분주(汾州) 사람이다. 무
후(武后) 때 양형(楊炯)과 습예관(習藝館)에서 일을 맡았고, 심전기와 함
께 이장(二張 : 장이지<張易之>[31]와 장창종<張昌宗>[32])에게 아부해서 벼슬
살이를 하여, 재주는 있었어도 행실이 바르지 않았기 때문에 세상 사람
들이 더럽게 여겼다. 그러나 그의 시는 말하는 것이 윤리에 맞고, 노래한
것이 음조를 이루어 근체 율시의 새로운 음조를 열었다. 그런데 자구와
성률에 구애된 것만은 그의 단점이다. 이제 송지문의 오언고시와 심전기
의 칠언율시를 각각 한 수씩 아래에 적는다.

---

29) 명(明)의 왕세정(王世禎)이 찬한 책으로 6권이다. 『담예록(談藝錄)』『창랑시화(滄浪
詩話)』의 제대로 갖추어지지 못한 부분을 보충했다.

30) 五言至沈宋 始可稱律 律爲音律法律 天下無嚴于是者 知虛實平仄不得任情 而
法度明矣 二君正是敵手 排律用韻穩妥 事不旁引 情無牽合 當爲最勝

31) 당 사람. 생김새와 음악적 기예에 뛰어나 동생인 창종(昌宗)과 함께 무후에게 사랑
을 받아서 당시 궁중에서는 오랑(五郞)이라고 불렸다.

32) 이지의 아우. 생김새가 뛰어나고 음악적 기예에 뛰어나 무후에게 사랑을 받았고, 당
시 궁중에서는 육랑(六郞)이라고 불렸다.

| 題老松樹 | 宋之問 |

歲晚東巖下　　　동쪽 바위 아래 한 해가 지나가는데
周顧何悽惻　　　주위 돌아보니 어찌 이리 서글픈가
日落西山陰　　　서산 해 떨어지니 땅거미 지고
衆草起寒色　　　숱한 풀들은 차가운 빛을 띠네
中有喬松樹　　　그 속에 큰 소나무 서 있어
使我長歎息　　　나를 길게 탄식하게 하네
百尺無寸枝　　　백척 높이에 잔가지 없이
一生自孤直　　　일생을 홀로 외로이 곧았구나

| 古意 | 沈佺期 |

盧家少婦鬱金香　　오두막집 젊은 아낙네 울금향이요33)
海燕雙棲玳瑁梁　　바다제비 대모량에 쌍쌍이 깃들었네34)
九月寒砧催木葉　　구월이라 찬 다듬잇돌 나뭇잎 떨어지고
十年征戍憶遼陽　　시월이라 군역에 요양을 생각하네35)
白狼河北音書斷　　백랑하 북쪽에선 편지 끊어지고36)
丹鳳城南秋夜長　　단봉성 남쪽에선 가을 밤 길어라37)
誰爲含愁獨不見　　근심 품고도 나타내지 않는 이 누구인가
更敎明月照流黃　　다시 밝은 달이 명주를 비추게 하네38)

---

33) 울금향(鬱金香)은 백합과에 속하는 다년초로서 튜울립의 일종이다.
34) 대모량(玳瑁梁)은 그림을 아로새기고 채색한 다리.
35) 십년(十年)에서의 년(年)은 월(月)로 바꿔야 할 듯.
36) 백랑하(白狼河)는 산동성(山東省) 창락현(昌樂縣) 남쪽 뇌고산(擂鼓山)에서 나와 바다로 들어가는 물.
37) 단봉(丹鳳)은 궁궐을 말한다.
38) 유황(流黃)은 누런 빛깔의 고치에서 뽑은 실로 짠 명주를 말한다.

이외에 시인으로 이교(李嶠)[39]·두심언(杜審言)[40]·소미도(蘇味道)[41]·
최융(崔融)[42]과 같은 사람들은 당시에 문장사우(文章四友)라고 불렸다. 그
리고 유희이(劉希夷)[43]는 궁체(宮體)를 잘 하였고, 부가모(富嘉謨)와 오소미
(吳少微)는 부오체(富吳體)라 하였고, 하지장(賀知章)[44]과 장약허(張若虛)[45]
등은 초당 최후의 인물들이었다. 장약허는 풍부한 사상과 뛰어나게 아름다
운 문장으로써, 초당의 가볍고 사치스런 격조를 물리치기에 힘써 최후의 광
채를 발할 수 있었다. 그가 지은 '춘강화월야(春江花月夜)' 한 수는 구절이
아름답고 생각이 정교하여 참으로 초당 시 가운데 진귀한 작품이라고 할
만하다. 그 나머지 시인들도 아직 많지만 하나하나 모두 적을 수 없다.

2) 성당(盛唐)

당 개원(開元)과 천보(天寶) 사이는 문운(文運)이 가장 융성했다. 대개
이 때가 되면 이미 그 최고를 이루었다. 이백과 두보가 그 사이에 함께
나타나서 한 대의 문운을 좌우했으며, 당대의 시가 일대 공전절후(空前絶
後)의 모습을 나타나도록 하였으니, 진실로 성당 시인의 대표였다. 『어양
시화』에서는 '성당 때 여러 사람들의 오언이 오묘한 것은 완적·곽박·
도잠·사령운·사조·강엄·하손을 근본으로 한 것이 많고, 변새(邊塞)

---

39) 찬황(贊皇) 사람. 자는 거산(巨山). 재사(才思)가 넉넉하여 왕발을 비롯한 많은 문사
들과 교유했다. 벼슬은 동중서문하삼품(同中書門下三品)에 이르렀다.
40) 양양(襄陽) 사람. 자는 필간(必簡). 젊어서부터 문명(文名)이 있어 이교 등과 교유했
다. 벼슬은 수문관직학사(修文館直學士)에 이르렀다.
41) 무후 당시의 재상. 문장에 뛰어나 이교와 함께 소이(蘇李)라 불렸다.
42) 전절(全節) 사람. 자는 안성(安成). 문장이 아름다웠다. 벼슬은 국자사업(國子司業)
에 이르렀다.
43) 여주(汝州) 사람. 종군규정시(從軍閨情詩)를 잘 했다.
44) 자는 계진(季眞). 호는 사명광객(四明狂客). 현종 때 예부시랑(禮部侍郎)을 지냈으
나, 만년에는 벼슬을 그만두고 고향에 돌아가 도사가 되었다.
45) 양주(揚州) 사람. 연주병조(兗州兵曹)가 되었고, 하지장·장욱(張旭)·포융(包融)과
함께 오중사사(吳中四士)라고 불렸다.

의 작품은 포조와 오균에게서 나왔다. 당 사람들은 육조에서 그 아름다운 부분을 따라 잡아 그 난잡하게 얽힌 것을 씻었으니, 옛 사람들의 법을 배웠다고 할 만하다. 대개 진자앙이 건안의 풍격을 따르고부터, 개원 때는 장곡강이 그것을 이었고, 이태백 또한 그것을 이었다. 심과 송이 율체의 성숙을 이루니, 왕(王)·맹(孟)·고(高)·잠(岑)이 더욱 화려하고 풍부하게 했으며, 자미(子美)는 고율(古律)을 겸하여 자유자재로 하였으니, 이것이 성당의 갈래다'[46]라고 하였다.

이백의 자는 태백이며, 농서(隴西)의 벼슬하지 않은 선비였다. 하지장이 그의 문(文)을 보고 감탄하여 '그대는 귀양 온 신선이다'[47]라고 하여, 뒷 사람들이 이적선(李謫仙)이라고 불렀다. 그의 시는 천마가 허공을 달리는 것처럼 구속을 받지 않고, 급속한 변화의 오묘함을 다하고 신기한 조화의 지극함을 이루어내었다. 뛰어난 생각과 웅대한 문장은 눈을 현혹하게 하고 마음을 놀라게 하였으며, 앞선 시대의 곱고 아름다운 습관을 한번에 떨쳐버려, 드디어 시도(詩道)가 제일의 대국면을 열게 하였다. 청련거사(靑蓮居士)·주선옹(酒仙翁)은 모두 그의 자호(自號)다. 현종 때 공봉한림(供奉翰林)으로 오직 황제의 은밀한 명령만 맡아 하였는데, 천성이 술을 좋아하여 늘 글을 쓸 때만 되면, 술이 취한 상태로 있다가 곁에 있는 사람들이 물로 얼굴을 씻어주어 조금 깨면 곧바로 붓을 잡고 그대로 글을 이루어내었다. 개원 연간에 홍경지(興慶池)의 동쪽 침향정(沈香亭) 앞에 모란이 활짝 피었다. 이백에게 청평조(淸平調) 3장을 올리게 하였는데, 이 때 숙취가 아직 깨지 않았으나, 붓을 쥐고 곧바로 지어내었다. 그 뒤 벼슬을 그만두기를 청하고는 사방을 떠돌아 다녔다. 두보와의 교분이

---

46) 盛唐諸公五言之妙 多本阮籍郭璞陶潛謝靈運謝朓江淹何遜 邊塞之作 則出鮑照
  吳均也 唐人于六朝率攬其菁華 汰其蕪蔓 可爲學古者之法 蓋自陳子昻追建安之
  風 開元之際 則張曲江繼之 李太白又繼之 沈宋集律體之成 而王孟高岑益爲華贍
  子美兼擅古律 是盛唐之宗矣
47) 子謫仙人也

가장 깊었는데, 일찍이 '사구성하기두보(沙邱城下寄杜甫)' 한 수를 지었다.
이제 아래에 적는다.

> 沙邱城下寄杜甫
>
> 我來竟何事　　내 와서 무슨 일을 마쳤던가
> 高外沙邱城　　우뚝한 저 밖에 사구성이로다
> 城邊有古樹　　성 가로 늙은 나무 서 있고
> 日久連秋聲　　여러 날이더니 가을 소리 듣네
> 魯酒不可醉　　노나라 술은 취할 만하지 않고48)
> 齊歌空復情　　제나라 노래에 공연히 마음 더하네49)
> 思君若汶水　　그대 생각하니 문수 같구나50)
> 浩蕩寄南征　　호탕하게 남쪽 길에서 부친다

　　태백의 고악부로는 '오야제(烏夜啼)' '양양곡(襄陽曲)' '명고가(鳴皐歌)'
같은 것들로, 모두 그윽하고 어두우며 낙심한 듯 멍한데, 이리저리 급속
한 변화는 가장 재주 있는 사람이 감당할 일을 다하였다. 그의 오언과
칠언율시에 이르면, 문장의 힘이 또한 이리저리 급히 달려 나아가 기상
이 군세고 빠르다. 이제 아래에 각각 한 수씩 적는다.

> 塞下曲　　3수 중에 한 수
>
> 塞虜乘秋下　　변방의 오랑캐 가을을 타고 내려와

---

48) 노주(魯酒)는 노나라 지역의 술로서 묽고 맛이 없기로 소문났다.
49) 제가(齊歌)는 제나라 지역의 민요로 여럿이 함께 부르며, 구(謳)라고 한다.
50) 문수(汶水)는 제나라 남쪽, 노나라 북쪽에 있는 강. 이 말은 『시경』 제풍(齊風), 재
　　구(載驅)에서 느낌을 가져온 것으로, 이것은 제나라의 문강이 오빠인 제양공을 만나기
　　위해 노나라에서 제나라로 가는 모습을 노래한 것이다.

天兵出漢家　천자의 군사 중국을 나섰네
將軍分虎竹　장군은 부절을 나눠 가졌고[51]
戰士臥龍沙　전사들은 용사에 누웠네[52]
邊月隨弓影　변방의 달은 활 그림자 따르고
胡霜拂劍花　오랑캐 땅의 서리는 칼 불꽃을 씻네
玉關殊未入　옥문관은 거의 들어오지 못하니
少婦莫長嗟　젊은 아낙네여 길게 탄식하지 마시오

登金陵鳳凰臺

鳳凰臺上鳳凰遊　봉황대 위에 봉황 노닐더니
鳳凰臺空江自流　봉황대 비고 강물만 절로 흐르네
吳宮花草埋幽徑　오궁 화초는 풀 우거진 오솔길에 묻히고[53]
晉代衣冠成古丘　진대의 의관은 오랜 언덕을 이루었네[54]
三山半落靑天外　삼산은 푸른 하늘 밖에 반쯤 떨어지고[55]
二水中分白鷺洲　이수는 백로주에서 둘로 갈리네[56]
總爲浮雲能蔽日　떠도는 구름이 해를 모두 가릴 수 있으니
長安不見使人愁　장안 보이지 않아 사람 서글프게 하네

---

51) 호죽(虎竹)은 동호부(銅虎符)와 죽호부(竹使符)로 대장에게 내려주는 부절(符節).
52) 용사(龍沙)는 중국 서북 변방 밖의 지명으로 시인들이 이 지명을 많이 써서 변방 밖을 통칭하는 용어가 되었다.
53) 오궁(吳宮)은 오나라 왕 손권(孫權)의 궁전.
54) 진대의관(晉代衣冠)은 동진(東晉)이 수도를 건업(建業), 즉 금릉으로 옮겼기 때문에 이야기하는 것이며, 의관은 의관을 착용했던 귀족들을 말한다.
55) 삼산(三山)은 강소성(江蘇省) 강녕현(江寧縣) 서남쪽에 있는 산.
56) 이수(二水)는 진수(秦水)와 회수(淮水)의 두 강. 강이 갈리는 곳에 있는 섬이 백로주(白鷺洲)다.

태백의 오언과 칠언 절구는 가장 신묘하며 기개가 세차게 일어나고, 회오리바람과 번쩍이는 번개가 높고 아득한 하늘가에 나타난다. 이제 아래에 각각 한 수씩을 적는다.

> ## 夜思
>
> 牀頭明月光   침상 머리 밝은 달빛 비치니
> 疑是地上霜   마치 땅에 내린 서리 같아라
> 擧頭望明月   고개 들어 밝은 달 바라보고
> 低頭思故鄕   고개 숙여 고향 생각하노라

> ## 春夜雒陽聞笛 57)
>
> 誰家玉笛暗飛聲   누구 집의 옥피리 은은히 소리를 내나
> 散入東風滿洛城   흩어져 드는 동풍이 낙성에 가득하네
> 此夜曲中聞折柳   이 밤 노래 속 들리노니 버들 꺾는 소리58)
> 何人不起故園情   누가 고향 그리는 마음 일으키지 않으랴

두보의 자는 자미(子美), 두릉(杜陵) 사람으로 시단의 두 별 가운데 한 사람이다. 젊었을 때는 가난하여 스스로 떨쳐 일어나지 못하고, 개원 말 진사 과거를 보았으나 급제하지 못하고 낙제한 선비가 되어 장안에서 실의에 빠져 있었다. 천보 말에 '삼대례부(三大禮賦)'를 올리니 현종이 그를 기특하게 여겼다. 숙종(肅宗) 때 우습유(右拾遺) 벼슬을 하고, 벼슬을 버

---

57) 낙양(雒陽)은 낙양(洛陽)과 같다. 한(漢)나라는 불의 덕으로 천하를 다스렸으므로, 물을 뜻하는 낙(洛)자 대신 몸은 검고 갈기는 흰 말을 뜻하는 낙(雒)자를 썼다.
58) 절류(折柳)는 버들 가지를 꺾는다는 뜻으로, 옛날 장안 사람이 손을 배웅할 때 패교 (灞橋)까지 가서 다리 옆의 버들 가지를 꺾어주어 재회를 축원한데서 유래한 말이다. 여기서는 이별의 뜻이다.

리고 난 뒤에는 유랑하며 불우하게 지냈다. 뒤에 검남(劍南)에서 엄무(嚴武)[59])에게 기대어 살았는데, 엄무가 죽자 사방으로 타향을 떠돌다 죽었다. 그의 시에는 시대적인 사실을 가리켜 진술한 것이 많았기 때문에 사람들은 '시사(詩史)'라고 하였다. 또한 그의 시가 망라된 것을 많은 사람들이 가지고 있고, 시 가운데 크게 성공한 것을 모았기 때문에 '詩聖'이라고 하였다. 왕세정(王世貞)은 '이ㆍ두는 천고의 세찬 불꽃이니, 사람들마다 그들을 알고 있다'[60])고 하였다. 또한 '태백은 기(氣)를 주로 삼았고, 자연스러움을 최고로 삼았으며, 일상에서 벗어나 높고 광활하며 탁 트인 것을 귀하게 생각했다. 자미는 의(意)를 주로 삼았고, 홀로 창조해내는 것을 최고로 삼았으며, 기발하며 침착하고 굳센 것을 귀하게 생각했다. 그 가행(歌行)의 오묘함을 읊으면 사람으로 하여금 날아 올라 신선이 되고 싶게 하는 것이 태백이며, 사람으로 하여금 비분강개하고 격렬히 흐느껴 죽고 싶도록 하는 것이 자미다. 오언고시에 있어 태백은 감정이 드러나는 말과 꾸밈없는 말이 많으며, 자미는 연약한 말과 걱정스러운 말이 많으니, 도(陶)와 사(謝) 사이에 그를 두고 보면, 촌부(村夫)의 면목(面目)을 느끼게 된다'[61])라고 하였다. 또 '오언율시와 칠언가행(七言歌行)은 자미가 신묘하며, 칠언율시에 가장 뛰어났다. 오언과 칠언절구는 태백이 신묘하며, 칠언가행에 가장 뛰어났으며, 오언은 그 다음이다. 태백의 칠언율시와 자미의 칠언절구는 모두 변체(變體)이니 간혹 그것을 지을 만은 하지만, 본받을 것이 많지는 않다'[62])라고 하였다. 게다가 두보의 시는 슬플 때의

---

59) 화음(華陰) 사람. 자는 계응(季鷹). 숙종 때 검남절도사(劍南節度使)로서 토번(吐蕃)의 7만 대군을 격파하여 그 공으로 예부상서(禮部尙書)로 승진하고 정국공(鄭國公)으로 봉해졌다.

60) 李杜光燄千古 人人知之

61) 太白以氣爲主 以自然爲宗 以俊逸高暢爲貴 子美以意爲主 以獨造爲宗 以奇拔沈雄爲貴 其歌行之妙 詠之使人飄揚欲仙者 太白也 使人慷慨激烈欷歔欲絶者 子美也 選體太白多露語率語 子美多稱語累語 置之陶謝間 便覺傖父面目

62) 五言律七言歌行 子美神矣 七言律聖矣 五七言絶太白神矣 七言歌行聖矣 五言

일과, 원망이 떨쳐지지 않은 작품이 많다. 대개 자미는 감정에 있어 가장 깊었고, 그 감정은 세간을 떠날 수 없었으며, 그의 성품은 세속의 일을 넘어설 수 없었기에, 임금께 충성하는 마음을 나타내고 고향생각을 품고 있으며, 가족을 그리워하여 마음이 늘 우울하였다. 그러므로 낙천적인 선비가 될 수 없었고, 늘 다른 것들에 대해 격분하고, 그때마다 가을비 오는 소리에 슬퍼하고 한탄하며, 불만스러운 마음의 소리를 지어내었다. 이제 그 각 체의 시들을 각각 한 수씩 아래에 뽑아 적는다.

述懷	
去年潼關破	지난 해 동관이 깨어지더니[63]
妻子隔絶久	처자와 떨어진지 오래로구나
今夏草木長	올 여름 풀과 나무 길어지더니
脫身得西走	몸을 빼어 서쪽으로 갈 수 있었네
麻鞋見天子	미투리 신고 천자를 뵈었더니
衣袖露兩肘	옷소매는 양 팔꿈치 드러내었네
朝廷愍生還	조정에선 살아 돌아온 걸 가엾이 여기고
親故傷老醜	친구들은 늙고 추해진 걸 가슴아파 했네
涕淚授拾遺	눈물을 흘리며 습유를 제수받으니
流離主恩厚	아름다워라 천자의 두터운 은혜
柴門雖得去	문을 닫아 걸고 떠날 수는 있어도
未忍卽開口	아직까지는 차마 바로 말할 수 없었네
寄書問三川	글을 부쳐 삼천에 물어봤더니[64]

次之 太白之七言律 子美之七言絶 皆變體 間爲之可耳 不足多法也

63) 동관(潼關)은 섬서성(陝西省) 당관현에 있는 관문. 험한 요새여서 예로부터 군사를 움직일 때 반드시 다투던 곳이다.
64) 당이 검남(劍南)의 서쪽과 동쪽, 산남(山南)의 서쪽 세 길을 삼천(三川)으로 하였는

不知家在否	알지 못하네 집이 있는지 없는지
比聞同罹禍	근래 들으니 모두 재앙에 걸려
殺戮到雞狗	살륙이 닭과 개에까지도 미쳤다 하네
山中漏茅屋	산 속 비 새는 띠풀 집
誰復依戶牖	누가 다시 그 집에 기대어 살까
摧頹蒼松根	꺾이고 쓰러진 푸른 소나무 뿌리
地冷骨未朽	땅이 차가워 뼈대 아직 썩지 않았네
幾人全性命	몇 사람이나 목숨을 온전히 하여
盡室豈相偶	모든 가족이 어찌 서로 만나랴
嶔岑猛虎場	산 높고 험하여 사나운 범 노니는 곳
鬱結廻我首	가슴 답답하여 머리를 돌린다
自寄一封書	내가 한 통의 편지 부쳤는데
今已十月後	지금 벌써 열 달 뒤로구나
反畏消息來	오히려 소식 올까 두려워하니
寸心亦何有	마음인들 어찌 남아 있을까
漢運初中興	사나이의 운 처음으로 중흥하더니
生平老耽酒	평생 늙어 술이나 탐하겠네
沈思歡會處	즐거이 모였던 곳 가만히 생각하자니
恐作窮獨叟	궁하고 외로운 늙은이 될까 두렵구나

登岳陽樓

| 昔聞洞庭水 | 옛날 동정호의 물들었더니 |
| 今上岳陽樓 | 이제 악양루에 올랐네 |

데, 안록산의 난 때 두보가 피해 달아났던 곳이다.

吳楚東南坼　　오와 초는 동남쪽으로 열렸고
乾坤日夜浮　　하늘과 땅은 밤낮으로 떠있네
親朋無一字　　친한 벗에게서 한 글자 소식 없고
老病有孤舟　　늙고 병들어 외로운 배만 남았네
戎馬關山北　　군마는 관산의 북쪽으로 가고
憑軒涕泗流　　난간에 기대어 눈물 흘리네

送韓十四江東覲省

兵戈不見老萊衣　　전쟁통이라 노래자의 옷 보지 못하니[65]
歎息人間萬事非　　탄식하노니 인간 만사 다 글렀구나
我已無家尋弟妹　　나에게는 집도 없어 아우와 누이 찾는데
君今何處訪庭闈　　그대는 지금 어디에서 부모님 찾는가[66]
黃牛峽靜灘聲轉　　황우협 고요하니 시냇물 소리 구르고[67]
白馬江寒樹影稀　　백마강 차가워 나무 그림자 드무네[68]
此別應須各努力　　이제 이별하면 마땅히 각각 애써야하리니
故鄕猶恐未同歸　　고향에는 함께 돌아가지 못할 것 같네

歸雁

東來萬里客　　동으로 가는 만리길 나그네
亂定幾年歸　　난이 평정되어 몇 년 만에 돌아가리

---

65) 노래자(老萊子)는 70세에 어린애 옷을 입고 춤을 추어 부모를 즐겁게 하였다는 효자.
66) 정위(庭闈)는 부모가 거처하는 방. 부모.
67) 황우협(黃牛峽)은 호북성(湖北省) 의창현(宜昌縣) 서쪽 장강의 북쪽 연안에 있는 산.
68) 백마강(白馬江)은 감숙성(甘肅省) 문현(文縣) 서남쪽에서 흘러나와 백수하(白水河)
　　로 들어가는 물.

腸斷江城雁 강가 성의 기러기에 애 끊어지는구나
高高正北飛 높이 높이 바로 북쪽으로 날아가네

| 贈花卿 |

錦城絲管日紛紛 금성의 악기소리 날마다 어지럽더니[69]
半入江風半入雲 반은 강바람 반은 구름 속으로 들어가네
此曲祗應天上有 이 곡은 다만 천상에만 있는 것
人間能得幾回聞 인간이 몇 번이나 들을 수 있으랴

　이백과 두보의 시와 그들의 성격과 행동, 사상, 문장을 종합하여 보면 완전히 상반된다. 이백은 '시선(詩仙)'이며, 두보는 '시성(詩聖)'이다. 이백은 세상에서 벗어난 생각이며, 두보는 세상 일을 많이 겪은 생각이다. 이백은 이상파이며, 두보는 현실파이다. 이백은 도교의 감화를 받았고, 두보는 유교적 도의 가르침을 받았다. 이는 기(氣)가 뛰어나고, 두는 정(情)이 뛰어나다. 이의 시는 한 번 기가 내뿜어지면 이루어지고, 두는 고심하여 다루었다. 대개 한 사람은 남쪽 사람들의 성격에 바탕을 두고, 한 사람은 북쪽 사람들의 기개를 갖추었다. 그러므로 그들의 시에서 한 사람은 높고 아득하며, 한 사람은 침울하며, 한 사람은 넓은 바다 같고, 한 사람은 산악과 같다. 요컨대 두 사람의 시 가운데 한 사람은 재주가 뛰어나고 한 사람은 공교로움이 뛰어나 각각 스스로 일가를 이루었다.
　이백과 두보는 시단의 두 별로 칭송 받았다. 그러나 당시 두 별을 제외하고도 헤아릴 수 없는 작은 별들로, 각각 빛을 내며 성당의 시단에 흩어져 있던 사람들이 있었다. 왕유(王維 : 자는 마힐<摩詰>, 망천<輞川>에 은거했다)의 명료하고 심원함과, 맹호연(孟浩然 : 왕유와 함께 왕맹이라고 한

---

69) 금성(錦城)은 촉(蜀) 성도(成都)의 금관성(錦官城)을 말한다.

다)의 맑고 깨끗함, 그리고 고적(高適 : 자는 달부<達夫>)과 잠참(岑參 : 가주자사<嘉州刺史>가 되었었기 때문에 잠가주<岑嘉州>라고도 한다)의 웅장하며 강하고 높음(왕·맹·고·잠은 함께 사당인 <四唐人>이라 한다) 등이다. 그리고 최호(崔顥)는 풍골이 늠름한 것으로 뛰어났고, 왕창령(王昌齡 : 자는 소백<少伯>이며, 시천자<詩天子>라고 한다)은 행의 나열이 치밀하고 생각이 맑은 것으로 칭송 받았다. 저광희(儲光羲)는 소박하며 당시(當時)의 풍조를 버린 것으로 칭송 받았다. 그밖에 가지(賈至)70)·상건(常建)·이기(李頎)71)·구위(丘爲)·왕지환(王之渙)72)·왕한(王翰)73)·왕만(王灣 : '강남의<江南意>' 한편으로 시인으로 뽑히게 되었다)74)·원결(元結 : 자는 차산<次山>이며,『협중집<篋中集>』을 꼽는다)75) 등도 모두 한 때의 시걸(詩傑)들이다.

3) 중당(中唐)

두보의 시는 대력(大曆) 연간에 많이 지어졌다. 그러므로 중당의 시인들 가운데 성당의 시인들과 서로 창화(唱和)한 것이 많다. 대력 때 위응물(韋應物 : 소주자사<蘇州刺史>가 되었으므로 위소주<韋蘇州>라고도 한다)은 고상하고 우아하며 조용하고 담박한 것으로 칭송받아, 사람들은 그를 도연명에 비유했다. 그리고 유장경(劉長卿 : 자는 문방<文房>)같은 사람은 오

---

70) 자는 유린(幼隣). 벼슬은 대종 때 우산기상시(右散騎常侍)를 지냈다.
71) 동천(東川) 사람. 개원(開元) 연간에 벼슬이 신향현위(新鄕縣尉)에 이르렀다. 그의 율시는 고적과 동등하게 칭송 받았다.
72) 병주(幷州) 사람. 시문으로 한 때 이름 나 왕창령 등과 교유했다.
73) 진양(晉陽) 사람.『구당서(舊唐書)』「문원전(文苑傳)」에는 왕한(王澣)으로 되어 있다. 자는 자우(子羽). 시에 재주가 있고 벼슬이 높아졌으나, 지나치게 놀며 즐기는 것을 좋아하여 좌천되었다가 세상을 떠났다.
74) 낙양 사람. 벼슬이 영양주부(滎陽主簿)에 이르렀고, 뒤에 낙양위(洛陽尉)가 되었다.
75) 무창(武昌) 사람. 벼슬이 용관경략사(容管經略使)에 이르렀다. 시문(詩文)은 기교를 피하고 고조(古調)를 따랐다.

언시에 더욱 뛰어나, 권덕여(權德興)76)는 칭송하여 오언의 장성(長城)이라고 했다. 그러나 체(體)가 아주 새롭지는 않고, 겨우 익혀서 꾸밀 수 있을 뿐이었다. 그들은 고황(顧況)77) · 진계(秦系)78) · 교연(皎然)79)과 엄유(嚴維)80) 등과 같이 모두 대력십재자(大曆十才子)의 밖에 있었다.

대력십재자는 노륜(盧綸) · 길중부(吉中孚) · 한굉(韓翃) · 전기(錢起) · 사공서(司空曙) · 묘발(苗發) · 최동(崔峒) · 경위(耿湋) · 하후심(夏侯審) · 이단(李端)(십재자는 전해지는 것이 하나같지 않다. 지금은 『신당서<新唐書>』81) 「예문전<藝文傳>」에 근거한다)이다. 이 여러 사람들은 시로써 이름을 함께 하였는데, 오언시에 더욱 뛰어나 위응물과 유장경 외에 따로 하나의 파를 이루었으며, 특히 노륜의 시 '삼하소년(三河少年)' 같은 것은 문종(文宗)이 더욱 찬양하였다. 이익(李益)은 이하(李賀)와 이름을 나란히 하여, 한 편이 지어지면 늘 악공들이 다투어 그것을 구하여 가지고 갔다. 그의 '정인조행(征人早行)' 등은 세상 사람들이 그것을 모두 그림으로 그렸다. 한굉의 시는 연꽃이 물에서 나온 것 같아 조정과 재야에서 모두 그것을 보배로 여겼다. '한식시(寒食詩)' 가운데 있는

---

76) 유학자. 낙양 사람. 자는 재지(載之). 덕종(德宗) 때 예부상서(禮部尙書)를 지냈다.
77) 소주(蘇州) 사람. 자는 포옹(逋翁). 시가에 뛰어나고 서화도 잘 하였다. 저작랑(著作郎) 등의 벼슬을 하다 뒤에 일에 연루되어 요주사호(饒州司戶)로 좌천되어 모산(茅山)에 오두막을 엮고 스스로 화양진일(華陽眞逸)이라고 호하고 숨어지내다 생을 마쳤다.
78) 회계(會稽) 사람. 자는 공서(公緒). 천보 말에 섬계(剡溪)로 피난했다가 뒤에 천주(泉州) 남안(南安)의 구일산(九日山)에서 오두막을 엮고 살면서 남안거사(南安居士) 또는 동해조객(東海釣客)이라고 호를 하였다. 뒤에 다시 말릉(秣陵)으로 가서 80여세에 세상을 떠났다. 유장경과 친하게 지내며 시를 주고 받았다.
79) 승려. 사령운의 10세손. 이름은 주(晝). 문장이 빼어나고 아름다워 안진경 · 위응물과 함께 중히 여겨졌다.
80) 산음(山陰) 사람. 자는 정문(正文). 관직은 교서랑(校書郎)에 이르렀다. 유장경과 가까웠으며, 시에 뛰어났다.
81) 송(宋)의 구양수(歐陽修) · 송기(宋祁) 등이 칙명을 받아 『구당서(舊唐書)』를 개수(改修)한 사서. 225권.

春城無處不飛花 봄이 온 성 꽃 날리지 않는 곳 없네

라는 한 구절은 아주 유명하게 되었다. 그러나 그의 절구는 실제로 이익보다 못하다.(당시에 두 명의 한굉이 있었는데, 그 중의 한 사람은 자사 <刺史>였다) 전기의 시는 체제가 대단히 새롭고, 내용은 맑고 새로우며 어휘가넉넉하였다. 이외에 여러 사람들도 서로 위 아래가 없었다. 요컨대 당시의 시는 음조가 섬세하고, 원만하게 이루어진 풍치가 적었으니, 엄우(嚴羽)가 대력에서부터의 시는 그것을 보면 선(禪)의 경지에 오를 만한 것이적다고 말한 것은 마땅하다. 원화(元和 : 헌종<憲宗>)와 장경(長慶 : 목종<穆宗>) 때가 되자 시는 중흥되어 비로소 개원과 천보의 융성을 회복하였다. 그 때 두보에게서 시법(詩法)을 따와서 새롭고 어려우며 굳세다고일컬어진 사람은 한유(韓愈)다. 한유의 자는 퇴지(退之)이며, 대대로 창려(昌黎)에서 살았기 때문에 한창려(韓昌黎)라고도 한다. 창려의 시 중에서가장 뛰어난 것은 고시(古詩)에 있으며, 고시 중에서 가장 잘 알려질 수있었던 것은 '원화성덕시(元和聖德詩)'와 '석고가(石鼓歌)' '월식시(月蝕詩)',그리고 '남산시(南山詩)' 등이다. 그러나 어렵고 새로운 것이 아주 심하여때때로 의미가 어려워 잘 통하지 않는 쪽으로 흘러가는 것이 그의 폐단이다. 맹교(孟郊) 등과 함께 연구(聯句)의 장편을 시작하기도 했다. 한유와 같은 시대 사람에 유종원(柳宗元)이 있었다. 유종원의 자는 자후(子厚)이며, 유주자사(柳州刺史)를 지냈기 때문에 세상 사람들은 유유주(柳柳州)라고 한다. '그의 시는 도연명을 배워서 그 엄격하고 깨끗함을 얻었으니,그가 애(哀)와 원(怨)에 뛰어난 것은 아마 그러한 경우일 것이다'82)(심덕잠의 말). 같은 시대에 한유를 따라 벗한 사람으로 맹교(孟郊)와 장적(張籍)이 있었고, 한유에게 사사(師事)받은 사람으로 이고(李翺)83)와 가도(賈

---

82) 其詩學淵明 得其峻潔 而其長于哀怨者 蓋彼之境遇也
83) 조군(趙郡) 사람. 성기(成紀) 사람이라고도 한다. 자는 습지(習之). 산남동도절도사

島) 등이 있었는데, 모두 시로써 이름을 날렸다. 그러나 당시의 시는 아직 변하지 않았다. 그때 유창하고 아름다운 글로 한유의 씩씩하고 강건한 풍을 아주 달라지게 한 사람으로 백거이(白居易)가 있었다.

백거이의 자는 낙천(樂天)이며, 태원(太原) 사람이다. 만년에 향산(香山)에서 살았으므로 향산거사(香山居士)라고 한다. 시에는 넌지시 비유하는 작품이 많지만, 쓰인 말이 환하게 드러나 늙은 할멈이라도 이해할 수 있다. 초기에 원진(元稹)과 수창(酬唱)하며 서로 차운(次韻)하였는데, 시의 화운(和韻)은 이로부터 시작되었다. 그 당시 원백(元白)이라고 불렀다. 또한 유우석(劉禹錫)84)과 이름을 나란히 하였으므로 유백(劉白)이라고도 했다. 원화(元和) 초에 한림학사(翰林學士)가 되었고 좌습유(左拾遺)로 옮겼는데, 권력자들에게 시기를 받아 쫓겨나게 되었다. 청(淸) 고종(高宗)은 그의 시를 평하여 '대개 육의(六義)의 뜻에 근원을 두어 온후하고 화평한 마음을 잃지 않았으며, 두보의 힘있고 원숙하며 굳센 데에서 바뀌어 거침없고 아름다우며 편안하고 자세하게 되었으니, 그의 외적 모습을 답습하지 않고 그의 정신적 맛을 얻었다'85)고 하였다. 그러나 낙천의 시가 숭상받는 것은 평이함에 있는데, 평이하다는 것은 세속적인 것을 받아들이는 것이므로, 백거이는 세속스럽다는 비난이 생겼다. 그러나 그의 시풍은 당시에 유행하여 위로는 왕공경상(王公卿相)으로부터 아래로는 야인전부(野人田婦)에 이르기까지 그것을 애송하지 않는 사람이 없었다. 그의 시 중에서도 가장 출중한 것은 고체(古體)에 있었으며, 고체 가운데서도 '장한가(長恨歌)' '비파행(琵琶行)' '유오진사(遊悟眞寺)'를 최고로 여긴다. '장

(山南東道節度使)를 지냈다. 처음에 한유를 따라 문장을 하였는데, 글이 크고 넉넉하여 당시에 추앙 받았다.
84) 중산(中山) 사람. 자는 몽득(夢得). 문재(文才)가 뛰어났다. 벼슬은 집현전학사(集賢殿學士), 소주자사(蘇州刺史) 등을 지냈으나, 이후 사건에 연좌되어 좌천되었다.
85) 蓋根柢六義之旨 不失溫厚和平之意 變杜甫之雄渾蒼勁 而爲流麗安詳 不襲其面貌 而得其神味者

'한가'는 840자이고, '비파행'은 616자이며, '유오진사'는 2580자이니 드문
작품이라 할 수 있다. 이제 아래에 '장한가' 한 수를 적는다.

長恨歌 白居易

漢王重色思傾國	한 황제 사랑 중히 여기고 절세미인 그리워하여
御宇多年求不得	우주를 다스리는 몸 수년 간 찾았으나 못 얻었네
楊家有女初長成	양씨네 집에 마침 갓 장성한 여식이 있어
養在深閨人未識	깊은 규중에서 아무도 모르게 자라났으나
天生麗質難自棄	천생의 아름다움 그대로 버려지지 못하리
一朝選在君王側	하루아침에 뽑혀 임금 곁에 올랐노라
回頭一笑百媚生	돌아보며 방긋 웃어 싱싱하니 미태가 넘치고
六宮粉黛無顏色	분 화장한 육궁 미녀들 무색하게 되었노라
春寒賜浴華淸池	싸늘한 봄 상감 은총 내려 화청궁에 목욕할 새
溫泉水滑洗凝脂	온천물 토실토실 기름진 살결을 씻어 내리네
侍兒扶起嬌無力	나른하니 예쁜 그녀를 시녀가 부축해 일으키자
始是新承恩澤時	비로소 상감은 새로운 사랑에 흠뻑 젖었노라
雲鬢花顏金步搖	꽃다운 얼굴 검은 머리에 황금의 보요 흔들흔들
芙蓉帳暖度春宵	부용 방장 드리운 포근한 봄 밤을 함께 지샜네
春宵苦短日高起	봄 밤 짧아 안타까울 새 해가 높이 떠오르니
從此君王不早朝	그때부터 임금은 조례 빠지게 되었노라
承歡侍宴無閒暇	밤낮 없는 잔치로 상감을 환락에 사로잡고서
春從春遊夜專夜	봄 따라 봄에 놀고 밤마다 상감 독차지하니
後宮佳麗三千人	후궁에 아리따운 궁녀가 삼천 명이 있으되
三千寵愛在一身	삼천에게 베풀 사랑 한 몸으로 받았네

金屋妝成嬌侍夜　황금 궁전에 곱게 화장하고 아양 밤시중 들며
玉樓宴罷醉和春　옥루 술상 물리니 취한 그녀 봄에 무르익네
姉妹弟兄皆列土　형제 자매 양귀비 덕으로 봉토를 나눠받고
可憐光彩生門戶　어이없이 광채가 그녀 일가에 솟아 비쳤으니
遂令天下父母心　마침내 천하 모든 사람의 부모된 사람들
不重生男重生女　아들 낳기 중히 여기지 않고 딸 얻기 높여 했네
驪宮高處入靑雲　여산의 화청궁은 높이 구름 위에 솟았으며
仙樂風飄處處聞　선풍 타고 풍악 소리 사방으로 흩어지고
緩歌慢舞凝絲竹　느린 가락 느슨한 춤 빈틈없이 음악에 어울리니
盡日君王看不足　임금 넋 잃고 진종일 물릴 줄 모르고 쳐다보다
漁陽鞞鼓動地來　어양에 대지를 뒤흔드는 전고 소리 울리니
驚破霓裳羽衣曲　예상우의곡의 꿈이 놀라 깨어졌노라
九重城闕煙塵生　구중궁궐 역적 들어 불연기 흙먼지 일었으니
千乘萬騎西南行　초라한 행차 서남쪽 향해 천자 피난했노라
翠華搖搖行復止　비취새 깃발 술렁술렁 걸음 가다 또 멈추며
西出都門百餘里　서쪽 백 여리 불만 품은 친위병 울분 터뜨려
六軍不發無奈何　모든 군사 꼼짝 않고 처단 바라니 어찌할까
宛轉蛾眉馬前死　양귀비 노한 군사들 앞에서 자결하였노라
花鈿委地無人收　꽃비녀 땅에 떨어진 채 거두는 사람 없고
翠翹金雀玉搔頭　취요 금작 옥소두 장신구도 버려졌노라
君王掩面救不得　임금도 별 수 없이 낯을 가리고 외면했다가
回看血淚相和流　뒤돌아보는 눈물에 양귀비의 피가 얼룩졌노라
黃埃散漫風蕭索　피난길에 흙먼지 날리고 바람도 쓸쓸한데
雲棧縈紆登劍閣　구불구불 구름에 걸린 잔도를 타고 검각을 지나

峨眉山下少人行	아미산 기슭 쓸쓸히 지나갈 새
旌旗無光日色薄	깃발도 빛을 잃고 해도 기우네
蜀江水碧蜀山青	피난처 사천성 강물 푸르고 산빛도 파랗건만
聖主朝朝暮暮情	성주 현종의 가슴은 자나깨나 어둡기만 하여라
行宮見月傷心色	행궁에서 바라보는 달조차 마음 아픈 듯
夜雨聞鈴腸斷聲	밤비에 울리는 풍경소리 간장을 도려내는 듯
天旋地轉廻龍馭	역적을 평정하여 천지를 되돌리고 환궁할 새
到此躊躇不能去	마외파에 이르러 머뭇머뭇 떠나지를 못했노라
馬嵬坡下泥土中	양귀비 쓰러진 언덕 흙더미 속에는
不見玉顔空死處	꽃다운 얼굴 안 보이고 허술한 무덤뿐
君臣相顧盡沾衣	군신들 뒤돌아보며 흘린 눈물 흠뻑 옷 젖었으며
東望都門信馬歸	동쪽 대궐문 바라보며 말에 걸음 맡겼네
歸來池苑皆依舊	궁궐에 돌아오니 뜰과 연못 옛 그대로이고
太液芙蓉未央柳	태액지 연꽃 미앙궁의 버들 반기나 님은 없어라
芙蓉如面柳如眉	연꽃이 님 얼굴인 듯 버들잎이 님의 눈썹인 듯
對此如何不淚垂	바라보는 마음 어찌 눈물 떨구지 않으리오
春風桃李花開日	봄 바람에 복숭아 오얏꽃 피어 번져도
秋雨梧桐葉落時	가을 비 오동잎에 떨어져도 애처롭구나
西宮南苑多秋草	태극궁이나 흥경궁도 가을풀이 우거졌고
落葉滿階紅不掃	낙엽이 섬돌에 쌓였으나 쓸 사람 없어라
梨園弟子白髮新	이원의 재주꾼들 이제 백발이 성성하고
椒房阿監青娥老	황후전 양귀비 시중하던 아감 궁녀도 늙었노라
夕殿螢飛思悄然	어둔 밤 궁전에 반딧불 보니 처량하고
孤燈挑盡未成眠	외로이 등불 심지 돋아 태우며 잠을 못 이룰 새

遲遲鐘鼓初長夜	지루하게 늦기만 한 종고 소리 밤이 길건만
耿耿星河欲曙天	반짝이는 은하수 밝으려하네
鴛鴦瓦冷霜華重	원앙새 짝지은 기와지붕 차가운 서리꽃 무겁고
翡翠衾寒誰與共	비취새 수놓은 금침 차가우나 짝할 님 없네
悠悠生死別經年	아득해라 생사 달리한 지 여러 해 지났으나
魂魄不曾來入夢	혼백조차 한 번도 꿈속에 찾아오지 않는구나
臨邛道士鴻都客	임공의 도사로 장안 홍도에 살고 있는 나그네가
能以精誠致魂魄	능히 정성으로 혼백을 초치할 수 있다 하여
爲感君王展轉思	현종이 전전반측 양귀비 그리워함에 감동되어
遂敎方士殷勤覓	마침내 방사를 시켜 영계로 가 지성껏 찾게 했네
排空馭氣奔如電	하늘로 솟아 대기를 타고 번개같이 내달려
升天入地求之遍	하늘 높이 또는 땅 속 깊이 두루 찾아
上窮碧落下黃泉	위로는 벽락 아래로는 황천 샅샅이 뒤졌으나
兩處茫茫皆不見	양쪽 다 아득할 뿐 혼백 만나지 못했거늘
忽聞海上有仙山	홀연 들리는 소식 바다 저쪽에 신선이 사는
山在虛無縹緲間	선산이 아득한 허공 속에 있으며
樓閣玲瓏五雲起	오색 구름 뚫고 영롱한 누각이 우뚝 솟아 빛나
其中綽約多仙子	그 안에 아름답고 우아한 선녀들이 많이 있는데
中有一人字太眞	그중 한 분이 태진이라 부르며
雪膚花貌參差是	흰 눈같이 맑은 살결 꽃다운 얼굴 양귀비라
金闕西廂叩玉扃	황금 대궐 서상을 찾아 옥대문 두드리고
轉敎小玉報雙成	시종드는 소옥을 시켜 안종 쌍성에게 전갈하니
聞道漢家天子使	한나라 천자가 보내온 사신이 왔다는 말 듣고
九華帳裏夢魂驚	아홉 겹 꽃방장 속에서 잠자다 깜짝 놀라네

攬衣推枕起徘徊	옷을 걸치고 베개를 밀어놓고 일어나 서성대며
珠箔銀屛迤邐開	진주발 은병풍을 차례차례 밀어 열고 나올 새
雲鬢半偏新睡覺	구름 같은 머리 쪽이 비스듬히 잠에서 깨어난 품
花冠不整下堂來	꽃관도 바로 쓰지 못하고 당에서 내려오네
風吹仙袂飄飄擧	선녀의 소맷자락 바람에 산들산들 나부끼니
猶似霓裳羽衣舞	마치 옛날 양귀비가 예상우의곡을 춤추는 듯
玉容寂寞淚闌干	옥 같은 얼굴에 적막의 눈물이 마구 쏟아지니
梨花一枝春帶雨	한 가지 배꽃이 봄비에 젖은 듯
含情凝睇謝君王	사무친 정 은근한 눈초리로 상감에게 아뢰는 말
一別音容兩渺茫	이별 후 아득히 용안 옥음 뵙고 듣지 못하고
昭陽殿裏恩愛絶	소양전에서 받던 은총과 사랑 끊긴 채로
蓬萊宮中日月長	봉래궁에서 지루하고 긴 세월 보냈나이다
回頭下望人寰處	고개 돌려 인간세상 내려다 보아도
不見長安見塵霧	장안은 안 보이고 진애만이 흐리었나이다
惟將舊物表深情	옛날에 쓰던 보물로 깊은 정 표시를 하고자
鈿合金釵寄將去	자개함과 금비녀를 드릴까 하와
釵留一股合一扇	비녀 한 가닥과 합 한 쪽씩을 간직하고자
釵擘黃金合分鈿	황금 비녀 토막내고 자개합을 나누었나이다
但令心似金鈿堅	오직 마음 황금 자개같이 굳고 변하지 않는다면
天上人間會相見	하늘 땅에 나뉜 두 사람 만날 때 있으리
臨別殷勤重寄詞	헤어질 무렵 간곡한 부탁 말을 전하니
詞中有誓兩心知	말 속에 두 사람만이 알 마음의 서약
七月七日長生殿	칠월 칠일 장생전에서
夜半無人私語時	깊은 밤 아무도 모르게 주고 받은 맹서

在天願作比翼鳥　하늘에선 비익조가 되고자
在地願爲連理枝　땅에서는 연리지가 되고자
天長地久有時盡　높은 하늘 넓은 땅도 다할 때가 있으련만
此恨綿綿無盡期　두 사람의 서러운 한은 끝없이 면면하리라

　백거이와 함께 원화·장경 사이에 이름을 나란히 한 사람은 원진(元稹)이다. 원진의 자는 미지(微之)이며, 하남(河南) 사람이다. 시에 뛰어난 것이 백거이와 서로 같아 당시에 원백체(元白體)라고 불렸다. 당시 양자강과 황하 사이에서 시를 하는 사람들은 경쟁하듯 서로 본받았다. 그러나 힘이 너무 부족하고 재주도 미치지 못하여, 형체가 완전하지 못하며 좁고 얕은 글이 많아지게 되었다. 원진은 시 1,000여 수가 있는데, 세상에서는 원진은 가볍고 백거이는 속되다고 하는 말이 있다. 그의 '연창궁사(連昌宮詞)'는 '장한가(長恨歌)'와 명성을 함께 한다. 이제 아래에 그것을 적는다.

　　　| 連昌宮詞 |　元稹

連昌宮中滿宮竹　연창궁 안 궁궐 가득한 대나무는
歲久無人森似束　세월 오래고 사람 없어 빽빽이 묶은 듯
又有牆頭千葉桃　또 담장 머리 천엽도86)
風動落花紅籟籟　바람이 떨어지는 꽃 날려 붉고 빽빽하구나
宮邊老人爲余泣　궁궐 가 늙은이 나를 위해 울었고
少年選進曾因入　어린 나이에 뽑혀 나아가 일찍 들어왔지
上皇正在望仙樓　상황께서 바로 망선루에 계시니

---

86) 천엽도(千葉桃)는 복숭아의 한 종류로 벽도(碧桃)라고도 한다.

太眞同凭欄干立　태진도 함께 난간에 기대어 섰네[87]

樓上樓前盡珠翠　누각 위와 앞에는 모두 진주와 비취

炫轉熒煌照天地　황홀하게 빛나 천지를 밝히네

歸來如夢復如癡　돌아올 때 꿈인 듯 어리벙벙

何暇備言宮裏事　어느 겨를에 궁궐 안 일을 말하리

初屆寒食一百五　처음으로 한식은 105에 이르렀는데[88]

店舍無烟宮樹綠　가게에는 연기 없고 궁궐 나무가 푸르네

夜半月高絃索鳴　한밤중 달 높이 떴고 현악기 소리 들리니

賀老琵琶定場屋　하 늙은이의 비파는 장옥을 정했네[89]

力士傳呼覓念奴　역사는 전달하여 부르며 염노를 찾는데[90]

念奴潛伴諸郞宿　염노는 몰래 뭇 사내들과 짝지어 잠들었구나

須臾覓得又連催　이윽고 찾아내고선 다시 재촉하니

特敕街中許然燭　특별히 길에 촛불 피울 것을 허락하였네

春嬌滿眼睡紅綃　붉은 비단에 잠들어 아름다운 여인 눈에 가득

掠削雲鬢旋裝束　운환을 빼앗으니 다시 장식하는구나[91]

飛上九天歌一聲　구천으로 날아 올라 한 소리를 노래하니

二十五郞吹管逐　이십오랑이 피리 불며 따르네[92]

逡巡大徧梁州徹　머뭇머뭇 양주를 두루 다니고 나니

色色龜玆轟綠續　조심조심 구자에 떠들썩 초록빛 이어지네[93]

---

87) 태진(太眞)은 양귀비의 이름.
88) 105에 이르렀다는 것은 동지로부터 한식까지의 날수를 말한다.
89) 하노(賀老)는 악공인 하회(賀懷)를 말한다. 장옥을 정했다는 것은 음악을 하는 장소를 정했다는 말이다.
90) 염노(念奴)는 천보 연간의 이름난 기생.
91) 운환(雲鬢)은 구름 모양처럼 여인들이 머리에 한 장식.
92) 이십오랑(二十五郞)은 지금의 섬서성(陝西省) 빈주(邠州) 지역인 빈(邠)의 왕이다.
93) 구자(龜玆)는 섬서성(陝西省) 유림현(楡林縣)의 북쪽에 있는 현.

李謨擫笛傍宮牆	이모가 궁궐 담장 옆에서 피리 불더니[94]
偸得新翻數般曲	새로 바꾼 몇 개 곡을 몰래 얻었구나
平明大駕發行宮	아침에 황제 수레 행궁을 떠나니
萬人鼓舞途路中	수많은 사람 길에서 북 울리고 춤추네
百官隊仗避岐薛	백관과 호위하는 무리 기와 설을 피하니[95]
楊氏諸姨車鬪風	양씨 여러 자매들 수레가 바람을 다투네
明年十月東都破	다음 해 시월 동도는 깨어지고
御路猶存祿山過	임금의 길 남아있건만 록산이 지나가네
驅令供頓不敢藏	말 달려 접대케 하니 감히 감추지 못하고
萬姓無聲淚潛墮	모든 백성 소리 없이 눈물 가만히 떨어지네
兩京定後六七年	두 서울 정해진 뒤 6, 7년
卻尋家舍行宮前	오히려 가정집을 행궁 앞에서 찾았네
莊園燒盡有枯井	장원은 불타버리고 마른 우물만 남았고
行宮門闥樹宛然	행궁 문들은 나무가 여전하네
爾後相傳六皇帝	이후 여섯 황제 서로 전하시니
不到離宮門久閉	이궁에 가지 않아 문은 오래도록 닫혔네
往來年少説長安	오가는 소년들 장안 이야기하길
元武樓成華萼廢	원무루 세워지니 화악이 사라졌네[96]

---

94) 이모(李謨)에 대한 이야기는 다음과 같다. 당 현종이 정월보름날 밤에 몰래 등불 아래에서 노닐고 있다가 갑자기 누각 위에서 피리를 불어 전날 저녁에 새로 바꾼 곡을 연주하는 것을 듣고 깜짝 놀라 피리 부는 사람을 몰래 잡아오게 했다. 그에게 따져 물었더니 '이 날 저녁 홀로 천진교(天津橋) 위에서 달을 감상하고 있다가, 궁중에서 연주하는 곡을 듣고 다릿발에다가 손톱으로 악보를 그리고 그것을 기억했습니다'라고 하였다. 그의 성씨를 물었더니 이모라고 하였다. 현종은 그를 기이하게 생각하고 물건을 내리고 보내주었다.

95) 당 현종의 동생인 기왕(岐王)과 설왕(薛王).

96) 옛날 궁궐의 서쪽에 화악(花萼)과 상휘(相輝)라는 누각을 지었는데, 다시 현무루(玄武樓)를 세우고 화악루는 없애버렸다.

去年敕使因斫竹	지난해 대나무 베어내게 하니
偶值門開暫相逐	우연히 문이 열리게 되어 잠시 서로 따랐네
荊榛櫛比塞池塘	가시나무 즐비하여 못을 막아버렸고
狐兎驕癡緣樹木	여우와 토끼 교만하고 어리석게 나무에 오르네
舞榭攲傾基尚存	춤추던 대 기울어 넘어져도 터는 아직 남았고
文窗窈窕紗猶綠	무늬 창 아름다운 곳 비단 아직 푸르네
塵埋粉壁舊花鈿	티끌은 회벽 속에 옛 꽃 비녀를 묻었고
烏啄風箏碎珠玉	까마귀가 풍경을 쪼으니 부서져 옥같구나
上皇偏愛臨砌花	상황께서 유달리 섬돌에 핀 꽃을 사랑하시더니
依然御榻臨階斜	의연히 용상은 섬돌로 기울어 있네
蛇出燕窠盤鬥栱	제비 둥우리에 뱀이 나와 두공에 서려 다투고
菌生香案正當衙	버섯 핀 향안은 바로 막혀버렸구나
寢殿相連端正樓	침전이 단정루와 서로 이어졌으니
太眞梳洗樓上頭	태진이 누각 머리에서 머리 빗고 씻었구나
晨光未出簾影黑	새벽빛 나오지 않아 주렴 그림자 검더니
至今反挂珊瑚鉤	지금까지 산호 고리를 뒤집어 걸었구나
指向傍人因慟哭	곁엣 사람을 향하여 통곡했더니
卻出宮門淚相續	궁궐 문 나서고 나서 눈물 계속 이어지네
自從此後還閉門	이로부터 다시 문을 닫더니
夜夜狐狸上門屋	밤마다 여우와 이리 문루에 올라갔네
我聞此語心骨悲	내 이 말 들으니 마음과 뼛속까지 슬퍼라
太平誰致亂者誰	태평은 누가 이루었고 어지럽힌 자는 누구인가
翁言野父何分別	노인네 말하는데 촌놈이 어찌 분별하리
耳聞眼見爲君說	귀로 듣고 눈으로 보았으니 그대 위해 말하노라

姚崇宋璟作相公　요숭과 송경이 상공이 되어[97]

勸諫上皇言語切　상황께 권하고 간하니 말이 간절했었네

燮理陰陽禾黍豊　음양 고르게 다스려 벼와 기장 넉넉하고

調和中外無兵戎　안팎을 조화롭게 하니 전쟁이 없었네

長官淸貧太守好　장관은 청빈하고 태수는 좋아

揀選皆言由相公　가려 뽑으니 모두 상공에서 나온다 하였네

開元之末姚宋死　개원 말에 요와 송이 죽으니

朝廷漸漸由妃子　조정은 점점 왕비에게서 나오게 되었네

祿山宮中養作兒　록산은 궁중에서 길러 아이를 삼고

虢國門前鬧如市　괵국 문 앞은 떠들썩하기 저자 같았네

弄權宰相不記名　권세를 마음대로 한 재상 이름 기록 못해도

依稀憶得楊與李　비슷하게 양과 이를 생각할 수 있을 것이로다

廟謨顚倒四海搖　조정의 계책 넘어지니 세상이 흔들리고

五十年來作瘡痏　오십 년 동안 백성의 고통 만들어내었네

今皇神聖丞相明　지금의 황제 신성하고 승상은 밝아

詔書纔下吳蜀平　조서 내리자마자 오와 촉이 평정되네

官軍又取淮西賊　관군이 또 회서의 도적 잡아오니

此賊亦除天下寧　이 도적도 없어져 천하가 안녕하리라

年年耕種宮前道　해마다 궁궐 앞 길 갈아 씨뿌리더니

今年不遣子孫耕　올해는 자손을 보내어 밭 갈게 하지 않네

老翁此意深望幸　노인네의 이 마음 깊이 행복하길 바라니

努力廟謨休用兵　조정의 계책에 힘쓰고 병사를 쓰지 말기를

---

97) 요숭(姚崇)과 송경(宋璟)은 당 현종의 어진 재상으로 태평성대를 이루었다.

중당의 시인들 가운데 이름난 사람은 그 수가 참으로 적지 않다. 유우석(劉禹錫 : 자는 몽득<夢得>)같은 사람은 원진·백거이와 창화한 작품이 대단히 많은데, 일찍이 '양류지사(楊柳枝詞)'를 지었으니, 이것은 후세 '죽지사(竹枝詞)'98)의 효시다. 그리고 이하(李賀)는 귀신같은 재주로 소문이 났다. 목숨은 비록 길지 못했으나, 그 시의 괴상하고 기이함은, 중당시 가운데 또 하나의 이채(異彩)를 드러냈다고 할 만하다.

4) 만당(晩唐)

만당의 시풍은 힘이 없어 떨치지 못했다. 소위 국가가 쇠하려 하면 번잡스런 소리가 촉박하게 되고, 약한 모습과 상음(商音)99)이 문자 사이에도 나타나게 되는 것은 예나 지금이나 같은 것이니, 오직 만당뿐만 아니다. 당시의 시인은 두목(杜牧)같은 사람으로, 자는 목지(牧之)이며, 태화(太和 : 문종<文宗>) 2년에 진사가 되었다. 사람됨이 강직하고 뛰어난 절개가 있었다. 시는 굳세면서도 고와서 오히려 만당의 풍치가 없었으니, 당시 사람들은 그를 소두(小杜)라고 하였다. 이제 그의 칠언절구인 '강남춘(江南春)' 한 수를 아래에 적는다.

|江南春|

千里鶯啼綠映紅　천리에 꾀꼬리 울고 푸른 잎은 꽃잎에 어른어른
水村山郭酒旗風　물가 마을 산 마을엔 술집 깃발 너풀너풀
南朝四百八十寺　남조 때의 480개 절
多少樓臺煙雨中　안개비 내리는 속 수많은 누대가 섰구나

---

98) 남녀의 정사(情事), 또는 지방의 풍속을 읊은 노래.
99) 상(商)은 궁(宮)·상(商)·각(角)·치(徵)·우(羽)의 오음(五音) 가운데 하나로, 굳고 맑은 소리이며 슬픈 음이다. 가을에 속하고 오행으로는 금(金)에 해당한다. 또한 방위로는 서쪽에 속하며, 첫소리로 가볍고 강하다.

온정균(溫庭筠)의 본명은 기(岐), 자는 비경(飛卿)이며, 태원(太原) 사람이다. 그의 시는 넉넉하고 아름다웠지만 행실은 부족하고 말이 고운 곡(曲)에 기울어진 것을 많이 지었다. 온정균과 이름을 나란히 한 사람은 이상은(李商隱)으로, 세상에서는 온이(溫李)라고 한다. 상은의 자는 의산(義山)이며, 회주(懷州) 하내(河內) 사람이고, 문성(門成 : 문종<文宗>) 때 진사가 되었다. 그의 시는 대단히 법에 맞고 넉넉하여, 어떤 사람들은 그가 두보에게서 배웠다고도 한다. 송(宋)의 양억(楊億) 등이 그를 갈래지어 서곤체(西崑體)라고 이름했다. 그의 시 가운데에는 고운 시체와 아양을 떠는 듯한 작품이 있다. 또한 온정균 · 이상은 · 단성식(段成式)100)은 모두 십육(十六)101)을 행하였으므로, 당시에 삼십육체(三十六體)라는 호칭이 있었다. 이제 온 · 이의 시를 각각 한 수씩 아래에 적는다.

瑤瑟怨	溫庭筠

氷簟銀牀夢不成　시원한 대자리 은빛 침상 꿈 이루지 못하고

碧天如水夜雲輕　푸른 하늘 물과 같아 밤 구름 여리네

雁聲遠過瀟湘去　기러기 소리는 소상으로 돌아가고102)

十二樓中月自明　십이루 안에 달만 절로 밝구나103)

---

100) 임치(臨淄) 사람. 자는 가고(柯古). 벼슬은 태상소경(太常少卿)에 이르렀다. 박학다식하고 시를 잘 지어 명성이 이상은 · 온정균과 가지런하였다. 저서에 『유양잡조(酉陽雜俎)』가 있다.
101) 열 여섯 번째까지 행을 늘어놓는 것.
102) 소상(瀟湘)은 소수와 상수의 두 물줄기. 호남성 동정호 남쪽에 있는데, 아름다워 팔경(八景)이 있다. 원과(遠過)는 환향(還向)의 잘못인 듯.
103) 십이루(十二樓)는 열두 개의 높은 누각. 황제(黃帝) 때 오성(五城) 십이루를 쌓았다고 하는데, 늘 신선이 산다고 한다.

> 宮妓　李商隱

珠箔輕明拂玉墀　주렴은 가볍고 밝게 옥 난간에 흔들리고
披香新殿鬪腰支　새로 지은 피향전에 가는 허리 다투네
不須看盡魚龍戲　어룡 놀음 다하는 걸 보지 말아야지
終遣君王怒偃師　군왕이 끝내 언사에게 노하게 할 테니[104]

　　두목·온정균·이상은 세 사람의 시는 만당 가운데서 가장 뛰어난
것이다. 그 나머지는 정곡(鄭谷), 허혼(許渾)[105] 같은 사람들도 한 때 선
택된 사람들이며, 한악(韓偓)은 번다하게 장식한 말을 좋아해서 향렴체(香
匲體)를 시작했다. 피일휴(皮日休)[106]와 육구몽(陸龜蒙)도 때때로 서로 창
화(唱和)했는데, 그들의 창화시 가운데는 오체(吳體)라는 것이 있으니, 칠
언율시 가운데 요체(拗體)인지? 다른 사람으로는 사공도(司空圖)[107]와 방
간(方干)[108]과 같은 사람인데, 체제와 법도의 시를 숭상했다. 두순학(杜荀
鶴)의 시는 만당격(晩唐格)이라고 하며, 『당풍집(唐風集)』[109]에 적혀져 있
다. 체제와 법도를 숭상하는 일파와는 다르지만 강동(江東) 삼나(三羅 :
나업＜羅鄴＞[110]·나은＜羅隱＞[111]·나규＜羅虯＞[112])도 시로써 함께 이름났다.

104) 언사(偃師)는 주(周) 목왕(穆王) 때의 꼭두각시 놀음을 잘 하던 사람.
105) 단양(丹陽) 사람. 자는 용회(用晦). 『정묘집(丁卯集)』이 있다.
106) 양양(襄陽) 사람. 자는 습미(襲美). 벼슬은 태상박사(太常博士)에 이르렀다. 맹호연
　　과 녹문산(鹿門山)에서 은거하여 호를 취사(醉士), 또는 주민(酒民)이라고 하였고, 육
　　구몽과도 친교가 두터웠다.
107) 하중(河中) 우향(虞鄕) 사람. 자는 표성(表聖). 진사가 되었으나 난을 피해 중조산
　　(中條山) 왕관곡(王官谷)에 은거하며 스스로 내욕거사(耐辱居士)라고 했다. 주전충
　　(朱全忠)이 왕위를 찬탈하고 예부상서(禮部尙書)가 되었으나 나가지 않고, 애제(哀
　　帝)가 시해를 당하자 아무 것도 먹지 않고 세상을 떠났다.
108) 신정(新定) 사람. 자는 웅비(雄飛). 사람됨이 거칠 것이 없었다. 회계(會稽)의 경호
　　(鏡湖)에 숨어살며 나가지 않았다.
109) 두순학이 찬집한 자신의 시집. 3권으로 되어 있다.
110) 나은의 동생. 시에 뛰어났다.
111) 여항(餘杭) 사람. 자는 소간(昭諫). 시를 잘했는데, 특히 영사(詠史)에 뛰어났다. 당

이외에 조당(曹唐)・호증(胡曾)113)・진도(陳陶)114)와 같은 사람들은 체제
가 더욱 낮았고, 그 나머지 작자들이 많기는 하지만 모두 적을 만한 것
은 없다. 이것이 당대 시의 대개 모습이다.

제7절 송(宋)

오대(五代 : 907~959)1)의 시문은 모두 볼 만한 것이 없다. 송 초가 되
자 서곤체(西崑體)가 크게 융성하였는데, 구양수(歐陽修)와 매요신(梅堯
臣)이 나와서 그 폐단을 바로잡았다. 어떤 이들은 한유, 이백를 존숭하고,
어떤 사람들은 두보를 존숭하였는데, 강서파(江西派)가 나오게 되자 시는
또 한번 변하게 되었다. 남송(南宋) 이후로 처음에는 강서의 계통을 잇고,
계속 만당의 체를 본받았다. 그러므로 연약하고 잗달며, 거칠고 사나운
습관과 위태로워 고통스럽고 급박한 음들도 점점 일어났다. 이제 아래에
나누어 적는다.

1. 북송(北宋)

구양수는 『육일시화(六一詩話)』에서 '우리 나라에서 승려가 시로써 세상
에 이름난 자가 아홉이다.(검남<劍南>의 희화<希晝>・금화<金華>의 보섬<保
暹>・남월<南越>의 문조<文兆>・천태<天台>의 행조<行肇>・여주<汝州>의

대에는 성격이 오만하여 급제하지 못했다가, 오대(五代)에 들어가서 벼슬이 간의대부
급사중(諫議大夫給事中)에 이르렀다.
112) 태주(台州) 사람. 녹주종사(鄜州從事)가 되어 '명조비홍아시(明朝比紅兒詩)' 100편
을 지었다.
113) 소양(邵陽) 사람. 각종 공문서를 잘 썼다.
114) 검포(劍浦) 사람. 젊어서 장안에서 공부했는데, 뒤에 홍주(洪州) 서산(西山)에서 은
거했다. 스스로 삼교포의(三敎布衣)라고 했다.
 1) 후량(後梁)・후당(後唐)・후진(後晉)・후한(後漢)・후주(後周).

간장<簡長>·청성<靑城>의 유봉<惟鳳>·강동<江東>의 우소<宇昭>·아미<峨眉>의 회고<懷古>·회남<淮南>의 혜숭<惠崇>) 그러므로 이 때에 시집이 나와『구승(九僧)』이라 한다'2)고 하였다. 구승의 시를 살펴보면 실로 서곤체가 근원이었고, 당시 서현(徐鉉)3)의 시도 아직 당음(唐音)이 남아 있었다. 태종 때가 되자 양억(楊億 : 자는 대년<大年>)·유균(劉筠 : 자는 자의<子儀>)·전유연(錢惟演 : 자는 희성<希聖>)4)의 세 사람이 서로 창화했는데, 격조를 숭상하고 꾸미는 재주를 연마하여 오로지 이상은을 모범으로 삼았다. 그들은 창화시를 묶어 펴내어『서곤수창집(西崑酬唱集)』이라고 했는데, 모두 17명에 250수(2수는 잃어버렸다)로 모두 근체시였다. 당시 사람들은 다투듯이 그것을 본받았기 때문에 시체(詩體)가 일변했다. 같은 때에 왕우칭(王禹偁)5)은 장경(長慶 : 당<唐> 목종<穆宗>의 연호) 시대의 것을 배워 백체(白體 : 백거이의 시체)라고 했고, 구준(寇準)6)·임포(林逋)7)·위야(魏野)8)·반랑(潘閬)9)은 만당의 것을 배워 만당체(晚唐體)라고 했는데, 모

---

2) 國朝浮屠以詩名于世者九人 故時有集號九僧
3) 처음에 후당(後唐)에서 이부상서(吏部尙書)를 지냈으나, 송조(宋朝)를 섬겨 태종 때 좌산기상시(左散騎常侍)가 되었다. 아우 서개(徐鍇)와 함께 이서(二徐)로 불리어 설문학(說文學)에 정통하였다. 태종의 명을 받들어 오늘날 통용되는『설문해자(說文解字)』15권의 정본을 만들었다.
4) 임안(臨安) 사람. 오월(吳越)왕 전숙(錢俶)의 아들. 아버지를 따라 송으로 귀부했다. 박학하고 문장에 뛰어났다. 공부상서(工部尙書) 등을 역임했다.
5) 거야(鉅野) 사람. 자는 원지(元之). 호는 뇌하선생(雷夏先生). 9세 때에 글을 지을 수 있었고, 문장을 짓는데 민첩하고 넉넉했다. 벼슬은 한림학사(翰林學士) 지제고(知制誥)에 이르렀다.
6) 하규(下邽) 사람. 자는 평중(平仲). 어려서부터 뛰어나서 춘추삼전(春秋三傳)에 통했다. 벼슬은 재상의 반열에 올랐으나 참소를 당해 파직되었다가 다시 회복하고 래국공(萊國公)에 봉해졌다. 그러나 사건에 연루되어 다시 좌천당하는 곡절을 겪었다. 시호는 충민(忠愍)이다.
7) 전당(錢塘) 사람. 자는 군복(君復). 생각이 소박하고 옛 것을 좋아하여 명리를 구하지 않아, 서호(西湖)의 외딴 산에서 은거하였다. 서화에도 능했고 시를 잘 했다. 그의 '영회시(詠梅詩)'는 많은 사람들에게 알려졌다.
8) 촉(蜀) 사람. 자는 중선(仲先). 시 읊기를 좋아하고 영달하기를 구하지 않아 섬주(陝州)의 동쪽 교외에 스스로 초당을 짓고 거문고를 타고 시를 읊으며 지냈다. 호는 초당

두 좁은 길을 열어젖혀 서곤체와 같지 않지만, 그 세력이 서곤보다는 훨씬 못하다. 소자미(蘇子美) 형제(소순흠<蘇舜欽>10)의 자가 자미이며, 그의 형인 순원<舜元>의 자는 재옹<才翁>)와 매요신(梅堯臣 : 자는 성유<聖兪>)이 나오자 시체는 다시 한 번 변했다. 『육일시화』에서는 '두 사람의 시체는 특이하다. 자미는 문장의 힘이 굳세어, 거침없이 꿰뚫고 나아가는 것을 뛰어난 것으로 여겼고, 성유는 깊이 생각하고 정밀하여, 심원(深遠)하고 편안한 것을 정취로 삼았으니, 각각 그들의 장점을 다하였다. 비록 논하기를 잘하는 사람이라도 우열을 가릴 수 없다'11)고 하였다. 대개 두 사람의 시는 모두 두보의 풍이 있었고, 한 때의 시단에서 따르며 풍을 본받았으니, 만당의 연약한 병을 바로잡을 수 있었다. 이제 아래에 두 사람의 오언율시 한 수씩을 각각 적는다.

和解生中秋月	蘇舜欽

不爲人間意　　인간의 뜻이 아니더라도
居然節物淸　　각 계절의 경치 여전히 맑구나
銀塘通夜白　　은빛 못은 밤새 희게 빛나고
金餠隔林明　　달은 수풀 저쪽에 밝구나
醉客樽前倒　　취한 손 술항아리 앞에 쓰러졌고
棲鳥露下驚　　깃든 새는 이슬 떨어지자 놀라는구나

거사(草堂居士)다.
9) 대명(大名) 사람. 스스로 소요자(逍遙子)라고 했다. 낙양에 살면서 약을 팔았는데, 시를 잘하여 태종에게 불려가서 진사를 제수 받았으나 도리에 어긋난 행동을 하여 조서를 돌려주었다. 뒤에 일에 연루되어 망명했는데, 진종(眞宗)이 그의 죄를 사하고 저주참군(滁州參軍)으로 삼았다.
10) 범중엄의 추천으로 집현교리(集賢校理)가 되었다. 매요신과 함께 소매(蘇梅)로 불렸다.
11) 二家詩體特異　子美筆力豪儁　以超邁橫絶爲奇　聖兪覃思精微　以深遠閒淡爲意　各極其長　雖善論者　不能優劣也

悲歎古今事　고금의 일을 슬피 탄식하노니
寂寂墮荒城　쓸쓸히 무너져 황폐해진 성

泛溪 梅堯臣

中流淸且平　물길이 맑고 잔잔하여
捨楫任舟行　노를 버리고 배에 맡기고 간다
漸近鷺猶立　점점 가까워져도 백로는 그대로 섰고
已遙村覺橫　멀어지니 마을이 비스듬히 드러나 있네
何妨綠樽滿　어찌 꺼리리 좋은 술항아리에 가득 찬 걸
不畏晚風生　저녁 바람 일어도 두렵지 않아라
屈賈江潭上　굴원과 가도는 강가에서
愁多未適情　근심도 많아 마음 고르지 못했지

　소순흠과 매요신 외에는 구양수만이 특출하게 우두머리가 될 수 있어 옛 격을 회복하는데 힘썼는데, 한 번 변하면 이백과 한유의 시가 되는 것은 '여산고(廬山高)'와 '명비곡(明妃曲)' 두 편이 있었으니, 그가 가장 뜻대로 이루어낸 작품이다. 일찍이 '여산고'는 오늘날 사람들은 지을 수 없고, 이태백만이 지을 수 있다. '명비곡'의 후편(後篇)은 태백이 지을 수 없다. 오직 두자미만이 지을 수 있다. 그것의 전편(前篇)에 이르면 자미도 지을 수 없다. 오직 나만이 지을 수 있다'고 하였다. 이제 아래에 '명비곡'을 적는다.

明妃曲 12)

漢宮有佳人	한나라 궁궐에 어여쁜 여인 있었으니
天子初未識	천자도 처음에는 알지 못했지
一朝隨漢使	어느 날 아침 한나라 사신을 따라
遠嫁單于國	멀리 선우의 나라로 시집가버렸지
絶色天下無	빼어난 얼굴 천하에 다시 없으니
一失難再得	한 번 잃으면 다시 얻기 어려워라
雖能殺畵工	비록 화공을 죽일 수 있다 해도
於事竟何益	일에야 끝내 무슨 이익 있을 라고
耳目所及尙如此	이목이 미치는 것에도 이와 같으니
萬里安能制夷狄	만리에 어찌 오랑캐 막을 수 있을까
漢計誠已拙	한나라 계책 참으로 졸렬함을 이루었으니
女色難自誇	여색을 스스로 자랑하기 어렵구나
明妃去時淚	명비 떠날 때 눈물 흘려
灑向枝上花	가지 위 꽃에 뿌렸다네
狂風日暮起	미친 듯 바람이 밤낮으로 불더니
飄泊落誰家	흩날려 누구 집에 떨어졌는가
紅顔勝人多薄命	어여쁜 얼굴 다른 이보다 나으면 박명이 많으니
莫怨春風當自嗟	봄바람 원망 말고 스스로 탄식해야 하리라

그뒤 왕안석(王安石)도 '명비곡'을 지었다. 그러나 그의 시는 절구가
더욱 뛰어났고, 만년에 지은 것은 단편의 시이며, 그윽하고 우아하며 자
세하고 적절하였다. 다만 시의 체제와 법도에 대해 익히기를 좋아하여,

---

12) 명비(明妃)는 전한(前漢) 효원제(孝元帝)의 궁녀로 이름은 장(嬙). 칙명으로 흉노의
호한야선우(呼韓邪單于)에게 시집갔다.

작은 것을 중히 여기고 큰 것을 소홀히 했으니, 이것이 그의 단점이다.

왕안석과 같은 때의 시인으로는 바로 삼소(三蘇)가 있다. 삼소는 소순(蘇洵)과 그의 두 아들인 식(軾)과 철(轍)이다. 소순의 자는 명윤(明允)이며 미산(眉山) 사람으로, 혹 노소(老蘇)라고도 한다. 그의 시는 많지 않은데, 아마 그의 장기가 아닌 것 같다. 소식의 자는 자첨(子瞻)이며 호는 동파(東坡)로, 혹은 대소(大蘇)라고도 한다. 그의 시는 두보에게서 배웠으나 그 범위에서 벗어났으며, 대개 말하고자 하는 것은 다 말하였다. 문장의 힘이 늠름하고 시원시원해 보이고, 빠르게 달려나가는 것은 이백의 풍도 있다. 조익(趙翼)은 '맑고 밝은 것은 단련(鍛鍊)을 해야만, 바야흐로 납 속의 은을 얻는다. 그러나 동파의 시는 실제로 단련을 뛰어난 것으로 삼지 않으니, 그 오묘한 곳은 마음이 고요하고 맑은 데에 있어서, 자연스럽게 흘러나와 전혀 힘을 드러내지 않는 것 같으며, 자연스럽게 폐부에 배어 들어간다. 이것이 그가 다른 사람과 달리 뛰어난 것이다'[13]라고 하였다. 그의 동생 철의 자는 자유(子由)이며 호는 영빈(潁濱)으로, 혹은 소소(小蘇)라고도 한다. 그의 시는 전혀 동파의 비교 상대가 아니다. 비록 온화하고 우아하며 고상하고 오묘하여, 아름다운 여인이 홀로 선 것 같지만 자태가 너무 쉽게 드러난다. 그러므로 삼소 중에서 자첨의 시는 더욱 뛰어난 것이며, 당시(唐詩)의 모습에서 벗어날 수 있었던 것이다. 그리고 그가 불전(佛典)을 참고한 것은 그가 불교에 아울러 통달했기 때문이다. 이제 아래에 그의 칠언고시 한 수를 적는다.

虔州景德寺榮師湛然堂

卓然精明念不起　너무 총명하고 영리해도 생각은 일지 않고

兀然灰槁照不滅　우뚝이 고요하고 메말라도 빛은 사라지지 않네

---

13) 淸明要鍛鍊 方得鉛中銀 然東坡詩實不以鍛鍊爲工 其妙處在乎心地空明 自然流出 一似全不著力 而自然沁入心脾 此其獨絶也

方定之時慧在定　바야흐로 선정할 때 지혜는 선정에 있고[14]
定慧照寂非兩法　정혜와 적조는 두 법이 아니로다[15]
妙湛總持不動尊　오묘하고 깊은 다라니는 부동존이니[16]
默然眞入不二門　묵묵히 진실로 불이문으로 들어가네[17]
語息則默非對語　말이 끝나면 조용히 마주하여 말하지 않으니
此話要將周易論　이 말은 주역의 이야기를 가져와야 하리
諸方人人把雷電　여러 곳 사람들마다 우레와 번개를 가지고
不容細看眞頭面　조금이라도 참된 모습 보는 걸 허용치 않네
欲知妙湛與總持　오묘하고 깊은 걸 알려하여 다라니를 주어도
更問江東三語掾　다시 강동의 삼어연을 묻네[18]

당시에 소식의 문하에서 배운 사람에는 황정견(黃庭堅)·진관(秦觀 : 자는 소유<小游>)[19]·조보지(晁補之 : 자는 무구<無咎>)[20]·장뢰(張耒 : 자

---

14) 선정(禪定)이란 선나(禪那)라고도 하는데, 마음을 조용히 가라앉히고 진리를 직관하는 것을 말한다.
15) 적조(寂照)에 있어서 적(寂)은 이치의 본체이며, 조(照)는 지혜가 부려쓰이는 것이다.
16) 부동존(不動尊)은 오대명왕(五大明王)의 하나. 밀교에서 말하기를 대일여래(大日如來)가 일체의 악마를 항복시키기 위하여 이 세상에 변신하여 나타난 것이라 한다. 부동명왕(不動明王).
17) 불이문(不二門)은 불이법문(不二法門)과 같은 말로, 팔만사천의 법문 중에서 제일의 이치를 말한다.
18) 삼어연(三語掾)에 대해서는 『진서(晉書)』 완첨(阮瞻)전에 다음과 같은 이야기가 있다. 완첨이 사도(司徒) 왕융(王戎)을 만났더니 왕융이 묻기를 '성인께서는 인륜의 명분을 밝히는 교훈을 귀하게 여기셨고, 노자와 장자는 자연스러움을 밝혔는데, 그 뜻이 같습니까 다릅니까'라고 했다. 첨이 말하기를 '양자가 결국 같은 것같이 생각됩니다'라고 했다. 왕융이 오랫동안 탄식을 하더니 바로 그를 내쫓게 했다. 그때 사람들이 그것을 삼어연이라고 했다.
19) 호는 태허(太虛). 시문에 뛰어나 소식의 천거로 태상박사(太常博士)·국자편수(國子編修)를 지냈다.
20) 거야(鉅野) 사람. 학문을 좋아하고 글을 잘했으며, 서화에도 능했다. 홍경궁(鴻慶宮)을 주관하다가 도연명을 흠모하여 자연으로 돌아가 지내며 스스로 귀래자(歸來子)라

는 문잠<文潛>)21)의 네 사람이 있었는데, 소문사군자(蘇門四君子 : 혹은 사학사<四學士>)라고 하였다. 네 사람 중에 가장 뛰어난 사람은 황정견이 었다. 정견의 자는 노직(魯直)이며, 호는 산곡(山谷)이다. 부주(涪州)에서 유배생활을 했기 때문에 부옹(涪翁)이라고도 한다. 그의 시는 동파와 이름을 나란히 하여, 소황(蘇黃)이라고 불렀다. 또한 그가 서강(江西) 분녕(分寧) 사람이기 때문에 뒷 사람들이 추앙하여 강서시파(江西詩派)의 시조로 삼았다. 산곡의 시를 살펴보면, 자못 새롭고 웅장하며 한마디 말이라도 구차하지 않고, 힘써 속된 냄새를 피했다. 그리고 소리와 가락의 조화를 드러내어서, 시가의 가락이 원만하고 아름답게 한 것이 그의 뛰어난 점이다. 만일 좋은 어구를 생각하기에 고심할 때, 새로운 것을 찾기에 힘쓰는 것이 그의 본 모습으로, 오직 법식을 숭상하여 힘이 있고 속된 냄새가 없다. 그러므로 그의 시적 폐단은 자연스러움을 잃고, 가지고 있는 뜻을 위해 교묘한 솜씨를 찾은 것이다. 이른바 곰고기와 닭발바닥에 힘줄과 뼈가 남아 있으면 고기 맛이 아주 적은 것이니, 끝내 시의 좋은 맛을 떨어뜨렸다. 대개 산곡은 성리학(性理學)의 영향을 받았기 때문에, 그의 시도 이치를 설명하는데 빠져든 것이 많다. 이제 그의 오언고시 한 수를 아래에 적는다.

題竹石牧牛

野次小崢嶸　들에서 잠드니 가파른 곳 적고

幽篁相依綠　깊은 대숲이 서로 우거져 푸르구나

阿童三尺箠　아이는 세 자 짜리 채찍으로

고 했다.

21) 회음(淮陰) 사람. 약관에 진사에 급제하였으나 붕당에 연좌되어 여러번 파직되거나 좌천되었다. 뛰어난 재주가 있었는데, 특히 소(騷)와 사(詞)에 뛰어났다. 시는 장경(長慶) 때의 것을 본받았는데, 만년에는 평담(平淡)함에 힘썼다.

御此老觳觫　이 늙어 죽기 두려워하는 걸 몰고 가네

石吾甚愛之　돌이야 내가 너무나 좋아하는 것

勿遣牛礪角　소에게 뿔을 갈게 하지 마라

牛礪角尚可　소가 뿔 가는 것이야 괜찮다만은

牛鬪殘我竹　소가 싸워 내 대를 망치겠구나

　강서시파라는 이름은 여본중(呂本中)에게서 지어졌다. 본중의 자는 거인(居仁)이며, 하남(河南) 사람이다. 스스로 강서에서 의발(衣鉢)[22]을 전해받았다고 말하고, 이에 '강서시사종파도(江西詩社宗派圖)'를 그리고, 예장(豫章 : 황산곡)부터 아래로 진사도(陳師道)·반대임(潘大臨)[23]·사일(謝逸)[24]·홍추(洪芻)[25]·요절(饒節)[26]·승(僧)조가(祖可)[27]·서부(徐俯)[28]·홍붕(洪朋)[29]·임민수(林敏修)[30]·홍염(洪炎)[31]·왕혁(汪革)[32]·이순(李錞)·한구(韓駒)[33]·이팽(李彭)[34]·조충지(晁冲之)[35]·강단본(江端本)

22) 스승이 제자에게 법을 전하는 표로 주는 가사(袈裟)와 식기(食器). 스승한테서 전수받은 도법(道法).
23) 황강(黃岡) 사람. 자는 빈노(邠老). 동생인 대관(大觀)과 함께 시로 이름났다.
24) 임천(臨川) 사람. 자는 무일(無逸). 호는 계당(溪堂). 어려서 고아가 되었으나, 박학하고 문장에 능했다. 과거에 두 번 낙방하고 끝내 벼슬하지 못하고 세상을 떠났다.
25) 홍붕(洪朋)의 아우. 자는 구부(駒父). 호는 사홍(四洪). 벼슬은 간의대부(諫議大夫)를 지냈다. 형인 붕과 아우인 염(炎)·우(羽) 모두가 시로 이름 났다.
26) 무주(撫州) 사람. 자는 덕조(德操). 신법(新法)이 불합리함을 논하고는 머리를 깎고 승려가 되어 이름을 여벽(如璧)이라고 고쳤다. 만년에는 양양(襄陽)의 천녕사(天寧寺)에서 지냈다.
27) 승려. 단양(丹陽) 사람. 소상(蘇庠)의 아우. 자는 정평(正平). 여산(廬山)에서 지냈다.
28) 자는 사천(師川). 7세에 시를 지을 수 있어, 황정견에게 그릇으로 여겨지게 되었다. 관직은 참지정사(參知政事)에 이르렀다.
29) 남창(南昌) 사람. 자는 구부(龜父). 호는 청비거사(清非居士). 황정견의 생질(甥姪). 시에 뛰어났으나 두 번의 과거에서 낙방하고 38세에 세상을 떠났다.
30) 임민공의 아우.
31) 자는 옥부(玉父). 추(芻)의 아우. 관직은 비서소감(秘書少監)에 이르렀다. 그의 시는 황정견과 대단히 비슷하다.
32) 임천(臨川) 사람. 자는 신민(信民). 성품이 독실하고 강직했다.

· 양부(楊符)· 사과(謝邁)36)· 하예(夏倪)37)· 임민공(林敏功)38)· 반대관(潘
大觀)39)· 하기(何覬)· 왕직방(王直方)· 승(僧)선권(善權)40)· 고하(高荷)41)
등 25명을 열거하여 법통의 계승자들로 생각하고, 자신을 최후로 삼고는
그들의 원류는 예장이라고 했다. '종파도'를 살펴보면, 실제로 당(唐)말 장
위(張爲)42)의 '주객도(主客圖)'를 근거로 하였는데, '주객도'는 한 사람을
주로 삼고 나머지를 나누어 열거하여 넣어 두었다. 그리고 '종파도'는 한
사람을 근본으로 삼고, 나머지 사람들을 법통의 계승자들로 삼았으니 어
찌 다른 것이 있겠는가? 다만 열거한 25명 가운데 당시 따를 사람이라고
일컬어진 사람은 불과 몇 명뿐이다. 본중은 '종파도' 외의 저술로『동래
시집(東萊詩集)』이 있다. 그의 시는 마치 성(聖)스러움을 내치고 선(禪)에
안존한 듯하여 스스로 기발하고 뛰어날 수 있었다. 다만 만년에는 시에
우스개가 많았을 뿐이다.

　25명 중에 진사도(자는 이상<履常>, 혹은 무기<無己>이며, 호는 후산<后
山>), 한구(자는 자창<子蒼>)와 같은 여러 사람들은 모두 시에 뛰어나 이
름났다. 정강(靖康 : 흠종<欽宗>) 이후 북송 시인으로는 오로지 진여의(陳

---

33) 선정감(仙井監) 사람. 자는 자창(子蒼). 관직은 저작랑(著作郞)에 이르렀는데, 많은
　　문적들을 교정하고 편찬해 내었다.
34) 건창(建昌) 사람. 자는 상노(商老). 박람강기(博覽强記)하고 시문이 넉넉하다.
35) 거야(鉅野) 사람. 자는 숙용(叔用). 호는 구자(具茨).
36) 사일의 아우. 자는 요반(幼槃). 호는 죽우(竹友). 시에 뛰어나 형제가 나란히 이름
　　나, 당시 사람들이 이사(二謝)라고 하였다. 여본중은 둘을 사령운과 사혜련에 비겼다.
37) 점주(蘄州) 사람. 자는 균부(均父). 관직은 부조좌관(府曹左官)을 지냈다. 문장이 넉
　　넉하다.
38) 점춘(蘄春) 사람. 자는 자인(子仁). 두문불출하기 20년 동안 아우인 민수와 함께 가
　　까이 살면서 세상을 마쳤다. 세상에서는 둘을 이임(二林)이라고 하였다.
39) 반대임의 아우.
40) 승려. 정안(靖安) 고씨(高氏)의 아들. 자는 손중(巽中). 시에 뛰어났다.
41) 형남(荊南) 사람. 자는 자면(子勉). 스스로 환환선생(還還先生)이라고 했다. 관직은
　　난주통판(蘭州通判)을 지냈다.
42) 당나라 사람. 시에 능했고, '시인주객도(詩人主客圖)'를 만들었다. 뒤에 조대산(釣臺
　　山)으로 들어가 도를 구했다.

與義 : 자는 거비<巨非>, 호는 간재<簡齋>) 만이 황정견을 숭상하였는데, 그가 '시파도(詩派圖)'에 열거되어 들어가지 못한 것은 여의의 출생이 원우(元祐)의 여러 사람들에 비해 조금 늦었기 때문일 따름이다. 이것이 북송 시의 변천 양상이다.

2. 남송(南宋)

북송 원우(元祐 : 철종<哲宗>) 이후의 시는 오직 소식과 황정견의 두체 뿐이었는데, 강서파는 남송이 되자 오히려 융성했다. 대개 남송 이후는 시인들이 육유(陸游)・우무(尤袤 : 자는 연지<延之>)43)・범성대(范成大 : 자는 치능<致能>, 호는 석호<石湖>)・양만리(楊萬里 : 자는 정수<廷秀>) 등 네 사람을 추앙하였는데, 사대가(四大家)라고 했다. 네 사람의 시는 비록 강서시파에 열거되지는 않았어도 실제로는 황정견에게 이어진다. 대개 모두 증기(曾幾)44)에게서 시법을 받았는데, 증기는 황정견을 숭앙한 사람이기 때문이다. 네 사람의 시로 이루어진 우무의 『양계집(梁溪集)』이 오래 전에 없어져서(현재는 우동<尤侗>이 찬집한 한 권이 남아 있다), 가지고 의논하여 결정할 것이 없다. 양만리의 『성재시집(誠齋詩集)』에는 당시 새롭고도 엄격한 글이 있지만, 아주 거친 것 뿐이다. 범성대의 『석호시집(石湖詩集)』은 아름다운 장식의 옥이 자주 소리를 내어 아름답고 우아하니 육유와 필적할 만하다. 육유의 자는 무관(務觀)이며, 호는 방옹(放翁)이다. 우무・양만리・범성대는 모두 소흥(紹興 : 고종<高宗>) 때 진사를 하였으나, 육유는 융흥(隆興 : 효종<孝宗>) 때 진사를 하였으므로, 출세는 비교적 늦었지만 그의 시는 아주 뛰어났다. 게다가 육유 자신은 난세를

---

43) 우시형(尤時亨)의 아들. 관직은 급사중(給事中)을 지냈다. 시호는 문간(文簡)이다.
44) 자는 길보(吉甫). 뒤에 차산(茶山)에 살면서 스스로 차산거사(茶山居士)라고 했다. 어려서부터 지식이 뛰어났고, 효성이 지극했다. 벼슬은 예부시랑(禮部侍郎)을 지냈다. 시호는 문청(文淸)이다.

만났기 때문에 읊은 것들에는 당시의 일에 영향 받은 것이 많고, 비분강
개한 마음이 있다. 그가 지은 것은 『검남시고(劍南詩稿)』에 10,000여 수
있다. 조익은 그의 시를 평하여 '방옹의 공부는 주도면밀하여, 나오는 말
은 자연스럽게 숙달되고 깨끗하니, 다른 사람들은 여러 말로도 끝낼 수
없지만, 그는 다만 한 두 마디 말로 그것을 끝낸다'45)라고 했다. 또 '재주
는 소동파를 넘지 못하나, 시는 실제로 소(蘇)를 넘을 수 있다'46)고 하였
다. 육유는 하나의 큰 갈래가 되기에 마땅하다. 육유의 시를 살펴보면 칠
언율시에 아주 뛰어나다. 이제 아래에 그의 시를 적는다.

┌─────────────┐
│ 村東晩眺 │ 2수 가운데 한 수를 적는다.
└─────────────┘

飽食無營過暮年　배불리 먹으며 한 일 없이 한 해를 넘기니
筇杖到處一蕭然　대지팡이 이르는 곳마다 참으로 쓸쓸하여라
清秋欲近露霑草　팔월이 가까워지려 하니 이슬은 풀을 적시고
新月未高星滿天　초승달은 높지 않고 별은 하늘에 가득하구나
遠火微茫沽酒市　멀리 불빛 아득한데 저자에서 술을 샀더니
叢蒲窈窕釣魚船　우거진 부들 속에 불안하구나 낚싯배는
哦詩每憾工夫少　시 읊조리며 늘 한탄하노니 공부가 부족하여라
又廢西窗半夜眠　다시 서쪽 창을 닫고 한밤중 잠자리에 든다

┌──────┐
│ 梅 │ 2수 가운데 한 수를 적는다.
└──────┘

三十三年擧眼非　삼십삼 년 눈 들어 보니 잘못 되었구나
錦江樂事祇成悲　금강의 즐거운 일 슬픔이 되어 버렸네47)

───────────────────

45) 放翁之工夫精到 而出語自然老潔 他人數言不能了 彼只用一二語了之
46) 才不過蘇東坡 而詩實能過蘇
47) 금강(錦江)은 사천성(四川省)을 흘러가며, 촉(蜀) 지방의 사람들이 이 물에 비단을

溪頭忽見梅花發 시내 머리에서 갑자기 매화 핀 걸 보니
恰似靑羊宮裏時 마치 청양궁 안에 있을 때 같아라48)

남송 이후 시인들은 강서파의 계통을 따르지 않을 수 없었으나, 당시
의 거칠고 어려운 병폐를 바르게 하려고 힘쓴 사람들에는 영가(永嘉) 사령
(四靈)이 있었다. 사령은 서조(徐照 : 자는 도휘<道暉>, 혹은 영휘 <靈暉>이
며, 호는 산민<山民>)·서기(徐璣 : 자는 문연<文淵>, 혹은 치중<致中>이며,
호는 영연<靈淵>)·옹권(翁卷 : 자는 속고<續古>, 혹은 영서<靈舒>)·조사
수(趙師秀 : 자는 자지<紫芝>, 호는 영수<靈秀>)다. 네 사람은 모두 영가(永
嘉) 사람이기 때문에 당시에 사령시파(四靈詩派)라고 불렸으며, 모두 섭
적(葉適 : 자는 수심<水心>)49)에게 추천을 받았다. 시는 모두 만당을 본받
았고, 오언율시에 뛰어났다. 시가의 가락은 비록 유창하고 아름답지만,
힘써 새기고 갈아 취한 길은 매우 좁았으니, 끝내 잗달고 빈한한 병에서
벗어나지 못했다.

사령이 만당을 본받은 것 외에, 엄창랑(嚴滄浪)은 성당을 받들었다.
창랑은 이름이 우(羽)이며, 저서에는 『창랑시화(滄浪詩話)』가 있는데, 처
음은 시변(詩辨)이고 다음은 시체(詩體), 시법(詩法), 시평(詩評), 시증(詩
證)으로 서술이 자못 조리가 있어 시화 가운데 가장 훌륭한 것이다. 게다
가 선(禪)의 이치로 시를 설명하는 예를 보이기 시작했다. 송말이 되면
사고(謝翶 : 자는 고우<皐羽>)가 나타나는데, 의고(擬古)에 힘써 자못 큰
명성을 등에 업었고, 『희발집(晞髮集)』이 있어 세상에 전한다. 그리고 정
사초(鄭思肖 : 자는 억옹<憶翁>, 호는 소남<所南>)는 또 괴상하고 기이함을

빨면 대단히 깨끗해졌다고 한다. 육유는 평소 촉의 풍토를 무척 좋아했다.
48) 청양궁(靑羊宮)은 도교의 사찰로 청양관(靑羊觀)이다. 이것은 사천성 성도(成都)의
   서남쪽에 있다. 성도는 촉의 수도였다.
49) 자는 정칙(正則). 수심선생(水心先生)이라 부른다. 『수심문집(水心文集)』『습학기
   언(習學記言)』 등을 지었다.

흘러들게 하였다. 원(元) 초가 되자 다시 송의 유민인 포양(浦陽)의 오위
(吳渭 : 자는 잠재<潛齋>)가 나타나서, 여러 향리의 선배들과 약속하여 월
천음사(月泉吟社)를 맺고 부(賦)와 시(詩)를 짓도록 하여, 기간에 맞춰 두
루마리를 모으고, 사고우(謝皐羽) 등에게 평하여 갑을을 정하게 하였는데,
당시에 나공복(羅公福 : 연문봉<連文鳳>이 바꾼 이름, 『백정집<百正集>』이
있다)50)을 제일로 삼았다. 이것이 이른바 송의 유민시체(遺民詩體)다. 송
때 사람들은 시를 지을 때 어법(語法)이 많았기 때문에 시화(詩話)도 송
을 최고 융성기로 삼는다. 당시 시화 가운데 가장 뛰어난 것으로, 엄우의
『창랑시화』 외에 구양수는 『육일시화』를, 진사도는 『후산시화(後山詩
話)』를, 호자(胡仔)51)는 『초계어은총화(苕溪漁隱叢話)』를, 양만리는 『성
재시화(誠齋詩話)』를 지었다. 이외에 저술이 아직 많지만 하나하나 모두
적을 수 없다. 이것이 송대 시의 대개 모습이다.

제8절 금(金) · 원(元)

시는 송에 이르러 그 체제의 변화가 거의 다 이루어졌고, 금과 원은
이민족들을 중국 땅에 들어와 살게 했기 때문에 당시의 시는 대단히 쇠
퇴하여 하나도 받아들일 만한 것이 없다. 그 가운데 약간 사람의 마음을
강조한 사람은 원호문(元好問)과 우집(虞集) 등이 있었다. 그러나 대체로
약하고 화려하여, 겨우 당 · 송의 계통을 이을 수 있었다. 그들은 시단에
이채로운 것을 내놓았으나 대개 부족하여 많이 이루지는 못하였다.

---

50) 삼산(三山) 사람. 자는 백정(百正). 호는 응산(應山). 송이 망하자 이름을 바꾸어 나
공복(羅公福)이라고 했다.
51) 자는 원임(元任). 벼슬은 봉의랑(奉議郎)에 이르렀다. 뒤에 상주(常州) 진릉현(晉陵縣)
을 맡아 다스리다 호주(湖州)에서 지냈는데, 스스로 초계어은(苕溪漁隱)이라고 했다.

1. 금(金)

요(遼)가 쇠하고 금은 일어나자마자 바로 중원으로 들어왔다. 송이 안남(安南)에 가깝게 도읍하고, 금은 송의 문교(文敎)를 답습하였기 때문에 세종(世宗)과 장종(章宗) 두 시대에는 문물이 오히려 융성하였다. 당시 시인으로 우문허중(宇文虛中)[52] · 채규(蔡珪)[53] · 당회영(党懷英)[54] · 주앙(周昂) · 조병문(趙秉文)[55] · 왕정한(王庭翰) 등이 있었지만, 모두 소식과 황정견을 벗어나지 못했다. 『예원치언(藝苑巵言)』에서는 금의 시를 '송보다 솔직하지만 얕은 것에 문제가 있고, 원보다는 질박하지만 감정이 부족하다'[56]고 하였으니, 금 시의 가치를 알 수 있다. 당시 일대의 시종(詩宗)이라고 칭송받으며, 남송 당시 시인들의 습관을 바로잡는데 힘쓰고, 강서시파의 생경하고 시법에 벗어나며, 거칠고 사나운 잘못을 없앨 수 있었던 사람은 바로 원유산(元遺山)이었다. 이름은 호문(好問), 자는 유지(裕之)이고, 유산은 그의 호다. 일곱 살 때 시를 지을 수 있어, 조병문에게 알려지게 되었다. 일찍이 '기산금대(箕山琴臺)' 등의 시를 읊었는데, 조병문이 그것을 보고 '소릉(少陵) 이래로 이러한 작품은 없다'고 하고, 편지를 써서 그를 초청했다. 그리하여 이름이 경사(京師)에까지 떨쳐졌다. 금이 망하고 난 뒤에는 다시 벼슬에 나오지 않고, 늘 저작을 자신의 일로 생각하여, 『중주집(中州集)』 100여 권을 지었는데, 찾아낸 것은 모두 금나라 때 사람들의 시였다. 그의 시는 감정을 불러일으키는 것 같고 심원하며,

---

52) 송(宋) 화양(華陽) 사람. 자는 숙통(叔通). 송에서 벼슬이 중서사인(中書舍人)에 이르렀다. 송이 남쪽으로 밀려간 뒤 금에 의해 머물러 있게 되어 금에서 벼슬을 하여 예부상서(禮部尙書)에 이르렀으나, 모반의 누명을 쓰고 온 집이 불타 죽었다.

53) 자는 정보(正甫). 벼슬은 예부랑중(禮部郎中)에 이르렀다. 문학으로 이름났다.

54) 풍익(馮翊) 사람. 자는 세걸(世傑). 관직은 한림학사(翰林學士)에 이르렀다. 『요사(遼史)』를 수찬하였으나 완성하지 못하고 세상을 떠났다.

55) 부양(滏陽) 사람. 자는 주신(周臣). 호는 한한노인(閒閒老人). 관직은 한림학사(翰林學士)에 이르렀다. 서화와 시문에 뛰어났다.

56) 直于宋而傷淺 質于元而少情

풍격은 위로 솟아오르는 듯하다. 비록 당·송 시인들을 뛰어 넘을 수는 없다고 하더라도, 고체(古體)의 구상(構想)은 오묘하고 변화무쌍하며, 행을 단순하게 하는 것을 숭상하고 대구가 적어, 산곡(山谷)이 시작(詩作)만 하면 바로 대우를 하는 것과 다르다. 칠언율시는 구슬프고 쓸쓸함을 깊이 간직하여 스스로 격조를 이루었으니, 바로 두보를 따를 만하였다. 대개 북쪽에서 나서 자랐고, 종묘사직이 망할 때를 맞이하였기 때문에, 그가 드러낸 것은 비장한 소리가 강하고 감정이 몹시 슬픈 작품이 많다. 학경(郝經)57)은 그의 시를 평하여 '시의 고상하고 옛스러운 풍취와 여타 작품들의 호탕함으로써, 파곡(坡谷)을 잇기에 충분하다'58)고 하였다. 이제 그의 오언고시와 칠언율시를 아래에 각각 한 수씩 적는다.

箕山 59)

幽林轉陰厓	그윽한 숲 그늘진 언덕 돌아가니
鳥道人跡絶	오솔길에는 사람 자취 끊어졌네
許君棲隱地	허군이 은거하는 곳엔
唯有太古雪	오로지 태고의 눈만 쌓였네
人間黃屋貴	인간 세상 천자가 귀하다 하지만
物外祇自潔	속세 밖은 절로 깨끗하기만
尚厭一瓢喧	한 표주박 시끄러움조차 싫은데
重負寧所屑	무거운 짐 편안한 곳 달갑게 여기리

---

57) 원(元) 순천(順天) 사람. 자는 백상(伯常). 금이 망하자 순천으로 옮겨 살았는데, 집이 가난하여 낮에는 땔나무와 쌀을 져주고 끼니를 해결했고, 저녁에는 책을 읽었다. 뒤에 한림시독학사(翰林侍讀學士)가 되어 송에 사신으로 갔다가 구류되어 16년 동안 굴복하지 않다가 돌아와서 세상을 떠났다.

58) 以雅言之高古 雜言之豪宕 足以繼坡谷

59) 하북성 행당현의 서북쪽에 있는 산. 요임금이 천하를 양보하려 했지만 거절하고 은둔했던 허유(許由)가 지내던 곳.

降衷均義稟　하늘의 衷은 옳은 바탕을 골고루 주었는데
汩利忘智決　이익에 골몰하여 지혜로운 판단 잊었네
得隴又望蜀　롱 땅을 얻고도 촉 땅을 바라고
有齊安用薛　제를 가지고서도 어찌 설을 부리려는가
干戈幾蠻觸　전쟁으로 얼마나 다투었던가
宇宙日流血　세상은 날마다 피를 흘렸네
魯連蹈東海　노련은 동해에서 슬퍼하였고[60]
夷齊采薇蕨　백이와 숙제는 고비를 캐먹었네
至今陽城山　지금 양성산에는
衡茅兩邱垤　은둔자의 띠집 두 언덕이로구나
古人不可作　옛 사람 깨어날 수 없으니
百念肝肺熱　온갖 생각에 마음 속이 뜨겁구나
浩歌北風前　북풍 앞에서 호탕하게 노래부르며
悠悠送孤月　유유히 외로운 달을 보낸다

　　横波亭爲靑口帥賦

孤亭突兀插飛流　외로운 정자 우뚝 폭포에 꽂혔으니
氣壓元龍百尺樓　기세가 원룡을 눌러 백 척의 누각이로구나[61]
萬里風濤接瀛海　만리의 바람과 물결 넓은 바다에 닿았고
千年豪傑壯山邱　천년의 호걸은 산과 언덕에 웅장하구나
疎星淡月魚龍夜　성긴 별 맑은 달 어룡 춤추는 밤이요
老木清霜鴻雁秋　늙은 나무 맑은 서리 기러기 우는 가을이로다

---

60) 노련(魯連)은 전국시대 제(齊)나라의 절개가 굳은 의사 노중련(魯仲連)이다.
61) 원룡(元龍)이란 동한 진등(陳登)의 자로, 허범(許汜)이 일찍이 유비에게 말하기를
　 '진원룡은 호방한 사람입니다. 그 호방한 기세는 없앨 수 없습니다'라고 했다

倚劍長歌一杯酒 칼에 기대어 길게 노래하니 한 잔의 술이요
浮雲西北是神州 뜬 구름 서북에 있으니 신의 고을이로구나

2. 원(元)

원 초의 시인으로 조맹부(趙孟頫 : 자는 자앙<子昻>, 호는 송설<松雪>)62)
가 있었다. 시가 대단히 솜씨 있고 빼어나게 아름다웠다. 조금 뒤에는
우·양·범·게의 사가(四家)가 나타났다. 우집(虞集)의 자는 백생(伯生)
이며, 호는 도원(道園)이다. 그의 시는 한(漢)나라 조정의 늙은 관리에 비
교되었다. 이동양(李東陽)의 『회록당시화(懷麓堂詩話)』에서는 그의 시를
'예봉을 감추고 칼날을 거둔 채로 속임수를 써서 승리하니, 구슬이 쟁반
에 구르고 말이 허공을 달리는 것 같다. 처음에 만약 그 오묘함을 발견하
지 못한다 하더라도 그것에서 더욱 깊이를 찾을 것이며, 그것에서 더욱
뛰어남을 이끌어낼 것이다'63)라고 하였다. 양재(楊載)의 자는 중홍(仲弘)
이다. 그의 시에 있어서 맑은 생각은 범순보다 못하고 빼어난 운(韻)은 게
혜사(揭傒斯)보다 못하며, 기묘한 꾀가 날아 움직이는 것은 우집보다 못
하다. 그러나 당시에 도원은 그를 백전(百戰)의 건아(健兒)와 같다고 했다.
범곽(范梈)의 자는 형부(亨父), 덕기(德機)다. 그의 시는 당나라 사람이 진
(晉)나라의 시첩(詩帖)을 본뜬 것 같고, 일정한 것 없이 방탕하게 일상에
서 벗어났고 원대한 생각이 있다. 게혜사의 자는 만석(曼碩)이다. 그의 시
는 맑고 고우며 변화무쌍하고 우아한 정취(情趣)가 있어, 미녀가 꽃을 비
녀로 꽂은 것 같다. 네 사람의 시는 근원이 강서(江西)에 있었지만, 그 거
칠고 사나운 것을 일변시켜 맑고 아름답게 하였다. 우집은 더욱 당나라

---

62) 본래는 송나라의 종실. 세조 이후 다섯 조를 섬겨 신임이 두터웠으며, 벼슬이 한림학
사(翰林學士) 승지(承旨)·영록대부(榮祿大夫)에 이르렀다. 서화와 시문에 모두 뛰
어났다.
63) 藏鋒斂鍔 出奇制勝 如珠之走盤 馬之行空 始若不見其妙 而探之愈深 引之愈長

사람들에 가깝다. 이제 그의 칠언율시 한 수를 아래에 적는다.

費無隱丹室

碧雲雙引樹重重　푸른 구름은 첩첩 나무는 빽빽한데
除却丹經戶牖空　신선의 책 물리치니 방 안이 텅 비었네
一徑綠陰三月雨　한 길 녹음엔 삼 월이라 비가 내리고
數聲啼鳥百花風　재잘재잘 우는 새 소리요 온갖 꽃 바람 부네
年深不記栽桃客　세월 오래라 복숭아 심던 사람 기억나지 않고
夜靜長留賣藥翁　밤 고요한데 오래도록 머무네 약 파는 늙은이
幾度到來渾不語　몇 번이나 와서도 모두 말하지 못하고
獨依秋色數歸鴻　홀로 가을 경치에 기대니 자꾸 날아가는 기러기

우·양·범·게의 네 사람 외에는 장저(張翥 : 자는 중거<仲擧>, 호는
태암<蛻巖>)64), 살도자(薩都剌 : 자는 천석<天錫>, 호는 안문<雁門>)65) 등
여러 사람이 있었다. 그들의 시는 모두 유창하고 아름다우며 맑고 고와
서 네 사람과 같지 않았다. 그리고 살도자는 몽골 사람으로 감정 처리에
더욱 뛰어났고, 궁사(宮詞)를 잘 하였는데, 『안문집(雁門集)』을 지었다.
이제 아래에 한 수를 적는다.

---

64) 진녕(晋寧) 사람. 호방하여 얽매이지 않았다. 관직은 하남평장(河南平章)에 이르렀
　　다. 태암선생(蛻庵先生)이라고도 하였다.
65) 안문(雁門) 사람. 살도납(薩都拉)이라고도 한다. 호는 직재(直齋). 하북염방경력(河北
　　廉訪經歷)을 지내고 벼슬을 그만 두었다. 산수(山水)를 사랑하여 안경(安慶) 사공산
　　(司空山) 태백대(太白臺) 아래에 집을 짓고 살다 세상을 떠났다.

| 贈彈箏者 |

銀甲彈氷五十絃　은골무 얼음을 타니 오십 줄이요
海門風急雁行偏　바닷가 바람 급하니 기러기 비스듬히 나네
故人情怨知多少　벗의 마음 속 원한 알만 하구나
揚子江頭月滿船　양자강 머리 달빛이 배에 가득하네

이 외에 우집과 나란히 이름할 만한 사람으로 유정수(劉靜修)가 있다. 이동양은 그의 시를 '한 군대를 지휘하는 장군과 같이 정정당당하며, 단단한 것을 치고 날카로움을 꺾는 것은 유가 조금 나은 점이 있다'66)고 하였다. 또 도사(道士) 장백우(張伯雨)라는 사람이 있었는데, 저서에는 『구곡외사시집(句曲外史詩集)』이 있고, 우집 등 여러 사람들과 서로 왕래하였다. 그밖에 오래(吳萊 : 자는 입부<立夫>, 저서에는 『연영집 <淵穎集>』이 있다)67), 예찬(倪瓚 : 자는 원진<元鎭>, 호는 운림<雲林>)68) 같은 사람들도 시에 능했다. 그러나 모두 아리따운 데 가까웠으니, 바로 원대 시인들의 공통된 병이었다. 가장 뒤로는 양유정(楊維楨)이 있는데, 원의 마지막 대가였다. 유정의 자는 염부(廉夫)이며, 호는 철애(鐵崖)다. 시적 명성으로 한 때를 풍미했다. 『사고제요(四庫提要)』69)에는 그의 '의백두음(擬白頭吟)' 한 편인

---

66) 高牙大纛 堂堂正正 攻堅而折銳 則劉有一日之長
67) 포양(浦陽) 사람. 7세에 글을 지을 수 있었고, 날마다 한적(漢籍) 한 질을 바꿔 읽었는데, 한 자도 빠뜨리지 않고 외웠다. 예부에 천거되었으나 물러나와 깊은 산 속에 들어가 살았다. 문인들이 연영선생이라고 하였다.
68) 무석(無錫) 사람. 운림거사(雲林居士) 외에도 난찬예우(嬾瓚倪迂), 창랑만사(滄浪漫士) 등 여러 호가 있다. 사방의 이름난 선비들이 날마다 찾아왔다. 시를 잘했고, 산수를 잘 그렸다.
69) 『사고전서총목제요(四庫全書總目提要)』의 줄인 말. 청(淸) 건륭제(乾隆帝 : 1736~1795) 때 사고전서관(四庫全書館)을 열고 천하의 서적을 찾아내어 10여년 만에 완성했다. 모두 16만 8천여 책이다.

買妾千黃金　저를 천 냥의 황금에 샀어도

許身不許心　몸은 허락하되 마음은 허락하지 않아요

使君自有婦　낭군께는 스스로 부인 가지게 하곤

夜夜白頭吟　밤마다 괴로이 읊조립니다

를 『시경』 시인들의 뜻이 있다고 하였다. 대개 그의 시는 바르고 고운 가운데 특히 넉넉하고 풍부함이 뛰어나다. 그러나 그의 아랫 사람들은 또한 악마 같은 정취에 빠져 들어가고, 괴이하고 허망한 소리와 의미가 어려워 통하지 않는 것들이 많아, 문장으로 사람을 홀리는 자들이라는 비난을 많이 받았다. 요컨대 그의 시가 비록 옛 것에서 나왔다고는 하지만 사치스러울 만큼 아름다운 것을 좋아하고 숭상하였으니 시의 품격은 하품이다. 이제 그의 칠언절구 한 수를 아래에 적는다.

　　雨後雲林圖

浮雲載山山欲行　뜬 구름 산을 실으니 산이 움직이려 하고

橋頭雨餘春水生　다리 머리 비온 뒤에 봄 물이 솟네

便須借榻雲林館　편안히 운림관에서 의자를 빌려

臥聽仙家雞犬聲　누워서 선가의 닭과 개 소리나 들어야지

　이동양의 『회록당시화』에서는 '송시가 깊다 해도 도리어 당과는 멀고, 원의 시가 얕다 해도 당에 오히려 가깝다. 생각건대 원은 본보기가 될 수 없으니, 이른바 중(中)에서 본보기를 취하고, 겨우 그 하(下)에서 얻을 뿐이다'70)라고 하였다. 이것은 배우는 사람들이 알아야 할 것이다.

---

70) 宋詩深 却去唐遠 元詩淺 去唐却近 顧元不可爲法 所謂取法乎中 僅得乎其下耳

제9절 명(明)

명 대에는 시가 아주 쇠퇴했다. 대개 개국 초에는 아직 원의 습관을 이었다. 그러나 유기(劉基)와 고계(高啓)가 원말의 나쁜 습속을 바꾼 뒤로부터 전·후칠자(前·後七子)가 복고를 주장하였다. 공안(公安)과 경릉(竟陵)이 그것을 이었으나, 본받은 것을 모두 버리고 그것을 전혀 가치 없는 것으로 했으니, 그럴 듯한 말이다. 진자룡(陳子龍)이 나타나자 비로소 위로 정시(正始)를 엿보게 되어 시대의 추이에 물들지 않았다. 요컨대 명의 시는 원보다는 낫고, 송보다는 못하였다. 그 병은 혹 곱고 아름다운데서 그것을 그르친 것이고, 혹은 불교적인 면에서 그것을 그르친 것이다. 이제 아래에 나누어 적는다.

『예원치언』에서는 '원 말에 시에 종사하던 사람들로는 도원(道園)이 바르고 고운 것으로 귀하게 여겨졌고, 염부(廉夫)가 기이하고 웅장함으로 추앙을 받았다. 명이 일어나자, 우씨가 도움이 많았으나, 대략 경계를 세운 사람은 두 사람뿐이었다. 재능의 아름다움은 계적(季迪)을 넘을 수 없고, 기세의 웅장함은 백온(伯溫)을 앞지를 수 없다. 이때 맹재(孟載 : 양기 <楊基>)·경문(景文 : 원개<袁凱>)·자고(子高 : 손승<孫蕡>)와 같은 사람들은 실제로 그들을 위해 보좌하는 사람들로 마땅하였다'[1]라고 하였다. 그런데 계적과 맹재는 래의(來儀)·유문(幼文)과 함께 사걸(四傑)이라고 했는데, 이른바 오시파(吳詩派)다. 오시파와 함께 일컬어진 사람들로는 월시파(越詩派)가 있었는데, 주창자는 유기다. 기의 자는 백온(伯溫)이며, 청전(靑田) 사람이다. 원말의 시인들은 모두 문장의 화려함을 숭상했으나, 유기만은 한유와 두보를 추종했다. 그의 악부는 고시에 비해 뛰어났고,

---

1) 勝國之季 業詩者 道園以典麗爲貴 廉夫以奇幅見推 迨于明興 虞氏多助 大約立赤幟者 二家而已 才情之美 無過季迪 聲氣之雄 次及伯溫 當是時孟載景文子高輩 實爲之羽翼

오언율시에서 더욱 출중하여 눈에 띄었다. 다만 기이한 것을 좋아한데서 그것을 그르쳤을 뿐이다. 이제 그의 시 한 수를 아래에 적는다.

玉階怨

長門燈下淚	장문궁 등불 아래 눈물지으니[2]
滴作玉階苔	적시어 옥 계단의 이끼가 되네
年年傍春雨	해마다 봄비를 가까이 하더니
一上苑牆來	한 번 동산 담 위로 올라왔구나

고계(高啓)의 자는 계적(季迪)이며, 장주(長州) 사람이고, 스스로 청구자(靑邱子)라고 했다. 유기와 같은 시대 사람이다. 그러나 국초에 홀로 여러 사람들 가운데 뛰어나 명 일대 시인들의 위에 자리잡았다. 그의 시는 위로 건안을 엿보고, 아래로는 개원에 미친다. 저술에는 『취대집(吹帶集)』『봉대집(鳳臺集)』『부명집(缶鳴集)』『강관집(江館集)』『청구집(靑邱集)』『남루집(南樓集)』『고소집(姑蘇集)』『승임집(勝壬集)』(합해서 『대전집(大全集)』이라 한다)이 있다. 심덕잠은 그의 시는 재주에 여유가 있지만 좁은 길이 아직 바뀔 수 없었으므로, 원(元) 풍을 일변시켰지만 아직 직접 대아(大雅)를 따르지는 못했다고 하였다. 대개 고계의 시는 오히려 곱고 아름다운데서 그것을 그르쳤다. 이제 아래에 그의 시 한 수를 적는다.

梅花 아홉 수 중에 한 수를 적는다.

瓊姿只合在瑤臺	옥같은 모습 신선 사는 곳에만 모였으니
誰向江南處處栽	누가 옛적에 강남 곳곳에 심었던가

---

2) 장문궁(長門宮)은 한(漢)의 무진황후(武陳皇后)가 물러가 슬픔을 간직하고 살았던 곳이다.

雪滿山中高士臥   산 속 눈 가득한데 고상한 선비 누웠고
月明林下美人來   숲 속 달 밝으니 미인이 왔구나
寒依疏影蕭蕭竹   찬 날씨에 쓸쓸한 대에 성긴 그림자 기대고
春掩殘香漠漠苔   봄은 흩어진 이끼에 남은 향기 감싸네
自去何郎無好詠   하랑을 보내고부터 좋은 시 없어3)
東風愁寂幾回開   봄바람에 쓸쓸히 몇 번이나 피었던가

　당시 고계와 함께 일컬어진 사람으로 오중사걸(吳中四傑) 가운데 양기(楊基 : 자는 맹재<孟載>, 호는 미암<眉庵>)는 일찍이 '철적시(鐵笛詩)'로 양유정에게 알려지게 되었다. 그러나 그의 시는 원(元)의 습성에 물들어 있었다. 장우(張羽 : 자는 래의<來儀>, 뒤에 자를 고쳐 부봉<附鳳>이라 했다)의 시 가운데 오언고시는 두보와 위응물에게서 배웠으나 은밀하고 답답하며, 율시는 꾸미는 것을 일삼지는 않았으나 지나치게 평범하고 익숙한 데에서 그것을 그르쳤다. 서분(徐賁 : 자는 유문<幼文>, 원래는 촉 사람이었는데, 뒤에 오중<吳中>으로 옮겨 살았다. 고계 · 왕행<王行>4) · 고손지<高遜志>5) · 당숙<唐肅>6) · 송극<宋克>7) · 여요신<余堯臣>8) · 장우 · 여민<呂敏> · 진칙<陳則>9) 등과 북곽<北郭>에서 함께 지내 북곽십우<北郭十友>라고 한다)의 시는 고계와

---

3) 하랑(何郎)은 양(梁)의 하손(何遜)이다.
4) 오현(吳縣) 사람. 자는 지중(止仲 : 지앙<止仰>). 호는 반헌(半軒) 또는 저원(楮園). 또한 담여거사(淡如居士)라고도 한다. 고금의 서적을 섭렵했고, 산수화에 능했다.
5) 소현(蕭縣) 사람. 자는 사민(士敏). 호는 색암(嗇菴). 원말에 벼슬을 하다 명에 들어와 태상소경(太常少卿)을 지냈다.
6) 절강(浙江) 산음(山陰) 사람. 자는 처경(處敬). 호는 단애(丹崖) 또는 단애거사(丹崖居士). 모든 학문에 두루 능통했다. 한림문자(翰林文字)에 봉해졌다.
7) 장주(長洲) 사람. 자는 중온(仲溫). 호는 남궁생(南宮生). 관직은 봉상동지(鳳翔同知)에 이르렀다.
8) 영가(永嘉) 사람. 자는 당경(唐卿). 원말에 오중(吳中)에서 살면서 많은 문인들과 교유했다. 처음에 장사성(張士誠)의 문객(門客)이었는데, 장사성이 패하자 호량(濠梁)으로 옮겨 살았다.
9) 곤산(崑山) 사람. 자는 문도(文度). 관직은 대동지부(大同知府)에 이르렀다.

양기에 버금 간다. 이외에 원개(袁凱 : 자는 경문<景文>, 호는 해수<海叟>)[10]
같은 사람은 '백연시(白燕詩)'로 이름을 날려 원백연(袁白燕)이라는 호칭
이 생겼다. 그리고 패경(貝瓊 : 자는 정거<廷琚>)[11]과 장이녕(張以寗 : 자
는 지도<志道>)[12]도 시로 이름이 있었다. 그러나 사걸에 미치지는 못하였
고, 민시파(閩詩派)의 임홍(林鴻 : 자는 자우<子羽>)[13], 영남시파(嶺南詩派)
의 손중연(孫仲衍), 강우시파(江右詩派)의 손숭(孫崧 : 자는 자고<子高>) 등
만 오·월 양파와 나란히 일컬어졌다.

영락(永樂 : 성조<成祖>) 이후 대각체(臺閣體)가 성행하였는데(양사기
<楊士奇>, 양영<楊榮>, 양부<楊溥>는 함께 삼양이라고 하였는데, 그들의 시문
을 대각체라고 했다), 시운(詩運)은 크게 떨쳐지지 못했고, 천순(天順 : 영종
<英宗>) 때 이동양(李東陽 : 자는 빈지<賓之>, 호는 서애<西涯>)이 나타나
영락 이후의 시풍을 물리치고 시는 그에게서 크게 떨쳐졌다. 이동양의
시에는 당송(唐宋)의 여운이 있어서 기풍이 바뀌어 복고의 기상이 있었
다. 홍치(弘治 : 효종<孝宗>)·정덕(正德 : 무종<武宗>) 때에는 다시 이하
칠자(李何七子)가 나왔는데, 이동양을 이어 복고를 주창하였다. 그들의
시는 두보를 본받았으니, 다만 지은 것이 각각 달랐을 뿐이다. 이하칠자
는 이몽양(李夢陽)·하경명(何景明)·서정경(徐禎卿)[14]·변공(邊貢)[15]·

---

10) 홍무(洪武) 연간에 어사(御史)가 되었으나 교활한 성격 때문에 천자의 미움을 받아
   퇴임하였다.
11) 숭덕(崇德) 사람. 일명 궐(闕). 또 다른 자는 정신(廷臣), 정소(廷召). 호는 청강(清
   江). 관직은 국자감조교(國子監助敎)를 지냈다.
12) 고전(古田) 사람. 관직은 한림시독학사(翰林侍讀學士)에 이르렀다. 박학하기로 이름
   났다.
13) 복총(福淸) 사람. 관직은 정선사원외랑(精膳司員外郎)에 이르렀다.
14) 오현(吳縣) 사람. 자는 창곡(昌穀). 관직은 국자박사(國子博士)에 이르렀다. 33세로
   요절했다.
15) 역성(歷城) 사람. 자는 정실(廷實). 호는 화천(華泉). 벼슬은 남경호부상서(南京戶部
   尙書)에 이르렀다. 책이 무척 많았는데 어느날 저녁 불에 타버리고 이 때문에 병이
   나서 세상을 떠났다.

강해(康海)16) · 왕구사(王九思)17) · 왕정상(王廷相)18)이다. 그런데 7인 가
운데서 이몽양과 하경명이 더욱 걸출했다. 이몽양의 자는 천사(天賜)며,
또 다른 자는 헌길(獻吉)이고, 홍치(弘治) 때 진사였다. 문(文)을 말하면
반드시 진(秦) · 한(漢)이었고, 시(詩)를 말하면 반드시 성당(盛唐)이었으
니, 이것이 아닌 것은 말하는 것을 달갑게 여기지 않았다. 일찍이 동양의
시를 비난하여 쇠약하다고 했다. 하경명의 자는 중묵(仲默)이며, 또한 홍
치 때 진사다. 시가 몽양과 서로 뒤지지 않아, 모두 나라 안에서 가장 뛰
어난 선비의 풍이 있다고 칭송하였다. 그러나 두 영웅은 병립하더니 뒤
에 드디어 반목하게 되었다. 대개 몽양은 본뜨는 것을 숭상하여서 웅혼
함을 뛰어나게 했다. 그러나 경명은 창조를 숭상하여 활짝 피어 밝은 것
을 뛰어나게 했다. 각각 하나의 깃발을 세우고 문단에서 최고를 달렸다.
이제 두 사람의 칠언고시와 칠언율시를 아래에 한 수씩 적는다.

送李帥之雲中   이몽양

黃風北來雲氣惡   황토 바람 북에서 불어 뜬 기운 독하더니
雲州健兒夜吹角   운주의 건장한 남아 밤에 뿔피리 부네
將軍按劍坐待曙   장군은 칼 어루만지며 앉아 새벽을 기다리고
紇干山搖月半落   흘간산의 흔들리는 달 반나마 떨어졌구나
槽頭馬鳴士飯飽   구유 머리 말이 울고 군사들 밥 실컷 먹으니
昔無完衣今繡襖   옛날에 온전한 옷 없더니 지금은 수놓은 옷이네

---

16) 무공(武功) 사람. 자는 덕함(德涵). 호는 대산(對山) 또는 반동해부(泮東海父). 관직
   은 수찬(修撰)에 이르렀다.
17) 호(鄂) 사람. 자는 경부(敬夫). 호는 미피(渼陂). 예절에 얽매이지 않았고 노래와 악
   기 타기를 좋아했으며, 사(詞)와 곡(曲)에 뛰어났다. 벼슬은 이부랑중(吏部郎中)에 이
   르렀다.
18) 의봉(儀封) 사람. 자는 자형(子衡). 벼슬은 좌도어사(左都御史)에 이르렀다. 박학하
   였으며, 경술(經術)로 칭송받았다.

沙場緩轡行射雕　모랫벌에서 고삐 느슨히 하고 수리를 활로 쏘니
秋草滿地單于逃　가을 풀 땅에 가득한 때 선우가 달아나네

　　鰣魚　　하경명

五月鰣魚已至燕　오월의 준치는 이미 연에 이르렀고
荔枝盧橘未能先　여지와 비파가 아직은 먼저일 수 없네
賜鮮遍及中璫第　날 것을 내려 옥 장식한 집에 두루 미치고
薦熟應開寢廟筵　익은 걸 올리니 응당 종묘의 연회를 열겠네
白日風塵馳驛騎　한낮 바람과 티끌 속으로 달리는 역말
炎天氷雪護江船　뜨거운 여름 희디 흰 것 지키는 강의 배
銀鱗細骨堪憐汝　은빛 고기 가는 뼈 너를 아쉬워하며
玉筋金盤敢望傳　옥젓가락 금 쟁반에 전해지길 바란다

　　이몽양과 하경명 두 사람은 당시에 또한 변공(邊貢)과 함께 삼재자(三
才子)라고 하였고, 서정경(徐禎卿)을 더하여 홍정사걸(弘正四傑)이라고 하
였으며, 주응등(朱應登)19) · 고인(顧璘)20) · 진기(陳沂)21) · 정선부(鄭善
夫)22) · 강해(康海) · 왕구사(王九思) 등 여섯 사람을 더하여 십재자(十才
子)라고 했다. 그리고 서정경은 또 문징명(文徵明)23) · 당인(唐寅)24) · 축

---

19) 보응(寶應) 사람. 자는 승지(升之). 벼슬은 운남참정(雲南參政)에 이르렀다. 시는 성
　　당을 숭상했고, 고아하며 옛스러웠다.
20) 소주(蘇州) 사람. 자는 화옥(華玉). 호는 식원(息園). 관직은 남경형부상서(南京刑部
　　尚書)에 이르렀다.
21) 자는 종노(宗魯), 뒤에 노남(魯南)으로 고쳤다. 호는 석정(石亭). 관직은 산서행태복
　　시경(山西行太僕寺卿)에 이르렀다.
22) 민현(閩縣) 사람. 자는 계지(繼之). 호는 소곡(少谷). 관직은 남사부랑중(南史部郎
　　中)에 이르렀다. 그림에도 뛰어났다.
23) 장주(長洲) 사람. 초명은 벽(璧)으로, 자로 썼다가 뒤에 자를 징중(徵仲)으로 했다.
　　따로 형산(衡山)이라고도 한다. 관직은 시경연(侍經筵)에 이르렀다.

윤명(祝允明)25)과 함께 오중사자(吳中四子)라고 했다. 대개 서정경은 처음에 유우석과 백거이를 흠모하였으나, 그 후에는 달리 한·위·성당의 시를 배웠다. 이외에 양신(楊愼 : 자는 용수<用修>, 호는 승암<升庵>)의 시는 육조(六朝)를 자유자재로 하여, 명대에 문호를 우뚝 세운 것이었다. 가정(嘉靖 : 세종<世宗>) 때에는 왕신중(王愼中)26)과 당순지(唐順之)27)가 나타나, 칠자(七子)의 잘못을 바로잡기에 힘써 세상에서는 그들을 왕당(王唐)이라고 했는데, 칠자의 시와 취향을 달리 한 것이었다. 왕당과 맞서서 다시 이하칠자의 풍을 계승한 사람으로는 이왕칠자(李王七子)가 있었으니, 이른바 후칠자(後七子)다. 이반룡(李攀龍)의 자는 우린(于鱗)이며, 호는 창명(滄溟)이다. 일찍이 시사(詩社)를 이끌었는데, 그를 따른 사람으로는 사진(謝榛)·오유악(吳維嶽)28) 등이 있었다. 왕세정(王世貞)은 자가 원미(元美)이고, 호는 봉주(鳳洲)이며, 또한 엄주산인(弇州山人)이라고도 한다. 이반룡·사진·종신·양유예·서중행·오국륜과 함께 칠자(七子)라고 하였다. 나이가 적고 기(氣)가 성대하여 서로 내세우니 당시에 마치 사람이 없는 것처럼 보였다. 그들의 시는 성조를 뛰어나게 하는데 힘써 그 문장의 내용이 중복되기도 했고, 흉내낸 악부에서 다시 몇 글자를 바꾸게 되면 바로 자기의 작품으로 삼았다. 대개 이몽양 만을 추존하여 모방하는 폐단을 범했기 때문에, 그들의 시는 혹은 아직 대단하게 모습을

---

24) 오현(吳縣) 사람. 자는 백호(伯虎) 또는 자외(子畏). 호는 육여(六如). 향시(鄕試)에서 제일로 뽑혔으나 불행이 겹쳐 집으로 돌아와 방랑하다 일생을 마쳤다.

25) 장주(長州) 사람. 자는 희철(希哲). 육손이었으므로 스스로 지산(枝山) 또는 지지생(枝指生)이라고 하였다. 관직은 응천부통판(應天府通判)에 이르렀으나 금방 그만 두고 세상을 즐기며 떠돌았다.

26) 진강(晉江) 사람. 자는 도사(道思). 처음의 호는 준암거사(遵巖居士)였는데, 뒤에 남강(南江)이라고 했다. 관직은 하남참정(河南參政)에 이르렀다.

27) 무진(武進) 사람. 자는 응덕(應德). 우첨도어사(右僉都御史)에 발탁되어 왜구를 물리치다 통주(通州)에서 생을 마쳤다.

28) 효풍(孝豊) 사람. 자는 준백(峻伯). 귀주순무(貴州巡撫)가 되었을 때 많은 오랑캐들이 두려워하고 복종했다.

변하게 할 수 없었고, 또 혹은 시 짓는 방법을 지나치게 드러내는 데에
서 그것을 그르쳐, 자연스럽고 고상한 풍도를 부족하게 했다. 이제 아래
에 이반룡과 왕세정 두 사람의 시를 각각 한 수씩 적는다.

| 古意 | 이반룡 |

秋風西北起　　가을 바람 서북에서 일어나더니
吹我遊子裳　　이내 나그네의 옷에 불어오네
浮雲從何來　　뜬 구름은 어디서 왔던가
安知非故鄕　　고향이 아닌 줄을 어찌 알겠나
蕭蕭胡馬鳴　　쓸쓸히 오랑캐 말 울더니
翩翩下枯桑　　마른 뽕나무로 훌쩍 내려가네
暮色入中原　　저물녘 중원으로 들어오더니
飛蓬轉戰場　　봉두난발하고 싸움터를 헤매이네
往路不可懷　　가는 길 마음 편할 수 없어
行役自悲傷　　나그네는 저절로 가슴 아프네

| 西宮怨 | 왕세정 |

點點蓮花漏未央　　점점이 흩어진 연꽃 미앙궁을 비추더니[29]
乍寒如水浸羅裳　　갑자기 물처럼 차갑게 비단 치마 적시네
誰憐金井梧桐露　　누가 가을 샘 오동이 서리맞는 걸 안타까워하랴
一夜鴛鴦瓦上霜　　하룻밤 원앙이 기와 위에서 서리맞는데

　　이왕칠자 중에 이왕과 서로 비교할 수 있는 사람은 오직 사진뿐이다.

---

29) 미앙궁(未央宮)은 장안의 서북쪽에 있었던 한대의 궁전.

진의 자는 무진(茂秦)이며, 호는 사명선생(四溟先生)이다. 그의 '오언근체 (五言近體)는 구가 노련하고, 자가 세련되었으며, 기가 뛰어나고, 격조가 높다. 칠자 가운데 독보로 추대할 만하다.'[30](심덕잠의 말) 이제 아래에 그 의 오언고시 한 수를 적는다.

> 楡河曉發
>
> 朝暉開衆山　　아침 빛 뭇 산을 여니
> 遙見居庸關　　멀리 거용관이 보이네
> 雲出三邊外　　구름은 세 변방 밖에 피어오르고
> 風生萬里間　　바람은 만리 사이에 이네
> 征塵何日靜　　전쟁의 먼지 언제나 고요해지나
> 古戍幾人閒　　옛 성에선 몇 사람이나 한가했나
> 忽憶棄繻者　　갑자기 부절 버린 사람 생각하노니[31]
> 空慚旅鬢斑　　괜스레 슬퍼라 나그네 귀밑머리

칠자의 시는 뒷 사람들이 그것을 바꾸려고 한 것이 여러 번이었다. 그러나 서위(徐渭)[32]는 이하(李賀)의 체로 그것을 바꾸고자 하였고, 탕의 잉(湯義仍)은 우무·양만리·범성대·육유의 체로 그것을 바꾸고자 하 였으나 모두 중과부적이어서 끝내 할 수 없었다. 원굉도(袁宏道) 형제가 나오자 맑고 밝으며 진실하게 변하였고, 종성(鍾惺)·담원춘(譚元春) 일

---

30) 五言近體 句烹字鍊 氣逸調高 七子中可推獨步
31) 기수(棄繻)는 한대 종군(終軍)의 고사로서, 종군이 관문으로 들어가자 관문의 관리가 부절을 그에게 주면서 그가 다시 돌아오기를 바랐는데, 종군은 수도에서 벼슬하는데 뜻이 있었기 때문에 부절을 버리고 가버렸다는 이야기다. 뒤에 큰 뜻을 세운 사람의 비유로 쓰였다.
32) 절강(浙江) 산음(山陰) 사람. 자는 문장(文長) 또는 천지(天池). 시문과 서화에 모두 뛰어났다.

파가 나오자 또 그윽하고 엄격하게 변했다. 그러나 천박하고 텅 비었으며 거칠고 사나운 흠은 비록 제거되었으나, 얕고 조잡하며 방종하고 분명하지 아니한 병이 다시 일어났다. 원굉도의 자는 무학(無學)이며, 공안(公安) 사람이고, 만력(萬曆 : 신종<神宗>) 때의 사람이다. 형인 종도(宗道 : 자는 백수<伯修>), 동생인 중도(中道 : 자는 소수<小修>)와 함께 백거이와 소식의 시를 좋아했고, 왕세정과 이반룡의 설을 배척하고 맑고 밝으며 가볍고 우뚝한 것을 주로 삼았다. 배우는 자들이 그를 따르며 공안체(公安體)라고 하였는데, 당시 굉도는 대단한 이름을 얻었다. 그러나 그의 시는 속어를 섞어, '서호(西湖)'와 '우견백발(偶見白髮)'과 같은 시는 바로 골계(滑稽)와 조소(嘲笑)의 말뿐이다.

西湖	
一日湖上行	하루는 호수 가로 가고
一日湖上坐	하루는 호수 가에 앉았네
一日湖上住	하루는 호수 가에 머물렀고
一日湖上臥	하루는 호수 가에 누웠네

偶見白髮	
無端見白髮	무단히 흰 머리 보곤
欲哭反成笑	울고 싶어도 웃음 지었네
自喜笑中意	스스로 웃는 속마음 기뻐
一笑又一跳	한 번 웃고 한 번 뛰어본다

종성의 자는 백경(伯敬)이고, 호는 퇴곡(退谷)이며, 경릉(竟陵) 사람으

로, 만력 때 사람이다. 담원춘의 자는 우하(友夏)이며, 역시 경릉 사람으로, 천계(天啓 : 희종<熹宗>) 때 천거된 사람이다. 두 사람의 시는 그윽하고 깊으며 외롭고 우뚝한 것을 주로 삼아, 대개 맑고 밝으며 가볍고 드러난 것의 폐단을 바로잡았다. 그 때 사람들은 경릉체(竟陵體)라고 했다. 종성과 담원춘 두 사람은 일찍이 당나라 사람들의 시를 평하고 뽑아서 『당시귀(唐詩歸)』를 짓고, 수나라 이전의 시를 평하여 『고시귀(古詩歸)』를 지어서(어떤 사람들은 경릉의 여러 사람 가운데 어떤 사람이 가탁하여 그것을 지었다고 한다) 집집마다 전해지고 익혀져서 한 때에 기세있게 유행했다. 민(閩) 사람인 채복일(蔡復一)33) 등은 한결 같은 마음으로 따랐고, 오(吳) 사람인 장택(張澤)34)과 화숙(華淑) 등은 명성을 듣고 멀리서 호응했다. 그러나 공안과 경릉 두 파의 시를 살펴보면, '얕고 조잡한 가락을 만들어 내어 앞선 소리로 여기고, 근거 없는 구절을 만들어 기발한 것으로 여겼으며, 조사(助辭)35)로 시문의 구절에 생기가 도는 것처럼 여겼다. 한 글자를 적으면서 깊숙이 감춰진 곳에서 그것을 찾으려고 힘썼고, 하나의 글제를 이루는데도 반드시 알려지지 않은데서 정한'36)(『정지거시화<靜志居詩話>』)37)데 불과하다. 이제 아래에 담원춘의 육언시 한 수를 적는다.

─────────

| 得蜀中故人書 |

蜀川兵定人靜　　촉천의 병사 안정되고 사람들 고요하니
老友天寒信來　　오랜 벗이 날이 찬데도 미쁘게 찾아왔네

─────────

33) 동안(同安) 사람. 자는 경부(敬夫). 호는 둔암(遯菴). 관직은 병부우시랑(兵部右侍郎)에 이르렀고, 난을 토벌하는 등 군무(軍務)에 종사하다 군중에서 죽었다.
34) 동성(桐城) 사람. 자는 대피(大被). 반란군을 제압하던 중 잡혀 죽음을 당하였다.
35) 문장의 의미를 돕기 위하여 첨가하는 글자. 우(于)·어(於)·호(乎)·의(矣)·언(焉)·재(哉)·야(也) 등의 글자.
36) 創淺率之調 以爲浮響 造不根之句 以爲奇突 用助語之辭 以爲流轉 著一字 務求之幽晦 構一題 必期于不通
37) 청(淸) 주이존(朱彝尊)이 편찬한 시화(詩話).

莫怪草堂深閉　　초당이 굳게 닫힌 걸 괴이하다 하지 말게
小橋邊有門開　　작은 다리 가에 문 열린 곳 있으니

　　만력 경에 고반룡(高攀龍)38)이 도연명을 배워 그 천부적인 아취를 얻
었다. 이외에 귀자모(歸子慕)39)의 시도 담박하고 우아하여 고반룡과 같았
고, 정가수(程嘉燧)40)의 시는 예쁘고 고와 티끌이 없었으며, 정염(鄭琰)41)
의 시에는 연(燕)과 조(趙)의 슬픈 노래 소리가 있었다. 진자룡(陳子龍)이
출현하게 되자, 비로소 시도(詩道)의 쇠퇴를 구하기에 힘쓰게 되었다. 자
룡의 자는 인중(人中) 또는 와자(臥子)이며, 화정(華亭) 사람이고, 숭정(崇
禎 : 사종<思宗>) 때 진사가 되었다. 그의 시는 도량이 넓고 원대하며 천
성이 시원하게 펼쳐져, 시는 그에게서 한 번 떨쳐졌다. 그러나 명의 사직
이 기울어질 때가 되자 바로잡을 수가 없었다. 그가 남긴 아름다운 시풍
과 여운은 청(淸) 초에 가서야 비로소 눈부신 광채를 드러내었다. 이것이
명대 시의 대개 모습이다.

---

38) 무석(無錫) 사람. 처음에 고헌성(顧憲成)과 함께 동림서원(東林書院)에서 주자학을
　　강(講)하여 유자(儒者)의 종(宗)이라 일컬었다. 좌도어사(左都御史)가 되어 정계 쇄신
　　을 꾀하다 환관(宦官) 위충현(魏忠賢)에게 미움을 받아 자살했다.
39) 자는 계사(季思). 배우는 자들은 청원선생(淸遠先生)이라고 했다. 만력 연간에 천거
　　되었으나, 강촌에서 지내며 시를 읊고 노래하며 즐겼다.
40) 휴녕(休寧) 사람. 자는 맹양(孟陽). 호는 송원(松圓). 벼슬에 얽매이지 않고 무술을
　　배웠으나 이루지 못해, 글을 읽어 음률에 뛰어났고 서화에도 뛰어났다. 특히 시에 뛰
　　어나 사람들은 송원시노(松圓詩老)라고 하였다.
41) 민현(閩縣) 사람. 자는 한경(翰卿). 호협한 기개로 세상을 돌아다니다 신안(新安)의
　　부자인 오생(吳生)의 식객이 되었는데, 그의 음란한 일을 누설하려 한다는 의심을 받
　　고 옥사했다.

제10절 청(淸)

청 초의 시인은 대부분 명의 유신(遺臣)들이었다. 예를 들어 전목재 (錢牧齋)와 오매촌(吳梅村)은 모두 두드러진 시인이었다. 이외에는 거의 같이 아직 공안과 경릉이 남긴 습성을 다 벗어나지 못했다. 왕어양(王漁 洋)이 나오게 되자 비로소 독자적으로 신운(神韻)[1]을 표방하였으나, 유행 하는 풍조에 선동된 사림(士林)들이 이리저리 휩쓸려 건륭(乾隆 : 고종<高 宗>) 가경(嘉慶 : <仁宗>) 이후 신운파(神韻派)는 쇠약해지고, 격률(格 律)[2]과 性靈[3]의 說이 일어났다. 그리하여 시풍은 다시 그 때문에 한 번 변하게 되었다. 이제 아래에 나누어 적는다.

청 초의 시인으로 정림(亭林 : 고염무<顧炎武>, 본명은 강<絳>, 명이 멸 망한 뒤 이름을 염무로 고쳤다. 자는 영인<寧人>, 곤산<崑山> 사람이며, 배우는 사람들이 정림 선생이라 했다)은 깊고 굳세다고 일컬어졌고, 이주(梨洲 : 황 종희<黃宗羲>, 자는 태충<太冲>, 호는 이주<梨洲> 또는 남뇌<南雷>, 여요<餘 姚> 사람)는 고상하고 아름답다고 일컬어졌다. 그러나 그 가운데 가장 칭 송할 만한 사람은 전목재와 오매촌 두 사람뿐이다. 목재는 이름이 겸익 (謙益)이며, 자는 수지(受之), 강남(江南) 상숙(常熟) 사람이다. 숭정(崇禎) 때 진사가 되었으나 청의 군사가 남경을 평정하자, 목재는 나와서 항복 하고 벼슬하여 예부우시랑(禮部右侍郞)이 되었다. 그가 배격한 것은 이반 룡과 왕세정의 복고체였으며, 시는 두보를 기본으로 하여 침울하면서도 아름다웠다. 고상하고 깨끗함을 굳건히 지킨 것은 매촌보다 아래에 있지

---

1) 시의 인위적인 수식이나 논리를 반대하고 초현실적인 정신과 운치를 주장하는 것. 시 는 선(禪)의 경지와 일치해야 하고, 그림과도 같은 취향을 이루어야 한다는 것 같은 신화(神化)의 묘한 경지에 이르기를 주장하는 것.
2) 음률을 중시하고 자구의 표현도 갈고 닦아서 내용은 완곡하고 간명하면서도 표현은 고상하고 바르게 작품을 쓰려는 경향.
3) 의고(擬古)나 문구의 수식을 반대하고, 시가의 도학적(道學的)인 제약을 배격하면서, 시는 작가의 참된 감정과 개성의 표현이어야 한다는 주장.

않았으니, 그가 지은 시집 전주(箋注) 등은 강희(康熙 : 성조<聖祖>) 조에 그를 두 마음을 품은 신하로 생각하게 하여, 모두 불태워 버리게 되었다. 그러나 시인으로 목재를 논하면 실로 청 초의 두드러진 대가였다. 60세 이후에는 더욱 거센 바람처럼 마음대로 하였다. 이제 아래에 오언율시 한 수를 적는다.

渡江 두 수 중 한 수를 적는다.

京江南北路	경강 남북의 길4)
不到十餘年	가지 못한 게 10여년
歲月看如此	세월은 보자 하니 이와 같은데
風波意眇然	풍파에 마음 아득하구나
浮生催渡客	덧없는 인생 나그네 건너기 재촉하는데
官況釣魚船	조정의 모습은 낚시질하는 배
何事眉山老	무슨 일인가 미산야로는5)
歸期只問田	결국 밭만 찾았을 뿐

목재와 이름을 나란히 한 사람은 오매촌이다. 매촌은 이름이 위업(偉業)이고, 자는 준공(駿公)이며, 태창(太倉) 사람이다. 명 숭정(崇禎) 때 진사였다. 명이 망하자 물러나 숨어 지냈는데, 뒤에 청나라 조정에서 벼슬에 천거되어 관직이 국자좨주(國子祭酒)에 이르렀다. 조익(趙翼)은 그의 시를 평하여 '당시에 명예나 지위와 명성과 인망이 비록 전(錢)보다 다음이었다고 하더라도, 오늘날 침착하게 논해 보면 매촌의 시는 다가가지 못

---

4) 경강(京江)은 양자강의 다른 이름.
5) 미산노(眉山老)는 미산야노(眉山野老)로 송대의 문인상정(聞人祥正)을 말한다. 궁사(宮詞)를 집구(集句)한 것이 있다.

할 것이 두 개 있다. 하나는 신운(神韻)이 모두 당에 근본을 두었지만, 송 이후의 가락을 빠뜨리지 않았고, 알기 쉽도록 자세히 늘어놓아 설명하고 일의 사리를 미루어 논급하는 것은 완연히 뜻대로 하여, 당을 배운 사람이 그 모양만을 답습하는 것과 다르다. 또 하나는 소재를 갖출 때는 정사(正史)를 많이 사용하지 소설가(小說家)[6]의 옛 사실을 취하지 않고, 음조를 선택하여 아름답게 하며 화려하고 아리따움이 사람을 감동시키고, 옛 사람의 것을 배우되 운용을 잘못하는 것이 아닌 점이다[7]라고 하였다. 그러나 그의 기를 말하자면 조금은 쇠약한 듯하고, 그 문장의 구성을 말하자면 어폐가 상당히 많다. 자신의 한창 나이가 사직이 기울어질 때였기 때문에 시에 시사(時事)를 슬퍼함이 많았던 것 뿐이다. 그러나 오르락 내리락 한 일평생이 슬픔과 탄식을 간직하고 있어, 의미가 또한 자못 깊고 두텁다. 그의 칠언고시는 더욱 고상하고 오묘하다. 나이 63세에 죽으며 유언하기를, '승려의 옷차림으로 염을 하고, 묘 앞에 둥근 돌 하나를 세워 "시인 오매촌의 묘"라고 쓰라'했으니, 아마 절개를 굽힌 것을 스스로 한탄한 것으로 보인다. 그의 '술회시(述懷詩)'를 보면 그 가운데

> **我本淮王舊雞犬**　나는 본래 회왕의 옛 닭과 개였더니
> **不隨仙去落人間**　신선 따라 가지 않고 인간 세상에 떨어졌네

라는 것이 있다. 그리고 '회고겸조후조종시(懷古兼弔侯朝宗詩)' 가운데는

> **死生總負侯嬴諾**　생사는 모두 후영의 승낙에 힘입는 것[8]

---

6) 대개 패관(稗官) 출신들로 길거리에 떠도는 이야기들을 주워 듣고 지어낸 무리들이다.
7) 當時名位聲望雖次于錢 然今日平心而論 則梅村之詩 不可及者有二 一則神韻悉本于唐 不落宋以後之腔調 而指事類情 有宛轉如意 非如學唐者徒襲其貌也 一則㐌材多用正史 不取小說家之故實 選聲作色 又華艷動人 非食古不化者也
8) 후영(侯嬴)은 전국시대 위(魏)의 은사(隱士)다. 신릉군(信陵君)이 물건을 넉넉히 보

欲滴椒漿淚滿樽 술 따르려하니 눈물이 잔에 가득하네

라는 구절이 있으니, 그의 뜻을 생각해 볼 수 있다. 그의 시 가운데 장가(長歌)인 '영화궁사(永和宮詞)'와 같은 것은 더욱 이름났다. '영화궁사'를 살펴보면, 사종(思宗)과 전귀비(田貴妃)[9]의 일을 적었으니, 대개 정사(正史)의 사실을 취하여 그것을 윤색하였고, 끝에는 또 풍자의 뜻을 담고 있다. 이제 아래에 적는다.

永和宮詞

揚州明月杜陵花 양주의 밝은 달에 두릉의 꽃이라[10]
夾道香塵迎麗華 좁은 길 묵은 향기 여화를 맞았네[11]
舊宅江都飛燕井 옛 집 강도 비연의 우물[12]
新侯關內武安家 새 제후 관내 무안의 집[13]
雅步纖腰初召入 우아한 걸음 가는 허리 처음 불려와

냈으나 받지 않았다. 다시 신릉군이 큰 연회를 열고 직접 가서 맞이하여 상좌에 앉혔다. 이때 진(秦)이 조(趙)를 포위하자 조는 위왕과 신릉군에게 구원을 청했다. 위왕은 진비(晉鄙)에게 가서 조를 구원하도록 하였으나, 곧 진이 강한 것을 두려워하여 사람을 보내어 멈추고 관망하게 했다. 후영은 신릉군을 위해 여럿과 모의하여 진비를 쳐죽이고 그 군대를 얻어 진을 물리치고 조를 구했다. 나중에 나이가 들자 후영은 기한을 정하고 그때 스스로 자결했다.

9) 명 사종의 귀비. 유양(維揚) 사람. 성품이 밝고 슬기로우며 과묵해서 말수가 적으며 잘 웃어 황제가 가장 총애했다.
10) 두릉(杜陵)은 섬서성(陝西省) 장안현(長安縣) 동남쪽이며, 두릉화는 기녀를 말한다.
11) 여화(麗華)는 조여화(趙麗華)로서 원래 명대 금릉(金陵)의 기생이다.
12) 비연(飛燕)의 성은 조(趙)이며, 전한(前漢) 효성제(孝成帝)의 황후. 그의 몸이 가볍고 노래와 춤을 잘하였기에 비연이라고 불렸다. 태생이 미천하나 여동생 합덕(合德)과 함께 후궁이 되어 임금의 총애를 서로 다투었다. 성제가 죽은 후 합덕은 자살하고 비연도 평제(平帝) 때 서민이 되어 자살하였다.
13) 관내(關內)는 함곡관(函谷關)의 안쪽. 무안후(武安侯)는 한 효경왕(孝景王) 황후의 동모제(同母弟)인 전분(田蚡)을 말한다.

鈿合金釵定情日　나전 상자 금비녀로 사랑의 날 정했네

豊容盛鬢固無雙　통통한 얼굴 풍성한 살짝 본디 짝이 없었고

蹴鞠彈碁復第一　공차기 바둑도 제일이었네

上林花鳥寫生綃　상림 동산 꽃과 새 얇은 비단에 베꼈으니

禁本鍾王點素毫　대궐 화첩에 종왕이 붓을 찍어 더럽혔네14)

楊柳風微春試馬　버들에 산들바람 부는 봄엔 말 타보고

梧桐露冷暮吹簫　오동잎에 이슬 차가운 저녁엔 통소를 부네

君王宵旰無歡思　임금께선 밤늦게까지 바빠 기쁜 생각 없더니

宮門夜半傳封事　궁궐 문에선 한밤중 몰래 편지를 전하네

玉几金牀少晏眠　옥 안석 금 침상에서 늦잠이 없으니

陳娥衛豔誰頻侍　늘어서 두른 미인들 누가 자주 모셨으랴

貴妃明慧獨承恩　귀비만은 현명하고 지혜로와 은혜를 받으니

宜笑宜愁慰至尊　적당히 웃고 근심하며 지존을 위로했네

皓齒不呈微索問　흰 이 드러내지 않으면 따져 묻는 것 적었고

蛾眉欲蹙又溫存　아름다운 눈썹 찡그리려 하면 친절히 위로하네

本朝家法修淸讌　조정에선 가법으로 잔치를 조촐히 하였으니

房帷久絶珍奇薦　방의 주렴 안엔 오랫동안 진기한 깔개 없었네

勅使惟追陽羨茶　오로지 양선의 차를 올리지 못하게 했고15)

内人數減昭陽膳　내인들은 소양전의 반찬을 줄이려 했네16)

維揚服制擅江南　유양의 의복 제도는 강남을 마음대로 했고

小閣爐烟沈水舍　작은 궁전 향로 연기는 침수향 머금었네17)

---

14) 종왕(鍾王) 가운데 종요(鍾繇)는 삼국시대 위 사람. 글씨를 잘 썼다. 왕희지(王羲之)
는 동진 사람으로 글씨를 잘 썼다.

15) 강소성(江蘇省) 의흥현(宜興縣)의 남쪽에 있는 현. 이름난 차가 난다.

16) 소양(昭陽)은 궁전 이름이며, 소양전중인(昭陽殿中人)이라고 하면 명 조여화를 말한다.

17) 침수(沈水)는 침수향(沈水香)으로 서시(西施)의 몸에서 났다는 향기. 서시가 목욕을

私買瓊花新樣錦　사사로이 경화를 사서 새로 비단을 꾸미고[18]

自修水遞進黃柑　스스로 수체를 다스려 잘 익은 감자 올렸네[19]

中宮謂得君王意　황후는 군왕의 마음을 이해한다 말하고

銀鐶不妬溫成貴　처첩은 투기하지 않아 온화함이 귀하게 되었네

早日艱難護大家　종전엔 큰 집안 지키기 힘들었더니

比來歡笑同良娣　요사이는 즐거이 웃으며 양제와 하나되었네[20]

奉使龍樓買佩蘭　태자의 궁전에 사신 받들어 패란을 사더니[21]

往還偶失兩宮歡　오가다 우연히 태후와 황제의 즐거움 잃었네

雖云樊嬺能詞令　비록 번예가 응대할 수 있다고 하더라도[22]

欲得昭儀喜怒難　소의 얻으려 하니 노함을 즐겁게 하기 어렵네[23]

綠綈小字書成印　푸르고 두터운 비단에 작은 글자 써 남기니

瓊函自署充華進　옥구슬 함에 스스로 이름 써 충화가 올렸네[24]

請罪長敎聖主憐　죄를 청하여 길이 황제에게 가련히 여기게 하고

含辭欲得君王慍　말을 마음에 품고 황제의 온정을 얻으려 했네

君王內顧恤傾城　황제는 돌아보며 미인을 긍휼히 여겨

故劍還存敵體恩　칼은 다시 보존하고 은혜를 똑같이 하였네

手詔玉人蒙詰問　손수 미인에게 조서 내려 꾸짖는 말 덮어버리고

自來階下拭啼痕　스스로 계단 아래로 내려와 눈물 흔적 닦아주었네

外家官拜金吾尉　친정은 관직으로 금오위를 제수받고

하고 나오면 서로 그 물에 목욕을 하려 했다고 한다.

18) 경화(瓊花)는 진귀한 꽃 이름이다.

19) 당의 이덕유(李德裕)가 가려 마시던 물 이름.

20) 양제(良娣)는 태자(太子) 첩이다. 비(妃)의 아래다.

21) 패란(佩蘭)은 향기로운 풀의 이름.

22) 번예(樊嬺)는 조비연의 고모다.

23) 소의(昭儀)는 한 원제(元帝) 때 처음으로 둔 여관(女官). 지위는 승상과 비슷하다.

24) 충화(充華)는 아홉 빈(嬪) 가운데 하나.

平生游俠多輕利　평생 협객과 교유하여 이익 가벼이 함 많았네

縛客因催博進錢　손을 묶어두고 노름 돈을 재촉하고

當筵便殺彈箏伎　잔치에선 갑자기 쟁 타는 기생을 죽이네

班姬才調左姬賢　반희의 재주 좌희의 어짊25)

霍氏驕奢竇氏專　곽씨의 교만과 사치 두씨의 전횡26)

涕泣微聞椒殿詔　울면서 초전의 조서를 은밀히 듣고27)

笑談豪奪灞陵田　웃고 얘기하며 파릉의 밭을 억지로 뺏었네28)

有司奏削將軍俸　유사가 장군의 녹봉 삭탈하기를 주청하자

貴人零落宮車夢　귀인이 영락하니 궁실과 수레 꿈이로구나

永巷傳聞去玩花　궁중 복도에서 아끼는 꽃 버렸다는 걸 들으니

景和門裏誰陪從　경화문 안에서는 누가 모시고 따르나

天顏不懌侍人愁　황제 얼굴 기쁨 없어 모시는 사람 근심하니

后促黃門召共遊　황후가 대궐에 불러 함께 노닐기를 재촉했더니

初勸官家佯不應　처음 황실 권할 때 거짓으로 응하지 않더니

玉車早到殿西頭　옥같은 수레 일찍 궁궐 서쪽 머리에 닿았네

兩王最小牽衣戲　두 왕이 가장 어려 옷을 당기며 장난하더니

長者讀書少者弟　웃 사람 글 읽으니 아랫 사람 따르네

聞道群臣譽定陶　말을 듣고 여러 신하 정도를 칭송하고29)

獨將多病憐如意　다만 병이 많아 여의를 가련히 여겼네

豈有神君語帳中　어찌 신군이 있어 장막 안에서 말하리

---

25) 반희(班姬)는 반첩여(班倢伃)다.

26) 곽씨(霍氏)는 곽후(霍后)로서 어미인 현(顯)이 허후(許后)를 시해하고 황후가 되었
다. 이후 허후의 살해가 발각되어 자살했다. 두씨(竇氏)는 두후(竇后)로서 경제(景帝)
의 생모다.

27) 초전(椒殿)은 황후가 지내는 궁전이다.

28) 파릉(灞陵)은 장안성 동쪽에 있다.

29) 정도(定陶)는 한(漢) 때의 지명이다.

慢云王母降離宮　　왕모가 이궁으로 내려온다 거만하게 말하네

巫陽莫救蒼舒恨　　무양은 창서의 한을 구원하지 못하고30)

金鎖彫殘玉筋紅　　쇠사슬 부서지고 옥같은 힘줄 붉네

從此君王慘不樂　　이로부터 황제께선 참담하여 즐겁지 못하고

叢臺置酒風蕭索　　빽빽한 누대에 술자리도 바람만 쓸쓸하네

已報河南失數州　　이미 하남에선 여러 주를 잃었다 하고

況經少子傷零落　　하물며 이미 어린 아들 다쳐 죽어버렸으니

貴妃瘦損坐匡牀　　귀비는 병들고 상하여 침대에 앉아

慵髻啼眉掩洞房　　부스스한 머리 우는 눈썹 깊은 방에 갇혔네

荳蔲湯溫冰簟冷　　두구 끓여 따뜻해도 얼음같은 자리 싸늘하고31)

荔枝漿熱玉魚凉　　여지는 끓여 뜨거워도 옥어 장식 차갑네

病不禁秋淚沾臆　　병들어 가을 견디지 못하니 눈물 가슴 적시고

裴回自絶君王膝　　서성거리다 절로 황제의 무릎에서 멀어져버렸네

苔沒長門有夢歸　　이끼 덮인 장문궁 꿈에 돌아오면

花飛寒食應相憶　　꽃 날리던 한식 응당 서로 생각하리

玉匣珠襦啓便房　　옥갑주유는 편방에 벌여져 있고32)

薤歌無異葬同昌　　상여노래는 동창의 상례와 다름이 없네33)

君王欲製哀蟬賦　　황제가 애선부를 지으려 하니

誄筆詞臣有謝莊　　제문 짓는 신하에 사장이 있네34)

頭白宮娥暗顰蹙　　머리 흰 궁녀는 몰래 눈살을 찡그리니

---

30) 무양(巫陽)은 옛날 의술이 뛰어났던 사람인 무팽(巫彭)을 말한다. 창서(蒼舒)는 유우
　　씨(有虞氏) 고양씨(高陽氏)의 재자(才子).

31) 두구(荳蔲)는 육두구(肉荳蔲) 등 세 종류가 있는데, 약재로 쓰인다.

32) 옥갑주유(玉匣珠襦)는 제왕의 장례에 쓰는 물건. 편방(便房)은 휴게실.

33) 해가(薤歌)는 해로(薤露)이며, 상여가 나갈 때 부르는 노래다. 사람의 목숨이 염교
　　잎 위의 이슬과 같아서 쉽사리 없어진다는 뜻이다.

34) 사장(謝莊)은 남조(南朝) 송(宋)때 부(賦)의 대가.

庸知朝露非爲福　이제 알았네 아침 이슬 복이 아닌 줄을

宮草明年戰血腥　궁궐의 풀 다음 해 전쟁의 피비린내 나고

當時莫向西陵哭　당시에는 서릉을 향해 통곡하지 못했네

窮泉相見痛倉黃　구천에서 만나 너무 급했던 걸 아파하고

還向官家問永王　다시 천자에게로 향하여 영왕을 찾았네

幸免玉環逢喪亂　다행히 옥환이 죽음의 난 만난 걸 면했으니35)

不須銅雀怨興亡　모름지기 동작대에서 흥망을 원망 말아야지36)

自古豪華如轉轂　예로부터 사치와 번화는 구르는 바퀴 같은 것

武安若在憂家族　무안이 있었다면 가족을 걱정했으리

愛子雖添北渚愁　사랑하는 아들이 비록 북저의 근심 더해도37)

外家已葬驪山足　친정은 이미 여산의 발치에 장사치렀네38)

夜雨椒房陰火靑　황후전에 밤비 내리고 귀신불 푸른데

杜鵑啼血濯龍門　두견은 탁룡문에서 울며 피를 토하네

漢家伏后知同恨　한 왕실 복후는 같은 한을 아네39)

止少當年一貴人　겨우 젊은 그 해 한 귀인이었을 뿐

碧殿凄凉新木拱　벽옥의 궁전 처량하구나 새 나무 아름

行人尙識昭儀塚　행인은 아직 안다네 소의의 무덤인줄

麥飯冬靑問茂陵　보리밥에 감탕나무 우거진 무릉을 찾으니

斜陽蔓草埋殘壟　해질녘 덩굴풀은 작은 언덕을 묻었네

昭邱松檟北風哀　소구의 솔과 개오동나무 북풍에 슬피 울고

---

35) 옥환(玉環)은 양귀비의 어릴 때 자.
36) 동작(銅雀)은 동작대로 조조가 지은 대.
37) 북저수(北渚愁)는 『초사(楚辭)』 구가(九歌) 상부인(湘夫人)의 '하늘의 아들 북저로 내려오네 눈이 흐리도록 나를 근심하네'라는 구절에서 온 것이다.
38) 여산(驪山)에는 양귀비가 목욕하던 화청궁(華淸宮)이 있고, 진시황의 능이 있다.
39) 복후(伏后)는 후한(後漢) 말 헌제(獻帝)의 황후. 아버지 복완(伏完)에게 조조를 죽이게 했으나 발각되어 조조에게 죽임을 당했다.

南内春深擁夜來 남쪽 안 봄은 깊어 야래를 품에 안았네[40]
莫奏霓裳天寶曲 예상천보곡을 연주하지 말게나[41]
景陽宮井落秋槐 경양궁 우물엔 떨어지는 가을 홰나무로구나

　당시에 문장으로 이름이 전겸익·오위업과 나란히 일컬어져서 강좌삼
대가(江左三大家)라고 불린 사람에 공정자(龔鼎孳 : 자는 효승<孝升>, 호는
지록<芝麓>)가 있었으나, 작품이 전겸익과 오위업에 미치지 못한다.

　순치(順治 : 세조<世祖>) 때가 되면 시우산(施愚山)이 나타나 시로 드
날리며, 송여상(宋荔裳)과 나란히 일컬어져 당시 남시북송(南施北宋)이라
는 명칭이 생겼다. 우산은 이름이 윤장(閏章)이고, 자는 상백(尙白)이며,
선성(宣城) 사람이다. 그의 시는 오언율시로써 더욱 한 때의 으뜸이 되었
다. 여상은 이름이 완(琬)이고, 자는 옥숙(玉叔)이며, 산동(山東) 래양(萊
陽) 사람이다. 심덕잠은 '지금 두 사람을 논해보면 송(宋)은 뜻이 커서 작
은 일에 구애되지 않아 웅건(雄健)한 것으로 뛰어났고, 시(施)는 온화하고
심덕이 두터운 것으로 뛰어나다'[42]라고 하였다. 우산은 당시에 시적 명성
이 천하에 더욱 충만했다. 이제 아래에 두 사람의 시 한 수씩을 적는다.

　　　　岱嶺夜雨 ｜ 施閏章

寒星看掌上 태을성이 손바닥 위로 보이더니
暮雨忽尊前 저녁 비 갑자기 술잔 앞에 떨어지네
積氣無巖壑 하늘은 바위 골짜기에 보이지 않고
秋聲劃海天 가을 바람 소리 바다와 하늘을 가르네

---

40) 야래(夜來)는 위(魏) 문제(文帝)의 애첩이었던 설령운(薛靈芸)의 어릴 적 이름.
41) 예상천보곡(霓裳天寶曲)은 양귀비가 맞추어 춤을 추었다는 예상우의곡(霓裳羽衣曲)
　　이다.
42) 今以兩人論之 則宋以磊落雄健勝 施以溫柔敦厚勝

萬松飛瀑裏　　우거진 소나무 날아오르는 폭포 속에

三觀亂雲邊　　어지러이 나는 구름 가에서 삼관한다네[43]

恍惚身何在　　황홀하구나 이 몸은 어디에 있나

眞從象緯眠　　진실로 상위를 거느리고 잠든다네[44]

遣懷　　宋琬

年來憔悴客江關　　여러 해 강관에서 초췌한 나그네로[45]

草草經營水石間　　근심스레 자연경관 사이에서 경영하였네

漸喜疎桐能受雨　　거친 오동이 비 맞을 수 있는 걸 기뻐하고

尚憐新竹未成班　　새 대에 얼룩 생기지 않은 걸 가련해했네

官同社燕秋南北　　벼슬은 제비 같아 가을이라 남으로 북으로[46]

門對江鷗日往還　　문에서 강가 갈매기 마주하니 날마다 왔다갔다

歸計祗今餘白髮　　돌아갈 생각에 지금 남은 것은 백발 뿐

移家終欲傍靑山　　집을 옮겨 끝내 청산에 가까이 가려네

우산과 같은 때 오로지 신운설(神韻說)을 세상에 주창한 사람으로 왕
사정(王士禎)이 있다. 사정의 자는 이상(貽上), 호는 어양산인(漁洋山人)이
고, 산동(山東) 신성(新城) 사람이다. 처음에는 전겸익에게 중하게 여겨졌
는데, 뒤에 시적인 명성이 점점 높아져서 세상 사람들이 높이 받들어 시

---

43) 삼관(三觀)은 삼제(三諦)를 관찰하는 일. 삼제는 천태종(天台宗)에서 말하는 세 가
　　지 진리로, 제법(諸法)을 모두 공(空)이라고 보는 공제(空諦), 제법을 모두 유(有)라고
　　보는 가제(假諦), 공도 아니고 유도 아니라고 보는 중제(中諦).

44) 상위(象緯)는 해와 달과 목성(木星)·화성(火星)·금성(金星)·수성(水星)·토성
　　(土星)의 오성(五星).

45) 사천성(四川省) 봉절현(奉節縣) 동쪽.

46) 사연(社燕)은 제비를 말한다. 춘사(春社), 즉 봄 제사 때 왔다가 추사(秋社), 즉 가을
　　제사 때 가기 때문에 이렇게 부른다.

단의 맹주로 삼았다. 젊어서 역하(歷下)에서 놀면서 여러 이름난 선비들과 대명호(大明湖)에 모여 '추류시(秋柳詩)'를 지었는데, 일시에 화답한 사람이 수백 명이었다. 서울에 있으면서는 왕완(汪琬)47)·정가칙(程可則)48)·유공용(劉公勇)·양희(梁熙)49)·섭방애(葉方藹)50)·팽손휼(彭孫遹)·이경(李敬)51)·동문기(董文驥)52) 등과 서로 창화(倡和)했고, 양주(揚州)에서는 임무지(林茂之)·두준(杜濬)53)·손지울(孫枝蔚)54)·방이지(方爾止) 등과 홍교(紅橋)에서 계(禊)를 맺었으며, 진유숭(陳維崧)55)·소잠(邵潛)56) 등과 여고(如皐) 모씨(冒氏)의 수회원(水繪園)에서 계를 맺었다. 이부(吏部)에서 벼슬을 하고 있을 때는 이천복(李天馥)57)·진정경(陳廷敬)58)·송낙(宋犖) 등과 글 모임을 만들었고, 송완·시윤장·조이감(曹爾堪)59)·심전(沈

---

47) 장주(長洲) 사람. 자는 초문(苕文). 호는 둔옹(鈍翁 : 둔암<鈍菴>)의 다수. 한림원편수(翰林院編修)를 지냈다.
48) 남해(南海) 사람. 자는 주량(周量), 황진(湟溱). 호는 석구(石臞). 계림부지(桂林府知)를 지냈다.
49) 언릉(鄢陵) 사람. 자는 왈집(曰緝). 별호는 석차(晳次). 심탁어사(尋擢御史)를 지냈다.
50) 곤산(崑山) 사람. 자는 자길(子吉). 호는 인암(訒庵). 형부우시랑(刑部右侍郎)을 지냈다.
51) 육합(六合) 사람. 자는 성일(聖一). 호는 퇴암(退菴). 감찰어사(監察御史)를 지냈다.
52) 무진(武進) 사람. 자는 옥규(玉虯). 호는 이농(易農). 벼슬은 어사(御史)에 이르렀다.
53) 황강(黃岡) 사람. 자는 우황(于皇). 호는 차촌(茶村)·하래자(不來子)·속도인(贖道人)·서무산인(徐無山人). 명말에 태어나서 청으로 들어서서는 금릉에 은거하며 나오지 않았다.
54) 삼원(三原) 사람. 자는 표인(豹人). 호는 개당(漑堂). 큰 장사치로서 이자성(李自成)이 들어오자 의병을 일으켰다가 불리하자, 강도(江都)로 달아나 글을 읽고 시를 쓰며 지냈다.
55) 의흥(宜興) 사람. 자는 기년(其年). 호는 가릉(迦陵). 수염이 길어서 당시 진염(陳髥)이라고도 했다. 검토(檢討)를 지냈으며, 『명사(明史)』를 수찬했다.
56) 통주(通州) 사람. 자는 잠부(潛夫). 호는 오악외신(五嶽外臣)·통주포의(通州布衣). 노래와 시에 뛰어났다.
57) 합비(合肥) 사람. 자는 상북(湘北). 호는 용재(容齋). 7세에 시를 지어 신동이라고 했다. 이부상서(吏部尙書)를 지냈다.
58) 택주(澤州) 사람. 자는 오정(午亭) 또는 오정산인(午亭山人). 호는 설엄(說嚴). 문연각대학사(文淵閣大學士) 겸이부상서(兼吏部尙書)를 지냈다.
59) 가선(嘉善) 사람. 자는 자고(子顧). 호는 고암(顧菴). 시강(侍講)을 지냈다.

荃)[60] 등과 창수(唱酬)했다. 전겸익은 그의 시를 읽고 '문이 무성하고 이치가 넉넉하여 외관과 내용이 겸비되었으며, 시대를 생각하는 작품은 두릉(杜陵)보다 비통하고 연분의 정을 읊은 시편은 의산(義山)보다 복잡하게 얽혔다'[61]라고 하였다. 그러나 조집신(趙執信)은 「담룡록(談龍錄)」을 지어 그가 흩날려 뛰어남이 없다고 흉보고, 원매(袁枚)는 그가 수식을 주로 하고 성정을 생략했다고 하였다. 그러나 그가 뽑아 모은 『삼매집(三昧集)』 속에 이백과 두보를 넣지 않고 왕유(王維)를 적은 것이 유독 많으니, 그의 미묘한 뜻을 생각해 볼 수 있다. 이제 아래에 그의 시를 적는다.

秋柳詩 4수

秋來何處最消魂 가을 오니 어디에서고 모두 넋이 빠지는데
殘照西風白下門 해질녘 백하 성문에 서풍이 부는구나[62]
他日差池春燕影 전에는 어지러웠던 봄 제비 그림자
祗今憔悴晩烟痕 지금은 초췌한 저녁 연기의 흔적뿐
愁生陌上黃驄曲 근심 일어나네 길 위 황총의 노래[63]
夢遠江南烏夜村 꿈인 듯 멀구나 강남의 오야촌은[64]
莫聽臨風三弄笛 바람맞으며 세 번 부는 피리 듣지 마세나
玉關哀怨總難論 옥문관의 슬픔 원망 모두 이야기하기 어려우니

60) 화정(華亭) 사람. 자는 정유(貞蕤). 호는 역당(繹堂). 별호는 충재(充齋). 한림원시독학사(翰林院侍讀學士)를 지냈다.
61) 文繁理富 佩實銜華 感時之作 愴惻于杜陵 緣情之什 纏綿于義山
62) 백하(白下)는 강소성(江蘇省) 강녕현(江寧縣) 서북쪽에 있는 성.
63) 황총(黃驄)은 누런 말이라는 뜻이다. 『주서(周書)』 배과전(裵果傳)에 따르면, 북주(北周) 사람인 배과는 도적이 일어나자 종군하였는데, 누런 말을 타고 항상 앞서 진을 함락시켰다. 그 때 사람들이 그를 황총년소(黃驄年少)라고 하였다고 한다.
64) 오야촌(烏夜村)은 강소성(江蘇省) 오강(吳江) 소현(蘇縣)의 남쪽이다.

娟娟凉露欲爲霜 곱디 고운 찬 이슬 서리되려 하고

萬縷千條拂玉塘 수많은 실올과 가지 옥같은 못에 흔들리네

浦裏靑荷中婦鏡 나루 안 푸른 연은 궁녀의 거울

江干黃竹女兒箱 강변의 노란 대는 부인네의 상자

空憐板渚隋隄水 공연히 판저와 수제 물 가련해하다[65]

不見琅琊大道王 낭야 큰 길의 왕을 보지 못하네[66]

若過洛陽風景地 만약 낙양의 풍경을 지나가거든

含情重問永豊坊 마음 먹고 다시 영풍의 둑을 찾으리

東風作絮糝春衣 동풍이 솜 일으켜 봄옷에 섞었더니

太息蕭條景物非 한숨 쓸쓸하니 경물도 그릇되었네

扶荔宮中花事盡 부여궁 안 봄 꽃 보는 일 다하였고[67]

靈和殿裏昔人稀 영화전 안 옛 사람 드물구나[68]

相逢南鴈皆愁侶 남으로 가는 기러기 서로 만나 근심스레 벗하고

好語西烏莫夜飛 좋은 소리 서쪽 까마귀 밤이라 날지 않네

往日風流問枚叔 지난날 풍류를 매승에게 물어보고[69]

梁園回首素心違 양원에서 고개 돌리니 본심이 어그러지네[70]

桃根桃葉鎭相憐 도근과 도엽 진정되어 서로 귀애하더니[71]

---

65) 판저(板渚)는 하남성(河南省) 범수현(氾水縣) 동북쪽. 수 양제가 뚫은 물길. 수제(隋隄) 또한 수 양제가 뚫은 물길로 둑을 쌓고 가에 버드나무를 심었다.

66) 낭야대도왕(琅琊大道王)은 진(晉) 원제(元帝) 사마예(司馬睿). 사마의(司馬懿)의 증손. 낭야왕 근(覲)의 아들. 건강(建康)에서 즉위하였는데, 역사에서는 동진이라고 한다.

67) 부여궁(扶荔宮)은 한 무제가 세운 궁전.

68) 영화전(靈和殿)은 제(齊) 무제(武帝) 때 세운 궁전.

69) 매숙(枚叔)은 시인 매승(枚乘).

70) 양원(梁園)은 양원(梁苑)이라고도 하는데, 한 양효왕(梁孝王)이 이룬 동산이다.

71) 도근(桃根)은 진(晉) 왕헌(王獻)의 애첩. 도엽(桃葉)은 도근의 여동생으로 또한 왕헌의 첩이다.

眺盡平蕪欲化烟 잡초 우거진 들판 바라보니 연기되려 하는구나
秋色向人猶旖旎 가을빛이 사람을 향해 피어오르더니
春閨曾與致纏綿 처첩들은 일찍이 함께 근심에 얽히게 되었네
新愁帝子悲今日 새로 근심 품은 황제의 아들 오늘 슬퍼하고
舊事公孫憶往年 옛날 섬겼던 공의 자손들 옛날을 생각하네
記否靑門珠絡鼓 기억하는가 청문의 주락과 북을72)
松枝相映夕陽邊 소나무 가지 석양 가에 마주 비치는구나

　　주이존(朱彝尊)은 왕사정과 이름을 나란히 하였다. 그의 시는 여러 체
를 두루 마음껏 하여, 시윤장과 송완 사이를 오르내리며, 시문으로써 강
좌(江左)에서 명성을 날렸다. 이존은 자가 석창(錫鬯)이고, 호는 죽타(竹
垞)며, 절강(浙江) 수수(秀水) 사람이다. 강희제(康熙帝) 때 박학홍사(博學
鴻詞)에 천거되었다. 일찍이 시인은 경사(經史)를 근본으로 하여야 하는
데, 그렇지 않으면 천박하고 고루하며 남의 시문을 표절하여 자기의 것
으로 하는 것일 뿐이라고 하였다. 그의 시는 모든 대가들을 포괄하여, 왕
사정과 남북으로 나란히 우뚝 솟아 두 큰 갈래가 되었다. 그러므로 주이존
은 많은 것을 탐내고, 왕사정은 소중히 다룬다는 말이 생겼다. 당시 왕사
정과 각축한 사람들로는 송낙(宋犖 : 자는 목중<牧仲>, 호는 만당 <漫堂>),
전문(田雯 : 자는 자륜<紫綸>, 호는 산강<山疆>)·팽손휼(彭孫遹 : 자는 준
손<駿孫>, 호는 선문<羨門>)·사신행(査愼行 : 자는 회여<悔餘>, 중년 이후
의 호가 초백<初白>) 등 여러 사람이 있었다. 왕사정보다 조금 뒤에 왕사
정과 거의 가까울 수 있었던 사람들은 진공윤(陳恭尹)73)·굴대균(屈大

---

72) 청문(靑門)은 한(漢) 장안성의 동남문으로 본 이름은 패성문(霸城門)이었는데, 푸른
　　색이었으므로 이렇게 불렸다. 북주(北周) 문제(文帝) 때 여기에서 등숙자(鄧叔子) 이
　　하 천 명이 죽임을 당한 일이 있었다. 주락(珠絡)은 노끈으로 강목(綱目)을 삼은 것.
73) 순덕(順德) 사람. 자는 원효(元孝). 아버지 방언(邦彦)이 죽고 난 뒤 은거하여 벼슬

均)74)・양패란(梁佩蘭)75) 등 세 명으로, 당시에 영남삼가(嶺南三家)라고 하였다. 왕사정의 문하에서 나와 일대의 시적인 호걸이 될 수 있었던 사람으로는 매경(梅庚)76)・홍승(洪昇)77)・오문(吳雯)78)・유대근(劉大勤)・사신의(史申義)79)・탕우증(湯右曾)80) 등 여러 사람이 있었다. 이 외에 조정길(曹貞吉)81)・안광민(顔光敏)82)과 왕사정의 형제인 사록(士祿 : 자는 자저<子底>, 호는 서초<西樵>)・사우(士祐 : 자는 자측<子測>, 호는 동정<東亭>) 같은 이들도 모두 한 때의 뛰어난 사람들이었다. 왕사정은 일찍이 『감구집(感舊集)』을 지어 같은 시대의 시인들을 적어 대략 넣어두었는데, 여기에 하나하나 다 적지는 않는다. 송완과 시윤장 때가 되어 정팽(丁澎)83)・장초명(張讌明)・엄항(嚴沆)84)・주부산(周釜山)・조금범(趙錦帆) 등 여러 사람들과 함께 연대칠자(燕臺七子)라고 하였다. 그리고 정팽은 또한 고향이 같은 육기(陸圻)85)・손치(孫治)86)・심겸(沈謙)87)・모선서(毛先舒)88)・시

하지 않고, 스스로 라부포의(羅浮布衣)라고 하였다.

74) 번우(番禺) 사람. 초명은 소융(紹隆). 자는 옹산(翁山)・개자(介子). 청에 들어서서 모든 것을 버리고 승려가 되어 금종(今種)이라 이름했다. 중년에 환속하여 이름을 대균이라고 했다.

75) 남해(南海) 사람. 자는 지오(芝五). 호는 약정(藥亭). 강희 연간에 진사가 되었다.

76) 선성(宣城) 사람. 자는 우장(耦長). 태순현령(泰順縣令)을 지냈다.

77) 전당(錢塘) 사람. 자는 방사(昉思). 호는 패존(稗村). 악부를 잘했다.

78) 용주(涌州) 사람. 자는 천장(天章). 호는 연양(蓮洋). 강희 연간에 제생(諸生)으로서 불려가 시험을 치뤘지만 불우하였다.

79) 강도(江都) 사람. 자는 초음(蕉飮). 예과급사중(禮科給事中)을 지냈다.

80) 인화(仁和) 사람. 자는 서애(西厓 : 西涯). 이부시랑(吏部侍郎)을 지냈다.

81) 안구(安丘) 사람. 자는 승륙(升六). 호는 실암(實菴)・가설(珂雪). 예부랑중(禮部郎中)을 지냈다.

82) 곡부(曲阜) 사람. 자는 손보(遜甫)・수래(修來). 호는 약포(藥圃). 이부랑중(吏部郎中)을 지냈다.

83) 호는 약원(藥園).

84) 호는 호정(灝亭).

85) 전당(錢塘) 사람. 자는 여경(麗京)・경의(景宜). 호는 강산(講山).

86) 전당(錢塘) 사람. 자는 우태(宇台 : 우길<宇吉>). 호는 감암(鑑菴).

87) 인화(仁和) 사람. 자는 거긍(去矜). 호는 동강(東江).

88) 인화(仁和) 사람. 자는 치황(稚黃). 뒤에 이름은 규(騤)로, 자는 치황(馳黃)으로 고쳤

소병(柴紹炳)89) · 장강손(張綱孫)90) · 오백붕(吳百朋)91) · 우황호(虞黃昊)92) · 진정회(陳廷會)93) 등 여러 사람과 함께 서냉십자(西冷十子)라고 불렸다. 이외에 매청(梅淸)94) · 고영(高詠)95) · 원계욱(袁啓旭)96) 등도 한 때에 쟁쟁했던 사람들이다.

왕사정의 시는 왕세정 · 이반룡의 천박함과 공허함, 종성과 담원춘의 잗달고 흐릿함을 버리고 신운(神韻)을 주로 했지만, 아직 모방에서 벗어나진 못했다. 그러므로 조집신(趙執信)은 『담룡록(談龍錄)』에서 '청의 이우린(李于鱗 : 반룡)'이라고 비난했다. 조집신은 자가 신부(伸符)며, 호는 추곡(秋谷)이고, 산동(山東) 익도(益都) 사람이다. 강희제 때 진사로 좌춘방우찬선(左春坊右贊善)의 벼슬을 했다. 저서에는 『이산시집(飴山詩集)』이 있다. 그의 시는 생각의 방향이 올곧게 새겨져 있는 것을 최고로 삼는다. 벼슬을 그만둔 뒤 세상을 떠돌아다니며, 그의 감개와 무료함과 억울하고 불평한 느낌을 이 때에 시 속에서 드러내었다. 또한 같은 때의 학자들이 바야흐로 왕사정을 받들어 태산북두(泰山北斗)로 삼았으나, 추곡은 그와 서로 맞지 않았기 때문에 시 속에서도 때때로 풍자하는 말을

다. 당시 모기령(毛奇齡)과 모제가(毛際可)와 함께 절중삼모(浙中三毛) · 문중삼호(文中三豪)라고 하였는데, 명이 망하자 벼슬의 뜻을 버렸다.

89) 인화(仁和) 사람. 자는 호신(虎臣). 호는 성헌(省軒). 명이 망하자 은거하며 저술에 힘썼다.

90) 장단(張丹)을 말한다. 전당(錢塘) 사람. 원래의 이름은 강손(鋼孫)이며, 자는 조망(祖望), 호는 진정(秦亭) · 죽은군(竹隱君)이다.

91) 인화(仁和) 사람. 자는 금문(錦雯). 호는 박암(樸菴 : 모암<模菴>). 남화현령(南和縣令)을 지냈다.

92) 전당(錢塘) 사람. 자는 경명(景明). 교유(教諭)를 지냈다.

93) 전당(錢塘) 사람. 자는 제숙(際叔). 다른 자는 첨운(瞻雲). 성(城) 위에 주조(鴞鳥)가 모여 있어서 스스로 주객(鴞客)이라고 호했다.

94) 선성(宣城) 사람. 자는 윤공(潤公 : 연공<淵公>). 호는 구산(瞿山) · 월루(月樓) · 빙약(冰若). 벼슬에 뜻을 두지 않고 시화(詩畵)로 이름을 날렸다.

95) 선성(宣城) 사람. 자는 완회(阮懷). 호는 유산(遺山). 나이 60세 가까이 되어서야 과거에 올라 검토(檢討)를 지냈다. 시윤장과 함께 선성체(宣城體)라고 불렸다.

96) 선성(宣城) 사람. 자는 사단(士旦).

보인다. 그러나 구역이 홀로 열려 있고 문장이 쟁쟁하게 울려 사람을 업신여기니, 왕사정과는 본디 과정은 다르나 결과는 같다. 그런데 왕사정의 시는 천박함과 공허함으로 쉽게 흐르고, 추곡의 시는 잔달고 작은 것으로 쉽게 흘렀으니, 또한 각각 단점이 있다. 이제 그의 칠언율시 한 수를 아래에 적는다.

| 即日言懷 |

曉霽新篁翠欲浮　새벽 날 개니 새 대에 푸른 빛 떠오르려 하고
遙山入戶伴人幽　먼 산 머리 한가한 사람 숨어 있구나
夢抛溟海三千里　꿈은 바다 삼천리 던져버리고
身耐霜風七十秋　몸은 70년 세월 견뎌내었네
老驥不充中下駟　늙은 준마는 중하의 사마에 들지 못하고
虛舡猶避去來舟　빈 배는 오히려 오가는 배를 피하네
大通有路無緣進　탁 트인 데 길이 있어도 따라 나가지 못하고
日日心齋坐自愁　날마다 마음 재계해도 그저 절로 근심스러워

건륭(乾隆 : 1736~1795)·가경(嘉慶 : 1796~1820) 대에 왕사정의 신운설은 점점 당시 사람들에게 싫증이 나서 버림받게 되었다. 그리하여 옹방강(翁方綱)·원매(袁枚)·장사전(蔣士銓)·조익(趙翼)·황경인(黃景仁)[97]·심덕잠(沈德潛) 등 여러 사람들이 나와서, 어떤 이는 성령(性靈)을 주창하고, 어떤 이는 격조(格調)를 주로 하니, 시풍은 그들에게서 일변하였다.

옹방강은 자가 정삼(正三)이고, 호는 담계(覃溪)이며, 대흥(大興) 사람이다. 그의 시는 강서파(江西派)를 존숭하는데, 원매와 심덕잠 두 사람과 또한 달랐지만, 오직 그들이 신운설을 주로 하지 않은 것만은 서로 같다.

97) 무진(武進) 사람. 자는 한용(漢鏞)·중칙(仲則). 호는 녹비자(鹿菲子).

일찍이 말하기를 '어양은 신운이라는 두 글자를 가지고, 굳이 뛰어나게 오묘해졌지만, 다만 그 폐단이 유행하여 헛된 가락이 될까 두렵다'98)라고 하였다. 그러므로 옹방강의 시는 참된 것으로 헛된 것을 막을 수 있어서 신운파의 실패를 답습하지 않았다.

원매는 자가 자재(子才)이며, 호는 간재(簡齋) 또는 수원(隨園)이고, 전당(錢塘) 사람이다. 장사전(자는 심여<心餘>, 또는 초생<茗生>, 호는 청용<淸容>)·조익(자는 운송<耘松>, 호는 구북<甌北>) 등과 함께 강좌삼대가(江左三大家)라고 불렀다. 또 기적(紀的 : 호는 효람<曉嵐>, 하간<河間> 사람)과 함께 남원북기(南袁北紀)라고 했다. 그는 시를 논할 때 성령을 주로 하여, 왕사정의 신운설과는 서로 반대되었는데, 재능을 마음껏 펼쳐 더할 나위 없는 것은, 무릇 세상 사람들이 말하고자 하여도 이루지 못한 것들을 모두 이룰 수 있었다. 그러나 시체가 이따금 해학적인 것으로 흘러 경솔하고 천박한 병폐가 없지 않았다. 조익도 이 병폐를 범하였다. 사람들은 간혹 그의 시를 평하여 '비록 두자미에게는 미치지 못해도 양성재는 이미 넘어섰다'99)라고 한다. 조익은 오만하게 '나는 스스로 조의 시를 할 뿐이니, 어찌 당송의 시를 알겠는가?'100)라고 하였다. 장사전은 장가(長歌)를 잘 하였는데, 애통하고 맑고 슬픈 음성은 사람들이 눈물을 씻게 하니, 대개 원매·조익의 시와도 다른 점이 있다. 홍량길(洪亮吉)101)은 세 사람의 시를 논하여 '원간재는 하늘에 통하는 변화무쌍한 여우같아서 술이 취한 뒤에야 꼬리를 내어 놓고, 조운송은 동방삭이 바른 말로 간(諫)하는 듯해서 때때로 해학을 띠고 있으며, 장심여는 검객이 도의 경지에 든 것 같아 아직 빠른 재치가 남아 있다'102)라고 했다. 이제 세 사람

---

98) 漁洋拈神韻二字 固爲超妙 但其弊恐流爲空調
99) 雖不及杜子美 已過楊誠齋矣
100) 吾自爲趙詩耳 安知唐宋
101) 양호(陽湖) 사람. 자는 치존(稚存)·우길(又蛞). 호는 북강(北江)·갱생거사(更生居士)·효독서재(曉讀書齋). 귀주(貴州)의 독학(督學)을 지냈다.

의 시를 아래에 적는다.

秦中雜感 袁枚, 8수 중에 하나를 적는다.

高登秦嶺望褒斜 진령에 높이 올라 포사를 바라보니[103]

鐘鼓樓空噪暮鴉 종고루는 비고 지저귀는 저녁 까마귀

古井照殘宮殿影 옛 우물엔 허물어진 궁전 그림자 비치고

畵堂吹入戰場沙 아름다운 집엔 불어오느니 전장 모래로구나

賀蘭風信三邊笛 하란의 바람 소리는 삼면의 젓대 소리[104]

杜曲霜痕九塞花 두곡의 서리 흔적은 구새의 꽃이로다[105]

每欲憑欄怕惆悵 늘 난간에 기대어 두렵고 슬퍼지려 하니

二千年是帝王家 이천년토록 제왕의 집안이었다네

題蔣心餘歸舟安穩圖 二首 趙翼

桃花貼浪柳垂堤 복숭아꽃 물결에 뜨고 버들 늘어진 언덕

一葉扁舟老幼齊 일엽편주엔 늙은이 아이 함께 탔네

難得全家總高致 모든 집안 모두 고상한 성품 얻기 어려우니

介之推母伯鸞妻 개지추의 어미는 백난의 처로다[106]

---

102) 袁簡齋如通天神狐 醉後露尾 趙雲松如東方正諫 時帶諧謔 蔣心餘如劍俠入道 尙餘殺機

103) 진령(秦嶺)은 진산(秦山)이라고도 하며 종남산(終南山)인데, 간단하게 남산이라고도 한다. 포사(褒斜)는 종남산의 골짜기 이름.

104) 하란(賀蘭)은 영하성(寧夏省)에 있는 산 이름. 나무가 푸르고 흰 것이 마치 얼룩말을 보는 것 같다. 북쪽 사람들은 얼룩말을 하란이라고 하기 때문에 이렇게 이름을 붙였다고 한다.

105) 두곡(杜曲)은 장안현에 있다. 두씨들이 대대로 살았기 때문에 이렇게 이름붙었다. 구새(九塞)는 옛날 아홉 개의 요새.

106) 개지추(介之推)는 춘추시대 사람으로 개자추(介子推)라고도 한다. 진(晉) 문공(文公)을 따라 망명하기 19년, 문공이 귀국하여 왕이 된 후에 봉록을 주지 않자 그 어머

采石磯頭片月高 채석기 머리에 한 조각 달 높이 떴는데[107)

一千年後少詩豪 일천 년 후 뛰어난 시인 드무네

知君醉酒江天夕 그대는 해 저무는 강에서 술 취한 줄 알았더니

尙有平生宮錦袍 오히려 평생 궁궐의 비단 도포가 있었구려

題文信國遺像 蔣士銓

遺世獨立公之容 세상을 잊고 홀로 선 공의 모습

大節不奪公之忠 큰 절개 뺏을 수 없는 공의 충성

天已厭宋猶生公 하늘이 이미 송을 싫어해 공을 나게 했으니

一代正氣持其終 한 대의 바른 기상 그 마지막을 버티네

小人紛紛作丞輔 소인들 어지러이 재상이 되어도

公不見用且歌舞 공은 쓰이지 않고 노래하고 춤추었네

朝廷上公國已亡 조정의 상공이여 나라 이미 망했으니

六尺之孤是何主 육척의 외로운 이 누구를 주인으로 삼나

出入萬死身提戈 나고 들며 만 번 죽어도 스스로 창을 들었어도

天意不屬尙奈何 하늘의 뜻 따르지 못하니 어찌 하리요

十載幽囚就柴市 십 년 동안 갇혀 시시로 갔더니[108)

毅魄且欲收山河 의연한 혼백 산하에 거두어지려 했네

節義文章皆可考 절의와 문장 모두 생각해 볼 만하니

니와 함께 면산(緜山)에 숨었다. 문공이 뒤에 그를 찾았으나 찾지 못하자 산에 불을
질러 불타 죽고 말았다. 백란(伯鸞)은 후한(後漢) 양홍(梁鴻)의 자다. 처사인 양홍의
아내 맹광은 남편을 극진히 공경하고, 남편의 뜻을 좇아 가난함을 참고 숨어 살았다.
107) 채석기(采石磯)는 안휘성(安徽省) 당도현(當塗縣)의 서북쪽에 있는 우저산(牛渚
山)의 북쪽 부분이다.
108) 시시(柴市)는 북평시(北平市) 교충방(教忠坊) 서북 귀퉁이. 문천상(文天祥)이 이곳
에서 죽었다.

狀元宰相如公少	수재와 재상 중 공 만한 이 적어라
山中誰救六陵移	산 속에서 누가 여섯 릉을 구해 옮기랴
地下眞慚一身了	지하에서 참으로 일신을 부끄러워하리
亂亡無補心可憐	난 일어 망해도 도울 이 없으니 마음 가련해라
天以臣節煩公肩	하늘은 신하의 절개로 공의 어깨 무겁게 했네
不然狗彘草間活	그렇지 않다면 개나 돼지가 풀 사이에 살듯
借口順運謀身全	먹을 것 빌고 운 따라 한 몸 살아남길 꾀했으리
俎豆忠貞遂公志	그 충정에 제사지내며 공의 뜻 생각하니
嶺上梅花公再世	고개 위 매화는 공이 다시 세상에 있는 듯
鄕人誰復繼前賢	향리 사람 누가 다시 앞의 현인 이을까
一拜顰眉一流涕	한 번 절하니 띠와 눈썹에 눈물 흐르네

심덕잠은 자가 확사(確士)며, 호는 귀우(歸愚)이고 장주(長洲) 사람이다. 나이 66살에 비로소 지방에서 천거되었다. 이로부터 누차 승진하여 벼슬이 예부시랑(禮部侍郎)에 이르렀다. 건륭제(乾隆帝 : 고종)가 이 때 특별히 대우하여, 죽은 뒤에 문각(文慤)이라고 시호를 내렸다. 그러나 뒤에 서술기(徐述夔)[109]가 지은 『일주루집(一柱樓集)』의 시(詩)와 사(詞)가 패악스럽고 불손하여 간악하다고 알려졌는데, 문집 속에 덕잠이 지은 전(傳)이 있어서 드디어 그의 벼슬 품계와 시호를 다시 박탈하였다. 그의 시는 체제와 법도를 깊이 궁리하였는데, 일찍이 말하기를 '시는 소리를 쓰임으로 삼는 것이다. 그 미묘함은 음조의 고저와 강약이 높아지고 낮아지는 가운데 있다'[110]라고 하고 또 '시는 성정을 귀한 것으로 여기고, 법을 논해야 한다. 난잡하여 법이 없는 것은 시가 아니다. 그러나 이른바

---

109) 절강(浙江) 사람. 그는 「일주루기」를 지었는데, 기롱하고 풍자하는 말이 있어 그의 시체를 자르고, 그의 자손들까지 죄를 물었다.
110) 詩以聲爲用者也 其微妙在抑揚抗墜之間

법이란 것은 행하지 않으면 안될 것을 행하고, 그만두지 않으면 안될 것
은 그만두는 것이다. 혹은 높고 혹은 낮은 것이 전후 대조되어 균형을
이루고, 앞을 받아 뒤를 잇고 전환되는 것이 사람의 마음으로부터 그 속
에서 변화하는 것인데, 만약 이곳은 마땅히 어떠해야 하며, 저곳은 마땅히
어떠해야 하는가를 꼭 정하여, 마음으로써 법을 움직이지 못하고, 도리어
마음으로 법을 따른다면 법을 죽이는 것이다'111)라고 하였다. 당시에 그를
따른 사람들로는 성금(盛錦)112)·주준(周準)113)·진괴(陳檜)·고이록(顧詒
祿)114) 등 여러 사람이 있었고, 그 뒤에 다시 왕명성(王鳴盛)115)·전대흔
(錢大昕)116)·조인호(曹仁虎)117)·왕창(王昶)118)·황문운(黃文運)·조문
철(趙文哲)119)·오태래(吳泰來)120)(吳中七子) 등 여러 사람이 있었다. 그
리고 제자의 제자와 사숙(私淑)한 제자도 큰 강의 남북에 분포하였으니,
그의 명성과 인망은 왕사정과 함께 앞서거니 뒷서거니 번쩍번쩍 빛났다.
그리고 황제의 총애가 드높은 것은 그를 넘어섰으니, 건륭 황제는 그의
『귀우시집(歸愚詩集)』에 서를 써서 '멀리로는 이백과 두보에게서 도야(陶
冶)하고, 가까이로는 고(高 : 청구<靑邱>)와 왕(王 : 어양<漁洋>)과 맞먹는
다'121)고 하였으니, 아마 그의 시를 그때 당시 세상의 보통 것이 아닌 것

---

111) 詩貴性情 亦須論法 亂雜無法 非詩也 然所謂法者 行所不得不行 止所不得不
止 而起伏照應 承接轉換 自神明變化于其中 若泥定此處應如何 彼處應如何 不
以意運法 轉以意從法 則死法矣
112) 오현(吳縣) 사람. 자는 정견(廷堅).
113) 장주(長洲) 사람. 자는 흠래(欽來). 호는 우촌(迂村).
114) 장주(長洲) 사람. 자는 록백(祿百). 호는 화교(花橋)·원당(瑗堂).
115) 가정(嘉定) 사람. 자는 봉개(鳳喈). 호는 서장(西莊), 만년의 호는 서지(西沚). 예부
시랑(禮部侍郎)을 지냈다.
116) 가정(嘉定) 사람. 자는 효징(曉徵). 호는 신미(辛楣)·죽정(竹汀). 소첨사(少詹事)
등을 지냈다.
117) 가정(嘉定) 사람. 자는 은래(殷來). 호는 습암(習菴). 시독학사(侍讀學士)를 지냈다.
118) 청포(靑浦) 사람. 자는 덕보(德甫). 호는 술암(述庵). 배우는 자들은 난천선생(蘭泉
先生)이라고 했다. 형부우시랑(刑部右侍郎)을 지냈다.
119) 상해(上海) 사람. 자는 손지(損之). 호는 박함(璞函). 호부주사(戶部主事)를 지냈다.
120) 장주(長洲) 사람. 자는 기진(企晉). 호는 죽서(竹嶼).

으로 생각했던 것 같다.

건륭·가경 대의 시인은 끝없이 이어져, 위에 적은 것을 제외하고도 대흥(大興)의 서위(舒位)[122]·수수(秀水)의 왕담(王曇)[123]·소문(昭文)의 손원상(孫源湘)은 삼군(三君)으로 불렸고, 순덕(順德)의 여간(黎簡)[124]·장금방(張錦芳)[125]·황단서(黃丹書)[126]와 번우(番禺)의 여견(呂堅)[127]은 영남사가(嶺南四家)라고 불렸다. 그리고 장금방은 또한 호적상(胡亦常)[128]·풍민창(馮敏昌)[129]과 함께 영남삼자(嶺南三子)라 하였다. 인화(仁和)의 항세준(杭世駿)은 자가 대종(大宗)이고, 호는 근포(菫浦)다. 그의 시는 제소남(齊召南)[130]에게 극히 사랑과 칭송을 받았고, 소식의 시와 합해 『소항집구(蘇杭集句)』를 간행하게 되었다. 그리고 전당(錢塘)의 여악(厲鶚)은 자가 태홍(太鴻)이고, 호를 번사(樊榭)라고 하였는데, 또한 스스로 하나의 깃발을 세울 수 있어서, 시단을 주도한 것이 수십 년이었다. 이외에 팽단숙(彭端淑)[131]·장문도(張問陶)[132]·홍량길(洪亮吉)·양방찬(楊芳燦)[133]

---

121) 遠陶鑄乎李杜 近伯仲乎高王
122) 대흥(大興) 사람. 자는 입인(立人). 호는 철운(鐵雲).
123) 수수(秀水) 사람. 일명 양사(良士). 자는 중구(仲瞿).
124) 순덕(順德) 사람. 자는 간민(簡民). 호는 이초(二樵)·광간(狂簡). 10세에 시를 지을 수 있었다.
125) 순덕(順德) 사람. 자는 찬부(粲夫). 호는 약방(藥房). 편수(編修)를 지냈다.
126) 순덕(順德) 사람. 자는 정수(廷授 : 受). 호는 허주(虛舟)·홍설재(鴻雪齋). 교유(教諭)를 지냈다.
127) 번우(番禺) 사람. 자는 개경(介卿). 호는 석범(石颿 : 帆).
128) 순덕(順德) 사람. 자는 동겸(同謙). 다른 자는 치보(豸甫).
129) 흠주(欽州) 사람. 자는 백구(伯求). 호는 어산(魚山)·숭아재(崇雅齋). 호부주사(戶部主事)를 지냈다.
130) 천태(天台) 사람. 자는 차풍(次風). 호는 경대(瓊臺). 만년의 호는 식원(息園). 예부시랑(禮部侍郎)을 지내고 일에 연루되어 삭직되고서는 전원으로 돌아가서 학문에 몰두했다.
131) 단릉(丹稜) 사람. 자는 낙재(樂齋). 이부랑중(吏部郎中)을 지냈다.
132) 수녕(遂寧) 사람. 자는 중야(仲冶). 호는 선산(船山). 산동(山東) 래주부(萊州府)의 재(宰)를 지냈다.
133) 무석(無錫) 사람. 자는 용상(蓉裳). 호부원외랑(戶部員外郎)을 지냈다.

· 양규(楊揆)134) · 김농(金農)135) · 오석기(吳錫麒)136) · 곽인(郭麐)137) · 증
욱(曾燠)138) · 오숭량(吳嵩梁)139) · 등현학(鄧顯鶴)140) · 구양노(歐陽輅)141)
· 조청려(趙靑藜)142) · 오내(吳鼐) · 황경인(黃景仁) · 진문술(陳文述)143)과
같은 여러 사람도 모두 시단에 별처럼 늘어서서 한 때를 풍미했다. 그
나머지의 작자가 아직 많지만 하나하나 다 적을 수는 없다. 가경(인종) 이
후 시는 나날이 쇠하게 되었는데, 인화(仁和)의 공자진(龔自珍 : 자는 슬인
<瑟人>, 호는 정암<定庵>)이 나와서 시문이 한번 변하여 기이하게 되면
서, 자웅을 다투어 공명을 구하는 마음이 많았다. 그 뒤 증국번(曾國藩 :
자는 척생<滌生>, 호는 백함<伯涵>, 상향<湘鄕> 사람) · 오수민(吳樹敏 : 자
는 남병<南屛>)이 다시 나와 복고의 설을 만들어냈다. 동광(同光 : 목종
<穆宗> 동치 <同治>, 덕종<德宗> 광서<光緖>) 이래로 범당세(范當世 : 자
는 백자<伯子>) · 진삼립(陳三立 : 자는 백엄<伯嚴>) 등도 시로 명성을 다
투어 동광파(同光派)라고 했다. 그리고 황준헌(黃遵憲 : 자는 공도<公度>)은
홀로 새로운 사상이 융합된 것을 시에 넣었다. 그러나 당시는 송시(宋詩)
가 크게 융성하였으나, 『소선(騷選)』의 성당(盛唐)을 창도(唱導)하고,
한 · 위의 작품을 열심히 본받은 사람은 오로지 왕개운(王闓運 : 자는 임
추<壬秋>, 호는 상기<湘綺>, 호남<湖南> 장사<長沙> 사람) 한 사람 뿐이었

---

134) 양방찬의 동생. 자는 동숙(同叔). 호는 여상(荔裳). 사천포정사(四川布政使)를 지냈다.
135) 전당(錢塘) 사람. 자는 수문(壽門). 호는 동심(冬心) · 사농길금(司農吉金) 등 여러 개.
136) 전당(錢塘) 사람. 자는 성징(聖徵). 호는 곡인(穀人). 좨주(祭酒)를 지냈다.
137) 오강(吳江) 사람. 자는 상백(祥伯). 호는 빈가(頻伽).
138) 남성(南城) 사람. 자는 서번(庶蕃). 호는 빈곡(賓谷). 귀주순무(貴州巡撫)를 지냈다.
139) 강서(江西) 동향(東鄕) 사람. 자는 난설(蘭雪). 호는 연화박사(蓮花博士) · 석계노
    어(石溪老漁) 등 여러 개.
140) 신화(新化) 사람. 자는 자립(子立). 호는 상고(湘皐). 영향훈도(寧鄕訓導)를 지냈다.
141) 선화(善化) 사람. 원래의 이름은 소락(紹洛). 자는 염조(念祖) · 간동(磵東).
142) 경현(涇縣) 사람. 자는 연을(然乙). 호는 기각(敧閣). 어사(御史)를 지냈다.
143) 전당(錢塘) 사람. 자는 퇴암(退庵). 호는 운백(雲伯). 강소(江蘇) 강도(江都)의 현
    령을 지냈다.

다. 또한 번증상(樊增祥 : 자는 가부<嘉父>, 호는 번산<樊山>)은 만당(晚唐)
을 숭상하며, 동광파와 길을 따로 하여 명성을 날렸다. 그리고 이순정(易
順鼎 : 자는 실보<實甫>, 호는 곡암<哭庵>)은 또한 마음대로 하면서 얽매
이지 않았으며, 마음으로 성령 일파를 중히 여겼다. 요컨대 이 때의 시인
들은 기이하고 후미지며 자웅을 다투어 공명을 구하는 마음을 가지는 것
에서 그것을 잃지 않으면, 아름다움을 취하고 메마르고 까끌까끌함을 걱
정하는 데서 그것을 잃었으니, 이른바 망하는 나라의 소리는 슬픔으로
근심하고, 원망하고 성낸다는 것이다. 국운이 떨치지 못하고 사람의 마음
은 그에 따르게 되니, 이것이 시가 날로 쇠퇴하는 까닭이다. 청대의 시인
들이 앞선 세대의 시 가운데서 뽑아 간행한 것이 많았는데, 배우는 자들
이 그것을 편리하게 여겼다. 시화(詩話)에 관한 책들로는 왕사정의 『어양
시화(漁洋詩話)』, 원매의 『수원시화(隨園詩話)』, 조익의 『십가시화(十家詩
話)』 등이 있는데, 모두 그들이 지은 것이다. 그 나머지 혹 앞선 세대의
것을 모아 간행한 것이나, 한 왕조만을 기록한 것은 이 책에서 다 적을
수 없으므로 생략하고 싣지 않는다.

제11절 근대(近代)

시가 쇠퇴한 것은 원·명으로부터 청에 이르기까지의 대략 650여년이
다. 그러나 궁지에 빠지면 변화를 생각하게 되는데, 세상의 모든 일과 모
든 것에 그렇지 않은 것이 없다. 그러므로 시는 중화민국 초기가 되자, 옛
시와 새로운 시의 구분이 생겼다. 옛 시는 앞의 고체와 근체의 시를 가리
키는 것이며, 새로운 시란 바로 소위 백화시다. 옛날에 소동파는 '시는 모
름지기 할 것이 있을 때 지어야 한다'[1]라고 하였고, 원호문은 '자유자재로
뭇 사람보다 뛰어난 글이 진정으로 있는데도, 다른 사람이 하는 데로 따

라하니 참으로 가련하다'[2]고 했다. 그리고 『회록당시화(懷麓堂詩話)』에서는 '시를 지으면 반드시 늙은 할멈이라도 이해할 수 있어야 하지만 굳이 그럴 수는 없다. 그러나 반드시 사대부에게 읽게 하여도 이해할 수 없으니, 무슨 까닭인가?'[3]라고 했다. 장실재(章實齋)는 '진동포방백시(陳東浦方伯詩)'에 서문을 써서 '고시에서 그 음절의 울림을 제거하고, 율시에서 그 소리의 대우를 제거하며, 시에 대한 구상과 용사, 자구를 갈고 다듬는 것 등 모든 공예의 법을 제거하고, 번역하는 사람들에게 시의 의미를 취하여 세상에 통용되는 언어로 펼쳐 놓기만 하게 해도, 이 속에 과연 너무나 뛰어나서 다가가지 못하고, 너무 아득해서 다른 사람과 함께 하지 못할 것이 있어, 이것이 작가의 선택에 들어갈 수 있다. 진실로 이러한 여러 가지를 버리고, 공허하게 하나도 가진 것이 없다면, 공예일지언정 시는 아니다'[4]라고 했다. 오늘날 시 형식의 해방을 제창하는 자들은 실제로 이러한 여러 사람들의 말과 서로 은연중에 합해지는 것이다. 대개 시란 바로 사람의 참된 성정으로부터 흘러나오는 것이지, 이리저리 지어내는 것을 뛰어난 것으로 생각했던 것이 아니다. 그러나 육조에 이르러 점점 생경한 것을 꾸며내는 병이 생기고, 당에 이르러서는 격조를 대단히 숭상하여, 전고(典故)를 애용하니 구속이 더욱 많아졌다. 그리고 송대가 되자 대장(對仗)을 좋아하고, 고증을 섞어 속병이 더욱 깊어졌다. 이 이후로 자연스러운 모습은 더욱 사라져 버렸고, 시의 품격은 더욱 떨어졌다. 뒤에 시를 짓는 자들은 나날이 가락을 장식하는 데만 힘을 쓰며, '우리는 어느 사람을 본받았다'라고 하고, '이것은 무슨 체다'라고 하며 모방할 수 있는 것을

---

1) 詩須有爲而作
2) 縱橫正有凌雲筆 俯仰隨人亦可憐
3) 作詩必使老嫗能解 固不可 然必使士大夫讀而不能解 亦何故耶
4) 古詩去其音節鏗鏘 律詩去其聲病對偶 且幷去其謀篇用事琢句鍊字一切工藝之法 而令翻譯者流 但取詩之意義演爲通俗語言 此中果有卓然其不可及 逈然其不同 于人者 斯可以入作家之選 苟去是數者 而枵然一無所有 是工藝而非詩

높은 것으로 여겨, 시의 참된 경지는 대개 모두 사라져버렸다. 그래서 새로운 형식의 시가 바로 변화에 대응하여 나타나서 엷고 밝은 필묵으로 사람의 참된 성정을 드러내고, 혹 세간의 수많은 상황을 묘사하였다. 그 생기 있게 흘러 움직이는 것은 참으로 옛 형식의 시와 비교하여 맛이 있는 것이다. 게다가 모든 인민에게 널리 보급될 수 있으니, 옛 형식의 시가 겨우 문장하는 사람들에게만 쓰여, 그 속에 수많은 새 사상을 무르녹게 하지 못하고, 옛 것을 활용하고 본받는 것만을 숭상했던 것과는 다르다. 그러므로 새로운 형식의 시를 제창하는 사람들은 말하기를 '새로운 형식의 시란 귀족적인 것으로부터 해방되어 평민적인 것이 되고, 다듬고 장식하는 것으로부터 해방되어 자연스러운 것이 되며, 진부하고 말라죽은 것으로부터 해방되어 신선하고 생동하게 되는 것이다. 궁극적으로는 오로지 자연스러운 천지의 소리로 돌아가, 감정을 읊고 만물을 읊는 것을 막론하고, 결코 신비한 취미나 스스로 거만한 태도가 없는 것이다'라고 한다. 그러나 한번 동네의 조금 아는 선비에게 들어가면, 울타리가 모두 박살난 듯이 입에서 나오는 대로 마구 쏟아내어, 살피거나 삼가하지 않고 그것을 내어놓으니, 그것을 본 사람은 부호(符號)임에 분명하다는 것을 알 뿐이고, 그것을 읽은 사람은 버리고 탄식하지 않은 사람이 없다. 대개 참된 느낌과 깊은 마음 속의 뜻이 하나같이 텅 비어 가진 것이 없어, 새로운 시의 예술적 가치 또한 모두 사라져버렸으므로, 자못 세상 사람들에게 꾸짖음과 망신을 당하게 되는 것이다. 대개 시가 나오는 것 가운데 하나는 감정의 진솔함이 지극하여 우연히 입에서 나오게 되는 것이며, 또 하나는 수양이 이미 깊어져서 대단히 뛰어난 예술적 방법을 사용하여 쏟아 내는 것이다. 보통 이 둘은 새로운 형식의 시나 옛 형식의 시를 막론하고 이와 같지 않은 것이 없다. 그러므로 지금 새로운 형식의 시를 짓고자 한다면 마땅히 진정한 사상과 깊고 지극한 감정을 활용한 뒤에 작품을 내놓아야 한다. 그리고 그 정경(情景)⁵⁾은 진실을 찾기에 힘쓰고 음절은 조화를 찾기에 힘써서, 자연스럽게 미적 본질을 추구하는 것을 목적으로 삼아, 구속받지 않으면서도 본디의 모습을 감소시키지 않는 것을 궁극적인 목표로 삼아야 한다. 이와 같이 한다면 자연스러운 가작을 이루어낼 수 있을 것이며, 시의 해방은 성공할 수 있을 것이다. 이것은 배우는 사람들이 반드시 알아야 할 것이다.

---

5) 시인의 사상 감정과 대상으로서의 사물.

제3장 시(詩) 연구(硏究) 방법(方法)

제1절 시(詩) 연구(硏究)의 요점(要點)

앞 사람이 말하기를 '문으로 도를 싣고, 시로 뜻을 말한다'[1]고 했다. 그러므로 시와 문은 똑같이 우리의 사상을 표현하는 하나의 도구일지라도 사실은 각각 서로 같지 않다. 무릇 시의 뛰어나고도 중요한 점은 함축에 있으니, 문이 모든 감정을 다 말하는 것과는 다르다. 그러므로 예술적 부분에 있어서는 더욱 더 주의를 기울여야 한다. 이제 연구의 요점을 뽑아 아래에 나누어 적는다.

1. 시대(時代)와의 관계(關係)

시는 시대에 따라 변천하니 뒷 사람이 그것을 읽으면 당시 민족의 특성과 사회의 풍속을 잘 알 수 있다. 『삼백편』으로 이야기해보자면, 정(鄭)·위(衛)의 풍속은 음탕하여 사랑을 이야기한 시가 많고, 동주(東周)는 쇠약하고 힘차지 못하여 세상에 분노하고 근심하는 이야기의 작품이 많다. 그리고 당의 풍속은 절약하고 검소하여, 순박하고 진실하며 화려하지 않은 글이 많고, 진(秦)의 풍속은 전쟁을 좋아하여, 전쟁을 즐기어 종군(從軍)한 시가 많다. 이것은 모두 작자가 민속(民俗)·정신(精神)·시대(時代)·환경(環境)과의 관계 때문에, 자신도 알지 못하는 사이에 자간(字

---

1) 文以載道 詩以言志

間)과 행간(行間)에 나타나는 것이다.

2. 작자(作者)와의 관계(關係)

시대와 작품의 관계는 이미 위에서 적었다. 그런데 작자 개인과 작품도 밀접한 관계가 있다. 예를 들면 이백은 천부적 재능이 남보다 훨씬 뛰어나며, 호방하고 얽매이지 않았기 때문에 그의 시에는 천지의 소리가 자연스러운 것이 많다. 그러나 두보는 곤궁하여 수심에 잠기고 영락하여 일생이 불우하였기 때문에 그의 시에는 비장함과 노한 감정이 많다. 이것은 대개 작자의 신세와 철학이 모두 한가지가 아니기 때문에, 그 마음속에서 나오는 생각도 항상 여러 가지 시를 이루어내는 것이다. 이것은 시를 연구하는 사람이 반드시 알아야 하는 것이다.

3. 예술(藝術)로서의 시(詩)

시란 본래 우리의 마음을 드러내는 도구이므로, 문장의 수식을 지나치게 일삼지 말아야 한다. 그러나 진실로 예술적 수완 없이 문장이나 더럽힌다면, 결코 일종의 미적 감동을 불러일으킬 수 없다. 그러므로 우리가 시를 지을 때는 첫째, 정감(情感)에 근거하여 다른 사람이 그것을 읽었을 때 마음을 같이 하는 감상을 일으킬 수 있어야 한다. 둘째 생각에 주의를 기울여야 하는데, 무릇 사실(事實)과 생각이 보편적이며 합리적이어야 하고, 인생관에 부합하여야 한다. 셋째, 묘사에 중심을 두어야 하는데, 개인은 물론이고 단체, 물체 및 사실, 환경 등 모든 것을 세밀하고 아주 깊고 절실한 글로 일일이 묘사해 내어야 하고, 또한 하나라도 함축이 없거나 시의 뜻을 감소시키거나 훼손하여서는 안 된다. 문구와 음조 부분에서는 더욱 주의해야 하고, 자연스럽고 미적 감동이 있어야 이것이 상승된다. 배우는 사람은 진실로 이러한 예술적 사상이 있어야 시를 지어 반드시 성취하는 것이 있을 수 있다.

4. 창작(創作) 중심(中心)의 시(詩)

중국의 시가 발전해 나아가지 못한 것은 오로지 모방을 일삼고, 다만 옛 것에 부합하는 것만을 찾는데서 말미암은 것이다. 그리하여 병도 없는데 신음하는 작품을 계속하고 시문을 적은 종이를 포개며 겹겹이 내어놓는 것이 그치질 않아, 괜스레 뒤에 읽는 독자들에게 쓸데없이 시일만 낭비하며 그 지은 것들을 읽게 하여, 시문학상에 있어서 참으로 조그만큼도 독창적 의견이 없도록 했다. 그러므로 오늘 이후 우리는 참으로 지을 것이 있으면 마음과 힘을 다하여 창조하여야 한다. 대개 인간의 마음 속에 시적 핏줄기를 가지지 않은 사람은 없으니, 참으로 잘 드러낸다면 아름다운 시를 이루지 못할 것이 없다. 그러니 우리가 어찌 스스로 그 정신에 골몰하고 하나같이 앞 사람이 지은 것을 모방하리라 마음에 두는 것을 고상한 것으로 여겨야 하겠는가? 그런데 만약 저 음운(音韻)을 없애버리고 체제와 법도를 함부로 없애고서도, 새로운 시라고 자부한다면, 차라리 시라는 한 글자를 물리쳐 버려 쓰지 말아야 할 것이다. 그리고 어떤 새로운 이름의 문장을 따로 만들어 내어 문학 범위 가운데 한 자리의 지위를 엿보려고 하는데, 어찌 모양은 서로 가까운 것 같지만 그 속에 참된 뜻이 없으니, 시라는 한 글자를 억지로 취하겠는가?

제2절 작시(作詩) 방법(方法)

고금의 시화(詩話) 가운데 시를 짓는 법을 논한 것은 매우 많다. 그러므로 배우는 사람이 만약 심오한 경지에 이르고자 한다면 앞 사람들이 지은 시화를 마련하여, 살피고 생각할 밑천으로 삼아야 한다. 이제 처음 배우는 사람들이 시작할 때 보기에 편리하도록 중요한 것을 뽑아 아래에 나누어 늘어놓았다. 그리고 마지막에는 다시 서이암(徐而菴) 선생의 『논시칠칙(論詩七則)』을 덧붙여 배우는 사람들이 채택할 것을 갖추어 놓았다.

1. 명독법(明讀法)

진역증(陳繹曾)1)의 『시보(詩譜)』에서 말하기를 '무릇 한의 시를 읽을 때는 진실함을 먼저 생각하고 문장의 아름다움은 뒤에 생각한다. 무릇 건안시를 읽을 때는 문장의 아름다움 속에서 진실을 취한다. 무릇 『문선』의 시를 읽을 때는 세 절로 나누는데, 동경(東京) 이하는 정(情)을 주로 하고, 건안 이하는 의(意)를 주로 하며, 삼사(三謝) 이하는 사(辭)를 주로 하였는데, 제(齊)와 양(梁)의 여러 사람들은 오언이 아직 율체를 이루지 못하였고, 칠언은 옛 모습이 많다. 한의 악부는 참으로 자연스러우나, 다만 규율과 법도에 맞지 못하다'2)라고 하였다. 이것은 대체적으로 그것을 말한 것이다. 이외에도 합독(合讀)·급독(急讀)·분독(分讀)·완독(緩讀)의 여러 방법이 있다. 합독과 급독이란 바로 천지의 원기가 모여 하나로 만들어져 위 아래가 잇닿아 통하니, 절대 틀에 막힘이 없지만 구두(句讀)를 구분하지 않는다는 말은 아니다. 분독과 완독이란 바로 엄격하게 선택한 곳에 잠시 머물러 긴소리로 그것을 내며, 아울러 아래 위가 막혀 끊어진 것이 아니면 모든 부분의 의미를 생각하지 않는다. 만약 구법(句法)으로 말하자면, 오언의 구와 같은 경우는

위에 하나 아래에 넷,

---

1) 원(元) 처주(處州) 사람. 자는 백부(伯敷). 국자조교(國子助敎)를 지냈으며, 『행문소보(行文小譜)』외 저술이 상당수 있다.
2) 凡讀漢詩 先眞實 後文華 凡讀建安詩 于文華中取眞實 凡讀文選詩分三節 東京以下主情 建安以下主意 三謝以下主辭 齊梁諸家 五言未成律體 七言乃多古製 漢樂府眞情自然 但不能中節合度

地猶鄒氏邑　　땅은 아직 추씨의 고을인데
宅卽魯王宮　　집은 바로 노나라 왕의 궁전이로다

와 같은 것.
　위에 둘 아래에 셋,

日華川上動　　햇빛은 냇물에 어른거리고
風光草際浮　　풍광은 풀가에 떠있구나

와 같은 것.
　위에 넷 아래에 하나,

露從今夜白　　이슬은 오늘밤부터 희고
月是故鄕明　　달은 고향의 밝은 빛이로구나

와 같은 것 등 세 종류의 구법이 있다. 읽을 때는 모름지기 두 번째 글
자는 한 번의 억양을 생략하고, 네 번째 글자에서는 또 긴소리로 늘여
길게 늘어지게 하고, 느릿느릿하게 다섯 번째 글자를 나오게 해야 한다.
어떤 종류의 구법을 막론하고, 율시를 하든 절구를 하든 막론하고 모두
이와 같아야 한다. 만약 칠언의 구라면, 위에 둘 아래에 다섯의 구법,

不貪夜識金銀氣　밤에 금은의 기운을 알려 탐하지 말고
遠害朝看麋鹿遊　아침에 노루와 사슴 노님 보는 해를 멀리하라

와 같은 것이 있다. 읽을 때는 두 번째 글자에서 읽고 난 뒤에 잠시 아

래에서 머물렀다가 다시 아래 다섯 글자로 이어진다. 위에 넷 아래에 셋
의 구법이 있다.

> 金馬朝回門似水 금마가 아침에 돌아오니 문은 물과 같고
> 碧溪天遠路如年 푸른 시내 하늘은 멀고 길은 한 해 같구나

과 같은 것이다. 읽을 때는 네 번째 글자에서 잠시 한 번 머무른 뒤에
다시 아래 세 글자로 이어진다. 그 나머지 구법이 비록 많지만 독법은
모두 위에 적은 몇 가지 법칙에서 벗어나지 않는다. 마음으로 깨닫고 이
해하며, 모두 익숙하도록 읽고 깊이 생각하는데 있을 뿐이다.

2. 변장법(辨章法)

시와 문은 하나같이 기·승·전·합의 여러 법칙이 있다. 다만 시의
장법(章法)은 문과 조금 다르다. 시의 기(起)는 문을 열고 산을 바라보면,
높이 솟아 우뚝한 것 같아야 하고, 혹은 한가히 오락가락하는 구름이 골
짜기에서 나와 가볍게 달리며 막힘이 없는 것 같아야 한다. 승(承)은 풀
속의 뱀이 지나간 선을 흐리게 하여 지나가지 않은 듯 갈라놓지 않은 듯
하여야 한다. 전(轉)은 큰 물결 만 이랑이 반드시 높은 곳에 그 근원이
있는 것과 같아야 한다. 합(合)은 바람이 돌고 기운이 모여 조용히 자맥
질하듯이 함축하여야 한다. 기구(起句)에는 시적 대상을 대하여 흥기(興
起), 비기(比起), 인사기(引事起), 취제기(就題起)의 여러 법이 있다. 승구
(承句)에는 사의(寫意), 사경(寫景), 서사(書事), 인증(引證)의 여러 법이 있
는데, 파제(破題)3)의 구(句)를 이을 수 있는 것을 법칙에 맞는 것으로 삼

---

3) 글제의 요지를 남김 없이 분석하여 설명하였다는 뜻으로, 시부(詩賦)의 기구(起句)를
　말한다.

아야 한다. 전구(轉句)도 사의(寫意), 사경(寫景), 서사(書事), 인증(引證)의
여러 법이 있다. 그러나 앞의 연과 서로 대응하고 서로 맺어질 수 있어
야 법칙에 맞는 것이다. 합구(合句)는 혹 취제결(就題結), 혹 용사결(用事
結), 혹 개일보(開一步), 혹 격전연지의(繳前聯之意), 혹 방일구작산장(放一
句作散場) 등이 있는데, 하나같이 하지 않을 수 없고, 말에는 다함이 있어
도 뜻은 다함이 없는 것을 최고로 삼는다. 절구시의 제1구는 기, 제2구는
승, 제3구는 전, 제4구는 합이다. 율시의 1·2구는 기(바로 기연<起聯>),
3·4구는 승(바로 함연(頷聯), 5·6구는 전(바로 경연<頸聯>), 7·8구는 합(바
로 결구<結句>)이다. 배우는 사람이 참으로 장법(章法)에 있어 형식적인
맛을 더할 수 있으면 격조가 절로 자유자재로 될 수 있다.

3. 숙사성(熟四聲)

사성(四聲)은 평(平)·상(上)·거(去)·입(入)이다. 시의 법칙 가운데
사성을 조절하는 법은 지극히 간단하다, 대개 평성을 제외하고 그 외에
는 상·거·입의 세 가지 소리로, 모두 측성(仄聲)이다.(다만 평성 가운데
도 음평<陰平>과 양평<陽平>의 구별이 있다) 처음 배우는 사람은 참으로
운(韻)을 살필 수 있는 것을 시(詩)로 생각한다면 스스로 잘못하는 것은
아니다. 사성의 구분법은 『음운상식(音韻常識)』4)에서 그것을 상세히 말
할 것이다. 이제 배우는 사람들이 다시 보기에 편리하도록 아래에 가려
뽑고 나누어 나열한다.

1) 변사성가결(辨四聲歌訣)

평성은 평평한 길이라 낮지도 높지도 않다. 평성의 글자는 꼬리를 끄
는 소리라 길게 읽어야 하지만 높낮이가 없다.

---

4) 이 책의 저자인 서경수의 다른 저서.

상성은 높이 소리내며 사납고 힘이 강하다. 상성의 글자는 소리가 밝아 꼬리를 끄는 소리가 없다.

거성은 분명하면서 먼 길을 안타까워한다. 거성의 글자는 꼬리를 끄는 소리가 먼 것을 안타까워하며 짧다.

입성은 짧고 급하게 거두어 감춘다. 입성의 글자는 나무 열매이며, 꼬리를 끄는 소리가 없다.[5]

2) 사성(四聲) 연습법(練習法)

(1) 후음(喉音)

　　항(杭 : 평)·항(項 : 상)·항(巷 : 거)·갑(匣 : 입)

(2) 설음(舌音)

　　단(端 : 평)·단(短 : 상)·단(斷 : 거)·철(掇 : 입) 설단음(舌端音)

　　래(來 : 평)·람(覽 : 상)·람(濫 : 거)·륵(勒 : 입) 반설음(半舌音)

(3) 순음(脣音)

　　비(非 : 평)·비(菲 : 상)·폐(廢 : 거)·불(弗 : 입) 경순음(輕脣音)

　　빙(冰 : 평)·병(並 : 상)·병(病 : 거)·백(帛 : 입) 중순음(重脣音)

(4) 치음(齒音)

　　계(溪 : 평)·기(起 : 상)·거(去 : 거)·걸(乞 : 입) 아음(牙音)

　　정(精 : 평)·정(井 : 상)·진(進 : 거)·즉(卽 : 입) 치두음(齒頭音)

　　신(申 : 평)·심(審 : 상)·성(聖 : 거)·설(設 : 입) 정치음(正齒音)

　　시(時 : 평)·시(是 : 상)·수(樹 : 거)·일(日 : 입) 반치음(半齒音)

4. 배대우(排對偶)

율시 가운데 네 구는 왕왕 대우를 귀중하게 여기는데, 두 구는 혹 자

---

5) 平聲平道莫低昂　上聲高呼猛力强　去聲分明哀遠道　入聲短促急收藏

기 감정을 말하고, 두 구는 혹 시적 대상을 말하는데, 하나같이 때에 따라 짐작할 수 있는 것이다. 짝을 이루는 방법에 대해 상세하게 이야기하자면, 상관의(上官儀)에게서 시작되어 심전기와 송지문에게서 더욱 자세해진다. 상관의에게는 「육대(六對)」와 「팔대(八對)」의 구분이 있었는데, 앞 장에서 이미 그것을 적었다. 이제 시인들이 아름답다고 칭송하는 『시대십삼법(詩對十三法)』을 아래에 뽑아 적어서 하나의 법식을 마련했다. 배우는 사람이 진실로 한 방향만 보고도 나머지 세 방향을 알 수 있을 터이니 그 쓰임은 무궁하다.(혹 율시는 대우에 구애되지 않고, 다만 평측에 맞아야 한다고 하는데, 대개 그 이른바 율이란 것은 범위가 너무나 넓다)

1) 실자대(實字對)

九天<u>閶闔</u>開宮殿 구중 궁궐문 궁전에 열리고
萬國<u>衣冠</u>拜冕旒 만국의 벼슬아치 황제께 절하네

2) 허자대(虛字對)

若敎<u>解語</u>應傾國 미인으로 하여금 응당 나라 기울이게 한다면
任是<u>無情</u>也動人 무정한 이에게 맡겨도 또한 사람 움직이리

3) 기건대(奇健對)

數著殘<u>棋江上曉</u> 여러 번 두고 남은 바둑에 강가는 새벽이요
一聲長<u>嘯海山秋</u> 한 소리 긴 휘파람에 바다와 산은 가을이로다

4) 착종대(錯綜對)

香稻<u>啄餘</u>鸚鵡粒 향기로운 벼 쪼다 남은 벼6)

---

6) 앵무립(鸚鵡粒)은 벼의 별명이다.

碧梧棲老鳳凰枝 　벽오동 깃든지 오래 벽오동[7]

5) 연주대(連珠對)
穿花蛺蝶深深見 　꽃을 꿰뚫고 나비는 깊숙이 보이고
點水蜻蜓款款飛 　물에 점점이 잠자리가 느리게 나네

6) 인물대(人物對)
黃公石上三芝秀 　황공의 바위 위에 삼지가 피어났고
陶令門前五柳春 　도령의 문 앞엔 오류가 봄이로구나

7) 조수대(鳥獸對)
旅夢亂隨蝴蝶散 　꿈속에서 나비 흩어지는 것 어지러이 따르고
離魂遠逐杜鵑飛 　꿈속의 혼 두견 나는 것 멀리 쫓아갔네

8) 화목대(花木對)
春露已凋秦甸柳 　봄 이슬은 이미 진전의 버들 시들게 하고
白雲應長越山薇 　흰 구름은 응당 월산의 고비 길게 하리라

9) 수목대(數目對)
百年莫惜千回醉 　백년토록 천 번 취하는 걸 애석해 말라
一盞能消萬古愁 　한 잔에 만고의 근심 씻을 수 있으리니

10) 교변대(巧變對)
桃花細逐楊花落 　복숭아꽃은 버들꽃을 따라 조금씩 떨어지고

---

7) 벽오동은 봉황이 깃들어 열매를 먹는 나무다.

黃鳥時兼白鳥飛　황조는 백조가 날자 때때로 함께 나네

11) 유수대(流水對)

但將酩酊酬佳節　술에 취해 가절에 보답하려고만 하지

不用登臨嘆落暉　올라가서 석양에 탄식하지 말라

12) 정경대(情景對)

林間竹有湘妃淚　숲 사이 대에는 상비의 눈물 있고

窗外禽多杜宇魂　창 밖 새들에겐 두우의 혼이 많네

13) 회고대(懷古對)

吳宮花草埋幽徑　오궁 화초는 풀 우거진 오솔길에 묻혔고

晉代衣冠成古丘　진대의 의관은 오랜 언덕을 이루었네

* 一은 對의 기호다.

5. 점운각(黏韻脚)

운을 붙이는 법은 압운(押韻)과 전운(轉韻)의 두 법에서 벗어나지 않는다. 압운의 법은 고체시에서는 백양체만 구절마다 압운했고, 오언고시는 제1구에 운을 붙이지 않고, 칠언고시는 제1구에 운을 붙인다. 그 나머지는 모두 한 구 사이에 한 번 운을 붙인다. 다만 변하는 것도 있는데, 위의 두 구에 압운하지 않고, 3구에서 바로 압운한다. 또한 세 구에 계속 압운 하는 것도 있다. 통용하는 운에서는, 율시·절구시는 모두 빌려 쓸 수가 없다. 그러나 율시 가운데 진퇴격(進退格)의 시만은 통용할 수 있다. (1·2구는 일(一) 선(先)운을 쓰고, 3·4구는 십일(十一) 진(眞)운을 쓰고, 5·6구는 다시 일(一) 선(先)운을 쓰고, 7·8구는 또 십일(十一) 진(眞)운을 쓰는 것과 같은 것으로, 이 법은 대개 백거이로부터 시작되었다) 고체시는 무릇 통용하는 운을 붙여 하나같이 마음에 따라 쓸 수 있다.

전운의 법은 고체시에만 한정되는 것인데, 이른바 전운이란 바로 시 속에 늘 작은 단위가 묶여 있고, 따로 변화를 일으킬 수 있는 것인데, 다른 운으로 바꾸어 운자를 찍는다. 다만 자구(字句)는 반드시 서로 고르게 되어야 한다.(6구는 앞의 운 두 구, 뒤의 운 네 구. 10구는 앞의 운 네 구, 뒤의 운 여섯 구) 또한 장경체(長慶體), 매촌체(梅村體)는 순전히 평측이 서로서로 번갈아 들어가는 법을 쓰고, 평으로 평을 바꾸지 않고, 측은 측으로 바꾸고, 나머지 체는 마음에 따라 할 수 있다.

운을 쓰는 법에서는 여덟 가지 경계할 것이 있는데, 바로 운을 모으는 것을 경계하고, 운을 빠뜨리는 것을 경계하고, 운을 겹치게 하는 것을 경계하고, 운의 전후가 바뀌는 것을 경계하고, 깜짝 놀랄 운을 쓰는 것을 경계하고, 한가지 뜻의 운을 쓰는 것을 경계하고, 글자가 같으면서 뜻이 다른 운을 쓰는 것을 경계하고, 궁벽한 운을 쓰는 것을 경계하는 것이다.(『최천학시법<最淺學詩法>』을 참고하여 볼 수 있다) 또한 화답하는 시 같은 것에는 이른바 차운(次韻)·의운(依韻)·용운(用韻)의 구별이 있다. 차운(次韻: 바로 보운<步韻> 혹은 첩운<疊韻>)이란 바로 그 원래의 운에 맞춰 앞 뒤 차례가 모두 그것에 따르는데, '누구의 원래 운을 이었다'라든지, 혹은 '누가 시를 보여준 것을 보고'라고 적어야 하는데, 바로 그 운을 차례대로 하여 운을 따라 그에게 화답하거나, 혹은 바로 그 운을 따르는 것이다. 의운(依韻)이란(바로 누구누구의 운에 맞춤) 다른 사람이 압운한 운목을 따라서 그것을 압운하는데, 그 글자를 반드시 쓰지는 않는다. 용운(用韻)이란 바로 그 원래의 운을 쓰는데 앞 뒤가 반드시 차례에 맞지는 않다.

6. 시에서 꺼리는 병폐

시에는 팔병(八病)과 오기(五忌)라는 말이 있다. 팔병은 심휴문(沈休文)에게서 시작되었는데, 그 가운데 상미(上尾)와 학슬(鶴膝)만은 가장 꺼리는 것이며, 나머지 병폐는 모두 넘어갈 수 있는 것이다. 오기는 통상적으로 마음에 두어야 하는 것인데, 이제 아래에 나누어 적는다.

1) 팔병(八病)

(1) 평두(平頭) : 첫 번째 글자는 여섯 번째 글자와 같은 성(聲)일 수 없고, 두 번째 글자는 일곱 번째 글자와 같은 성(聲)일 수 없다. '今日良宴會 歡樂難具陳'에 있어서 '금(今)''환(歡)'이라는 글자는 같은 성이며, '일(日)'과 '락(樂)'이라는 글자는 같은 성이다.

(2) 상미(上尾) : 다섯 번째 글자는 열 번째 글자와 같은 성일 수 없다. '西北有高樓 上與浮雲齊'에서 '루(樓)'와 '제(齊)'자는 같은 성이다.

(3) 봉요(蜂腰) : 두 번째 글자는 다섯 번째 글자와 같은 성일 수 없다. 두 머리는 크고, 중심은 가늘어 '벌의 허리' 같다. '聞君愛我甘 切欲自修飾'에서의 '군(君)'과 '감(甘)'자는 평성이며, '식(飾)'과 '욕(欲)'자는 입성으로 모두 같은 성이다.

(4) 학슬(鶴膝) : 다섯 번째 글자는 열 번째 글자와 같은 성일 수 없다. 두 머리가 가늘고 중간은 커서 마치 '학의 무릎'과 같다. '客從遠方來 遺我一書札' '上言長相思 下言久離別'의 '래(來)'와 '사(思)'는 모두 평성이다.[8]

(5) 대운(大韻) : 중첩되어 서로 범하는 것으로, 오언시로 '신(新)'자를 운으로 삼은 것이, 아홉 자 가운데 만약 '진(津)''인(人)'자를 쓰는

---

8) 이 설명으로 보아서는 다섯 번째 글자와 열다섯 번째 글자가 같은 성일 수 없다. 이는 저자가 실수한 것으로 보인다.

것은 '대운'의 병이다.9) '胡姬年十五 春日正當鑪'에서 '호(胡)'와 '노(鑪)'자는 같은 성인 것과 같은 것이다.

(6) 소운(小韻) : 본래의 운을 제외하고 아홉 자 가운데 두 자의 같은 운이 있을 수 없는 것으로, '客子已乖離 那宜遠相送'에서 '자(子)'·'이(已)'·'리(離)'·'의(宜)'는 모두 같은 운이다. 소운은 다섯 자 내에서 가장 꺼리고, 아홉 자 내에서는 조금 느슨하다.

(7) 정뉴(正紐) : '임(壬)'·'임(紝)'·'임(任)'·'인(人)'은 하나의 소리 관계다. 한 구 속에 '임(壬)'자가 있으면, 다시 '임(紝)'·'임(任)'·'인(人)'자를 쓸 수 없다.10) '我本漢家女 來嫁單于庭'에서 '가(家)'·'가(嫁)'는 정뉴에 매여 있다.

(8) 방뉴(旁紐) : 오언시의 한 구 속에 '월(月)'자가 있으면, 다시 '원(元)'·'완(阮)'·'원(願)'자를 쓸 수 없다. 이것은 '쌍성(雙聲)'이니 바로 방뉴다.11) '丈夫且安坐 梁塵將欲起'에서 '장(丈)'·'양(梁)'은 바로 방뉴의 병을 범했다. 다섯 자 가운데에서는 거의 허용되지 않고, 열 자 가운데서는 조금 느슨하다.

2) 오기(五忌)

첫째는 격약(格弱)인데, 격이 약하면 시가 숙달되지 않기 때문에 모름지기 구절마다 나태함이 없이 다듬어야 한다.

두 번째는 자속(字俗)인데, 글자가 속되면 시가 맑지 못하니, 글자에 손을 댈 때는 모름지기 바르고 고상하며 전례(前例)가 있어야 한다.

---

9) 다시 설명하자면, 열 번째 글자에 압운할 때 나머지 아홉 글자 가운데서는 같은 운의 글자를 사용할 수 없다는 것이다.
10) 다시 설명하자면, 한 구절 속에서 사성(四聲)이 달라도 같은 음의 글자를 쓸 수 없다는 말이다.
11) 다시 설명하자면, 한 구절 속에 어떤 자와 쌍성이 되는 다른 글자는 쓸 수 없다는 말이다. 여기에서 연속되는 쌍성자는 예외다.

세 번째는 재부(才浮)인데, 재주가 넘치면 시가 우아하지 못하니, 재주를 감추고 드러내지 않는 것을 귀하게 여기고, 품고 있는 뜻이 다하지 않아야 한다.

네 번째는 이단(理短)인데, 이치가 모자라면 시가 깊지 못하니, 이치와 유래가 충족되는 것을 귀하게 여기고 조금이라도 견강부회해서는 안 된다.

다섯 번째는 의잡(意雜)인데, 뜻이 잡스러우면 시가 도탑지 못하니, 조그만 것이라도 철저히 여러 가지 이치를 논하여 꿰뚫듯이 해야 한다.

또한 절구시와 같은 것은 더할 수 있거나 뺄 수 있고, 많을 수도 있고 적을 수도 있으며, 저것일 수도 있고 이것일 수도 있고, 위일 수도 있고 아래일 수도 있는 것을 꺼린다. 율시는 기술이 뛰어나지 않고, 익숙하지 않고, 자연스럽지 않고, 바르고 우아하지 않은 것을 꺼린다. 그 나머지에도 꺼리고 병으로 생각하는 것이 아직 많지만, 처음 배우는 사람은 반드시 살펴보고 물어보지 않아도 될 것 같다. 대개 한 번 살펴보고 물어보면 곳곳이 가시덤불이라 사람으로 하여금 손을 댈 곳이 없도록 한다.

7. 시를 익히는 순서

시를 배울 때는 대개 먼저 고체시를 배우고, 뒤에 근체시를 배운다. 이렇게 하면 법식을 사용하는 것이 이미 높아 풍격이 자연히 약하지 않다. 오언과 칠언 가운데서는 대개 오언을 먼저 하고 칠언을 뒤에 하는데, 대개 글자 수가 적기 때문이다. 율시와 절구시의 순서 같은 경우에서는 대개 절구시를 먼저 하고 율시를 뒤에 한다. 대개 절구시에는 대우를 쓰지 않기 때문에 처음 배우기에 편하다.

8. 논시칠칙(論詩七則)

서이암 선생에게 『논시칠칙』이 있는데, 배우는 사람의 나루터와 다리가 될 만하다. 이제 아래에 적는다.

시를 짓는 도에는 셋이 있는데, 기취(寄趣)·체재(體裁)·탈화(脫化)다. 무릇 북해(北海)의 고래와 곤어는 난초와 능소화나 물총새와 다른데, 이것은 체재다. 당나라 사람의 응제시(應制詩)는 서방의 불교와 어느 정도 일치하는데, 이것은 기취다. 두보의 시는 『문선』의 이치를 자세히 아는 것으로부터 잉태되고 자라왔는데, 이것은 탈화다.

시를 짓는데는 모름지기 스승의 가르침이 있어야 한다. 만약 스승의 가르침이 없다면, 반드시 오묘하게 깨달아야 하는데, 이미 스승의 가르침이 있고 오묘한 깨달음이 있다면 더욱 좋은 것이니, 두 가지 가운데 한쪽이라도 없앨 수 없다. 그러므로 스승의 가르침에서 얻은 것은 계승한 것이 완연하며, 오묘한 깨달음으로부터 얻은 것은 정신만은 지극하다. 시란 바로 맑고 아름다운 곳이며, 수많은 오묘함의 문이니, 비속하고 더러운 인간이 배울 만한 것이 아니다. 먼저 명리(名利)의 두 글자를 깨끗이 씻어 버리고, 천기(天機)가 활발하여 펼치지 못하는 것이 없도록 하고, 그 뒤에 시를 배울 계획을 세워야 그것의 반이나마 얻을 수 있다.

이백의 시는 기(氣) 때문에 시가 뛰어나고, 두보의 시는 체제와 법도 때문에 뛰어나며, 왕유의 시는 이치와 뜻 때문에 뛰어나다. 이백은 천세의 세속을 초탈한 격조이며, 두보는 일대의 법식이다. 왕유는 부처의 학문을 오묘하게 하였는데, 시어와 구절 및 문장들은 모두 현묘한 이치에 맞다. 세 사람의 장점을 모두 배운다면 고상하고 바른 시가(詩歌)에 부끄러울 것이 없다. 그러나 아직은 아니다. 시를 배우는데 다만 시를 배운다면 시가 아니다. 세 사람을 배우는데, 세 사람의 시를 읽기만 한다면 역시 시가 아니다. 중요한 것은 반드시 천지 사이 하나의 사물 하나의 이름, 고금의 인물들이 한 말과 행동, 국풍과 한·위 이래의 한 글자 한 구절, 크게는 천지 조화와 음양 귀신 및 서방의 불교, 작게는 날짐승·길짐승·벌레·물고기·풀·나무 등이 모두 가슴속에 품어져 가득 차고 넉넉한 뒤에야, 사항에 따라 펼쳐 나타내고 글제를 만나 운을 이루어야 한다. 이와 같이 글을 써 내려가면 자연에 순응하는 것이니 이른바 천지자연의 소리인 것이다.

　가행(歌行)은 억양을 가장 귀중하게 여기는데, 아래 구가 위의 구를 잇는 곳에서는 더욱 생동하는 문구이어야 하며, 마음을 써서 더욱 가지런하고 치밀하여야 하니, 흐트러진 것을 정리하여 조화를 이루고 가락의 법칙이 박자에 맞아야 한다. 비유하자면, 뛰어오르는 사자는 몸이 넓은 마당에 있고, 징의 울림이 바르고, 북의 울림이 바른 다음에 아홉 번 구르고 세 번 돌아 뛰어 나와야만 바야흐로 완전히 적합한 실체를 보게 되는 것과 같다.

　시를 지을 때는 모름지기 하나의 체를 먼저 공략하고 난 뒤 체에 따라 자구를 여러 번 고쳐야 하는데, 순서대로 차츰차츰 나아가며 각 체마다 손을 볼 수 있어야 바야흐로 일가에 이르게 되는 것이다. 참으로 아홉 부분에 이미 도달하게 되어도, 한 부분의 공부에 도달하지 못하면 아홉 부분에 끝내 도달하지 못한다. 한 부분이란 바로 법식이다. 백 장(丈)의 비단이라도 자르는 방법을 알지 못하고, 바다와 산과 같은 보배로운 장식이라도 조화로울 수 없다면 되겠는가?

　옛 사람들의 시를 배울 때는 지나치게 멀어져서도 안되고 지나치게 가까워서도 안 된다. 지나치게 멀어지면 법식을 상하게 되고, 지나치게 가까우면 기(氣)를 상하게 된다. 그러므로 반드시 먼저 법식을 따라 들어간 뒤에 법식을 따라 나와야 법식이 없는 것을 법식이 있는 것으로 삼을 수 있으니, 이것이 탈화(脫化)이며 이것이 대가(大家)다. 시는 바로 인간

행위의 축소다. 사람이 고상하면 시도 고상하고, 사람이 속되면 시도 속되고, 사람이 딱딱하면 시도 딱딱하고, 사람이 간악(奸惡)하면 시도 간악하니 한 글자라도 감추거나 꾸밀 수 없다. 또한 그 속에는 서책(書冊)이 있기 마련이어서, 고의로 섬돌을 쌓는 것이 아니라 책을 읽은 것이 많은 상태에서 글을 써 내려가면 저절로 빛나는 윤기를 이루게 되고, 기대하지 않아도 그렇게 되는 것이다. 만약 고의로 그것을 하면 그 얕은 것을 알아차리게 된다.

제3절 시(詩)의 격식(格式)

시에는 고체와 근체의 구분이 있고, 고체 가운데는 고풍과 악부의 구분이 있으며, 근체 가운데는 율과 절이 있어, 그 격식은 대단히 많다. 이제 중요한 것을 택하여 아래에 펼쳐놓아 처음 배우는 사람들이 채택하기에 편하게 한다.

1. 고체시(古體詩)

고체시 가운데 고풍체는 오고(五古)와 칠고(七古)의 두 종류로 나눈다. 그 시의 장단(長短)은 구애를 받지 않아 4구로부터 몇 10구까지로 하나같지 않다. 악부체 가운데는, 가(歌)·행(行)·곡(曲)·편(篇)·음(吟)·소(騷)…… 등의 이름과 종류가 또한 많다. 그 장단은 2·3구로부터 몇 10구까지로 다 할 수 있다. 그 음조는 음악에서 적을 수 있는 것이므로 또한 악부를 그것이라고 하는 경우도 있다. 그것의 격식과 음절은 본 편에서 하나하나 다 말할 만한 것이 아니다. 옛날 주희(朱熹)는 일찍이 말하기를 '연명(淵明) 시의 평측과 쓴 글자를 가지고 하나하나 그것에 따라 지어 한 달 뒤가 되면 스스로 짓는 것을 이해하게 되니 다른 자료를 필요로 하지 않는다'1)라고 했다. 이것도 고시를 배우는 것 가운데 하나의 법이 아닌 법이다. 이제 오고와 칠고의 두 체를 가지고 아래에 하나의 격식을 들어본다.

1) 오언고시(五言古詩)

오언고시는 평측에 구애받지 않고, 대우를 정하지도 않는다. 다만 매구 사이에 평측이 고르게 되어 있어서 그것을 읽으면 소리가 밝아야 한다. 대개 오고체의 시는 출구(出句)의 성률이 조금 관대하여야 하고, 우의(寓意)는 심원(深遠)해야 하며, 말은 온후(溫厚)하고 온화하여 괴롭지 않아야 하며 『삼백편』의 뜻이 있어야 한다. 이것이 아름다운 시이니, 이제 아래에 한 수를 예로 든다.

下邳圯橋懷張子房　李白

子房未虎嘯	자방은 아직 범같이 부르짖지 못해
破産不爲家	파산하니 일가를 이루지 못했네
滄海得壯士	창해에서 장사를 얻어2)
椎秦博浪沙	진의 박랑사를 쳤네3)
報韓雖不成	한에 보답하다 이루진 못했어도
天地皆振動	하늘과 땅 모두 진동했네
潛匿遊下邳	깊이 숨어 하비에서 노닐었으나4)

---

1) 將淵明詩平仄用字 一一依他 做到一月後 便解自做 不要他本子
2) 요녕성(遼寧省)에 있는 군(郡).
3) 박랑사(博浪沙)는 하남성(河南省) 양무현(陽武縣) 남쪽. 장량(張良)이 역사(力士)에게 진시황을 저격하도록 한 곳.
4) 하비(下邳)는 강소성(江蘇省) 비현(邳縣) 동쪽.

豈曰非智勇　어찌 지혜와 용기 없다 말하리

我來圯橋上　내 이교 위에 와서5)

懷古欽英風　옛 일 생각하며 영웅의 기풍 흠모하네

惟見碧流水　오직 보이는 건 푸르게 흐르는 물 뿐

曾無黃石公　벌써 황석공은 없네

歎息此人去　이 사람 떠난 걸 탄식하노니

蕭條徐泗空　쓸쓸하여라 서수와 사수가 텅 비었구나

2) 칠언고시(七言古詩)

칠언고시는 그 평측과 대우가 심하게 구속받지는 않는다. 무릇 평성을 압운하여 아래에까지 가는 것이 정격이다. 그 출구(出句)는 끝에 이를 때까지, 상성·거성·입성만 번갈아 사이사이에 들어가야 하며 다시 평성을 쓰는 것을 꺼린다. 그런데 측성으로 끝까지 압운하는 것도 있다. 또한 구 가운데 간혹 길고 짧게 할 수도 있고, 운을 바꿀 수도 있다. 그러나 시를 시작하고 마무리하기까지 위엄있는 모습과 태도를 가지고, 기세가 웅장하고 높고 우뚝하며 진기하여야 하고, 절대 범상하고 속되며 약하거나 진부해서는 안 된다. 이제 아래에 한 수를 예로 든다.

| 宣城謝朓樓餞別校書叔雲 | 李白 |

棄我去者昨日之日不可留　나를 버리고 간 사람은 어제 머물 수 없었고

亂我心者今日之心多煩憂　내 마음 어지럽힌 사람은 오늘 마음에 번뇌 많으리

---

5) 이교(圯橋)는 강소성(江蘇省) 비현(邳縣)의 남쪽에 있었던 것으로 기수교(沂水橋)다. 장량이 황석공(黃石公)을 만나 여기에서 태공병법(太公兵法)을 주었다.

長風萬里送秋雁　먼 데서 부는 바람 만리에 가을 기러기 보내니
對此可以酣高樓　이와 마주하여 높은 누각에서 술 취할 만하네
蓬萊文章建安骨　봉래의 문장이며 건안의 풍골
中間小謝又淸發　중간에 소사가 또 맑고 빼어났구나6)
俱懷逸興壯思飛　모두 빼어난 것 생각하니 장대한 생각 날아올라
欲上靑天攬明月　푸른 하늘로 올라 밝은 달을 잡으려 하네
抽刀斷水水更流　칼 꺼내어 물을 잘라도 물은 다시 흐르고
擧杯消愁愁更愁　잔 들어 근심 씻어도 근심은 다시 근심이로다
人生在世不稱意　인생이 세상을 살며 뜻을 말하지 못하니
明朝散髮弄扁舟　내일 아침 머리 풀고 한 조각 배나 저으리라

2. 근체시(近體詩)

근체시에는 율과 절이 있다. 절은 율의 반을 끊어 쓰는데, 그 평측은 전혀 변하지 않는다. 오언율은 육조의 음갱(陰鏗)·하손(何遜)·유신(庾信)·서릉(徐陵)이 이미 그 체를 시작했고, 당의 심전기(沈佺期)·송지문(宋之問)에 이르러 8구 4운을 격식으로 정하게 되었다. 칠언율은 오언이 변한 것으로, 당 이전에 심군유(沈君攸)의 칠언 한 쌍의 구가 이미 율조(律調)를 시작했고, 당 초기에 이 체만을 쓰게 되었으니, 대개 율이란 것은 평측과 대우를 조화롭게 하는 것이니, 법률의 엄격함과 같다. 이제 아래에 그 격식을 든다.

1) 오언율시(五言律詩)
(1) 평기식(平起式 : 평기순점식<平起順黏式>)
　平平仄仄平(起句韻) 仄仄仄平平(反起句叶)

---

6) 소사(小謝)는 사혜련(謝惠連).

　　　仄仄平平仄(黏二句)　平平仄仄平(反三句叶)

　　　平平平仄仄(黏四句)　仄仄仄平平(反五句叶)

　　　仄仄平平仄(黏六句)　平平仄仄平(應起句叶)

　　*아래 구와 윗 구 머리 두 글자의 평측이 같지 않은 것을 반(反)이라고 한다.

아래 연의 수(首)구와 윗 연의 수(首)구가 서로 같은 것을 점(黏)이라
고 한다.

(2) 측기식(仄起式 : 측기순점식<仄起順黏式>)

　　　仄仄仄平平(起句韻)　平平仄仄平(反起句叶)

　　　平平平仄仄(黏二句)　仄仄仄平平(反三句叶)

　　　仄仄平平仄(黏四句)　平平仄仄平(反五句叶)

　　　平平平仄仄(黏六句)　仄仄仄平平(應起句叶)

(3) 평기수구불입운식(平起首句不入韻式 : 점동평기식<黏同平起式>)

　　　平平平仄仄　仄仄仄平平

　　　仄仄平平仄　平平仄仄平

　　　平平平仄仄　仄仄仄平平

　　　仄仄平平仄　平平仄仄平

(4) 측기수구불입운식(仄起首句不入韻式 : 점동측기식<黏同仄起式>)

　　　仄仄平平仄　平平仄仄平

　　　平平平仄仄　仄仄仄平平

　　　仄仄平平仄　平平仄仄平

　　　平平平仄仄　仄仄仄平平

2) 칠언율시(七言律詩)

(1) 평기식(平起式 : 평기순점식<平起順黏式>)

平平仄仄仄平平(起句韻) 仄仄平平仄仄平(反起句叶)

仄仄平平平仄仄(黏二句) 平平仄仄仄平平(反三句叶)

平平仄仄平平仄(黏四句) 仄仄平平仄仄平(反五句叶)

仄仄平平平仄仄(黏六句) 平平仄仄仄平平(應起句叶)

(2) 측기식(仄起式 : 측기순점식<仄起順黏式>)

仄仄平平仄仄平(起句韻) 平平仄仄仄平平(反起句叶)

平平仄仄平平仄(黏二句) 仄仄平平仄仄平(反三句叶)

仄仄平平平仄仄(黏四句) 平平仄仄仄平平(反五句叶)

平平仄仄平平仄(黏六句) 仄仄平平仄仄平(應起句叶)

(3) 평기수구불입운식(平起首句不入韻式 : 점동평기식<黏同平起式>)

平平仄仄平平仄 仄仄平平仄仄平

仄仄平平平仄仄 平平仄仄仄平平

平平仄仄平平仄 仄仄平平仄仄平

仄仄平平平仄仄 平平仄仄仄平平

(4) 측기수구불입운식(仄起首句不入韻式 : 점동측기식<黏同仄起式>)

仄仄平平平仄仄 平平仄仄仄平平

平平仄仄平平仄 仄仄平平仄仄平

仄仄平平平仄仄 平平仄仄仄平平

平平仄仄平平仄 仄仄平平仄仄平

위에 예로 든 1)과 2)의 두 형식은 모두 올바른 법식이다. 배우는 사람은 따라서 입을 움직이며 생각하고 익숙하게 하면 실점(失黏)의 잘못이 없어질 수 있는데, '一三五不論 二四六分明'7) 같은 것은 실제로는 올바른 법식이 아니니, 처음 율시를 배울 때는 차라리 기교를 받아들이지 말고 끝까지 아주 작은 잘못을 바로 잡아야 한다.

오절과 칠절은 바로 율시 가운데의 한 형식을 가지고 그 반을 끊는 것으로, 그 평측이 한 자도 어긋나지 않아야 올바른 법식인데, 그 격식은 위에 열거한 율시의 각종 격식을 참조하여 볼 수 있다.

이외에 변체(變體) · 요구(拗句) · 투춘(偸春) · 회문(迴文) · 배율(排律) 등 격식이 아직 많지만, 처음 배우는 사람은 잠시 놔두고 찾아보지 않아도 좋다.

제4절 시(詩)에 관한 책

중국 시가의 책은 종류가 대단히 많다. 배우는 사람들은 이따금 당시를 먼저 읽는 경우가 많다. 심지어는 겨우 '당시삼백수(唐詩三百首)'를 읽고는 바로 글을 읽고 읊으면서 시인으로서의 재능을 자부한다. 이것은 원과 명 이래의 시가 당나라 사람보다 위로 더욱 높이 뛰어날 수 없었으며, 시학 또한 나날이 점점 쇠미하여 떨치지 못했기 때문이다. 이제 역대의 시에 대한 책들 가운데 중요한 것을 택하고, 아래에 나열하여 처음 배우는 사람들이 골라 볼 수 있도록 마련했다.

---

7) 칠언율시와 절구 가운데 첫 번째 · 세 번째 · 다섯 번째 글자는 평측에 구애되지 않을 수 있고, 두 번째 · 네 번째 · 여섯 번째 글자는 반드시 일정한 평측을 써야 한다는 것.

『시경』: 이 책은 이미 『경학상식(經學常識)』[1]에 넣어 두었다. 이 책은 실제로 한 부분 밖에 안 되는 고대의 시선집일 뿐이지만, 시를 연구하고 배우는 사람이 읽지 않을 수 없다. 그 옛날에 사라져버린 시는 왕응린(王應麟)과 정안(丁晏)이 같이 찬집한 것이 있었는데, 풍유납(風惟納)의 『고시기(古詩記)』에는 그가 옛날에 사라져버린 시를 찾아낸 것도 적지 않다. 진환(陳奐)의 『모씨전소(毛氏傳疏)』는 비록 정밀하지만, 모씨의 설만 지켰을 뿐이다. 마서진(馬瑞辰)의 『시전전통석(詩傳箋通釋)』은 모(毛)와 정(鄭)을 함께 참고해서 해설이 대단히 새롭고 빼어나다. 진교종(陳喬樅)의 『삼가시유설(三家詩遺說)』을 읽으면 자못 『시경』 문학의 아름다움을 볼 수 있다.

『전한삼국진남북조시(全漢三國晉南北朝詩)』: 정복보(丁福保) 편

『악부시집(樂府詩集)』: 송(宋) 곽무천(郭茂倩) 편

이 책은 한(漢) 이후의 시가를 찾아 배열하였는데 대단히 많다. 명(明) 매정조(梅鼎祚)의 『고악원(古樂苑)』이 있어 곽무천 본의 결함을 보완했는데, 다만 널리 퍼지지 못했다.

『옥대신영(玉臺新詠)』: 진(陳) 서릉(徐陵) 편

이 책은 사랑의 정(情)을 말한 시만을 모았는데, 기용서(紀容舒)의 『옥대신영고이(玉臺新詠考異)』가 있다.

『고시선(古詩選)』: 청(淸) 왕사정(王士禎)이 가려 뽑고, 문인염(聞人琰)이 주석을 붙였다.

심덕잠(沈德潛)의 『고시원(古詩源)』은 이 책과 성격이 서로 같은데, 고시를 처음 배울 때는 이 책을 먼저 읽어야 한다.

『전당시(全唐詩)』: 청(淸) 조인(曹寅) 등 편

송(宋) 허유공(計有功)의 『당시기사(唐詩紀事)』가 있는데, 성격이

---

1) 이 책의 저자인 서경수의 다른 저서.

이 책과 서로 같다. 당(唐)의 시선집 같은 경우는 대단히 많으니,
송(宋) 왕안석(王安石)의 『당시백가선(唐詩百家選)』, 청(淸) 심덕잠
의 『당시별재(唐詩別裁)』 등으로, 처음 배울 때는 하나같이 준비하
지 않을 수 없다.

『전오대시(全五代詩)』: 청(淸) 이조원(李調元) 편

오대의 시는 정리하질 못하고, 이 책에 기록하여 한 자리를 마련했
을 뿐이다.

『송시초(宋詩鈔)』: 청(淸) 오지진(吳之振)·여유량(呂留良) 편

관정방(管庭芳)의 『송시초보(宋詩鈔補)』가 있다. 여악(厲鶚)의 『송
시기사(宋詩紀事)』는 성격이 이 책과 서로 같다.

『원시선(元詩選)』: 청(淸) 고사립(顧嗣立) 편

『명시종(明詩綜)』: 청(淸) 주이존(朱彝尊) 편

진전(陳田)의 『명시기사(明詩紀事)』가 있는데, 성격이 이 책과 서
로 비슷하다.

『청조육가시초(淸朝六家詩鈔)』: 청(淸) 유집옥(劉執玉) 편

『근대시초(近代詩鈔)』: 진연(陳衍) 편

이외에 전겸익(錢謙益)이 편찬한 『열조시집(列朝詩集)』이 있고, 증
국번(曾國藩)의 『십팔가시초(十八家詩鈔)』가 있으며, 왕개운(王闓
運)의 『팔대시선(八代詩選)』이 있는데, 뽑아낸 것은 하나같이 대단
히 정밀하다.

이상은 총집류(總集類)

『조자건집(曹子建集)』: 위(魏) 조식(曹植) 저

정안(丁晏)의 『조집전평(曹集詮評)』이 있다.

『도연명집(陶淵明集)』: 진(晉) 도잠(陶潛) 저

　　도주(陶澍)의 『정절선생집주(靖節先生集注)』가 있고, 조요상(曹耀湘)의 『도집집주(陶集集注)』가 있다.

『사강락집(謝康樂集)』: 송(宋) 사령운(謝靈運) 저

『사선성집(謝宣城集)』: 제(齊) 사조(謝朓) 저

『포참군집(鮑參軍集)』: 송(宋) 포조(鮑照) 저

『강문통집(江文通集)』: 양(梁) 강엄(江淹) 저

　　호인기(胡人驥)의 『강문통집휘주(江文通集彙注)』가 있다.

『유자산집(庾子山集)』: 북주(北周) 유신(庾信) 저

　　예번(倪璠)의 『유자산집주(庾子山集注)』가 있다.

『서효목집(徐孝穆集)』: 진(陳) 서릉(徐陵) 저

오조의(吳兆宜)의 『서효목집전주(徐孝穆集箋注)』가 있다.

『이태백집(李太白集)』: 당(唐) 이백(李白) 저

　　왕기(王琦)의 『이태백집주(李太白集註)』가 있다.

『두공부집(杜工部集)』: 당(唐) 두보(杜甫) 저

　　구조오(仇兆鰲)의 『두시상주(杜詩詳註)』가 있다.

『왕우승집(王右丞集)』: 당(唐) 왕유(王維) 저

　　조전성(趙殿成)의 『우승집주(右丞集註)』가 있다.

『맹양양집(孟襄陽集)』: 당(唐) 맹호연(孟浩然) 저

『위소주집(韋蘇州集)』: 당(唐) 위응물(韋應物) 저

『이문공집(李文公集)』: 당(唐) 이고(李翺) 저

『유하동집(柳河東集)』: 당(唐) 유종원(柳宗元) 저

　　장지교(蔣之翹)의 『유집집주(柳集輯注)』가 있다.

『이장길가시(李長吉歌詩)』: 당(唐) 이하(李賀) 저

　　왕기(王琦)의 『휘해(彙解)』가 있다.

『창려시전주(昌黎詩箋注)』: 당(唐) 한유(韓愈) 저, 고사립(顧嗣立) 주(注)

　　황월(黃鉞)의 『창려시증주증와(昌黎詩增注證訛)』가 있다.

『옥계생시집(玉谿生詩集)』: 당(唐) 이상은(李商隱) 저

　　풍호(馮浩)의 『옥계생시상주(玉谿生詩詳注)』가 있다.

『온비경집(溫飛卿集)』: 당(唐) 온정균(溫庭筠) 저

　　증익(曾益)이 주(注)하고 고여함(顧予咸)이 보완했다. 온정균과 이

　　상은의 시는 사랑의 정을 말한 작품이 많아서 향염체(香匲體)라고

　　한다.

『소동파시집(蘇東坡詩集)』: 송(宋) 소식(蘇軾) 저

　　풍응류(馮應榴)의 『소시합주(蘇詩合注)』와 왕문고(王文誥)의 『소시

　　편주집성(蘇詩編注集成)』은 대단히 상세히 갖추어졌다. 그리고 기

　　적(紀的)이 평(評)한 『소시(蘇詩)』는 대단히 아름다우며, 조고농(趙

　　古農)이 찬집한 『기비소시택수(紀批蘇詩擇粹)』는 더욱 간결하다.

『왕형공시집(王荊公詩集)』: 송(宋) 왕안석(王安石) 저

　　이벽(李璧)의 『왕형공시주(王荊公詩注)』가 있다.

『검남시고(劍南詩藁)』: 송(宋) 육유(陸游) 저

『산곡내집(山谷內集)』『산곡외집(山谷外集)』: 송(宋) 황정견(黃庭堅) 저

　　황정견의 시는 배울 만하지 못하지만, 이것을 들어 강서일파의 대

　　표로 생각한다.

『원유산시집(元遺山詩集)』: 금(金) 원호문(元好問) 저

　　시국기(施國祁)의 『유산시주(遺山詩注)』가 있다.

『철애고악부(鐵崖古樂府)』: 원(元) 양유정(楊維楨) 저

　　복전(卜瀍)의 『철애고악부주(鐵崖古樂府注)』가 있다.

『고청구시집(高靑邱詩集)』: 명(明) 고계(高啓) 저

　　김단(金壇)의 『청구시집주(靑邱詩集註)』가 있다.

『공동시집(空同詩集)』: 명(明) 이몽양(李夢陽) 저

『오매촌시집(吳梅村詩集)』: 청(淸) 오위업(吳偉業) 저

　　근영번(靳榮藩)의『오시집람(吳詩集覽)』이 있다.

『왕어양시집(王漁洋詩集)』: 청(淸) 왕사정(王士禎) 저

　　당(唐) 왕유와 맹호연, 송(宋) 범성대(『석호시집<石湖詩集>』이 있다),
　　명(明) 고계 및 청 왕사정의 시는 모두 경관을 묘사하는 것을 가장
　　아름답게 여겼다. 、

　　이상은 각 대가의 집(集)을 든 것으로 사이사이 시와 문이 함께 간
　　행되어 한 책에 있는 것이 있다. 배우는 사람들은 분별하여 보아야
　　한다.

이상은 집류(集類)

『문심조룡(文心雕龍)』: 양(梁) 유협(劉勰) 저

　　이것은 비록 문(文)을 논한 것이 많지만 체성(體性)·통변(通變)·
　　정채(情采)·비흥(比興)·물색(物色)·여사(麗辭) 등과 같은 편은
　　모두 시법을 논한 것이므로 뽑아 넣었다.

『시품(詩品)』: 양(梁) 종영(鍾嶸) 저

『창랑시화(滄浪詩話)』: 송(宋) 엄우(嚴羽) 저

　　『어양시화(漁洋詩話)』와 함께 선종(禪宗)의 시를 논한 책이다.

『초계어은총화(苕溪漁隱叢話)』: 송(宋) 호자(胡仔) 저

『시인옥설(詩人玉屑)』: 송(宋) 위경지(魏慶之) 저

　　만약 각 대가의 시평서를 두루 보려면, 하문환(何文煥)의『역대시
　　화(歷代詩話)』(앞 사람들의 시화를 묶어 모아 출판했는데, 모두 28종이며
　　마지막에 자신이 지은 1종을 붙였다)와 정복보(丁福保)의『속역대시화

(續歷代詩話)』및 오경욱(吳景旭)의 『역대시화(歷代詩話)』에 잘 갖
춰져 있다. 그 나머지 청대의 『어양시화(漁洋詩話)』, 『수원시화(隨
園詩話)』 등은 모두 한 번 볼 만하다.

이상은 시평류(詩評類)

『증광시운전벽(增廣詩韻全璧)』: 청(淸) 탕문로(湯文潞) 편
　　석화주인(惜花主人)이 『초학검운(初學檢韻)』을 덧붙였다. 이 책은
『시운집성(詩韻集成)』과 비교해서 더욱 완벽하게 갖추어져 있는데,
대개 가장 늦게 나온 책이다.

이상은 운서류(韻書類)

편저자 서경수는 1925년을 전후하여 이 책 외에도 『文學常識』·『經學常識』·『音韻常識』 등 많은 저술을 남기고 있다.

역주자 엄경흠은 1959년 경상북도 예천군에서 태어나 동아대학교 대학원에서 『한국사행시연구』로 박사학위를 받고, 현재 동아대학교 한국어문학부에서 강의하고 있다. 저서에는 『한시와 함께 시간여행』·『한시에 담은 신라 천년의 향기』 등 여러 권이 있고, 20여 편의 논문이 있다.

한시의 미학

2001년 5월 15일 1판 1쇄 인쇄
2001년 5월 22일 1판 1쇄 발행

편저자/ 서 경 수
역주자/ 엄 경 흠

발행인/ 김 흥 국
발행처/ 도서출판 보고사
등 록/ 1990년 12월(제6-0429)
주 소/ 서울시 성북구 보문동7가 11번지
전 화/ 02)922-5120~1 팩 스/ 02)922-6990
e-mail/ kanapub3@chollian.net
homepage/ www.bogosabooks.co.kr

값10,000원

ISBN 89-8433-097-3